Sem Coração

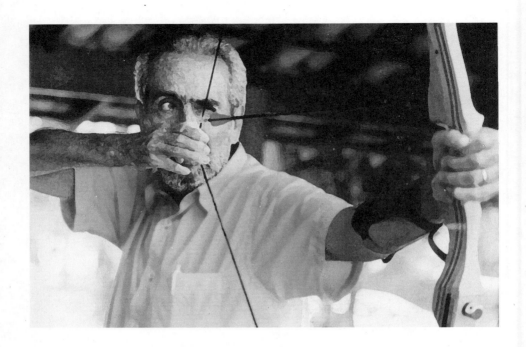

O Arqueiro

GERALDO JORDÃO PEREIRA (1938-2008) começou sua carreira aos 17 anos, quando foi trabalhar com seu pai, o célebre editor José Olympio, publicando obras marcantes como *O menino do dedo verde*, de Maurice Druon, e *Minha vida*, de Charles Chaplin.

Em 1976, fundou a Editora Salamandra com o propósito de formar uma nova geração de leitores e acabou criando um dos catálogos infantis mais premiados do Brasil. Em 1992, fugindo de sua linha editorial, lançou *Muitas vidas, muitos mestres*, de Brian Weiss, livro que deu origem à Editora Sextante.

Fã de histórias de suspense, Geraldo descobriu *O Código Da Vinci* antes mesmo de ele ser lançado nos Estados Unidos. A aposta em ficção, que não era o foco da Sextante, foi certeira: o título se transformou em um dos maiores fenômenos editoriais de todos os tempos.

Mas não foi só aos livros que se dedicou. Com seu desejo de ajudar o próximo, Geraldo desenvolveu diversos projetos sociais que se tornaram sua grande paixão.

Com a missão de publicar histórias empolgantes, tornar os livros cada vez mais acessíveis e despertar o amor pela leitura, a Editora Arqueiro é uma homenagem a esta figura extraordinária, capaz de enxergar mais além, mirar nas coisas verdadeiramente importantes e não perder o idealismo e a esperança diante dos desafios e contratempos da vida.

Traduzido por Livia de Almeida

Sem Coração
ELSIE SILVER

CHESTNUT SPRINGS • 2

Título original: *Heartless*

Copyright © 2022 por Elsie Silver
Trecho de *Powerless* copyright © 2023 por Elsie Silver
Copyright da tradução © 2025 por Editora Arqueiro Ltda.

Todos os direitos reservados. Nenhuma parte deste livro pode ser utilizada ou reproduzida sob quaisquer meios existentes sem autorização por escrito dos editores.

coordenação editorial: Taís Monteiro
preparo de originais: Beatriz D'Oliveira
revisão: Carolina Rodrigues e Mariana Bard
diagramação e adaptação de capa: Gustavo Cardozo
capa: Sourcebooks
imagens de capa: lisima/Shutterstock (flor),
andzhey/Shutterstock (violão e chapéu)
impressão e acabamento: Lis Gráfica e Editora Ltda.

CIP-BRASIL. CATALOGAÇÃO NA PUBLICAÇÃO
SINDICATO NACIONAL DOS EDITORES DE LIVROS, RJ

S592s

Silver, Elsie
    Sem coração / Elsie Silver ; tradução Livia de Almeida. - 1. ed. - São Paulo : Arqueiro, 2025.
    352 p. ; 23 cm.   (Chestnut Springs ; 2)

Tradução de: Heartless
Sequência de: Sem defeitos
Continua com: Sem controle
ISBN 978-65-5565-729-6

1. Ficção canadense. I. Almeida, Livia de. II. Título. III. Série.

24-93771

CDD: 819.13
CDU: 82-3(71)

Meri Gleice Rodrigues de Souza - Bibliotecária - CRB-7/6439

Todos os direitos reservados, no Brasil, por
Editora Arqueiro Ltda.
Rua Artur de Azevedo, 1.767 – Conj. 177 – Pinheiros
5404-014 – São Paulo – SP
Tel.: (11) 2894-4987
E-mail: atendimento@editoraarqueiro.com.br
www.editoraarqueiro.com.br

*Para as mulheres incríveis que têm me dado tanto apoio.
E para todas as outras mulheres no mundo que colocam umas às outras
para cima, em vez de para baixo. Juntas, somos melhores.*

"Às vezes coisas boas desmoronam para que
outras melhores sejam construídas."
– Marilyn Monroe

1

Cade

Lucy Reid pisca para mim. Os olhos dela demonstram um *pouquinho* de admiração demais para o meu gosto.

– Bem, eu adoro artesanato. Passo quase todo o meu tempo livre fazendo *scrapbooks*. E tricô. Aposto que o Luke adoraria fazer tricô. Não acha, Cade?

Quase solto uma gargalhada ao ouvir o modo como ela ronrona meu nome. E também adoraria ver alguém convencer Luke a ficar parado por tempo suficiente para manusear dois palitos pontudos e criar alguma coisa.

Ela sorri para Summer, a noiva do meu irmão caçula, antes de acrescentar:

– Sabe como é. Nós, mulheres, precisamos de um hobby, não é mesmo?

Ouço meu pai, Harvey, dar uma risadinha do canto da sala onde está sentado. Contratar uma babá se tornou uma missão para a família inteira.

E um completo pesadelo.

Summer comprime os lábios e abre um sorrisinho falso.

– É claro.

Por pouco não bufo. A noção de entretenimento feminino de Summer é fazer agachamentos com anilhas pesadíssimas na academia e torturar homens-feitos com a desculpa de ser "personal trainer". Está mentindo na cara dura, mas é possível que Lucy não tenha percebido nada, porque Summer mora na cidade há relativamente pouco tempo.

Ou talvez Lucy esteja curtindo uma com a minha cara junto com a minha futura cunhada.

– Muito bem. – Eu me levanto. – Bom, obrigado. A gente te retorna em breve.

Lucy parece um pouco surpresa com a rapidez com que mudei o rumo da conversa, mas já vi e ouvi tudo o que precisava.

Além do mais, etiqueta com certeza não é o meu forte. Sou do tipo que prefere arrancar o esparadrapo de uma vez.

Dou meia-volta, baixo a cabeça e saio antes que fique óbvio demais que vi a mão estendida de Lucy e não tive a menor vontade de apertá-la. Vou para a cozinha com passos pesados, apoio as mãos na bancada diante da janela e deixo o olhar percorrer os campos até os picos das Montanhas Rochosas que se projetam para o céu.

A vista selvagem e escarpada está transbordando de cores nesse início de verão: a grama está um pouco verde demais; o céu, um pouco azul demais; e o sol, tão forte que inunda tudo e obriga a gente a semicerrar os olhos.

Depois de jogar alguns grãos de café no moedor para fazer mais um bule, aperto o botão para ligar a máquina e encher a casa com o som, tentando não pensar no que farei com meu filho nos próximos meses. Mas isso só acaba me deixando culpado, sentindo que deveria fazer mais por ele, estar mais presente.

Basicamente, não adianta nada.

No entanto, o ruído do moedor de café tem o benefício adicional de abafar a troca de gentilezas entre meu pai, Summer e Lucy na porta da frente.

A casa não é minha, então a responsabilidade não é minha. Estamos entrevistando candidatas a babá na sede do rancho, onde meu pai mora, porque não gosto de receber pessoas aleatórias na minha casa. Especialmente as que me olham como se eu fosse uma chance de realizar uma fantasia esquisita de família feliz de comercial.

Harvey, meu pai, por sua vez, poderia transformar esta casa numa pousada, porque adora cuidar das pessoas. Desde que ele se machucou e me passou o controle do rancho, parece passar o tempo todo por aí socializando.

Observo os grãozinhos moídos caindo no filtro de papel branco, na parte superior da cafeteira, e depois me viro para encher a jarra com água na pia.

– Meio tarde para um bule de café, não acha? – pergunta Harvey ao entrar na cozinha, Summer não muito atrás dele.

Eles não fazem ideia. Hoje estou entupido de café. Uma pilha de nervos.

– É para vocês tomarem amanhã de manhã.

Summer ri e meu pai revira os olhos. Os dois sabem muito bem que é mentira.

– Você não foi muito legal com ela, Cade – diz ele em seguida, e é minha vez de revirar os olhos. – Na verdade, você anda dificultando todo o processo.

Cruzo os braços e encosto na bancada.

– Eu não sou muito legal. E fico feliz em *dificultar* quando se trata de proteger meu filho.

Juro que os lábios do meu pai se contraem quando ele se senta à mesa e cruza as pernas, apoiando uma bota sobre o joelho. Summer fica parada, o quadril apoiado no batente da porta, me encarando. Ela faz isso às vezes, algo que me dá nos nervos.

Ela é inteligente. Não deixa passar nada. Dá até para ouvir as engrenagens girando em sua cabeça, mas ela não tem a língua solta, então nunca se sabe o que está pensando.

Gosto dela e estou feliz por meu irmão caçula ter sido inteligente o bastante para pedi-la em casamento.

– Você é legal – diz ela, pensativa. – Do seu jeito.

Mordo a língua, porque não quero dar a eles a satisfação de verem que estou me divertindo com o comentário.

Ela suspira.

– Escuta, a gente já entrevistou todo mundo. Fiz o que pude para limar as candidatas que pareciam menos interessadas em ficar com o Luke e mais interessadas em ficar... com você.

– Aí, garoto! – Meu pai dá um tapa na mesa. – E eram muitas. Quem diria que teria tanta mulher disposta a suportar suas caretas e seu mau humor? O salário nem é tão bom assim.

Olho para ele de cara feia antes de voltar a atenção para Summer.

– Não limou o suficiente. Quero alguém sem *nenhum* interesse em mim. Sem complicação. Talvez uma candidata bem casada?

– Mulheres bem casadas não querem passar o verão na sua casa.

Solto um grunhido.

– E alguém de outra cidade? Alguém que não conheça nossa família. Não saiba nada de mim. Alguém que não tenha dormido com um dos meus irmãos. – Torço o nariz. – Nem com meu pai.

Ele faz um som abafado, quase uma gargalhada.

– Estou desimpedido há décadas, filho. Cuide da sua vida.

As bochechas de Summer ficam vermelhas, mas noto seu sorriso quando ela se vira para olhar pela janela.

– Você sabe que eu posso cuidar dele – acrescenta meu pai, e não é a primeira vez que me diz isso.

– Não.

– Por que não? Ele é meu neto.

– Exatamente. E é assim que deve ser. Você já nos ajudou muito desde que ele nasceu. Suas costas, seus joelhos... Você precisa descansar. Sabe que pode se divertir com ele sempre que quiser, mas não é pra se esfalfar até altas horas, desde cedo e até noite adentro. Não é justo, e não vou me aproveitar de você dessa forma. Ponto final.

Então me dirijo à minha futura cunhada:

– Summer, você não pode ficar com ele? Você seria perfeita. Luke te ama. Você não é a fim de mim. E já mora aqui no rancho.

Vejo a tensão no maxilar dela. Já está cansada da minha insistência, mas não quero deixar meu filho com qualquer pessoa. Ele dá trabalho. *Bastante* trabalho. E não vai dar para cuidar de tudo que preciso neste rancho durante o verão sem alguém para cuidar de Luke. Alguém em quem eu confie para mantê-lo em segurança.

– Você sabe muito bem que eu estou começando um novo negócio e que os meses do verão são os mais movimentados. Não tem a menor condição. Para de pedir. Fico me sentindo mal, porque eu amo você e o Luke, mas estamos cansados de entrevistar todas essas pessoas e não chegar a lugar nenhum.

– Ok, tudo bem – resmungo. – Então eu quero alguém igualzinha a você.

Ela vira a cabeça depressa, o corpo rígido.

– Acho que tive uma ideia.

Summer leva um dedo aos lábios e meu pai se vira para ela, cheio de perguntas no olhar. Parece tão esperançoso. Se eu estou cansado da saga para encontrar uma babá para o verão, ele, então, deve estar completamente exausto.

Franzo a testa.

– Em quem você está pensando?

– Você não conhece.

– Ela tem experiência?

Summer me encara com olhos grandes e escuros que não revelam nada.

– Ela tem muita experiência em lidar com garotos levados, com certeza.

– Ela vai se apaixonar por mim?

Summer solta uma risada nasalada de um jeito nada delicado.

– Não.

A certeza dela provavelmente deveria me ofender, mas não me incomoda. Eu me afasto da bancada e giro um dedo no ar.

– Perfeito. Vamos resolver isso – digo a ela enquanto saio pela porta dos fundos rumo a minha casa, me afastando do pandemônio que é encontrar uma babá competente para um menino de cinco anos.

Só preciso de alguém que venha, faça seu trabalho e vá embora. Uma pessoa profissional e descomplicada.

São só dois meses. Não era para ser tão difícil.

Calculo mentalmente quanto tempo faz desde que transei pela última vez.

Ou pelo menos tento calcular.

Dois anos? Três? Foi naquele começo de ano em que passei uma noite na cidade? Fazia quanto tempo? Qual era mesmo o nome da garota?

A mulher na minha frente se remexe, inclinando o quadril, a calça jeans coladinha delineando sua bunda grande de uma forma que deveria ser ilegal. A dobra abaixo da nádega é quase tão sedutora quanto o movimento de seu cabelo ruivo nas costas esbeltas.

Ela chama atenção. Camisa justa enfiada na calça jeans. Cada curva em destaque.

Perco a conta. De todo modo, só comecei esse cálculo depois de bater o olho nela, que está na minha frente na fila para comprar café.

A conclusão é que faz tanto tempo que transei que nem lembro mais. O que não dá para esquecer é por que nem me permito pensar em ninguém do gênero feminino.

Estou criando uma criança sozinho. Administro um rancho sozinho. Tenho um milhão de responsabilidades. Pouquíssimo tempo. E quase não durmo.

Faz anos que não tenho um tempo só para mim. Só não tinha percebido que eram tantos anos.

– Como posso ajudar, senhora?

A mulher na minha frente ri, e o som me lembra dos sinos do alpendre nos fundos da minha casa quando são agitados pelo vento – melódico e etéreo.

Que risada.

É o tipo de risada que eu reconheceria. Com toda a certeza nunca esbarrei nessa mulher antes. Eu lembraria, porque conheço todo mundo em Chestnut Springs.

– "Senhora"? Não sei se gosto de ser chamada assim – diz ela, e juro que ouço o sorriso em sua voz.

Eu me pergunto se seus lábios combinam com o resto. Ellen, a gerente do Le Pamplemousse, o pequeno café gourmet da cidade, sorri.

– Bem, como prefere que eu te chame? Normalmente, conheço todos os rostos que passam por aqui, mas nunca vi o seu.

Ah, eu não sou o único. Inclino-me um pouco para a frente, na esperança de ouvir o nome dela, mas um dos atendentes escolhe este exato momento para moer café. O que só me faz ranger os dentes.

Não sei por que quero saber o nome dela. Mas quero. Eu sou de uma cidade pequena, tenho permissão para ser bisbilhoteiro. Só isso.

Quando o barulho da moagem é interrompido, o rosto enrugado de Ellen se ilumina.

– Que nome bonito.

– Obrigada – responde a mulher na minha frente, antes de acrescentar: – Por que é que esse lugar se chama A Toranja?

Ellen solta uma gargalhada divertida e abre um sorriso maroto do outro lado do balcão.

– Eu disse ao meu marido que queria que a loja tivesse um nome chique. Alguma coisa em francês. Ele respondeu que a única coisa que ele sabia em francês era *"le pamplemousse"*. Eu gostei, e acabou virando uma espécie de piada entre nós.

O olhar de Ellen se suaviza ao mencionar o marido, e eu sinto uma pontada de inveja.

Seguida por uma pontada de irritação.

Só não reclamei ainda da tagarelice das duas porque estou ocupado demais disfarçando uma ereção em público, provocada pela risada dessa garota. Em circunstâncias normais, eu ficaria furioso com tanta demora para comprar um simples café. Disse ao meu pai que estaria de volta para buscar o Luke... olho o relógio... agora mesmo. Preciso voltar para me encontrar com Summer e a pessoa que, espero, será a babá de Luke.

Mas minha mente está vagando por caminhos que eu não permito, literalmente, há anos. Talvez eu deva só aproveitar o momento. Talvez não haja problema em me permitir sentir alguma coisa.

– Quero um café médio, extraquente, sem espuma, pouco açúcar...

Reviro os olhos sutilmente enquanto abaixo a aba do meu chapéu preto. É claro que a gostosa desconhecida tinha que fazer um pedido irritantemente longo e complicado.

– Dá três dólares e 75 centavos – diz Ellen, com os olhos fixos na tela da caixa registradora à frente, enquanto a mulher vasculha a bolsa enorme, claramente em busca da carteira.

– Ah, merda – resmunga ela, e pelo canto do olho vejo algo cair da bolsa e ir parar no chão de concreto polido, perto de suas sandálias.

Sem pensar, me agacho e pego o tecido preto do chão. Vejo as pernas dela girando e me levanto de novo.

– Aqui está – digo, com a voz rouca após uma onda de nervosismo me atingir.

Não tenho a habilidade de conversar com desconhecidas.

Mas olhar de cara feia para elas? Nisso sou profissional.

– Ai, meu Deus! – exclama ela.

Já estou de pé de novo e dou uma boa olhada em seu rosto. Meus pés se fincam no chão e meus pulmões param de funcionar. Sua risada não perde em nada para o rosto. Olhos de gato, sobrancelhas arqueadas e pele macia.

Ela é maravilhosa.

E suas bochechas estão vermelhas como uma viatura do Corpo de Bombeiros.

– Me desculpa – diz ela, levando a mão aos lábios carnudos.

– Tudo bem, sem problemas – digo, mas ainda parece que tudo está acontecendo em câmera lenta.

Estou com dificuldade para reagir, só permaneço com o olhar fixo no rosto dela.

E *puta merda.*

Nos peitos dela também.

Sou oficialmente um velho tarado. Olho para minha mão, na qual o tecido macio desponta entre meus dedos.

Ela faz um som mortificado enquanto eu abro a mão, e aos poucos percebo por que está tão horrorizada com o meu cavalheirismo de pegar a...

Sua calcinha.

Encaro o pedaço de tecido preto em minha mão e é como se tudo ao nosso redor ficasse turvo. Meus olhos encontram os dela, verdes e arregalados. Tantos tons. Um mosaico.

Não costumo sorrir muito, mas os cantos da minha boca se contraem.

– Parece que a senhora, hã... deixou cair a sua calcinha.

Ela deixa escapar um risinho abafado enquanto seu olhar se desvia para minha mão e volta para meu rosto.

– Uau. Que vergonha. Me desculpa, me...

– Seu café está pronto, querida! – anuncia Ellen.

A ruiva desvia o rosto, aliviada pela interrupção.

– Obrigada! – responde ela, um pouco efusiva demais, antes de colocar uma nota de cinco dólares no balcão e pegar o copo de papel.

Então ela vai direto até a porta sem olhar para trás. Como se estivesse louca para dar o fora dali.

– Pode ficar com o troco! Até a próxima!

Juro que a ouço rindo baixinho ao passar e evitar deliberadamente meu olhar enquanto murmura algo para si mesma sobre esta ser uma boa história para contar aos filhos um dia.

Eu me pergunto que tipo de história essa mulher planeja contar aos futuros filhos antes de chamá-la:

– Você esqueceu sua... – Paro no meio da frase porque me recuso a gritar o resto na cafeteria cheia de gente que encontro todo dia.

Ela se vira e empurra a porta com as costas para sair, fitando meus olhos por um instante, todos os seus traços expressando diversão.

– Achado não é roubado – diz ela, dando de ombros.

Então dá uma gargalhada, sonora e calorosa, parecendo achar a maior graça. Depois sai para a rua ensolarada, o cabelo brilhando que nem fogo e os quadris balançando como se ela fosse dona da cidade.

Ela me deixa atordoado.

Quando olho para minha mão aberta, percebo que ela já foi embora. Não faço ideia de como se chama, e ainda estou aqui...

Com sua calcinha na mão.

2

Willa

– Quem era? – A voz de Summer sai estridente.

– Não faço a mínima ideia.

Penso na minha calcinha preta caindo no chão e na forma como o constrangimento se transformou lentamente numa gargalhada.

Só podia ser eu.

Essas coisas só acontecem comigo.

Minha melhor amiga suspira, dando impulso no balanço do alpendre.

– Você não pegou de volta?

Sorrio e dou um gole na cerveja.

– Não. Ele parecia tão... Nem sei... Atordoado? Tipo, não parecia ofendido, mas também não parecia nenhum tarado. Foi meio fofo. Como se eu tivesse libertado um elfo doméstico ou coisa parecida.

– Ele parecia o Dobby?

Suspiro e arqueio as sobrancelhas para ela sugestivamente.

– Só se o Dobby fosse um grande gostoso.

– Willa, que nojo! Por favor, me diga que era uma calcinha limpa.

– Claro. Era minha sobressalente. Você sabe que não gosto de usar calcinha, mas de vez em quando surge a necessidade, sabe?

Summer me encara com olhos semicerrados.

– Eu sinto essa necessidade todos os dias.

– Necessidade de ficar desconfortável? Não, obrigada. A vida é curta demais. Sutiãs e calcinhas são superestimados. Além do mais, agora eu posso passar a noite acordada imaginando o que ele está fazendo com ela.

Summer apenas ri outra vez.

– Ele já deve ter jogado fora, como qualquer pessoa normal faria.

Summer anda tão feliz ultimamente. Desde que se afastou de sua família complicada e da vida frenética da cidade. Conheceu um sujeito que monta touros em rodeios, foi viver seu felizes para sempre, e agora aqui está ela. Minha melhor amiga. Toda sorrisos e sardas, aconchegada no balanço do alpendre de um lindo rancho com vista para as Montanhas Rochosas.

Parece que nunca esteve tão bem.

Gosto de implicar dizendo que ela mora "onde o vento faz a curva", mas a verdade é que a vista de Chestnut Springs é de tirar o fôlego. As pradarias são tão planas que parecem quase irreais. Montanhas escuras e escarpadas erguem-se como um maremoto vindo em sua direção.

Na cidade, dá para ver as montanhas, mas não desse jeito. Não como se desse para estender a mão e tocá-las.

– E aí, o que você vai fazer nos próximos meses?

Eu suspiro. Não faço ideia. Mas também não quero que Summer se preocupe comigo. É bem a cara dela. Ficar toda preocupada e depois tentar resolver as coisas por mim, enquanto eu prefiro apenas deixar rolar.

– Talvez eu venha morar com você e o Rhett por um tempo... – digo com ar inocente, olhando ao redor. – A casa está tão bonita agora que as obras terminaram. Você não se importaria, não é?

Ela pressiona os lábios, como se estivesse realmente considerando a ideia. Caramba, essa mulher tem um coração de ouro.

– Summer, estou brincando. Eu não faria isso com vocês. – Bufo baixinho e olho para os campos. – Não sei. Quando o Ford me disse que ia fechar o bar para reformar, fiquei animada, juro. Imaginei passar o verão viajando, participando de todas as competições de equitação e torrando minhas economias. Sem ficar pensando num plano para a minha vida, apenas aproveitando meus 25 anos sem nada além do dinheiro da família.

Ela tenta me interromper. Não gosta quando sou crítica comigo mesma por administrar o bar do meu irmão superbem-sucedido. Ou por acompanhar meus pais superbem-sucedidos nas viagens deles. Ou por seguir vivendo sem diretrizes em meio a uma família cheia de gente bem-sucedida.

Ignoro os protestos e prossigo:

– Mas é claro que meu cavalo resolveu estragar todos os meus planos e se machucar bem no início da temporada. Tux precisou fazer uma cirurgia, e agora vou passar o verão dando petiscos de cenoura e escovando o pelo dele obsessivamente.

Minha melhor amiga apenas me encara. Quero entrar em seu cérebro e arrancar seus pensamentos, porque sei que ela está pensando muitas coisas.

– Vou ficar bem. Ainda estou numa situação bem tranquila. Venho te visitar bastante. Você pode arrancar meu couro na academia, e eu vou correr atrás de um ou outro jogador de hóquei ou de um peão de rodeio. Todo mundo sai ganhando.

– Certo... – Ela bateu o dedo indicador no lábio superior. – E se...

– Ah, não. Por favor, não começa a ter ideias pra dar um jeito na minha vida. Você ajuda demais as pessoas, sabia?

– Willa, cala a boca e me escuta.

Eu me recosto contra a amurada do alpendre, de frente para ela, e pego a garrafa de cerveja ao meu lado. Está suada de condensação, e o líquido lá dentro nem está mais tão gelado. O verão mal começou e já está um forno. Foi um erro usar calça jeans.

Dando um grande gole, eu empertigo os ombros. Pronta para ser repreendida.

– E se tivesse um jeito de você morar aqui durante o verão? Mas não na minha casa.

Não era isso que eu estava esperando.

– Não quero acampar no seu quintal. Não nasci pra dormir ao relento. Posso não ter tomado ainda um rumo na vida, mas garanto que colchões infláveis e sacos de dormir não estão nos meus planos.

Summer revira os olhos e continua:

– Não. O irmão mais velho do Rhett precisa de ajuda com o filho durante as férias da escola. A mulher que cuidava do menino não consegue mais acompanhar o ritmo. Ele está com cinco anos.

Encaro minha amiga, a garrafa de cerveja balançando entre os dedos.

– Você quer que *eu* cuide de uma criança?

– Isso. Você é divertida. E cheia de energia. Se consegue lidar com um bar cheio de caras bêbados, vai tirar de letra um garotinho precisando de distração. Você sempre disse que gosta de crianças.

Analiso a ideia. Meu primeiro impulso é dizer não, mas na verdade estou apreensiva em relação a esses meses sem trabalho, sem competição e sem minha melhor amiga. Sempre gostei de crianças, provavelmente porque às vezes ainda me sinto um pouco criança também.

– E onde eu moraria?

Summer abre bem os olhos e percebo que ela engole em seco.

– Com o Cade, o irmão do Rhett. É ele quem cuida do rancho. Sai de manhã bem cedo e às vezes volta tarde da noite, quando alguma coisa dá errado. Mas ele contratou um pessoal legal para ajudar a reduzir as horas de trabalho. O pai deles gosta de ficar com o Luke, mas, sinceramente, ele também não tem condições de encarar doze horas por dia com o menino. Mas ele estaria por perto com bastante frequência, tenho certeza.

– Você tá parecendo meio assustada... Esse é o irmão babaca ou o irmão super-herói engraçado e gostosão?

Chego a me sentir mal por perguntar, porque não tenho vindo muito para cá visitar Summer. Geralmente a gente se encontra na cidade, em vez de eu pegar a estrada por mais vinte minutos até o Rancho Poço dos Desejos. Eu já deveria ter conhecido todos os membros de sua futura família a essa altura, mas não conheço.

– O irmão babaca.

– Claro.

Dou mais um gole na cerveja.

Ela rapidamente acrescenta:

– Mas você mal vai ter contato com ele! Ele especificamente não quer ninguém que, hã... fique no pé dele, sabe? Além disso, Rhett e eu vamos estar por perto. Pode ser divertido.

Quando ela fala desse jeito, realmente parece divertido. Mais do que passar os melhores meses do ano sozinha na cidade.

– Podemos beber no café da manhã?

Sempre incluíamos bebidas alcoólicas no brunch quando morávamos na cidade, e quero retomar o hábito.

Os lábios dela se curvam.

– Podemos.

Tomo o resto da cerveja, já sabendo qual será minha resposta. Sempre deixei a vida me levar. As oportunidades surgem e eu tropeço nelas. Parece ser o caso mais uma vez.

Quem sou eu para recusar?
– Bem, então beleza. Estou dentro.

Atravessamos a fazenda de carro e paramos diante de uma casa muito pitoresca, vermelha com detalhes em branco. Pequenas sebes circundam o quintal e um portão branco dá para um caminho de terra batida que leva à porta da frente.

Fico encantada no mesmo instante.

– É aqui que eu vou morar? – pergunto enquanto saltamos do SUV de Summer.

Não consigo desviar os olhos da casa adorável e perfeitamente cuidada.

– É – responde Summer, ignorando que estou maravilhada com toda a atmosfera do lugar. – Acho que o horário dele varia tanto que faz sentido você ficar aqui. Antes, a gente fazia uma dobradinha com o pai dele e a Sra. Hill, mas acordar e chegar aqui às quatro e meia da manhã é cansativo demais para os dois. Cade não gosta de pedir isso a eles, mas, se você morar aqui, pode continuar dormindo e o Luke não vai ficar sozinho em casa.

Summer vai até a porta da frente sem nenhuma preocupação, e eu vou atrás, me perguntando onde raios fui me meter.

Não entendo nada de crianças.

Nem de educação.

Nem de ranchos.

Meus passos vacilam quando fico para trás, mas Summer nem percebe. De chinelos e short jeans, ela sobe alguns degraus e chega ao alpendre, onde levanta a aldrava e bate com força.

– Ei, Sum... – começo.

Estendo a mão como se pudesse impedi-la, apesar de ela já ter batido. Acho que a gente deveria conversar mais sobre o assunto. Resolver alguns detalhes.

Talvez minha impulsividade tenha se voltado contra mim dessa vez. Tenho a impressão de que Summer está meio com pressa. Como se mal pudesse esperar para resolver o assunto. E eu tenho perguntas.

Muitas perguntas.

Mas todas elas evaporam da minha mente no minuto em que a porta da frente se abre e fico parada que nem uma idiota, olhando boquiaberta para o homem da cafeteria.

Aquele com quem deixei minha calcinha.

Tão másculo quanto da primeira vez que o vi, da cabeça aos pés. Cabelo escuro, olhos mais escuros ainda, sobrancelhas franzidas, ombros largos, uma barba em torno dos lábios franzidos... e uma cara fechada.

Ele olha em minha direção enquanto os nós de seus dedos ficam brancos ao segurar a porta.

– Cade! – começa Summer, alheia ao olhar fulminante que ele lança para mim. – Essa é Willa, minha melhor amiga. Sua nova babá.

– Não. – É tudo que ele responde.

– Como assim, *não*?

– Nem por cima do meu cadáver. – Seu tom é pura condescendência.

Summer inclina a cabeça e eu diminuo a distância entre nós. Se ele acha que pode falar com minha melhor amiga desse jeito, vai ver só. Eu a protejo desde que éramos adolescentes. Summer já precisou aturar muitos homens péssimos na vida, então esse aí pode ir à merda.

– Cade, não seja idiota. Estamos tentando encontrar alguém para...

Ele a interrompe:

– *Você* está sendo idiot...

Subo no alpendre tomada de raiva. Ninguém na minha família é ruivo, e não sei se é culpa do meu cabelo esse meu lado incendiário, mas também sou conhecida por perder a cabeça e guardar rancor eterno.

Sou conhecida por acabar com brigas de bar com um bastão de beisebol.

E talvez eu esteja prestes a ficar conhecida por dar um chute no saco de um fazendeiro gostosão.

Estendo a mão bem na cara dele para obrigá-lo a calar a boca.

– Escolha suas próximas palavras com cuidado. Eu não quero nem saber se ela está prestes a se tornar sua cunhada. Ninguém fala com ela nesse tom, ponto final.

Ele foca o olhar sombrio em mim, examina meu rosto e então desce para o meu corpo de uma maneira crítica e irritante. Quando me encara de novo, sua expressão é perfeitamente indiferente.

Como se tivesse me avaliado e não me achasse grande coisa.

– E eu não quero nem saber se você é a melhor amiga dela. Você cheira a cerveja e sua calcinha ainda está no bolso da minha calça. Você não vai cuidar do meu filho.

Semicerro os olhos e curvo os lábios diante do deslize dele.

– Está guardando para mais tarde?

Dou uma piscadela, observando suas bochechas ficarem muito vermelhas, o rubor se espalhando pela estrutura óssea imaculada escondida sob a barba e a careta.

Summer se volta para mim, os olhos castanhos arregalados. Ela parece um daqueles cachorros fofos de cara amassada que vivem de olhos esbugalhados.

– Cade é o cara da calcinha?

– Eu não sou o cara da calcinha – interrompe ele, mas Summer e eu o ignoramos.

– É. E você disse que qualquer pessoa normal teria jogado fora. Então já sabe o que isso significa.

Estamos trocando sorrisos enormes feito duas malucas e, antes que eu perceba, uma risadinha escapa dos lábios de Summer. Em pouco tempo ela está praticamente rolando de rir, as mãos nos joelhos, com falta de ar.

– Pelo amor de Deus. – O rabugento passa a mão enorme pelo cabelo, frustrado. – Eu *não sou* o cara da calcinha.

Meus ombros chacoalham e meus olhos lacrimejam de tanto rir enquanto murmuro:

– É muita coincidência...

– É uma cidade pequena. As chances eram grandes! – exclama Cade, não achando tanta graça quanto nós duas.

Summer está se acabando de rir enquanto se endireita e seca os olhos.

– Não se preocupe, Cade. A calcinha está limpa.

As narinas dele se dilatam e seus olhos se fecham enquanto ele respira fundo. Como se isso pudesse lhe trazer alguma paz.

– Cara da calcinha.

Balanço a cabeça e sorrio para ele. Sendo babá ou não, vou acabar tendo que conviver com esse homem pelo resto da vida, porque Summer vai se casar com o irmão dele. Então é melhor acalmar os ânimos.

– Ele não é cara da calcinha nada! Ele usa cueca! – Uma vozinha ecoa no corredor e um garotinho fofíssimo de cabelos escuros e olhos azuis surge à vista. – Mas daquelas apertadas – explica ele, para piorar a situação.

– É – respondo, séria, para o menino que agora está sob o braço do pai. Seus olhos grandes me observam com muito interesse. – Para não ter assaduras.

– O que é assadura? – pergunta ele, curioso, enquanto o pai leva a mão larga e bronzeada até as sobrancelhas e as esfrega.

– Luke... – diz Cade.

– É quando dá uma irritação no seu pintinho – explico.

Ninguém criado pelos meus pais teria vergonha dessas coisas. Na nossa família não há tabus.

– Ah, tá. – Ele assente, parecendo muito maduro para a idade. – Odeio quando isso acontece.

– Luke, volte para o seu quarto.

Os ombros largos de Cade se voltam para o filho e não posso deixar de admirá-lo. A força que ele exala. O movimento de seus braços. A maneira como seu pomo de adão tremula. Como seus olhos ficam mais suaves quando ele encara o filho.

Esse é o maior golpe.

– Por quê?

Dá para ver que ele come na mão desse garoto. Os olhos de safira se arregalam quase dramaticamente e o lábio inferior do menino se projeta em um biquinho.

– Quero brincar com a Summer e a amiga dela.

Ele é *uma graça*.

– Não – diz o pai.

Mas ao mesmo tempo eu digo:

– Claro!

Cade vira a cabeça abruptamente, as sobrancelhas franzidas, como se eu tivesse feito algo para ofendê-lo pessoalmente.

– Cade. – Summer apoia as mãos nos quadris. – Deixa ele passar um tempinho com a gente. Talvez fique tudo bem. Talvez você tenha uma boa surpresa.

Olho de um para outro. Summer, toda pequenina e doce, e Cade, todo grande e rabugento.

– Por favor, pai?

Ao ouvir a voz doce de Luke, ele não parece mais tão rabugento. Parece mais... resignado. Cansado?

Cade se vira para mim.

– Quantos anos você tem?

Eu me empertigo, recusando-me a ficar encolhida sob seu olhar penetrante.

– Vinte e cinco.

Ele engole em seco enquanto volta a me avaliar.

– Tem ficha criminal?

– Nada muito sério – respondo com sinceridade.

Fui pega com maconha uma vez, antes da legalização no Canadá. Que perigo ser uma adolescente em busca de diversão.

– Meu Deus do céu.

Ele passa a mão pelo cabelo curto enquanto balança a cabeça.

– E *você*, tem ficha criminal? – pergunto.

Cruzo os braços e arqueio uma sobrancelha. Pelo que Summer já falou dele, tenho quase certeza de que não é nenhum anjinho. E eu vou ter que morar com ele.

Ele me encara com intensidade. Parece que o momento dura para sempre. Summer olha de um para outro e, pelo canto do olho, vejo Luke observando o pai e puxando a barra da camisa dele.

– Posso ir brincar?

– Tudo bem. – Cade me lança um olhar fulminante quando fala: – Mas a Summer está no comando.

O garotinho solta um gritinho e sai correndo pelo alpendre.

E eu apenas retribuo o olhar duro do pai dele.

3

Cade

Com Luke fora de casa, tenho oficialmente um tempinho livre. Um tempinho para mim. Um tempinho para relaxar.

Vivo dizendo que preciso disso, mas, agora que consegui, não sei bem se gosto.

Acontece que depois de uma vida inteira cuidando dos outros, não sei relaxar. Ligo a TV e tento encontrar algo para assistir, mas nada me interessa. Vou até a estante da sala, repleta de alguns clássicos dos meus pais e alguns livros que comprei ao longo da vida. Livros que achei interessantes e nunca tive tempo de ler.

Puxo um deles e me jogo no sofá, mas, ao fazer isso, sinto um volume no bolso traseiro da calça. E imediatamente fico nervoso.

Willa.

Eu nem sei o seu sobrenome. Não sei muito a respeito dela, na verdade. A única coisa que sei é que não será boa o suficiente para cuidar de Luke.

Ela não é nem de longe a pessoa que imaginei para o trabalho: uma freira desinteressante, responsável e assexual, que também adoraria fazer atividades divertidas com um garotinho agitado.

Não sou maluco a ponto de achar que essa pessoa existe, mas continuo a alimentar a esperança. E Willa não é a resposta que eu esperava.

A mãe de Luke aprontou conosco. Ela continua a aprontar – pelo menos comigo.

Graças a ela, não consigo confiar em ninguém. Só confio na Sra. Hill porque sei que ela cuidou bem de meus irmãos e de mim. O mesmo vale para meu pai. Confio em Summer porque alguém capaz de domar meu irmãozinho arruaceiro tem condições de lidar com uma criança travessa de cinco anos.

Mas essa tal de Willa... Eu não a conheço. Não confio nela.

Só sei que ela é um tesão, fala demais e levava uma calcinha dentro da bolsa.

Eu me ajeito no sofá e tiro a peça do bolso. Não há nada de ofensivo nela. Um tecido preto, tipo náilon sedoso. Bem grande. Eu acho. Para uma calcinha? Mas o que é que eu sei do assunto?

Eu me sinto um grande tarado sentado aqui no sofá examinando uma calcinha que pertence à mulher que está cuidando do meu filho no momento.

Eu deveria devolvê-la.

Não quero continuar andando por aí com ela.

Também não quero olhar nos olhos dela ao devolver.

Tenho 38 anos e estou agindo como um adolescente nervoso por causa de roupas íntimas femininas.

Agitado, vou até a cozinha e coloco a calcinha no fundo da minha gaveta de coisas aleatórias, onde vai parar tudo que tenho preguiça de pensar onde guardar. Eu me orgulho de manter a casa arrumada, mas essa gaveta é minha vergonha secreta.

Parece apropriado que a calcinha de Willa acabe ali.

Pego as chaves da bancada e saio pela porta da frente. Tenho a sensação de que minha indecisão em relação à contratação da babá já deixou meu pai de saco cheio, então entro na caminhonete e opto por encher o saco do meu irmão caçula.

Deus sabe que ele já me deu uns bons fios de cabelo branco, que agora se misturam com os mais escuros nas minhas têmporas. O mínimo que pode fazer é me oferecer uma cerveja e me contar mais sobre essa tal de Willa antes que eu a dispense e faça Summer e meu pai me odiarem.

Porque tenho certeza de que, se eu prolongar essa situação por muito mais tempo, os dois vão me mandar para o inferno por ser um filho da mãe tão exigente.

E eu vou merecer.

Levo apenas alguns minutos na estrada secundária até chegar à casa nova de Rhett e Summer.

Vejo um Jeep Wrangler vermelho estacionado ao lado da caminhonete vintage que meu irmão dirige, mas o carro chique de Summer não está ali. Meus dedos coçam para pegar o celular no bolso, ligar para ela e exigir saber onde ela está e o que está fazendo.

Talvez eu esteja em alerta máximo porque tem alguém novo perto do meu filho, mas a verdade é que me sinto assim na maior parte do tempo. Sempre sinto que estou cuidando de alguém. De todos.

Carrego o peso do mundo nos ombros desde que minha mãe morreu, quando eu tinha oito anos. Nem sei bem se esse peso foi colocado em mim por alguém ou se fiz isso sozinho.

De qualquer forma, ele está sempre presente. E é um peso mesmo.

Subo os degraus da frente da casa e bato na porta em vez de tocar a campainha. Esmurrar algo é bem mais satisfatório.

Depois de alguns momentos, ouço passos. Vejo a silhueta do meu irmão por trás do vidro fosco e, quando ele abre a porta, está sorridente.

Sorridente como se soubesse de algo que eu não sei.

– Cadê a Summer? – pergunto, indo direto ao assunto.

– É bom ver você também, idiota. Minha esposa está na cidade. Teve que ir correndo para a academia.

Eu bufo.

– Ela ainda não é sua esposa. Vocês não são casados.

Ele ri e faz um gesto de desdém, abrindo mais a porta.

– Isso é só um detalhe. Ela aceitou. Para mim, é o que basta. E é tão sonoro, sabe?

Torço o nariz e o encaro. Nunca pensei que o veria assim por causa de uma mulher.

– Meu filho está com ela?

– Ah, não. Ele está com a Willa. Summer me pediu para te lembrar que você disse que ela estava no comando. Então ela decidiu que a Willa ficaria com o Luke para que ela pudesse cuidar do próprio negócio, em vez de ser sua assistente pessoal.

Comprimo os lábios e olho para trás, para as terras cultivadas. Consigo praticamente *ouvir* Summer dizendo isso. Uma brecha que ela encontrou nas minhas próprias instruções.

Rhett levanta as mãos em sinal de rendição enquanto tenta fingir que não está achando tudo engraçadíssimo.

– Palavras dela, não minhas.

Apoiando as mãos nos quadris, suspiro antes de voltar a olhar para Rhett e resmungar:

– Me conta sobre essa tal de Willa. E cadê ela, exatamente?

– Vamos nos sentar lá nos fundos. Parece que você precisa de uma cerveja. Ou de dez.

Balanço a cabeça enquanto entro na casa.

– Não preciso de dez cervejas.

Rhett ri enquanto desfila pela casa de conceito aberto até a cozinha, que tem portas de vidro que se abrem para o amplo deque dos fundos.

– Precisa, sim. Você parece prestes a matar alguém. Isso não é bom para sua pressão arterial. Você não é mais nenhum garotinho.

– Sou jovem o suficiente para acabar com a sua raça – murmuro enquanto tiro as botas, carregando-as enquanto o sigo até o deque ensolarado.

Em poucos instantes, Rhett me joga uma lata de cerveja e me guia até uma cadeira de frente para o campo que serve como quintal deles. Há uma árvore solitária. Um enorme salgueiro com galhos longos e extensos que balançam como uma espécie de cortina.

Calço de novo as botas, abro a cerveja e levo a lata gelada aos lábios enquanto Rhett se senta na cadeira de madeira ao meu lado. Summer pintou tudo de vermelho-vivo, um tom alegre como ela.

O que me lembra do cabelo de Willa.

Que idiotice. Afasto o pensamento. E é aí que eu escuto:

– Não consigo.

É a vozinha de Luke, transparecendo uma pitada de angústia.

– Consegue, sim – responde o tom levemente rouco da beldade ruiva.

Quase pulo da cadeira para ir correndo salvá-lo.

– Cara, fica aí. Ele está bem. Não seja um pai superprotetor. É irritante.

Ignoro o instinto, tomo um grande gole e me esforço para ouvir o que está acontecendo debaixo da árvore.

– Você não vai subir mais do que consegue. É inteligente demais para isso. Confie no seu corpo.

– E se eu cair? – A voz de Luke soa fraca.

– Bem, acho que vou ficar bem embaixo de você, aí você pode cair em cima de mim e nós dois vamos nos machucar. Porque você é grande demais para eu conseguir te pegar. Mas você não vai cair. Apenas me escute, está bem?

– Tudo bem – diz ele, com uma onda de determinação na voz.

Rhett olha para mim e sorri.

– Willa Grant é das boas, irmão. Se ela está se oferecendo para cuidar do nosso garoto durante o verão, você seria um idiota de recusar. Não conheço muitas pessoas leais como ela. Tem um coração enorme.

Sinto que há uma história ali que não conheço, mas também sei que meu irmão não ia me sacanear quando se trata de Luke e seu bem-estar.

A voz dela ecoa de novo da árvore.

– Você vai botar o pé direito aqui embaixo, neste galho. – Uma pausa. – Isso aí, garoto. Agora bota a mão esquerda aqui. Daí você consegue sentar naquele galho e pular.

Vejo as sandálias em seus pés e a calça jeans apertada por entre os galhos enquanto ela se move, apontando coisas para meu filho. Logo, pequenos pés calçados com tênis pousam ao lado dela, seguidos por mãozinhas que tocam na grama.

– Eu consegui! – Luke se levanta, ainda alheio ao fato de que estou aqui.

– Claro que conseguiu. Você humilhou essa árvore pra cacete!

Rhett solta uma risada, e eu lanço a ele um olhar sério.

– Ah, fala sério! Você acha que ele não ouve o jeito que você fala?

– Passei anos incutindo boas maneiras naquele garoto.

Ele ri e dá de ombros.

– Bem, se for verdade, então você estabeleceu uma boa base e um verão com uma babá divertida não vai estragar nada.

Eu apenas resmungo e bebo um gole.

Pode ser.

– Até onde você consegue subir, Willa?

Fico esperando que ela mude de assunto. Ou diga que adultos não sobem em árvores. Mas ela passa as mãos pelo jeans que envolve sua bunda redonda e diz:

– Não sei. Vamos ver.

Mantenho a cerveja suspensa – paralisado – enquanto observo uma mulher adulta subir no tronco grosso.

– Ela é maluca? – murmuro antes de tomar outro gole.

Rhett solta uma gargalhada.

– Um pouco, mas no bom sentido.

Luke saltita de entusiasmo enquanto a observa.

– Não sobe muito alto! E se você não conseguir descer?

– Você me salva – responde Willa de um ponto que parece muito mais alto do que eu imaginei que ela pudesse ir.

– Eu sou muito pequeno, mas meu pai salva você!

A risada rouca dela nos alcança. Continua tão desconcertante quanto de manhã.

– Não sei, não. Talvez ele fique feliz em me deixar aqui em cima, Luke.

Tensiono os lábios. Ela não está totalmente errada. Minha vida seria muito menos complicada se ela não tivesse chegado em Chestnut Springs esta manhã.

Meu pau também ficaria bem mais mole.

– Nada disso. Ele ajuda todo mundo – responde meu filho, fazendo meu coração se apertar.

Às vezes, me pergunto como ele me vê, como sou a seus olhos. E o que ele disse foi como um soco no estômago.

– Parece que você tem um ótimo pai – responde Willa no mesmo instante, parecendo ligeiramente sem fôlego. – Você é um menino de sorte!

– É... – Luke se cala, pensativo. – Mas não tenho mãe. Ela foi embora e não vem me visitar.

Meu irmão respira fundo a meu lado, voltando o olhar para mim.

– Porra, as crianças dizem tudo que passa pela cabeça, né?

Engulo em seco e faço que sim. Eu me esforcei para proteger Luke da realidade a respeito de sua mãe, das escolhas que ela fez... do tipo de pessoa que ela é.

Nunca quis que ele se sentisse indesejado.

Willa desce para o chão, esfrega as mãos e se agacha diante do meu filho. Levanta a cabeça para olhá-lo nos olhos, acariciando os antebraços dele enquanto sorri.

– Acho que é ela quem está perdendo, porque você é o garoto mais bacana que eu já conheci.

Ela não fala em um tom tristonho nem com voz de bebê, só como um ser humano normal.

– Porcaria – praguejo baixinho, porque ela praticamente acabou de garantir sua contratação.

4

Willa

Engulo em seco quando Luke entrelaça seus dedinhos macios aos meus. Também engulo a agitação que sinto ao pensar que alguém – a própria mãe! – não aparece para visitar um garoto como esse.

O universo me abençoou com pais incríveis. Capazes de engatinhar sobre cacos de vidro para me alcançar. Quero ser esse tipo de mãe um dia. Feroz. Destemida.

Respirando fundo, lembro a mim mesma que não é da minha conta. Que não sei a história toda. Que talvez haja um bom motivo para o que está acontecendo com a mãe dele. Mas a voz de Luke é tão doce e sua mão, tão gordinha, e ele só me fez rir desde que anunciou que o pai usa cueca e não calcinha.

Eu não me considero particularmente boa com crianças, não de um jeito meloso, emotivo. Não passei tempo suficiente perto delas para saber com certeza. Geralmente, só converso com elas como se fossem pequenos adultos. Depois de anos como bartender, porém, sou boa com *pessoas*. E, independentemente da idade, Luke é uma pessoa legal.

Dou um aperto rápido em sua mão – que ele retribui quase instantaneamente –, então afasto a cortina de galhos e deparo com Rhett e Cade sentados em duas cadeiras vermelhas, olhando para nós.

A semelhança na linguagem corporal dos dois é impossível de ignorar, mas enquanto Rhett é todo sorrisos, Cade é todo caretas.

Braços fortes, peito largo e testa franzida. Botas sujas. Coxas musculosas. Um caubói sexy e carrancudo.

– Pai! – chama Luke, correndo em direção ao deque. – Você me viu? Você viu a Willa? Ela subiu *tão* alto. Quero aprender a subir alto assim. Tio Rhett, até onde você consegue subir?

– Podemos não perguntar isso para o mais maluco da família? – murmura Cade, mas sem olhar para o filho.

Não, seus olhos se fixam em mim. Rhett, ao meu lado, se põe de pé.

– Não sei, cara. Por que não vamos ver?

Luke dá pulinhos.

– Sério?

– Sério, rapazinho. – Rhett deixa a lata de cerveja de lado e atravessa o deque descalço enquanto Luke se vira e corre de volta para a árvore. – Vamos! Temos que deixar o ladrão de calcinhas conversar com a Willa.

– Meu Deus do céu. Já te contaram sobre isso? – resmunga Cade quando uma risada faz o peito de Rhett sacudir.

Os olhos de Cade se fixam nos meus de novo e mordo o lábio para não sorrir enquanto continuo andando em direção a ele. Então ele baixa o olhar, e é como se não conseguisse tirar os olhos da minha boca.

Finco os dentes até quase doer e ele parar de me fitar.

Depois de mais alguns passos, eu me acomodo no assento ao seu lado.

– Ainda não sei o que pensar de você – digo, embora tenha quase certeza de que esse homem não dá a mínima para o que penso dele –, mas seu filho é incrível.

Espio de esguelha e não consigo evitar um leve sorriso ao vê-lo franzir profundamente a testa.

– Obrigado – murmura ele enfim, claramente irritado comigo, mas não o suficiente para ser rude depois do elogio.

Não é preciso ser nenhum gênio para perceber que a coisa favorita de Cade Eaton no mundo é o filho dele.

Minha conexão imediata com Luke parece ter me garantido alguns pontos por tabela, ou algo assim.

Baixo a cabeça, ainda observando Rhett e Luke do outro lado do quintal. Não quero deixar meus olhos em Cade por tempo demais. Ele faz tanta cara feia que posso cair na gargalhada ou encará-lo por mais tempo do que o apropriado. Porque eu teria que estar morta para não gostar de olhar para ele.

Cade tem uma aura intimidante. Como um professor gostoso e malvado.

– Estou sem trabalho para o verão – digo de forma casual, notando como as veias de sua mão saltam quando ele aperta a lata de cerveja com mais força. – Meu cavalo de hipismo está se recuperando de uma lesão e precisa de alguns meses de folga. Minha melhor amiga se apaixonou por um caubói arrogante e se mudou. Meu irmão ficou famoso quase da noite para o dia e é completamente viciado em trabalho. E meus pais estão aposentados e vagando pelo mundo.

Arrisco olhar para o homem sombrio e amedrontador ao meu lado. Mesmo sentado, ele parece alto. Ergue uma sobrancelha escura para mim enquanto mantém uma expressão impassível.

Uma pausa tranquila se transforma em um silêncio constrangedor. E eu odeio silêncios constrangedores.

Viro a mão, como se estivesse mostrando algo a ele.

– Então estou livre.

Ele apenas me encara com intensidade.

– Se você precisa de uma babá, eu posso ajudar.

Ele continua a me fulminar com o olhar e eu não resisto. Reviro os olhos.

– Minha nossa. Dói quando você sorri? Ou quando diz algo educado? O que aconteceu com o sujeito que me chamou de "senhora" na cafeteria?

– Você vai mantê-lo em segurança?

Sua voz é rouca, seus olhos parecem lasers vasculhando meu rosto. E, se ele não fosse um idiota mal-humorado, toda essa aura de pai superprotetor o tornaria irresistível.

Eu faço que sim.

– Com toda a certeza.

O olhar dele, cheio de perguntas e desprovido de calor, percorre meu rosto em busca de algo.

– Você vai ensinar ele a tricotar?

Franzo o nariz.

– Isso é... isso é uma exigência? Posso terceirizar? Eu, hã... não gosto muito de tricô.

Juro que vejo a sombra de um sorriso.

– O que você vai fazer com ele?

Solto um assovio e me recosto na cadeira.

– Olha, as opções são infinitas. Eu nunca fico entediada. Ele já sabe montar? Posso dar aulas de equitação. Posso mostrar meu violão. Ele gosta de música? Eu adoro. Posso marcar para ele ir brincar com outros meninos, de repente? Cozinhar? Ah! Adoro fazer bolos e biscoitos. E jardinagem? Aposto que dá para plantar umas verduras incríveis por aqui.

Tudo que recebo em resposta é um pequeno movimento de cabeça.

– Você me enviaria mensagens frequentes para me manter informado. Eu saio de manhã bem cedo, mas gosto de chegar a tempo de ficar com ele à noite. Vou fazer de tudo para te dar os fins de semana de folga. Sei que você é jovem e deve querer manter algum tipo de vida social.

Dou de ombros e rio. Comecei a trabalhar como bartender aos dezoito anos. Sete anos depois, minha vontade de sair e farrear já está praticamente extinta.

Eu trocaria qualquer farra por um brunch com bebidinhas junto da minha melhor amiga e ir para cama cedo com um livro picante.

– Não faço questão.

Cade olha para o quintal, onde risadas borbulham debaixo do grande salgueiro.

– Tudo bem.

Eu me ajeito na cadeira.

– Tudo bem?

Ele faz que sim, decidido.

– Com "tudo bem" você quer dizer "Willa, por favor, venha me ajudar nesse verão porque eu ficaria muito grato"?

Ele revira os olhos como se eu o exasperasse. E tenho certeza de que exaspero. Posso até estar me esforçando um pouco para isso. Gosto de como ele trava o maxilar, como seu pomo de adão se move sob a pele bronzeada.

Gosto até dos poucos fios grisalhos que despontam por seu cabelo escuro.

Caras mais velhos. Sempre tive uma queda por caras mais velhos.

Cade me olha, com sua voz rouca e áspera e aquela expressão dura de sempre.

– Eu ficaria grato pela sua ajuda neste verão, Willa. Mas...

Eu levanto a mão.

– Sem *mas*. Isso foi muito educado. Ótimo trabalho. Posso começar amanhã. Pelo que entendi, você precisa de alguém imediatamente, certo?

Eu me levanto, sabendo que não devo demorar muito nem deixar que ele faça exigências demais. Já deu para perceber que ele é esse tipo de homem. Exigente. Específico. Sabe o que quer e espera que você entregue.

– Certo – retruca ele, os olhos percorrendo meu corpo com ar crítico.

Faço alegremente um sinal de positivo, sem saber o que pensar dele. Não tenho certeza se isso importa, porque passarei a maior parte do tempo com o filho.

– Nos vemos amanhã, então. Vou pegar seu número com a Summer e te mantenho informado.

Eu me viro para sair, repassando mentalmente todas as coisas que preciso para me preparar. Para algumas pessoas, se mudar num piscar de olhos seria estressante; exigiria listas e planos.

Mas para mim, não. Sempre fui de improvisar. Não faço ideia de para onde estou indo, apenas... vou. Além do mais, a vida fica mais emocionante desse jeito. Empregos, namorados, coisas materiais, nada disso me parece permanente.

Meu pai diz que sou inquieta. Minha mãe diz que ainda não encontrei meu lugar. E acho que ela tem razão. Além disso, a pressão para ter sucesso, como todos os meus familiares, é totalmente paralisante.

Ser indecisa parece mais fácil do que fracassada.

Bem quando chego à porta dos fundos, ouço uma voz:

– Willa – diz Cade, como se meu nome fosse uma ordem. – Você vai precisar usar roupas íntimas adequadas enquanto estiver trabalhando. Não pode ficar deixando cair da bolsa perto de uma criança.

Juro que meus pés ficam paralisados e meu queixo cai. *Que cara de pau.*

Se eu não tivesse começado a querer o trabalho, iria até ele e soltaria os cachorros, dizendo como ele é um babaca invasivo e presunçoso.

Roupas íntimas. Em que ano estamos? E por que uma calcinha traumatizaria uma criança?

Ele pode ser, tecnicamente, meu patrão pelos próximos meses, mas sou eu quem está lhe fazendo um favor. Não preciso do dinheiro, só preciso de um propósito. Então opto por fazer algo que vai irritá-lo mais ainda.

Banco a superior.

Bem, mais ou menos.

Abro o sorriso mais doce de que sou capaz e me viro para olhá-lo.

– Estarei pronta para sua inspeção amanhã, chefe.

Então dou uma piscadela e me afasto, sentindo o peso de seu olhar em meu corpo e sabendo que ele provavelmente está se perguntando se estou usando *roupa íntima* neste momento.

5

Cade

Summer: Ela vai ser ótima. Você vai amar ela.
Cade: Não vou, não. Vou só tolerar.
Summer: Dá no mesmo! Só seja legal.
Cade: Eu sou legal.
Summer: Não. Você é meio babaca.
Cade: Com parentes como você me dizendo essas coisas, não consigo imaginar o motivo.
Summer: Não se preocupe. Faz parte do seu charme.
Cade: Eu sou um babaca charmoso?
Summer: Exatamente!

Eu gostaria de poder fingir que não estou na frente de casa esperando por ela, mas estou.

Willa me dá nos nervos, mas meu filho parece gostar dela e, no fundo, ainda sou um cavalheiro.

Tiro o celular do bolso traseiro e olho a hora. Minha contagem regressiva começou. Ela parece o tipo de pessoa que se atrasa. Dispersa. Desorganizada.

Ou talvez eu só queira que ela seja assim, para ter justificativa para não gostar dela. Se Willa se atrasar no primeiro dia depois de termos fechado um acordo, vou poder mostrar a todo mundo que eu tinha razão. Que ela não tem responsabilidade suficiente para cuidar de Luke.

Na verdade, não sei quem tem. Não confio em ninguém com facilidade. Especialmente em mulheres.

Ela tem seis minutos.

Sorrio comigo mesmo, apoio o quadril no corrimão, sentindo que há uma boa chance de me provar certo.

E é nesse momento que o barulho de cascalho sendo esmagado me faz levantar a cabeça.

É nesse momento que constato que estava errado.

Porque o jipe vermelho de Willa para em frente à minha casa cinco minutos antes da hora.

Ela estaciona ao lado da minha caminhonete preta e salta. Olho para os pés dela, começando pelos tênis Converse, e deixo meus olhos percorrerem as pernas longas e delgadas até um short jeans simples, coberto por uma camisa larga e desgastada do Led Zeppelin. Há um buraco perto da barriga que revela uma pequena amostra de pele branca.

Grandes óculos Ray-Ban estilo aviador estão acomodados em seu nariz, e seu cabelo ruivo está desgrenhado e cai em ondas em volta dos ombros, emoldurando seu rosto delicado como chamas dançantes. Uma mecha toca seus lábios.

Lábios brilhantes que se abrem num sorriso malicioso.

– Você chegou cedo – rosno, porque não sei mais o que dizer.

Não consigo tirar os olhos dela, mesmo querendo. Mesmo que ela não seja meu tipo, a esta altura da minha vida.

Está escrito em sua cara que ela é uma garota da cidade. Está escrito em sua cara que é do tipo rebelde. Não é uma doce menina do interior.

É a mulher que não pensou duas vezes antes de dizer que me deixaria inspecionar suas roupas íntimas. Está escrito em sua cara que ela é uma tentação.

Mas ela não reage assim, só dá de ombros e tira os óculos escuros do rosto, fitando-me com seus olhos cor de esmeralda. O tipo de olhar que te deixa paralisado.

No mínimo, dá para dizer que Willa Grant é um espetáculo.

Jovem demais para mim. Imprevisível demais para mim.

Mesmo assim, é um espetáculo.

– Eu estava animada para vir.

Eu apenas a encaro, porque, bem, o que devo responder? Eu aqui fazendo uma lista de tudo que a torna um problema, e ela apenas muito animada por estar aqui e cuidar do meu filho.

Talvez eu seja mesmo o babaca que todos dizem.

– Willa!

Luke sai correndo de casa feito um furacão, os pés com meias correndo direto pelo caminho de terra até a pista de cascalho. Ele sabe que não deveria fazer isso, mas não parou de falar sobre Willa desde ontem. O pobrezinho está tão faminto por atenção feminina que tudo que alguém precisa fazer é subir em uma árvore com ele que vai parar num pedestal.

Ele para bruscamente diante dela.

– Que bom que você veio.

Willa ri, linda e sexy, um pouco rouca – como se fumasse ou algo parecido. Então fico na dúvida se ela fuma mesmo. Não perguntei.

Ela se agacha na frente dele e bagunça seu cabelo macio.

– Estou muito feliz de ter vindo. Vamos ter um verão incrível.

– O que a gente vai fazer?

Os olhos dele estão brilhantes, emanando empolgação.

– Tudo – responde ela, fazendo um amplo gesto com uma das mãos. – Todas as coisas.

Minhas sobrancelhas se franzem por vontade própria. Quero que Luke se divirta, mas não *tanto assim*.

Ela percebe minha expressão, porque seus olhos brilham, como se achasse graça.

– Queda livre. Montaria. Vou até te ensinar a virar uma lata de cerveja.

Balanço a cabeça, os lábios comprimidos, vendo meu verão pacífico descer pelo ralo.

Ela vai me fazer subir pelas paredes.

Luke franze o nariz.

– Cerveja é nojento.

Ela volta a rir.

– Resposta inteligente, garoto. Estou só brincando. Mas tenho muitas ideias divertidas. Você me ajuda a levar a mala lá para dentro?

– Claro! – exclama a voz doce do meu filho enquanto ele segura a mão dela sem hesitação.

Eu resmungo e desço a escada, avançando rapidamente para chegar à traseira do jipe ao mesmo tempo que eles. Levantando a mão para detê-los, resmungo:

– Deixa comigo.

– Muito cavalheiresco. Obrigada, Sr. Eaton.

Mordo a parte de dentro da bochecha. *Sr. Eaton*. Isso me faz sentir um velho pervertido.

Ou me sentir o meu pai. O que talvez dê no mesmo.

Mas eu não a corrijo, porque minha parte velha e pervertida gostou. Prefiro abrir logo o porta-malas e retirar sua enorme bolsa.

– Quero te mostrar meu quarto! – diz Luke, como um esquilo animado que não consegue decidir onde guarda uma noz.

Sinceramente, é meio cativante.

Tiro a mala bem a tempo de vê-los entrar de mãos dadas em minha casa e, por algum motivo, paro e observo. Incapaz de desviar o olhar. Muita gente já passou por aquela porta.

Mas, por algum motivo, dessa vez parece diferente.

– Na cama às oito.

Willa assente, a expressão muito séria, embora eu esteja convencido de que parte dela está zombando de mim.

– Está bem.

Estamos sentados frente a frente na mesa oval branca da sala, nos encarando agora que Luke foi dormir. Willa está de braços cruzados, e ainda estou tentando vislumbrar sua pele pelo buraco da camiseta.

– Sem doces depois do jantar.

Ela recua, os olhos arregalados.

– Sem sobremesa?

Parece que acabei de dizer que chuto cachorrinhos por esporte ou algo assim.

– Durante a semana, não.

– Você governa com mão de ferro, papai Eaton.

Eu solto um grunhido, minhas bochechas se contraindo de desgosto.

– É assim que a gente chama o meu pai.

Ela bufa baixinho, e reparo que seu lábio inferior é mais carnudo que o superior.

– Então é papai Cade.

Não sei bem o que fiz para merecer esta tortura, mas deve ter sido algo terrível. Gosto de pensar que levo uma vida simples e direita, mas já recebi muitos desaforos e desafios. Acho que o universo podia ter me concedido algum tipo de alívio.

Mas ele me concedeu simplesmente Willa Grant.

– Não.

Ela abre um sorrisinho e inclina a cabeça, desafiadora.

– Você vai me dar notícias por mensagem durante o dia, para eu não ficar preocupado. Vai me manter a par de suas atividades.

– Os professores dele costumam fazer isso quando ele está na escola?

Eu me recosto na cadeira, examinando-a de cima a baixo. Noto meu sorriso de escárnio antes que possa contê-lo.

– Não. Mas eu confio neles. *Gosto* deles.

Willa pisca devagar, me encarando quase sem expressão. O silêncio se estende enquanto seu olhar muda para algo que me parece fúria.

Talvez tenha sido uma coisa escrota de dizer, mas não sou conhecido por ser carinhoso e delicado. Toda vez que agi assim, perdi um pouco de mim mesmo.

Nunca mais.

Não posso perder mais nada se quiser ser um pai feliz e presente para Luke.

– Não acredito que você disse isso.

Dou de ombros, displicente.

– Mas eu disse.

O sorriso que ela me dá é inexpressivo, de olhos opacos – qualquer traço brincalhão se evaporou.

– Bem, nesse caso, eu vou embora.

Ela afasta a cadeira com firmeza, se põe de pé, se vira e me deixa sentado à mesa, fitando seu traseiro perfeito.

– Willa.

Ela põe o copo de água na pia, mas me ignora.

– Willa.

Ela continua a me ignorar e se vira para descer o corredor em direção ao quarto de hóspedes, onde Luke, todo feliz, a ajudou a se instalar, algumas horas antes. Eu ouvi a conversa dos dois. Ele perguntando sobre o cavalo dela. Sobre o violão. Sobre seu tipo favorito de cobra. Como se fosse uma pergunta normal a fazer quando se conhece alguém.

Se eu não achasse que acordaria Luke e o deixaria chateado, eu levantaria a voz nesse instante, mas só posso cochichar "Willa", e ela não está me ouvindo.

Com um grunhido, me levanto e vou atrás dela. Passo pelo quarto de Luke e sigo até o dela, que fica antes do meu, no fim do corredor.

– Willa.

Seguro a porta antes que ela possa fechá-la silenciosamente. É óbvio que também está tentando não acordar meu filho, e sou grato por isso, porque ele não precisa participar dessa conversa.

Fico parado no chão de tábuas corridas do corredor e ela, no carpete do quarto. Uma divisória de latão reluz no chão entre nós, como uma linha na areia. Eu contra ela.

– O que você está fazendo? – pergunto.

– Indo embora – responde ela sem pestanejar.

– Por quê?

Ela revira os olhos, me dá as costas e começar a arrumar as coisas na mala que mal foi desfeita.

– Porque não vou passar o verão morando com um sujeito que odeia mulheres, não confia em mim e vai ficar agindo de modo controlador durante todo o tempo que eu estiver aqui.

Recuo um pouco, como tivesse levado um tapa na cara.

– Eu não odeio mulheres.

Ela se abaixa para pegar um par de pantufas cor-de-rosa. Do tipo que viraria plástico derretido no calor do fogo. Tento não olhar a maneira como seu short sobe pela pele lisa das coxas.

– Então deveria se esforçar mais para não ficar me olhando como se me odiasse.

Não é a primeira vez que me dizem isso, mas é a primeira que enfrento as emoções que esse comportamento causa. Não é intencional. Tenho certeza de que se tornou apenas minha expressão-padrão. Os músculos que uso para sorrir perderam todo o tônus.

– Eu não te odeio.

Ela se levanta, uma risada irônica distorcendo suas feições enquanto ondas de cabelo acobreado esvoaçam em torno de seu pescoço.

– Nossa, então você finge bem.

– Desculpe.

Ela empina o queixo e leva a mão ao ouvido.

– Pode repetir? Acho que ouvi mal.

– Me desculpa – retruco. – Está sendo difícil abrir mão de cuidar dele.

Vejo os ombros dela relaxarem quando suspira.

– Justo. Mas não há dinheiro no mundo que você possa me pagar para ficar aqui e ser seu saco de pancadas durante todo o verão.

Eu adoro a presença de espírito dessa garota. Se não estivesse tão irritado com a atração que sinto, estaria batendo palmas.

Olho para trás, em direção ao quarto de Luke, onde a coisa mais preciosa da minha vida está dormindo. O garotinho que está animado com a perspectiva de passar os próximos meses com a beldade na minha frente.

– Fique – murmuro, levantando a mão para detê-la e olhando para aquela linha no chão.

A linha que me impede de entrar, arrastá-la de volta para a mesa e obrigá-la a me ouvir. Willa para de enfiar as coisas na bolsa e se vira para mim, cruza os braços sob os seios fartos e empina o quadril. É mesmo uma mulher de atitude.

– Implore.

– O quê?

– Você me ouviu. – Ela sequer hesita. Não está de brincadeira. – Implore.

Minhas bochechas coram a contragosto. Meu coração troveja no peito. Ela me deixou tão desconcertado que nem tem graça. Não posso permitir que isso continue, mas será que consigo engolir o orgulho para convencê-la a ficar por aqui?

Talvez.

– Fique, por favor.

Ela reage apenas levantando uma sobrancelha.

– Não vá embora.

Ela faz um biquinho muito perturbador.

Suspiro, apoiando as mãos nos quadris e fitando o teto texturizado sobre minha cabeça.

– Luke é tudo para mim, e quero que ele se divirta durante o verão. Se divirta de verdade. Às vezes ele fica preso neste rancho com um monte de adultos, e eu fico achando que não dou atenção suficiente a ele, porque trabalho demais. E preciso de *ajuda*, porque é muita coisa. Estou completamente exausto. – Baixo o rosto e olho direto em seus olhos. – Realmente preciso da sua ajuda. Fique, por favor.

Ela engole em seco e seus olhos ficam um tanto vítreos. Com alguns passos suaves, ela se coloca bem na minha frente. Tem um cheiro de frutas cítricas e baunilha. Como um doce chique da cafeteria da cidade. Não consigo evitar me inclinar um pouco.

Willa se aproxima, e parece até perto demais no ambiente mal iluminado. Intimidade demais na casa silenciosa. Parece o tipo de momento em que se pode cometer um erro e ninguém vai ficar sabendo.

E talvez eu já tenha cometido um erro esta noite, ou talvez esteja prestes a cometer. Geralmente, sou muito seguro de mim. Mas, neste caso, estou lutando para distinguir o que é certo do que é errado.

– Muito bem. – Ela estende a mão e eu imediatamente a aperto. Sinto seu pulso delicado contra a ponta dos meus dedos calejados. – Vou te mandar mensagens. *Quase* não vou dar doces para ele. Mas, se você agir feito um babaca, vou reclamar.

– Não tenho dúvida disso, Ruiva.

Ainda estamos apertando as mãos. O gesto dura mais do que o apropriado. É uma ameaça ou uma promessa – só não sei bem qual dos dois.

6

Willa

Willa: Acabei de acordar.

Cade: Ok...

Willa: Estou fazendo café.

Cade: Tudo bem.

Willa: Estou me arrumando para o dia. Calcinha? POSITIVO.

Cade: Informação demais.

Willa: Luke acordou.

Cade: Ah, que bom.

Willa: Ele fez xixi.

Cade: Na cama?

Willa: Não. No banheiro. Um dos grandes. Igual ao Austin
Powers ao sair do congelamento, ou algo assim.

Cade: Por que você está me contando isso?

Willa: Só estou mantendo você informado sobre *tudo que
estamos fazendo!!!*.

Cade: Já estou arrependido de ter dito isso.

Willa: Ah, estou só começando.

Cade: Willa.

Willa: Lembra quando você me IMPLOROU para ficar?

– Vamos colocar um pouco de volta no saco! – diz Luke em cima de uma
cadeira, ao meu lado na bancada da cozinha, enquanto olhamos para a
tigela de massa para panqueca.

A massa que agora tem mais gotas de chocolate do que massa. Não sou especialista em matemática, mas tenho quase certeza de que essa proporção está errada. Esqueci que as habilidades motoras das crianças não são muito refinadas, e entregar ao Luke um saco de gotas de chocolate para colocar na mistura pode não ter sido o plano mais estratégico que já bolei na vida.

– Cara. Não podemos colocar de volta.

Ele dá de ombros, sem parecer triste.

– Acho que vamos ter que comer.

Tento não rir. Quase desconfio que ele fez isso de propósito.

– Acho que sim.

Levamos a cadeira para perto do fogão e recito para ele a advertência sobre panelas quentes, dizendo que o pai dele me enterraria em algum campo de feno se eu o deixasse se queimar.

Ele dá uma risadinha e diz que sou uma comédia.

Nunca me senti mais legal do que na companhia de uma criança de cinco anos.

Ainda mais quando ele se senta na minha frente à mesa, dá um tapinha na barriga com dedos pegajosos de chocolate e exclama:

– Acho que você cozinha melhor do que meu pai!

Aponto o garfo para ele.

– Mal posso esperar para dizer isso a ele.

Seus olhinhos azuis ficam comicamente arregalados.

– Você não pode contar. Ele vai ficar triste.

– Não esquenta, rapazinho – respondo, tentando não me emocionar com a forma fofa como ele se preocupa com o pai. – Seu pai vai conseguir lidar com o golpe.

Ele suspira profundamente e olha para mim com expectativa.

– E agora?

– O que você quiser.

Pego meu prato enquanto ele pega o dele e o entrega para mim.

– Qualquer coisa?

Eu o encaro, arqueando a sobrancelha.

– *Praticamente* qualquer coisa.

– Um dos meninos da escola disse que ele e o pai pegaram o carro e correram pelas estradas secundárias jogando alfaces pela janela e vendo elas explodirem pelo caminho.

Eu olho para o garotinho, todo sério e honesto. Como se nem percebesse a bobajada que acabou de me pedir para fazer.

Caramba, cidades pequenas são esquisitas.

– É meu primeiro dia. Quer que eu seja mandada embora?

– Ninguém vai te mandar embora. Nós gostamos muito de você!

– Nós quem? – pergunto, colocando os pratos no lava-louça.

E fico paralisada por um momento quando ele responde.

– Meu pai e eu.

Não vou desiludir o menino dizendo que seu pai, na verdade, não gosta de mim. Que só precisa da minha ajuda e está preso entre a cruz e a caldeirinha. Uma posição muito complicada, o que faz de mim literalmente sua última e única opção.

Dou de ombros.

– Ok, claro, por que não?

Vamos à bobajada, então.

Subo a capota do jipe e vamos até o supermercado cantando alguns dos meus sucessos favoritos dos anos 1980. Luke ri feito louco da sua cadeirinha no banco traseiro quando faço minha melhor imitação do Billy Idol.

Revirei os olhos quando vi a cadeirinha já instalada no meu carro. Eu disse a Cade que dava conta disso, mas ele entrou no meu carro enquanto eu dormia e instalou do mesmo jeito.

Controlador.

Na cidade, encontro facilmente o supermercado. Quando voltei para o rancho, dei uma circulada antes, fazendo um discurso encorajador para mim mesma. Cheguei a pensar em dar meia-volta e retornar para a cidade, onde poderia ficar na minha zona de conforto, mas nunca fui do tipo que recusa novas experiências. Então reuni todas as minhas forças e dei uma boa olhada na área para não ficar muito perdida quando estivesse desacompanhada.

– Quantas vamos comprar? – pergunto a Luke, que está desfilando pelo supermercado como um reizinho.

O herdeiro caubói do trono do chifre de veado. Ou algo igualmente rústico.

– Dez – responde ele, decidido.

– Dez? É muito.

– É a quantidade certa.

Fito a seção diante de nós, onde fica a alface-americana. Se pegarmos dez, vamos levar metade do estoque.

– Cinco.

Ele se vira rapidamente para mim, franzindo as sobrancelhas. Imediatamente fica a cara do pai.

– Sete.

Pressiono os lábios com tanta força que quase dói. Esse garoto é esperto demais.

– Cinco, oferta final.

Ele empina de leve o queixo, e eu fico para morrer. Ele é um Cade em miniatura. Tirando a cor dos olhos, a semelhança é impressionante. Hilário.

– Tudo bem.

– Você vai ficar entediado depois de três – digo enquanto pego a primeira alface.

– Não vou!

Eu me viro e arqueio uma sobrancelha para ele.

– Luke. Posso ser nova aqui, mas vou dizer a você o que disse ao seu pai. Cuidado com o tom de voz. Não vamos falar um com o outro desse jeito. Ou vou colocar você de volta na cama para tirar uma soneca.

Ele arregala os olhinhos azuis.

– Soneca é coisa de bebê.

– Concordo. Mas, se você agir como um bebê, posso me confundir.

Ele suspira pesadamente e me oferece um breve aceno de cabeça antes de pegar outra alface.

– Desculpa.

– Obrigada por se desculpar. Agora você agiu como um rapazinho.

Um sorriso surge em seus lábios e eu o retribuo. Acho que chegamos a algum tipo de entendimento.

Quando nos viramos para sair da seção de hortifrúti, me deparo com um olhar bem menos amigável.

– Quem é *você*? – pergunta uma mulher, uma mão apoiada no quadril e uma cesta de compras na outra.

A maneira como ela pronuncia *você* me lembra a lagarta que fuma narguilé em *Alice no País das Maravilhas*, mas só o que sai de sua boca é mau hálito.

Também não sou fã do jeito como está me encarando. Dos pés à cabeça, com um pequeno sorriso de escárnio, como se eu fosse um bicho atropelado na estrada.

Independentemente disso, sorrio com doçura – um pouco de doçura demais – e digo:

– Meu nome é Willa.

A mulher funga, remexendo a ponta do nariz. Não consigo estimar a idade dela. A minissaia e o tênis de strass me parecem jovens, mas a maquiagem pesada descamando nas rugas de sua testa me passa uma impressão de que é mais velha. É uma dicotomia fascinante.

– O que você está fazendo com o filho do Cade? – Ela se abaixa um pouco para se dirigir a Luke. – Você está bem, querido? Precisa da minha ajuda?

Luke só lança a ela um olhar sério e confuso.

– Hã... Estou bem.

Ele recua um pouco, e acho que pode ser por causa do mau hálito dela. Para ser justa, também gostaria de me afastar ao máximo.

– Tem certeza, querido? Esta mulher está levando você a algum lugar que você não quer ir?

Reviro os olhos.

– Se eu estivesse sequestrando uma criança, não pararia primeiro no supermercado para comprar cinco pés de alface. Eu sou a babá dele.

Ela semicerra os olhos, mas volta a me encarar.

– Eu me candidatei a esse emprego.

Ela funga de novo enquanto se endireita.

– É, e meu pai disse que prefere rolar na pilha de estrume a contratar você.

Meus olhos quase saltam das órbitas e preciso tapar a boca para conter o riso. É um momento em que preciso ser mais madura do que me sinto.

A mulher fica atônita, o pescoço cada vez mais vermelho. Sinceramente, fico com pena. Quer dizer, não podemos nos ofender com as coisas que uma criança de cinco anos diz... mas *podemos* nos ofender com coisas que homens de quase quarenta dizem.

– Sinto muito. – Seguro a mão de Luke e lanço um olhar com um pedido de desculpa para a mulher. – Eu, hã, espero que você tenha um ótimo dia.

Abro um imenso sorriso e arrasto Luke até o caixa, muito grata por ter começado tão bem minha estadia nesta cidadezinha.

Deixar a calcinha cair e insultar os moradores. E é só o segundo dia.

Mantenho o sorriso estampado no rosto enquanto pago. Parece que as pessoas estão nos olhando de um jeito esquisito. Juro que posso sentir seus olhares em mim, me julgando. Ou talvez eu esteja imaginando coisas. Talvez não seja real.

Tudo que sei é que quero dar o fora o mais rápido possível. Não estou acostumada a morar em um lugar onde todos se conhecem. Tenho certeza de que é por isso que meus pais viajam tanto. Para fugir de pessoas os abordando e pedindo autógrafos o tempo todo. Para ficar *em paz.*

– Ok, pode entrar, rapazinho.

Abro a porta traseira do meu jipe e jogo as sacolas com alface na frente.

– Eu fiz coisa errada? – pergunta ele, sentando-se em sua cadeirinha.

Suspiro, observando suas mãozinhas puxando a alça por cima do ombro e depois brigando com a fivela. Estendo a mão para dar uma ajuda, afastando-me quando ouço o clique do encaixe.

– Sim e não. Tem umas coisas que a gente não diz em voz alta.

Não adianta fazer rodeios.

Dou a volta no carro e o ouço perguntar, confuso:

– Como assim?

– Estou querendo dizer – começo, entrando no carro e colocando o cinto de segurança – que tem coisas que a gente só pensa, ou que só falamos para quem conhecemos e em quem confiamos, mas não com todo mundo. Então, quando a gente encontra alguém, como acabou de acontecer, você pode pensar essas coisas, mas não dizer. Tipo um balão de pensamento.

– O que é um balão de pensamento?

Sinto que ele não está entendendo nada.

– Você já leu uma história em quadrinhos? Ou viu uma tirinha no jornal? Seu pai parece ser o tipo de pessoa que lê jornal.

– Só nos fins de semana – informa Luke enquanto dou marcha à ré.

Faz sentido.

– Tudo bem. Então, os personagens de quadrinhos às vezes pensam coisas que eles não dizem em voz alta. E isso é desenhado como balões com bolinhas saindo da cabeça deles. São os balões de pensamento. Assim, você não magoa ninguém dizendo isso em voz alta. Entendeu?

– Quando você disse que meu pai odiava mulheres, era um balão de pensamento?

Meeeeeeerda.

Estou sendo repreendida por uma criança de cinco anos.

Estou ensinando uma criança a não falar tudo que pensa quando eu mesma ainda não domino o conceito.

Engulo em seco e olho para ele pelo espelho retrovisor.

– Sim. Foi um balão de pensamento. Às vezes escapam, acontece com todo mundo.

– O que você faz quando isso acontece?

Eu solto um grunhido e olho fixo para a frente enquanto descemos a rua principal em direção aos campos vazios que levam de volta ao Rancho Poço dos Desejos.

– Você pede desculpa – respondo, me sentindo um lixo por ter dito o que eu disse, e pior ainda por saber que o filho dele me ouviu.

– Meu pai vai aceitar sua desculpa. Ele gosta de você.

– Como você sabe que ele gosta de mim?

Luke já mencionou isso duas vezes, o que, sinceramente, me deixa bem confusa.

– Porque ele não disse nada sobre rolar na pilha de estrume.

Solto uma risada por esse ser o parâmetro. Se Cade Eaton "gostar" de você, o jeito de saber é ele não mencionar uma preferência por rolar em bosta de cavalo.

Em poucos minutos, estamos em uma estrada secundária e nossa conversa séria se transforma em gritos de alegria enquanto o garoto espertinho demais para a idade no banco de trás joga alfaces pela janela e ri histericamente.

Eu também rio.

7

Cade

Willa: Desculpa por ter dito que você odiava mulheres.
Cade: Tudo bem.
Willa: Sabe qual foi a primeira coisa que fiz hoje de manhã?
Cade: Willa, estou trabalhando. Se estiver tudo bem, não precisamos conversar.
Willa: Vesti uma calcinha.
Willa: Você está me ignorando?
Willa: Achei que ficaria orgulhoso. Primeiro dia e eu estou cumprindo todas as regras à risca.
Cade: Se eu te pagar mais, você para de me mandar mensagens sobre isso?
Willa: Provavelmente não. Não preciso do dinheiro.
Fico entediada com facilidade e acho divertido
brincar com fogo.

– Como foi seu primeiro dia? – pergunto enquanto Willa corta um dos peitos de frango que eu preparei para a gente no minuto em que entrei pela porta.

Foi uma transição estranha. É como se ela não tivesse percebido que o expediente se encerrou assim que entrei em casa. Ela se ofereceu para preparar o jantar e eu lhe lancei um olhar fulminante. Adoro preparar o jantar; é como relaxo no fim do dia. É quando posso passar um tempo com Luke.

Acho que esperava que o olhar a fizesse sair correndo para o quarto, mas tudo que ela fez foi revirar os olhos.

Oferecer ajuda com o jantar não é crime, e preciso esquecer essa ideia de que vou poder estalar os dedos e fazê-la desaparecer quando eu chegar em casa.

É uma sensação estranha entrar em uma casa cheia de movimento. Uma casa onde ouço as risadas do meu filho e a voz rouca e suave de Willa.

– Tivemos um ótimo dia, não foi, Luke?

Ela sorri para ele, que devolve o sorriso. Está encantado.

Quando cheguei, eles estavam brincando de dinossauros lá fora. Posso dizer honestamente que nunca ouvi uma mulher fazer os sons que Willa estava fazendo. Alguma combinação de grasnado de ganso e zurro de burro, entremeada com aquela risada leve e charmosa.

Ela estava andando com as mãos encolhidas na frente do corpo, como bracinhos de um tiranossauro.

Parecia uma doida, e despreocupada.

E linda.

– Além de brincar de rancho dos dinossauros, o que vocês fizeram?

– Nada – diz Luke depressa demais.

Vejo o brilho acobreado da cabeça de Willa se virando para ele. Uma sobrancelha perfeita se arqueando. O detector de embromação dela é bem sensível. Deve ser por causa de sua experiência trabalhando com crianças.

O meu é apenas resultado de conviver com embromação todos os dias. Os malditos caubóis no alojamento. Meus irmãos. Os dramas de cidade pequena. Minha ex.

A única pessoa que não me deixa exausto é minha irmã caçula, Violet. Mas talvez seja só porque ela se mudou para o litoral.

– Nós não fizemos *nada*, Luke? – Willa espeta uma vagem e tento não me distrair com a maneira como ela a coloca na boca.

– Nós... – O olhar dele se alterna entre nós dois, sua expressão obviamente culpada. – Fizemos panquecas! Com gotas de chocolate! Muitas gotas de chocolate.

Willa faz uma careta ao olhar para o prato. Quando ergue a cabeça e me pega a encarando, ela diz:

– O que foi? Você disse nada de doces *depois* do jantar.

Balanço a cabeça e volto minha atenção para Luke.

– O que mais?

– Nada... – começa ele.

Mas Willa diz:

– Compramos pés de alface e depois jogamos pela janela do meu jipe.

Franzo os lábios enquanto dou uma rápida olhada em seu rosto, notando que ela parece entretida.

– Luke.

Ele parece aterrorizado. É muito difícil dar uma bronca no meu filho quando ele é tão fofo, mas não tenho o privilégio de revezar a educação dele com outra pessoa. Todo o trabalho sujo fica comigo. Todas as broncas. Alguns dias me preocupo em como isso faz com que ele me veja, mas alguém precisa mantê-lo no caminho certo.

Alguém precisa mantê-lo em segurança.

– Desculpa! – exclama ele, encolhendo-se na cadeira enquanto Willa olha de um lado para outro.

– Por que estamos pedindo desculpa?

Solto um suspiro profundo, balançando a cabeça e cortando o peito de frango com força excessiva.

– Luke já me pediu para jogar alface pela janela do carro e eu disse *não*.

Luke não consegue nem me olhar, e Willa fica de queixo caído, virada para ele.

– Cara! Sério mesmo?

Luke faz um biquinho e se encolhe. Não é um mau garoto, só tem uma tendência a ser um pouco rebelde. Acho que é algo que está no sangue de todo Eaton.

– Só achei que o papai não queria fazer. – Ele vira os olhos suplicantes para Willa. – Você disse que se divertiu!

– Luke... – começo, mas Willa me interrompe.

– Nós dois sabemos que você é um garoto esperto, Luke. Você me enganou. De propósito. Não foi legal. Eu me diverti, mas saber que você mentiu para mim estraga toda a diversão. – Ela diz isso sem nenhuma maldade, mas Luke parece arrasado.

Eu me recosto na cadeira, cruzando os braços, um pouco surpreso por ela levar isso a sério em vez de rir da minha cara. E me sinto um pouco aliviado por não ter que ralhar com ele... de novo.

– Desculpa.

Seus olhos ficam marejados no mesmo instante. Ele é um garoto sensível. Não é preciso muito para colocá-lo na linha.

Willa assente e leva mais vagem à boca.

– Eu te perdoo. Você é uma boa pessoa. Mas, quando me engana, abala minha confiança. E seu pai confia que eu vou te manter em segurança, e precisamos respeitar as regras dele, pelo menos às vezes. Porque agora perdemos a confiança dele também. Você entende?

Parte de mim quer intervir e proteger Luke, mas a verdade é que Willa está coberta de razão. Está falando com ele com respeito, como um adulto, e não posso condená-la.

Também estou muito aliviado por ter apoio, mesmo vindo de Willa Grant. A ruiva tagarela que transforma o ato de comer vagem em pornografia.

Meu pai age como se Luke fosse engraçadíssimo o tempo todo... e tudo bem. Na verdade, é por isso que não quero que ele seja o cuidador de Luke em tempo integral. Não quero arruinar a amizade deles. Também não quero que Luke se transforme em um Mogli. Um menino selvagem criado por um bando de homens selvagens que vivem juntos em um rancho.

É bem estranho pensar demais nisso.

– Desculpa, pai – diz Luke com cautela.

– Tudo bem.

– Eu só queria me divertir. Parecia tão divertido! Foi mesmo muito divertido!

– Somos rancheiros, agricultores, Luke. É um desperdício de bons alimentos.

– Eu sei – responde ele, derrotado. E então se ilumina ao me encarar. – Da próxima vez que você cobrir o trator dos Jansens com papel higiênico, posso ir junto?

Como é que ele sabe dessa pegadinha?

Vejo os lábios de Willa se curvarem, mas ela mantém o foco no prato. Então pega mais vagem e eu tenho que desviar o olhar.

Esse garoto ainda vai acabar comigo.

E a maldita babá dele também.

Pôr Luke para dormir é minha parte favorita da noite. Os abraços. As histórias. As coisas que ele me conta na segurança de seu quarto escuro e tranquilo. Ele fica muito calmo e carinhoso, e a gente conversa sobre assuntos que não surgem durante o dia. É por isso que nunca vou abrir mão desse momento com ele.

Minha segunda parte favorita da noite? Uma banheira de hidromassagem com água quente para aliviar as dores do dia. Um momento de paz com minha aquisição mais frívola. Tempo sozinho para olhar as estrelas e desfrutar de um pouco de solidão.

E é o que estou fazendo, com a cabeça inclinada para trás, os braços estendidos sobre a borda, quando ouço a porta dos fundos se fechar. Minhas pálpebras se abrem e vejo a silhueta de Willa através do vapor ao meu redor.

– Droga, desculpe. Eu vou embora – sussurra ela, virando-se para partir com a toalha enrolada ao redor do corpo.

Um homem inteligente diria: *Sim, por favor, vá embora. É uma excelente ideia.*

Não sou um homem inteligente.

Em vez disso, solto:

– Não tem problema.

Afinal, eu disse a ela que ficasse à vontade e usasse o que quisesse. Na verdade, não posso culpar ninguém por querer relaxar aqui depois de passar um dia inteiro correndo atrás de um menino de cinco anos.

– Tem certeza? Achei que você estava dormindo.

É difícil ouvi-la porque, pela primeira vez, ela parece um pouco insegura. Também é difícil vê-la através da névoa quente que sobe da água borbulhante. Sua silhueta só é destacada pela luz que vem de dentro da casa e vaza pelas portas de correr de vidro.

Eu deveria parar de usar o vapor como desculpa para encará-la com tanta intensidade. É grosseria. Ela tem vinte e poucos anos, e não quero deixá-la constrangida.

Inclino a cabeça para trás novamente e fecho os olhos.

– Não diria que não tem problema se tivesse, Ruiva.

Ouço um arrastar de pés e uma risada baixinha.

– É, você me mandaria dar o fora.

Puta merda.

Ela não está tentando ser oferecida. Mas as palavras *me mandaria dar* ditas naquela voz ligeiramente rouca fazem com que o ar ao meu redor pareça muito rarefeito.

Há o farfalhar de tecido e o som de passos suaves em direção à banheira. Cerro os olhos com mais força, recusando-me a ceder à voz na minha cabeça que me manda espiar. Vê-la escalar a borda. Ver que tipo de roupa de banho está usando e se sua pele é tão branca quanto pareceu pelo vislumbre através da camiseta no dia anterior.

Ignoro o frio na barriga.

O som suave da água me diz que ela está entrando. A água quente bate em meu peito enquanto ela se acomoda e, de repente, compartilhar uma banheira de hidromassagem com essa mulher que eu mal conheço e não consigo parar de comer com os olhos parece totalmente inapropriado.

Íntimo demais.

– Ah – sussurra ela com prazer.

Eu desisto e a encaro. A posição de Willa espelha a minha quase perfeitamente. Seus braços delgados estão sobre a borda e seu rosto está voltado para o céu azul-marinho. Meu olhar se fixa em seu pescoço esguio. Em seu comprimento elegante. Na forma como está posicionado, pronto para ser tomado. Na maneira como estremece quando ela engole.

– Desculpa – murmura ela sem mover a cabeça para se dirigir a mim.

– Por quê? – indago, um pouco confuso sobre o que ela está falando. – Eu já disse que não tinha problema de você entrar – afirmo, mesmo sem ter muita certeza de que isso seja verdade.

Alças fininhas cruzam suas clavículas e envolvem seus ombros. Tão fáceis de arrancar.

– Por ter feito aquele negócio bobo da alface. – Ela balança a cabeça e outra risada melódica escapa, como se não conseguisse acreditar. – Não acredito que fui enrolada por uma criança de cinco anos.

Meus lábios quase esboçam um sorriso. *Negócio bobo da alface.*

– Bem, você já trabalhou com crianças. Tenho certeza de que sabe lidar com isso.

Estou me congratulando mentalmente por elogiá-la – mais ou menos – quando Willa lança a bomba.

– Eu *nunca* trabalhei com crianças.

Eu fico mortalmente imóvel antes de puxar os braços para dentro da água e me sentar mais ereto.

– O quê?

Ela deve ter percebido a agressividade em minha voz, porque inclina a cabeça em minha direção e seus olhos se semicerram quando ela também se empertiga, as gotas de água escorrendo por seu peito farto, direto para o vale entre os seios. Eu cerro os dentes por ter deixado meus olhos seguirem esse caminho e volto a encará-la quando ela responde:

– Cuidado onde pisa, Eaton.

Engolindo em seco, eu a encaro do lado oposto da banheira.

– Summer me contou que você trabalhava com crianças. Ela disse que você tem "muita experiência em lidar com garotos levados", com essas palavras.

Observo a expressão de Willa se transformar, da irritação para a incredulidade.

– Ela não fez isso.

– Fez.

– Ela deu mais explicações? – Willa passa a mão molhada pelo rosto e pelo cabelo, antes de acertar o coque que prende seus fios de fogo. – Você fez mais alguma pergunta? Meu Deus. Eu devia ter te mandado um currículo ou algo parecido. Isso é tão constrangedor, até para os meus padrões. E eu não fico constrangida com facilidade.

– Então qual é sua experiência em trabalhar com crianças?

Seu tom é de surpresa, os lábios de morango se abrindo da maneira mais tentadora.

– Nenhuma. Zero. Nada. Eu sou bartender.

Fecho os punhos dentro da água.

– Bartender?

– Isso. Acho que tenho mesmo muita experiência com garotos levados, sabe, mas não são crianças. Garotos adultos...

– Eu vou matar a Summer.

Ela comprime os lábios e se remexe, tentando se conter. Então a gargalhada escapa de uma maneira fascinante. Eu não deveria estar encantado, mas ela está achando tanta graça. É difícil não ficar pelo menos um pouco cativado.

Willa joga a cabeça para trás e os sons de sua risada flutuam na noite.

– Não tem graça – digo, mas não falo sério.

Quer dizer... É meio engraçado.

– Parece que nós dois fomos enganados.

A risada vai morrendo e a luz fraca ilumina o volume de seus seios, que cintilam de umidade.

Esfrego o rosto com as mãos e solto um grunhido.

– Summer estava tão cansada das minhas exigências que me enganou para que eu contratasse uma bartender.

– Olha, se você quiser um currículo ou uma verificação de antecedentes criminais, não vou reclamar. Mas ainda acho que dou conta do recado. Ainda acho que o Luke e eu podemos nos divertir neste verão. Cresci com ótimos pais, então devo ter aprendido alguma coisa com eles.

– Ah, é? – digo por trás das minhas mãos, em parte para esconder minha frustração e em parte para me dar um tempo, porque a mulher sentada diante de mim na banheira de hidromassagem é deslumbrante. – O que os seus pais fazem? Você vem de uma longa linhagem de bartenders?

Quando ela fica em silêncio por tempo demais, baixo as mãos de volta para a água. Willa está mordendo o lábio inferior e me encarando com um ar crítico.

– O gato comeu sua língua?

– Não. Só não estou muito convicta de que você vai se sentir melhor com a resposta.

Reviro os olhos e solto um suspiro forte antes de inclinar a cabeça para trás de novo. Definitivamente vou fazer uma verificação de antecedentes criminais.

– Experimenta.

– Está bem. Minha mãe é terapeuta sexual.

Ela deve estar brincando.

– E meu pai é o vocalista do Full Stop.

Eu me sento direito.

– Como é que é?

– Está com problema de audição? Meu pai teve que começar a usar aparelhos auditivos ainda bem jovem, de tanto fazer shows com música alta demais.

Desaforada.

– Eu ouvi. Só... – Balanço a cabeça. – Uma terapeuta sexual e um roqueiro famoso criaram você, e isso de alguma forma a qualifica para cuidar do meu filho?

– Por que não? Eles são pais incríveis. Não comece a me tratar estranho. As pessoas sempre ficam esquisitas quando descobrem que Ford Grant é meu pai.

Eu a fulmino com o olhar.

– Você não é nenhum superfã psicopata, né? Imaginei que gostasse mais de música country, como Garth Brooks.

Eu travo o maxilar.

– Músicas sobre seu caminhão quebrando. Seu cachorro morrendo. Sua mulher deixando você por outro homem.

Ela ri, alheia ao fato de que acabou de abrir os pontos de uma ferida que demorou dolorosamente a cicatrizar. E não é porque sinto falta de Talia. É porque há um limite para os golpes que o orgulho de um homem pode suportar.

Leva apenas alguns segundos para que um silêncio sério e constrangedor se prolongue entre nós. Não estou conseguindo manter o clima amigável. Não é meu forte.

Não sou brincalhão, sou responsável. Isso é tudo que me foi permitido ser. Era o que minha família precisava que eu fosse.

Ela volta os olhos verdes brilhantes para mim de uma maneira muito irritante.

– Enfiei muito os pés pelas mãos?

– Praticamente deu um nó no próprio corpo – respondo, sério.

– Ai, merda. Vai ser difícil correr atrás do seu filho assim durante todo o verão.

Eu solto um suspiro baixo, grato por ela não pressionar por mais informações sobre o desastre que é minha vida pessoal.

– Quer que eu vá embora? Eu entenderia.

– Não – respondo um pouco rápido demais, e nem tenho certeza do porquê.

Eu deveria querer que ela fosse embora, mas não quero. Luke já gosta dela, Willa já está aqui, e já resolvemos esse assunto. Além disso, ela é muito menos irritante do que qualquer outra opção disponível.

– Está tudo bem. Apenas me arranje um autógrafo para compensar.

Ela me encara.

– Isso foi uma piada?

– Não.

O pé dela desliza pelo fundo da banheira de hidromassagem e roça no meu.

– Isso foi uma piada.

– Não foi.

Eu mordo o interior da bochecha para não dar um sorriso. Talvez devesse estar mais furioso. Talvez devesse mandá-la para casa. Mas a ideia de voltar atrás e desfazer tudo que já foi feito parece exaustiva.

Há algo de libertador em simplesmente... deixar para lá.

– Está bem. Não vou contar a ninguém que você fez uma piada. Vou conseguir um autógrafo para você *e* manter completamente intacta sua reputação de fazendeiro mais rabugento do mundo.

– Willa, você está fazendo eu me arrepender de ter te contratado.

Ela aponta para mim.

– Isso. Exatamente. Que piada? Não há piadas aqui.

Ela é despreocupada. Engraçada. Tem um senso de humor inteligente que me agrada, embora eu me recuse a demonstrar. E passa os vinte minutos seguintes me contando histórias sobre como foi crescer como filha de uma celebridade. Ela fala e eu escuto. E, às vezes, quando um de nós se mexe na pequena banheira de hidromassagem, nossos pés se tocam.

É um contato inocente. Ou, pelo menos, deveria ser. Não nos olhamos quando isso acontece. Tenho medo de olhar para ela com muita atenção, para ser sincero.

Mas ainda assim faz pequenas descargas elétricas subirem pelas minhas pernas.

E, quando saímos, ajo de forma cavalheiresca e lhe ofereço a mão para que ela não escorregue.

Mas isso é pouco antes de eu fazer algo nada cavalheiresco, que é deixar meus olhos devorarem seu belo corpo. Absorvo cada curva e tento gravá-las em minha mente para nunca mais sentir vontade de comê-la com os olhos assim de novo.

Eu a imagino usando aquela calcinha preta simples que ainda está na gaveta da minha cozinha.

Meu pau fica tão duro que eu me enrolo em uma toalha e desapareço sem dizer boa-noite.

Porque eu sou um cavalheiro.

8

Willa

Willa: Não acredito que você não contou pro Cade que eu sou bartender e não uma Mary Poppins profissional.
Summer: Ele estava agindo feito um maluco com todo o processo. Você é perfeita para o trabalho. Luke vai te amar.
Willa: ÓBVIO. Eu sou adorável. A menos que seu nome seja Cade Eaton. Nesse caso, viro o alvo de muitas caretas exageradas.
Summer: Ele tem caretas diferentes. Ainda não percebeu?
Willa: Isso é loucura. Não ganho o suficiente para decifrar as caretas de um homem. Novo combinado: se o seu plano de cupido de merda não funcionar, você é a nova babá. Fim de papo. E ainda vai fazer isso com um sorriso. Eles precisam de ajuda.
Summer: Que gracinha. Já está protegendo os dois.

A porta de tela se fecha com força, o que significa que Cade chegou em casa. O rabugento Cade chegando com passos pesados depois de um longo dia fazendo sabe-se lá o quê com um bando de vacas e vaqueiros.

– Bem-vindo ao lar, Mestre Cade – anuncio com um floreio quando ele entra na cozinha e me lança um olhar severo.

Uma careta irritada?

– O que você está fazendo? E por que está me chamando assim?

A voz de Cade soa grave e ameaçadora.

– Fazendo o molho de espaguete que o jovem Padawan pediu eu estou.

Pergunta idiota, tolerância zero. Ele está vendo muito bem que estou mexendo uma panela cheia de molho à bolonhesa.

Cade me encara como se eu fosse a pessoa menos engraçada que já conheceu.

— E estou falando assim porque é difícil sair do personagem depois de brincar de *Star Wars* a tarde inteira.

— Não era pra você estar fazendo o jantar.

Ele tamborila na bancada de mármore, mas seu olhar permanece fixo na panela. Nos últimos tempos, parece que ele evita me olhar diretamente.

— A força é muito forte em mim nas artes culinárias. O jovem Luke anunciou que minha comida é superior à sua — digo com um sorrisinho, adorando alfinetá-lo, especialmente porque sei o quanto ele adora cozinhar e que é muito bom nisso.

O homem viril à minha frente apenas bufa, enfim me encarando.

— Ele não disse nada disso.

— Disse, sim.

Ele cruza os braços com petulância.

— Não acredito em você.

Abro um enorme sorriso.

— Tudo bem, Darth Cade.

É nesse momento que Luke entra na cozinha depois de lavar as mãos.

— Não! Quero que meu pai seja Jar Jar Binks!

Cade franze a testa, parecendo genuinamente confuso.

— O que é um Jar Jar Binks?

Luke e eu temos um acesso de riso. Cade nos ignora e tira a colher da minha mão antes de mergulhá-la na panela e levá-la aos lábios para experimentar. Sua única reação é um resmungo baixo. Vindo dele, é como receber uma crítica de cinco estrelas.

— O que toda aquela roupa lavada está fazendo na minha cama?

Parece que todos os dias eu faço algo útil na casa e Cade encontra uma maneira de reclamar, como se eu tivesse cometido uma ofensa grave.

Coloco um salgadinho na boca e não me dou ao trabalho de olhar para ele, só sigo esparramada no sofá. Já sei que ele está de cara fechada. Quase vejo essa expressão impressa nas minhas pálpebras quando fecho os olhos toda noite para dormir.

– Lavei roupa, mas não sabia muito bem onde guardar tudo.

– Você não deveria lavar minha roupa.

– Bem, você não deveria me interromper quando estou assistindo às reprises de *Gossip Girl*, mas aqui estamos.

– Eu não preciso que você lave minha roupa.

Eu me endireito no sofá e dou um suspiro profundo.

– Ok. Temos mesmo que discutir disso? Foram só algumas toalhas e alguns suéteres. Não foram suas *cuecas apertadas*. Então pode esfriar a cabeça, tá bom? A roupa já estava no cesto e não sou preguiçosa, então joguei tudo na máquina de lavar. Não é nada de mais. Não precisa me colocar no corredor da morte por causa disso.

Ele me encara, mas, em vez de fazer cara feia, parece um pouco perplexo.

– Ninguém nunca lavou roupa para mim.

– Provavelmente porque não vale a pena se arriscar a enfrentar a cadeira elétrica.

Ele só me lança um olhar irritado.

– Imagina se eu colocasse uma meia vermelha junto com as toalhas brancas? Nossa. *O horror*. Fim dos tempos.

Mais um olhar furioso.

Coloco outro salgadinho na boca.

– É agora que você tenta me derreter com o poder da mente porque tive a ousadia de te ajudar com uma tarefa?

– Alguém já disse que você é muito mal-educada? – rebate ele.

Eu sorrio antes de me voltar para a TV e aumentar o volume.

– Diz o sujeito que ainda não devolveu minha calcinha.

– Willa!

Ouço Cade chamando de dentro da casa, mas Luke e eu estamos escondidos no alpendre, nos fundos, esperando para dar um pulo e assustá-lo.

– Cadê vocês? Luke?

Os passos dele marcham pela casa com autoridade. Parece que talvez eu esteja em apuros por algum motivo, mas sempre me sinto assim com Cade.

– Está com fome, filho?

Não nos movemos um centímetro.

– Mas onde foi que... – resmunga ele, chegando mais perto.

Provavelmente entrou na cozinha.

Luke está atrás de mim, e eu olho para ele, que está tapando a boca para conter o riso. Levo um dedo aos lábios, lembrando-o de manter a calma e ficar quieto.

A porta da geladeira se abre. Uma tampa de garrafa sibila ao se abrir. Posso imaginar a garganta de Cade se movendo enquanto ele toma um grande gole do que presumo ser uma cerveja. Ele está perto agora. Deve estar olhando pela porta de tela.

Luke pressiona o corpo contra o meu quadril e me pergunto distraidamente o que Cade está pensando.

– Essa mulher ainda vai acabar comigo.

Certo. Então é isso que ele está pensando. Sinto um estranho tipo de orgulho pela declaração.

A porta se escancara e ele sai, exatamente quando Luke e eu saltamos de trás de um vaso.

– Buuuuu! – grito, ao mesmo tempo que Luke.

– Esquilos!

Cade dá um pulo e eu olho para Luke, me perguntando que diabos o inspirou a gritar "Esquilos!" aleatoriamente. Mas não penso nisso por muito tempo, porque, quando levanto o olhar, o rosto severo de Cade está da cor de um tomate e a cerveja está toda derramada na frente de sua camiseta.

Isso aí. Nós o pegamos direitinho.

Tudo que ofereço é uma tentativa esfarrapada de piada.

– Concurso da camiseta molhada?

E tudo que recebo de volta é uma cara feia.

– Willa, como foi sua primeira semana?

O pai de Cade, Harvey, sorri para mim do outro lado da mesa. É meu primeiro jantar em família no rancho e estou completamente apaixonada. É tão... alegre.

Quando entrei na sala de jantar, Cade puxou uma cadeira e ficou me olhando até que eu entendesse que ele queria que eu me sentasse ali. Depois que fiz isso, ele ajustou a cadeira junto à mesa e uma de suas mãos calejadas roçou casualmente, sem querer, meu pescoço exposto.

Mesmo assim, o gesto me perturbou. Mesmo assim, meus braços ficaram arrepiados. Esse toque simples ficou gravado em minha mente sem nenhum motivo.

Termino de mastigar e retribuo o sorriso de Harvey, mas são os olhos escuros de Cade, ao lado do pai, que sinto em mim. As semelhanças entre os dois são absurdas. É como se eu pudesse ver como Cade ficará daqui a uns vinte anos.

Ótimo, eu diria.

– Incrível. Luke e eu nos divertimos muito. Não é, Luke?

Inclino a cabeça para olhá-lo. Ele insistiu em se sentar ao meu lado, embora não visse o pai desde a noite passada. Chegamos cedo à sede e Cade nos encontrou aqui.

O garotinho sorri para mim.

– É mesmo.

Cade faz uma careta. Foi o que fez quando Luke atravessou a mesa, afastando-se dele.

– Muita diversão!

Os olhos gentis de Harvey se voltam para o neto.

– O que vocês têm feito?

Luke espia ao redor da mesa, dando um sorriso maroto para todos. Ele é o tipo de criança que desabrocha quando recebe atenção, em vez de se encolher. E todo mundo está aqui. Os dois irmãos de Cade, Rhett e Beau. Summer, é claro. Até o jogador de hóquei, Jasper Gervais, por quem todo mundo é louco – aparentemente, ele foi criado aqui no rancho.

Eu sou bisbilhoteira o bastante para desejar saber mais sobre a história dele. Onde estão seus pais e como ele chegou aonde chegou. O fato de não dizer uma única maldita palavra durante todo o jantar me deixou ainda mais curiosa. Ele sorri para as pessoas por trás da aba do boné do time.

Sorrisinhos e piscadelas. Parece um cara legal. Parece exigir um pouco mais de investigação.

Beau, por sua vez, mal parou de falar. A não ser por este momento. Quando Luke fala, todo mundo escuta.

– A gente jogou alface pela janela do carro enquanto corria muito rápido pela estrada!

Para um garoto que parecia devidamente arrependido há alguns dias, ele agora está aumentando um bocado.

– Caramba. Isso deve ser divertido.

Beau balança a cabeça e garfa um pouco de alface com uma expressão bem nostálgica.

Meus olhos se voltam para Cade, que faz uma careta para o irmão. Eu me pergunto distraidamente que careta é essa. Irritação? Repreensão?

Com a salada na boca, Beau acrescenta:

– Vou fazer isso com você quando voltar desta missão, Lukey. Mas vamos usar melancias.

– Isso!

Luke se levanta da cadeira como se tivesse esquecido a conversa que tivemos no início da semana.

– Não vai nada.

Cade empurra a salada pelo prato com ainda mais força. O suficiente para que os dentes do garfo ranjam no prato. Esse cara precisa liberar um pouco dessa maldita tensão.

Minha mãe diria que ele precisa de uma boa transa.

Não sei se ela estaria errada.

– Luke e eu tivemos algumas boas conversas sobre escassez de alimentos esta semana – digo, para acalmar a conversa. – Que nem todo mundo tem a mesma sorte que ele. Cavamos uma horta e hoje plantamos mudas de alface, não foi?

Ele assente com entusiasmo, e fico aliviada por não ter sido uma estraga-prazeres total. Cinco anos não é cedo demais para ouvir algumas verdades sobre o mundo, mas me pergunto se exagerei.

Quando olho para Cade, porém, sua careta está menos irritada. Possivelmente uma careta apreciativa?

Olha, puta merda. Como cheguei ao ponto de analisar as caras feias que um homem faz para mim?

Beau ri.

– Bem, você sabe. Meninos são assim mes...

– Não – interrompo.

Porque dizer que meninos são assim mesmo é uma tremenda besteira, e, depois de passar anos atrás de um balcão de bar, já tive muito tempo para ver como meninos são. E são basicamente uns merdinhas.

– Meninos podem ser educados – digo, apontando o garfo para o enorme Ken Soldado sentado à minha frente.

É então que ouço um leve bufar na sala de jantar silenciosa e quase deixo cair o garfo quando descubro que veio da pessoa mais improvável.

Cade ainda está remexendo a comida no prato – como se fosse preciso um garfo para comer costelas assadas –, mas o canto de sua boca está curvado para cima. O ângulo de seu rosto e a sombra de sua barba dificultam a visão, então semicerro os olhos um pouco, empinando o queixo na direção dele para olhar mais de perto. Não tenho certeza se posso chamar isso de sorriso.

Uma careta divertida?

O jogador de hóquei pigarreia, sem esconder que está achando graça de tudo.

– E aí, Harvey, o que você andou fazendo esta semana?

Ele ri e passa a mão áspera pelo bigode.

– Obrigado por perguntar, filho...

Eu me pego olhando para ele e para Cade, me perguntando como Cade ficaria de bigode. Uma piada sobre sentadas e bigodes surge na minha cabeça e pisco rapidamente para afastá-la.

Olho ao redor da mesa para ver se alguém notou que eu estava pensando em sentar na cara de Cade. Felizmente, isso seria impossível, e todos fixaram a atenção no chefe da família, que está contando o que andou fazendo durante a semana, enquanto eu penso em como seria sentir a barba e a língua de Cade...

Então eu sinto. A careta. Desvio os olhos e Cade está olhando diretamente para mim, os braços musculosos cruzados sobre o peito incrivelmente largo. Bíceps se projetando na camiseta preta característica. E minhas bochechas esquentam sem nenhum bom motivo, só porque meu corpo é um traidor e devo estar ovulando.

Olho para ele do outro lado da mesa, recusando-me a parecer culpada.

Tentando voltar minha atenção ao que o doce patriarca da família está falando.

– ... Hoje resolvi dar uma arrumada na propriedade. Catei um monte de laranjas caídas, então quem quiser chupar...

Cade arregala os olhos. De um jeito cômico. Piadista. E não consigo evitar a risadinha histérica que me escapa. Tapo a boca para disfarçar.

Rhett se engasga com um pedaço de comida e Summer dá um tapa em suas costas e arrulha como se ele fosse um bebê entalado com papinha de maçã enquanto tenta reprimir o riso.

– Desculpa, pai – diz Beau com um brilho bem-humorado nos olhos. – Pode repetir a última parte?

Harvey balança a cabeça e revira os olhos.

– Você não usa proteção auricular no campo de tiro? Eu disse que o quintal estava cheio de laranjas. Se quiser, te dou umas para chupar, Beau.

Meu Deus. Harvey Eaton é um bobão ingênuo ou um gênio da comédia? Ele deixou a mesa inteira atordoada e sem palavras, lutando para conter o riso, e segue mastigando a comida em seu prato, parecendo alheio.

– Você teria alguma técnica especial para ensinar? – indaga Jasper.

Não faço a mínima ideia de como Jasper consegue manter a cara séria depois de dizer algo assim. Será que ensinam isso na federação de hóquei? Porque eu gostaria de receber esse treinamento.

– Eu já volto – retruca Cade com voz tensa, afastando-se da mesa e dirigindo-se para a frente da casa.

Não consigo ler sua expressão. Nem um pouquinho. Está passando mal? Está irritado por essa conversa acontecer diante do filho? Vou ser demitida por não ter imediatamente tapado as orelhas de Luke?

– Luke – digo, a voz tensa –, por que você não conta para todo mundo das nossas aulas de violão esta semana? Vou ver como está seu pai.

Sorrio da forma mais educada possível, recusando-me a olhar para Summer. Porque, se eu encontrar o olhar da minha amiga, vou ter um acesso de riso.

Riso incontrolável. Não vai ser nada educado.

Posso vê-la pelo canto do olho, esticando o pescoço para chamar minha atenção, mas apenas jogo o guardanapo de pano na mesa, ao lado do prato, antes de seguir o mesmo caminho de Cade.

Atravesso a casa, sem saber ao certo para onde estou indo. Enquanto a casa de Cade é iluminada e arejada, com uma aura de chalé, a sede parece uma espécie de pavilhão de caça – piso de tábuas largas, vigas de madeira escura sob tetos abobadados, ferragens de latão e paredes verde-escuras. Espio por um corredor e não vejo nada, então vou em direção à porta da frente, vendo que está aberta.

Há um deque longo e largo, com corrimãos de troncos, voltado para a ampla entrada de automóveis e um bosque cheio de choupos.

Cade está parado ali, a calça jeans abraçando suas pernas fortes, os músculos das costas contraídos sob o algodão macio. O cabelo preto curto penteado para trás e a barba aparada dão a impressão de que ele fez um esforço para se arrumar esta noite. Eu me acostumei a vê-lo entrar em casa depois de um dia de trabalho duro, todo sujo e suado e... gostoso pra caramba, para ser sincera.

Paro por um momento e o observo, tentando decidir qual dos dois Cades é o meu preferido.

Suas mãos enormes estão apoiadas no corrimão e a cabeça está abaixada.

Quando me aproximo, seu cheiro me pega de surpresa. Um aroma de pinheiros e sol. Não sei bem como explicar. É aquela terra quente que associo a mexer no jardim num dia ensolarado. Seu cheiro não é nada artificial ou algo comprado em loja – é pura masculinidade natural.

Mas, nesse momento, é o tremor de seus ombros que atrai meu olhar.

Ele está chorando ou rindo e, para ser sincera, as duas ações me parecem igualmente improváveis, pelo que conheço desse homem.

– Queria dar uma olhada nas laranjas, para ver se vale a chupada? – pergunto.

– Willa... – Ele mal consegue pronunciar meu nome. É um suspiro. É um sibilo.

Sorrio e me apoio no batente a alguns metros de distância dele antes de voltar meu olhar para o quintal.

– Não tem mais laranja nenhuma. Seu pai chupou tod...

Ele ergue a mão para me interromper, deixa a cabeça tombar e seus ombros tremem ainda mais.

– Será que estavam docinhas? Ou ele chupou fazendo careta...? – falo e gargalho ao mesmo tempo.

Sinceramente, mal consigo me controlar. Sou uma criança.

Cade engasga e se ergue, voltando a atenção para mim. Há lágrimas em seus olhos, e tenho certeza de que ele está sorrindo – só pode estar –, mas está cobrindo a boca com o punho fechado.

Ele parece mais jovem quando ri. Mais leve. Isso me faz rir também e, antes que eu perceba, nós dois estamos ali, olhando para o quintal limpo, rindo juntos.

E, pela primeira vez, Cade Eaton não está fazendo cara feia para mim.

– Cara, meu pai é um idiota de fazer uma piada dessas. É só para ver a gente constrangido. E aí o Jasper, que não fala porra nenhuma, resolve abrir a boca e desferir o golpe mortal sem nem suar a camisa.

Eu sorrio e fico maravilhada com o homem ao meu lado. Eu o vi todos os dias durante uma semana e nem uma vez ele pareceu tão feliz.

– Eaton. Seu filho da puta mal-humorado. Você acabou de rir – deixo escapar.

– É, Ruiva. Eu ri.

Ele se vira para mim e oferece o mais devastador dos sorrisos. Um sorriso que faz meu estômago dar uma cambalhota e meu queixo cair de surpresa.

É como se eu tivesse colocado óculos pela primeira vez e o enxergasse sob uma luz completamente diferente.

E não consigo desviar o olhar.

9

Cade

Seguro a porta e entro atrás de Willa em casa. Ela dá uma olhada para trás enquanto percorre o hall. Uma olhada que é pura presunção e satisfação. Uma olhada que diz que ela acha que descobriu algum tipo de segredo.

E talvez tenha mesmo descoberto. O segredo é que, embora eu tente agir como o irmão mais velho e o pai maduro e durão, morro de rir com piadas de boquete.

Passei todos esses anos fingindo que sou extremamente responsável, esperando me enganar e acabar me convencendo disso. E, na maior parte do tempo, me convenço. Mas, em momentos como hoje, me pergunto o que perdi no processo.

Eu me pergunto se ainda estou aplicando à minha vida adulta os conceitos sobre responsabilidade que eu tinha quando criança. Porque eu não passava mesmo de uma criança quando precisei assumir responsabilidades após a morte de nossa mãe.

Talvez seja por isso que me permito comer Willa Grant com os olhos enquanto chegamos à sala de jantar. Sua bunda perfeitamente redonda, o balanço confiante dos quadris, o ponto onde sua cintura se estreita – a ideia de agarrá-la ali.

A sensação de segui-la traz à tona algo primitivo em mim.

Como se, em circunstâncias diferentes, eu fosse persegui-la. Capturá-la. E não haveria nenhuma repercussão negativa, porque ela não seria a babá de Luke. E o fato de eu ser muito mais velho não importaria, porque eu não daria a mínima.

– Uau, Harvey – anuncia Willa quando entramos na sala de jantar. – O quintal está limpinho. Não sobrou nadinha para chupar.

Passo a mão pelo rosto enquanto a mesa explode em risadas. Incluindo meu pai. *Bando de crianças.*

Ele abre um sorriso enorme, os olhos brilhando para a linda ruiva que está puxando uma cadeira ao lado do meu filho. Luke olha em volta, genuinamente confuso com o que fez a gente cair na gargalhada.

Afasto uma centelha de ciúme pela forma como meu pai e Willa estão trocando sorrisos. Porque isso é *loucura.*

Ela ficou tão animada por me ver rir. Por me ver sorrir. Ela retribuiu. Foi bom. E agora está aqui, abrindo esse sorriso luminoso para outras pessoas, que por sua vez sorriem para ela. E o que eu quero é que todos os sorrisos dela sejam para mim.

Não pode ser tão difícil sorrir mais, rir mais, se isso a deixa tão feliz assim.

– Vamos sair. – Beau aponta para mim, usando aquela voz de comando militar que inibe qualquer debate. Ou pelo menos é o que ele acha. – Luke vai passar a noite com o papai. Quero me divertir um pouco antes de partir de novo em missão.

Franzo a testa.

– Não.

Nunca deixei esse filho da mãe mandar em mim e não estou disposto a começar agora.

– Sim. – Ele arqueia a sobrancelha grossa.

Estou prestes a argumentar, mas Willa vira seus lábios vermelhos para mim e me faz hesitar.

– Vamos. Vai ser bom para você.

Franzo mais a testa enquanto olho para ela.

A babá.

A babá. A babá. A babá.

A babá não deveria me parecer tão espetacular. A babá não deveria saber nem me comunicar o que é bom para mim.

E eu não deveria dar ouvidos.

Mas sou um idiota, então respondo:

– Está bem.

Luke vibra e sai correndo para o colo do avô. Provavelmente porque sabe que vão comer um monte de besteiras e ficar acordados até tarde assistindo a filmes que eu nunca aprovaria.

O sorrisinho no rosto angelical de Willa chama minha atenção e, sem pensar, respondo com outro.

~

Entramos no The Railspur, o melhor bar da cidade. Costumava ser o único bar da cidade, antes de Chestnut Springs começar a crescer e pessoas da cidade se mudarem para cá em busca de um estilo de vida rural ou alguma breguice desse tipo.

E tenho certeza de que a ideia de colocar música country ao vivo todo domingo foi dada especialmente para essa turma. É a noite em que todos se fantasiam de caubói, fazem danças típicas e fingem que não são riquinhos da cidade.

Se eu não ficasse tão irritado com isso, acharia graça.

Parece que todo mundo no nosso grupo é algum tipo de celebridade local. Rhett, o rei dos rodeios, agora aposentado. Beau, o herói militar. E Jasper, a sensação do hóquei – embora ele evite atenção a todo custo.

Eu sou só o irmão que administra o rancho, o que foi abandonado pela mulher, com um filho e mais responsabilidades do que consegue lidar.

Só não me afogo em autopiedade porque sinto o ombro de Willa esbarrando no meu.

– Este lugar é tão legal.

Achei que ela ficaria grudada em Summer. As duas vieram gargalhando no banco de trás de minha caminhonete até aqui. Tenho quase certeza de que ouvi Summer dizer algo sobre se mijar de tanto rir, e foi aí que me desliguei do que as duas estavam falando.

– É, acho que sim.

Examino o bar enquanto caminhamos em direção ao nosso lugar favorito nos fundos, que tem os grandes sofás de couro verde e uma lareira acesa.

Como chamam esse estilo? Country chic? Sempre achei graça desse termo. A vida de caubói não tem nada de chique para mim.

O lugar é aconchegante, todo em madeira escura e com lareiras e lustres ornamentados. Mudou muito desde os dias em que eu era um frequentador mais assíduo. Agora só venho quando sou arrastado por meus irmãos.

– Você come muito aqui? – pergunta Willa.

– O quê?

Meu cérebro, cheio de pensamentos impuros, interpreta a pergunta com malícia.

Ela comprime os lábios, sem se deixar abalar.

– A comida. Se você vem muito aqui para comer. Meu Deus, continua soando mal. Quer dizer, quando você quer comer...

Fecho os olhos e faço uma oração silenciosa pedindo paciência e que meu pau continue mole. Levanto a mão.

– Eu entendi, e a resposta é não.

Quando reabro os olhos, ela está sorrindo. Chegamos aos sofás, e todos se acomodam enquanto ela os observa cuidadosamente, avaliando onde cada um se sentou. Como sempre, Jasper se senta no canto, virado de costas para o resto do salão, e Beau se posiciona em frente a ele – sempre de frente para o salão.

Willa sequer olha para mim ao murmurar:

– Então você não come muito aqui?

– Não muito – retruco.

Ela me espia por trás de uma cortina sedosa de cabelos ruivos.

– Está certo. Você é seletivo com suas comidas.

Decido retribuir com um olhar fulminante. Porque meu desejo por um pau mole não está sendo atendido com esse tipo de conversa. Ou será que estamos flertando? Eu nem sei mais como é flertar.

– Willa, senta.

Aponto para os únicos lugares restantes. Um sofá de dois lugares voltado para a cabeceira da mesa baixa. Ela se move com desembaraço, com uma graça inerente. Há algo meio... mágico nela. Seu riso, sua voz, a fluidez de seus movimentos. Não é sexual, é atraente de uma forma que não consigo definir bem.

E agora vou ser obrigado a passar o resto da noite sentado ao lado dela. E a morar com ela durante todo o verão. Eu me pergunto se não teria sido preferível aguentar uma daquelas candidatas por quem não senti nada, mesmo tendo que tolerar cantadas descaradas por uns meses.

Bailey, a garçonete, aparece assim que nos sentamos. A garota trabalha arduamente aqui e como auxiliar no hospital. É como se comportasse sozinha todo o foco e toda a motivação de sua família inteira. Os Jansens são donos da fazenda vizinha à nossa, e ela é a caçula. A melhor de todos. Provavelmente a única sem ficha criminal.

– Quero uma Guinness – diz Willa, me surpreendendo ao pedir uma cerveja encorpada e escura.

E talvez eu seja um idiota por esperar algo diferente. Pensei que ela fosse uma patricinha da cidade que pediria algum drinque cheio de frescura saído de *Sex and the City*.

– Vou querer a mesma coisa. – Aponto para Willa e exibo um sorriso tenso para Bailey.

Bailey cora e olha para baixo. Não tenho certeza de como ela veio trabalhar aqui, pois é jovem e extremamente tímida.

Willa me dá uma cotovelada antes de se aproximar e sussurrar em meu ouvido:

– Ela não para de sorrir para você. Você devia investir. Ela é bonita.

Olho para a silhueta de Bailey se afastando e balanço a cabeça.

– Não. Sem chance. Bailey é jovem demais. Eu só gosto dela.

Willa observa o entorno, os lábios se contraindo ao passar os olhos pelo bar. Ela está sempre fazendo piada e gracinhas, mas tenho a sensação de que acabei de magoá-la. Não tanto pelo que falei, mas pelo que deixei de dizer.

Eu a cutuco de leve.

– Também gosto de você, Ruiva. É que tenho pena da Bailey. A família dela é um lixo, mas ela é uma boa garota. Acaba tendo uma má reputação na cidade.

Ela revira os olhos enquanto fita o outro lado do salão.

– Você não gosta de mim. Você me suporta.

Reflito sobre o assunto. É isso mesmo que ela pensa? Acho que Willa não tem como saber de minha dificuldade em manter os olhos longe dela quando interage com Luke, e que é ainda mais difícil evitar que sua imagem surja em minha mente quando bato uma punheta no chuveiro. São duas coisas que não pretendo contar, então decido dizer:

– Pois saiba que gosto mais de você a cada dia.

Porque é verdade. Ela está me envolvendo, como uma videira em um velho carvalho. E, pela primeira vez, acho que não me importo.

Willa vira a cabeça lenta e deliberadamente e seus olhos examinam meu rosto. Sinto que estou sendo analisado, decodificado – é enervante.

– Está tentando me enfeitiçar, Ruiva? Alguma bruxaria da cidade grande?

– Bruxaria da cidade?

Ela sorri, ainda me olhando fixamente. Divertida. Radiante. Ela é de tirar o fôlego. O resto do bar desaparece e, balançando levemente a cabeça, abro um sorriso relutante e olho para baixo.

Ela ri e se recosta no sofá, observando Bailey se aproximar com uma bandeja cheia de bebidas.

– Papai Cade, você fica muito mais bonito quando sorri.

Não consigo conter um riso.

– Você é maluca.

Geralmente, a atenção de uma mulher me deixa incomodado. É tensão demais. Pressão demais. Mas Willa faz tudo parecer uma grande piada. Na verdade, não consigo compreendê-la, mas no mínimo ela prende minha atenção.

Ela sorri, mexendo suavemente no cabelo longo e liso. Como se fosse uma resposta.

Eu também queria puxar esse cabelo, é o que estou pensando quando sinto um aperto no ombro.

– Cade, meu amigo, como vai?

O sorriso vem com facilidade dessa vez. Lance Henderson, amigo meu desde o ensino médio, está parado ao meu lado, sorrindo como o grande idiota que é.

Eu me levanto, estendendo a mão para apertar a dele enquanto bato em seu ombro. É o nosso tipo de abraço.

– Vou bem. E você? O que está fazendo por aqui?

– Rodeio aqui por perto. Pensei em fazer um desvio e visitar os lugares de sempre.

– É?

– Claro que sim. – Ele acena para a mesa. – Olha só vocês. Todo o clã Eaton. O que é isso? Algum tipo de reunião familiar?

– Não, isso é no próximo mês.

Ele abaixa a cabeça e eu o pego examinando Willa, que finge prestar atenção nas outras pessoas no bar barulhento, mas dá para perceber, pelo ângulo da cabeça dela, que está prestando atenção em nós. Que mulher bisbilhoteira.

Quando olho para Lance, é quase impossível não perceber a maneira apreciativa como ele a encara.

E isso me incomoda pra cacete.

Dou um passo à frente, bloqueando Willa com o corpo.

– Aqui não é o supermercado, Henderson. Está procurando o quê?

Ele joga a cabeça para trás e solta uma risada.

– Sua namorada, Eaton?

Olho para ele de cara fechada.

– Não. Ela é minha babá.

Ele arqueia a sobrancelha sob o chapéu de caubói.

– *Sua* babá?

Suspiro como se estivesse exasperado com ele, mas não há chance de eu recuar nessa questão.

– Você me ouviu, seu babaca. Quanto tempo vai ficar na cidade?

Os olhos dele estão cintilando, mas Lance não insiste no assunto *Willa*, e eu relaxo os ombros, a tensão diminuindo.

Patético.

– Só por uma noite. Na verdade, estava mesmo querendo te ver. Não te achei nas redes sociais.

– Por que eu precisaria de redes sociais?

– Sei lá. Para manter contato com amigos como eu?

– Uma vez a cada cinco anos, em pessoa, está bom para mim. Tudo em excesso é um problema.

Gosto de Lance, mas compartilhar fotos com ele e curtir suas atualizações de status? Nunca.

– Preciso de um parceiro. Perdi o meu, ele quebrou a clavícula. Estamos perto da classificação para a final nacional.

– Não.

– Por que não? Você é um dos melhores na prova de separar novilhos. É uma pena que tenha parado.

As pessoas não entendem. Viajar de rodeio em rodeio nunca foi uma opção para mim. Ninguém nunca me perguntou se era isso que eu *queria* fazer. Porque eu adoraria. Sou um caubói do cacete. Mas o dever me chamou, e esse dever estava ali, em casa. No rancho. Com Luke. Com a família.

Nunca tive o privilégio de fazer o que quisesse, e me chateia ser lembrado disso.

– Eu laço e separo novilhos o tempo todo. No trabalho. Não para me exibir.

– Bom, então não perdeu a prática.

– Lance, não tem a menor chance.

Cruzo os braços, ouvindo o burburinho da conversa atrás de mim, mas sinto Willa se movendo para o meio do sofá.

– Por que não?

– Porque tenho o rancho. Tenho um filho. Não posso sumir por vários dias. Não posso ficar na sua casa para treinar. Tenho responsabilidades.

– E a babá? Podemos arriscar sem praticar mesmo, ou eu venho com meu trailer.

Ele olha para baixo e eu estufo o peito enquanto me movo para bloquear sua visão.

– Ela tira folga nos fins de semana.

– Podemos dar um jei...

– Não me importo de trabalhar alguns fins de semana.

O corpo de Willa está colado no meu quando viro a cabeça em sua direção.

– Não – digo entredentes.

Ela dá de ombros.

– Sossega o facho, Eaton. Estou só oferecendo.

Lance solta uma gargalhada e sorri para ela com todo o seu charme de caubói. Isso é absurdamente irritante. É ainda pior vê-lo apertar a mão de Willa. O sorriso que ela também abre para ele. Os dois são alegres e animados. Eles combinam, e odeio que isso me incomode.

– Lance Henderson.

– Willa Grant. Prazer.

O sorriso dele ganha o ar malicioso que eu reconheço bem das vezes que o vi pegar as fãs de rodeio, quando éramos mais jovens.

– Ah, querida, o prazer é todo meu.

Eu gosto de Lance. É um cara legal e encantador, mas não gosto dele encantando minha babá.

É por isso que digo algo que nunca pensei que me ouviria dizer:

– Willa e eu estávamos indo dançar. Mas foi um prazer ver você, Lance.

Dou a ele um cumprimento de cabeça e agarro Willa pelo braço antes de arrastá-la para a pista de dança.

– Acho que perdi a parte em que a gente *estava indo* dançar – brinca ela enquanto eu a puxo para uma posição de two-step, tomando o cuidado de colocar a mão em sua cintura, em vez de deslizá-la por suas costelas como eu quero.

– Foi uma desculpa para fugir daquele filho da puta sorridente.

Ela casualmente coloca a mão no meu ombro enquanto meus dedos envolvem sua mão delicada e entramos com facilidade no ritmo da música vibrante. Faço questão de olhar por cima do ombro dela, em vez de olhar para ela.

É *difícil*.

Willa está usando um lindo vestido cor-de-rosa. É simples, mas abraça suas curvas, roça os joelhos e é bem decotado. A maneira como ela o combinou com um par de tênis de cano alto brancos a faz parecer jovem demais.

Enquanto Summer adora saias lápis e salto alto, Willa é mais de cores vivas e tênis.

– Então...

Eu a olho e percebo que está observando as outras pessoas na pista de dança. Pessoas que definitivamente estão nos observando. Porque Cade Eaton, o rabugento, nunca dança. Quando venho aqui, tomo uma cerveja e olho feio para qualquer mulher que aparece em meu caminho.

Funcionou bem até agora, mas Willa Grant está abalando a minha vida.

– Você come muito aqui? – pergunta ela.

– Willa.

Eu cerro os dentes.

– Se eu fizer uma piada sobre boquete, você ri de novo?

Meus dentes rangem.

– Não.

– Qual é a melhor coisa de um boquete?

– Meu Deus, mulher. Para com isso.

Eu baixo a cabeça e tento lançar a ela meu olhar mais intimidante. Ouvi-la dizer a palavra *boquete* já é demais para um cara que não recebe um há anos.

Mas, como sempre, Willa não se abala nem um pouco.

Seus dedos pulsam nos meus, e ela dá aquela risada leve e contagiante que faz meu pau se manifestar.

– Não, espera. Você vai adorar essa. É a sua cara.

Ela se inclina para o meu ouvido e sua respiração roça meu pescoço enquanto ela solta uma risadinha antes de se recompor o suficiente para terminar a piada. Mordo o interior da bochecha para conter qualquer expressão que possa surgir em meu rosto.

– Os dez minutos de silêncio.

Tenho que desviar o olhar para o outro lado do salão. Posso sentir o corpo dela tremendo, rindo da própria piada.

Sem vergonha.

– Te peguei. Eu vi. Suas bochechas estão sangrando, Eaton? Dói segurar o riso desse jeito? Ouvi dizer que pode causar disfunção erétil.

– Você beija sua mãe com essa boca suja, Ruiva?

Ela solta um muxoxo, achando muita graça.

– Claro que sim. Ela adoraria essa piada.

– Mas é aí que você se engana. Eu não duraria dez minutos, e só porque você estaria calada não quer dizer que eu também estaria.

Nós dois ficamos imóveis, e vejo os olhos dela se arregalarem enquanto me dou uma bronca mental por deixar vir à tona uma faceta da minha antiga personalidade, despertada pela linda ruiva em meus braços.

– E quem disse que eu estava falando de nós dois, Cade?

Ela me encara, seus cílios grossos fazendo-a parecer muito mais inocente do que imagino que seja.

Jovem? Sim.

Tímida? Não.

É uma combinação perigosa para um homem como eu.

A música muda e, antes que eu possa responder, um sujeito que trabalha no banco interrompe e pergunta se ele pode dançar a próxima.

Faço que sim e me afasto educadamente, mesmo que isso acabe comigo. A ideia de deixar outro homem dançar com ela me deixa doido, mas também preciso me afastar do rumo que a conversa estava tomando.

10

Cade

Beau: Cara. Parece que você está tentando matar alguém com a força do olhar.

Beau: Você tem um superpoder especial que eu não conheço?

Cade: Por que você está me mandando mensagem da mesma mesa?

Beau: Porque sua cara está ameaçadora demais para conversar.

Cade: Espero que os inimigos da nossa nação não descubram como você é covarde.

Beau: Que grosseria. Acho que vou dançar com a babá. Ela parece legal.

Beau: Nossa. Essa cara aí é especial para mim? Quer ir lá fora e sair no tapa, como quando éramos crianças?

Cade: Não. Você age como um idiota, mas sabe matar pessoas com as próprias mãos. Eu não sou burro o suficiente para lutar com você.

Cade: Pare de sorrir para mim desse jeito. É esquisito.

Passo os dez minutos seguintes me odiando por ter me afastado. Cabem aproximadamente quatro músicas em uma janela de dez minutos, e ver Willa dançando com quatro homens diferentes equivale a quatro homens além da conta.

Dez minutos além da conta.

Ela é toda sorrisos e rebolado. Observei seus lábios se movendo quase o tempo todo. O de baixo é um pouco mais volumoso que o de cima. Se ela não sorrisse o tempo todo, pareceria estar fazendo beicinho. Mas Willa Grant não é desse tipo.

Ela é uma faísca no escuro. Chamas dançando contra o céu da meia-noite. Ela brilha mais do que quase qualquer pessoa neste lugar inteiro, com seu cabelo sedoso, o vestido claro e seus olhos verdes cintilantes.

E ela é a maldita babá, o que significa que eu não deveria contar músicas e minutos como um psicopata possessivo, quando há mais de uma semana apenas a trato como um babaca mal-humorado.

Isso não me impede de soltar um suspiro de alívio quando ela aperta a mão do paspalho qualquer que roubou dois minutos e meio de sua vida e acena em despedida.

Quando volta para a nossa mesa, posso ver o rubor em suas bochechas, um pouco de suor brilhando nas têmporas, uma mecha rebelde de cabelo acobreado grudada em seu lábio inferior coberto com gloss.

Summer lhe diz alguma coisa, mas é difícil ouvir por causa da música estridente e da conversa constante. A risada de Willa atrai meu olhar bem quando ela se aboleta ao meu lado sem sequer olhar para mim.

Ela se senta mais perto dessa vez, bem perto da linha central do sofá. Eu me lembro daquela noite em que a segui até o quarto e olhei para a linha no chão.

Linhas que eu não deveria cruzar. Linhas que nem deveria passar tanto tempo encarando.

Ela estende a mão para pegar a cerveja e, no mesmo movimento, apoia a outra mão na minha coxa para se equilibrar, e todas essas linhas ficam borradas em minha mente. Porque tudo que vejo é como a mão dela é pequena contra a minha perna. E tudo que sinto é o calor penetrando meus músculos. O lento endurecer nas minhas calças.

De repente, não estou medindo o tempo. Estou medindo centímetros, porque a mão dela está a poucos de sentir o quanto não desgosto dela. Nem um pouco.

Então Willa afasta a mão e eu fico olhando para seus lábios. A maneira como sua garganta se movimenta enquanto ela toma um grande gole de cerveja.

Com um suspiro, ela se recosta, avaliando o bar ao redor, e anuncia:

– Este lugar é divertido.

Pigarreio, procurando um assunto para conversar.

– É parecido com o bar onde você trabalha?

Ela sorri com tanta facilidade. Não parece demandar nenhum esforço. É incrível.

– Não. Nem um pouco. Na verdade, eu administro o negócio do meu irmão. É um antigo teatro que ele transformou em casa de música ao vivo, no centro da cidade. Tiramos os assentos, colocamos um piso reforçado na pista de dança e contratamos todo tipo de bandas incríveis. Quando não tem show, é apenas um bar normal... Uma noite tranquila para os fregueses assíduos.

Posso imaginar perfeitamente Willa em um ambiente como esse.

– E por que você não está trabalhando lá agora?

Ela revira os olhos.

– Meu irmão ficou famoso. Abriu uma gravadora, escolheu alguns zés-ninguéns legais e botou eles no mapa. Daí decidiu reformar o bar, embora não apareça mais por lá.

– Ele não deveria cortar seu salário por causa disso.

Ela gesticula e toma outro gole.

– Ah, não. Ele não fez isso. Eu puxaria aquele lindo cabelinho se ele fizesse. Mas aquele lugar também é basicamente toda a minha vida social. Para falar a verdade, eu estava me sentindo sozinha na cidade. É bom estar perto de pessoas... Da sua família.

Acho fascinante ouvir alguém tão desinibido falar. Alguém que diz o que pensa sem se preocupar, que ri tão livremente.

É viciante ter a atenção dela. Eu me pergunto se Luke também se sente assim.

– É. Eles são legais.

Olho para meus irmãos, observando Beau, Rhett e Jasper fazendo piada, como fazem desde que eram adolescentes. Sempre fico triste quando Beau sai em missão, mesmo que eu não comente. Ele sempre diz que será a última, que deixará o serviço militar quando voltar.

E aí ele vai de novo.

Acho que esse é o vício *dele*.

– Eu sou próxima da minha família – diz Willa. – Mais próxima do que muita gente. Mas cada um meio que seguiu o próprio caminho agora que meu irmão e eu somos adultos, enquanto vocês estão todos envolvidos na vida um do outro. É fofo. Dá para entender por que a Summer adora estar aqui.

– É. Ela se encaixa. É verdade.

Nós dois olhamos para Summer, que está no colo de Rhett, todos ouvindo Beau contar uma história enquanto gesticula animadamente. Todos, exceto Jasper, que um observador comum pode pensar que está prestando atenção, mas eu sei que não está.

Ele está mergulhado no passado. Olhos e cabeça em lugares totalmente diferentes. Às vezes, ele ainda parece o garotinho arrasado que acolhemos. Será que revive aquele dia com a mesma frequência que eu revivo a morte de nossa mãe?

Meus pensamentos se voltam para Luke e me pergunto o que ele está fazendo. Se está feliz. Se está aquecido. Sei que ele está com meu pai, mas a ansiedade em mantê-lo seguro é intensa. Muitas vezes penso se ele teme que eu o abandone, como a mãe fez.

Tenho medo de deixá-lo como nossa mãe nos deixou. De repente. De modo trágico.

De repente, perdi a vontade de estar aqui. Quero ir para casa, ficar com ele aconchegado em segurança no quarto ao lado do meu, ou – como ainda acontece frequentemente nos fins de semana – na mesma cama que eu. Porque, apesar de todas as travessuras, Luke gosta de abraços. No fundo, é muito sensível.

– Acho que vou para casa – digo para Willa. – Você se importa de pegar uma carona com os outros?

Ela se surpreende com minha mudança de assunto, mas não se abala e põe o copo na mesa ao mesmo tempo que toca meu joelho.

– Não. Mas prefiro ir com você.

Sei que o significado não é o que estou pensando, que ela literalmente prefere ir comigo a ficar aqui com o resto das pessoas.

Mas, de qualquer maneira, é um sonho bom de se ter.

A viagem de volta ao rancho é silenciosa. Willa olha pela janela como se os campos escuros e as planícies fossem superinteressantes. A postura barulhenta e sociável foi deixada no bar, e ela ficou silenciosa e introspectiva assim que entramos na caminhonete.

Eu gostaria de ter coragem de perguntar o que ela está pensando. Mas não tenho.

Estou preocupado que traga à tona o que eu disse na pista de dança. Estou preocupado que volte a perguntar sobre nós dois. Estou preocupado que minha atração esteja se tornando óbvia demais. E não quero me tornar o pai tarado que dá em cima da babá.

Mesmo que ela tenha 25 anos e claramente não esteja nesse emprego porque precisa de dinheiro.

– Ei... – chamo, examinando a estrada escura à frente com mais atenção do que o necessário.

Ela vira a cabeça em minha direção e, na cabine escura da caminhonete, só vejo pele suave e cabelo macio.

– Você se importa se passarmos na casa principal para eu conferir se está tudo bem com o Luke?

Não quero parecer um pai maluco e superprotetor. Eu me esforço muito para não ser, mesmo que esteja surtando por dentro durante noventa por cento do tempo, torcendo para estar fazendo direito essa coisa de ser pai, muitas vezes desejando ter alguém com quem dividir a tarefa, a quem explicar meus medos e falhas. Em vez disso, apenas fecho os olhos e aguento firme. Rezo para conseguir mantê-lo vivo até a idade adulta.

O rosto dela se suaviza, nem um traço de julgamento.

– Claro que não.

– Desculpa. Eu sei que é seu fim de semana. Você provavelmente está cansada de lidar com ele.

Willa ri e tira os sapatos antes de colocar um pé descalço no painel. Meus olhos deixam a estrada por um momento, notando o esmalte rosa nas unhas dos pés e o osso delicado de seu tornozelo.

– Que nada. Eu me divirto com o Luke. Senti falta dele esta noite.

– É? Você prefere brincar de Rancho dos Dinossauros a sair para beber com os amigos?

Ela dá de ombros, olhando pela janela outra vez.

– Prefiro. Quer dizer, trabalho em um bar desde os dezoito anos. Já não tem mais a mesma graça. Sinto que estou pronta para algo novo. Só não tenho certeza do quê.

– Você fez faculdade?

Ela se vira, me oferecendo uma piscadela atrevida.

– Só me formei na escola da vida.

Dou uma risada nasalada.

– Eu também. Mas você parece fazer o tipo ensino superior. Inteligente. Rica. Bem relacionada.

Ela abaixa a cabeça enquanto me avalia.

– Isso é engraçado, só que de um jeito meio crítico. Mas nunca gostei muito da escola. Tenho certeza de que, se tivesse me esforçado, poderia ter me saído melhor, só que sempre tive mais interesse em andar a cavalo. Ou em viajar com meus pais. Ou em aprender a administrar um bar com meu irmão mais velho. Dá para voltar a estudar, se eu quiser, mas acredito piamente que nem tudo se aprende em sala de aula.

– Gosto disso – respondo com a voz grave, assentindo. – E desculpe. Não estava te julgando.

Willa tem razão. Não fiz outra coisa além de julgá-la desde o momento em que a vi pela primeira vez.

E esse é um comportamento muito babaca.

Que ela não merece.

– Luke e eu nos divertimos muito esta semana pesquisando as plantas que poderíamos cultivar. Acho que ele aprendeu muito. Eu também. O violão foi um grande sucesso. Você se importa se a gente der uns passeios a cavalo na próxima semana?

Meu peito se aquece ao pensar nela plantando uma horta no quintal com ele, mostrando-lhe um instrumento. Habilidades e lembranças que vão durar a vida toda. Dando a Luke toda a atenção que ele merece.

– Sim. Claro. Ele adoraria.

Um sorriso satisfeito surge em seus lábios e ela solta um pequeno suspiro.

– Ele foi convidado para uma festa de aniversário daqui a algumas semanas – digo a ela. – Começa meio cedo para mim. Você acha que poderia levar ele? Vou para lá assim que acabar o trabalho e assumo seu lugar.

– Claro, sem problema. É só me dizer o endereço. – Entramos no acesso dos carros e paramos diante da casa antes que ela acrescente: – Ou deixe um rastro de alface para a gente seguir.

Balanço a cabeça e reprimo uma risada enquanto saio da minha picape preta e vou em direção à enorme porta da casa de fazenda. Ainda há uma luz quente lá dentro e vejo o brilho da TV pela janela do alpendre.

Abro a porta e espio.

– Você nem vai bater? – pergunta Willa, atrás de mim.

Levo um susto, pensando que ela fosse ficar no carro, e a mão toca o meio das minhas costas. Mas dessa vez não fico paralisado. Flexiono os ombros para trás, gostando da maneira familiar como ela me toca. Vi quando fez o mesmo com Luke. Ela é apenas uma pessoa carinhosa.

Provavelmente adora dar abraços.

– E correr o risco de acordar ele? De jeito nenhum.

Estico a cabeça e dou um passo à frente, tentando me concentrar no que está acontecendo dentro da casa, mas me vejo totalmente envolvido pelo jeito como os dedos dela percorrem minha coluna quando me afasto. A maneira como estremeço quando ela me toca, e não é de frio.

Umedeço os lábios ao entrar na casa, muito consciente do corpo dela logo atrás do meu, tentando espiar a sala de estar por cima do meu ombro, onde algum filme de desenho animado ainda está passando.

Onde meu pai e Luke estão enrolados juntos no sofá. Dormindo.

Há uma tigela de pipoca na mesa, junto com um pote de sorvete que agora parece mais um milk-shake do que qualquer outra coisa.

– Que lindinhos – sussurra Willa atrás de mim.

Não posso conter o sorriso. Olhar para Luke sempre me faz sorrir. Desde que senti aquele primeiro chute. Desde que pude ver a pequena protuberância de um pé pressionando a barriga de Talia.

Ela reclamou que era desconfortável, e talvez eu não tenha prestado atenção o suficiente. Porque tudo que me lembro de ter pensado é que era algo incrível.

– São mesmo – respondo, avançando para pegar um cobertor na cesta no canto.

Depois que nossa mãe morreu, eu não recebi mais esse tipo de atenção do meu pai. Ele fez o melhor que pôde, mas passou muito tempo ausente. E, quando se recuperou, eu não queria mais sua atenção dessa forma. Mas fico feliz que ele e Luke compartilhem isso.

Cubro os dois com cuidado e ouço alguns movimentos atrás de mim. Eu me viro e vejo Willa arrumando a mesa e depois caminhando em direção à cozinha. Mãos cheias da bagunça que os dois fizeram, quadris balançando alegremente. Como se não fosse nenhum inconveniente para ela.

Como se alguém deslumbrante como ela quisesse passar as noites de sexta-feira com um pai solo, limpando a bagunça que um garoto e seu avô fizeram.

Fecho os olhos quando a realidade volta com um estrondo. Não importa o quanto o toque de suas mãos no meu corpo seja bom.

A distância entre nós é enorme. Muito grande. Ela está fora do meu alcance, e eu seria um idiota de atraí-la para perto.

Mas, quando voltamos para a caminhonete, Willa me olha e diz:

– Você é um pai incrível. Espero que saiba disso.

Então tenho vontade de agarrá-la ali mesmo.

11

Willa

Summer: Você foi embora com o Cade?
Willa: Fui.
Summer: Podia ter ficado comigo! Vamos pegar um táxi.
Willa: Nada. Cade é mais gostoso. Vim pra casa dele.
Summer: kkk
Summer: Espera. Você está brincando, né? Fiquei na dúvida.
Willa: Salve um cavalo, monte um caubói.
Summer: Continuo na dúvida.

– Temos que parar de nos encontrar desse jeito – digo com a voz rouca ao ver a silhueta imponente de Cade chegando ao deque.

Vê-lo assomando sobre mim, me observando na banheira de hidromassagem, faz meu estômago revirar. Ele está absolutamente delicioso em seu calção de banho caindo dos quadris, emoldurado pelo V de sua pelve.

Um V que meus dedos coçam para tatear.

Eu aperto as coxas ao ver a expressão intensa em seu rosto. Se for uma careta, talvez seja a careta sedutora. Porque é uma expressão ardente. Talvez eu esteja imaginando coisas. Talvez só esteja vendo o que quero ver.

Talvez eu esteja a fim de um homem mais velho.

De novo.

A essa altura, já faz parte da minha personalidade. Sempre gostei de homens mais velhos. Gosto de implicar com Summer dizendo que o pai dela é gostoso... mas não é só brincadeira.

Eu preciso de terapia.

– Eu posso ir embora.

A voz grave de Cade ressoa no ar frio da noite, o aroma de grama recém-cortada misturando-se com o leve cheiro de chuva. Ouvi trovões, mas não vi relâmpagos, então resolvi arriscar e ficar submersa em água quente.

– Não seja idiota. A casa é sua, eu vou embora.

Eu faço menção de me levantar enquanto ele se aproxima, sem conseguir deixar de conferir a largura imponente de seus ombros, a maneira como a barba por fazer cobre as linhas firmes do queixo e do pescoço, os músculos de suas coxas.

Quando vou sair, a voz áspera de Cade ecoa no silêncio.

– Por favor. Senta.

Levanto os olhos para tentar identificar por que sua voz soou irritada, mas o olhar dele está grudado no meu peito. No maiô sem bojo que estou usando.

Nos piercings nos meus mamilos pressionando o tecido.

Solto um gritinho, volto a entrar na água e afundo. Não é que eu tenha vergonha dos meus piercings – na verdade, eu os adoro –, mas não costumo sair por aí exibindo-os aos meus patrões.

Vejo Cade travar o maxilar enquanto evita meus olhos ao entrar na banheira, segurando um copo pesado de líquido âmbar.

– Foi você, hã, quem construiu este deque? – pergunto, meio sem graça, pensando que ele deve me considerar uma atirada, que fica largando calcinhas e exibindo os peitos com piercings.

Mas foi ele quem mencionou que não ficaria em silêncio se eu lhe fizesse um boquete. Foi ele quem fugiu quando o questionei.

Eu me repreendo em pensamento. *Ele é o homem que assina seus contracheques, sua idiota com tesão.*

– Porque é um ótimo deque. O encaixe da banheira de hidromassagem nele... ficou de alto nível.

Ele se acomoda na minha frente, os braços estendidos na borda da banheira, o queixo ligeiramente inclinado enquanto me encara com os olhos semicerrados.

Esse semblante o deixa com um ar de predador.

Não de fazendeiro mal-humorado.

Não de pai solo fofo.

Com o ar de alguém bem mais experiente do que eu, que me encara de um jeito enervante.

– Fui eu que fiz, Ruiva.

Ruiva. Não é a primeira vez que alguém me chama assim. Geralmente, são frequentadores do bar. Geralmente, é um apelido casual.

Mas com Cade soa diferente. Eu gosto. Parece que ele tem o próprio jeito de me chamar.

Isso é tão idiota.

– Ótimo trabalho – respondo, fechando a boca e admirando o deque.

Não estou mentindo, é mesmo um ótimo deque. Apenas me sinto uma completa idiota puxando assunto. Provavelmente é pior do que falar sobre o tempo.

– Quer uma bebida? – Sua voz não é áspera, mas está tensa.

Porra, sim. Uma bebida seria excelente nesse momento.

– Claro.

Ele se remexe e olha para o próprio colo antes de esticar um braço longo e musculoso em minha direção, um copo de cristal entre os dedos fortes, seu antebraço delineado sob a pouca luz. As veias traçam um caminho sedutor. Meus olhos não conseguem evitar vagar até seu bíceps.

Até seu peito e a camada de pelos pretos ali.

Até aquelas pequenas reentrâncias nas clavículas.

O homem é um sonho erótico ambulante e eu não sei se ele faz ideia disso.

Pego o copo, tentando ignorar o zumbido de eletricidade que sobe pelo meu braço quando nossos dedos se esbarram. Desvio o olhar, concentrando-me no copo... em não deixar que ele caia.

– Obrigada.

Quando volto a olhar, ele ainda está me encarando. E não sei bem o que fiz para deixá-lo bravo.

– De nada.

– O que é?

Tomo um gole, grata por poder me esconder atrás do copo por um minuto e tentar recobrar a compostura.

– Bourbon.

O doce ardor aquece minha garganta, e eu me concentro nisso, tentando deixar que acalme meus nervos, que estão em turbilhão sob o olhar dele.

Na maioria das vezes, as caras feias de Cade me fazem querer mandá-lo à merda, mas sinto que de certa forma entramos num território novo esta noite. Essa expressão de agora está me deixando constrangida.

Passo a língua pelos lábios, ainda saboreando a bebida, e deslizo pela água para devolvê-la. Seus olhos seguem minha língua de maneira pouco discreta, e é mais sensual do que eu esperava. O peso da água pressiona todos os lugares certos.

Nunca reagi dessa maneira a um homem que está simplesmente olhando para mim. Passei anos em um bar com homens me lançando olhares cobiçosos, e nenhum me deixou atrapalhada como uma virgem nervosa.

Eu deveria odiá-lo por isso. Mas estou intrigada.

– Que tal um jogo? – pergunto, recuando de volta para o meu lugar.

Meu pé esbarra na panturrilha dele com o movimento.

Cade rapidamente afasta a perna.

– Estou um pouco velho para jogos, Willa.

Eu arqueio uma sobrancelha, escondendo os braços sob a água para cobrir o arrepio que surge em resposta às suas palavras.

– Ninguém é velho demais para jogar Verdade ou Consequência.

Ele me encara, os dedos tamborilando o copo em sua mão.

Com Luke fora de casa, estou ousada. Somos só nós dois, e o que parece uma extensão infinita de terra atrás de mim.

– Verdade ou consequência, Cade?

Ele toma um gole, os olhos pretos como carvão no escuro da noite.

– Verdade.

– Onde está minha calcinha?

Os lábios dele se curvam, uma expressão maliciosa surgindo no rosto.

– No lixo.

Dou uma risada, inclinando a cabeça para olhar as estrelas lá em cima.

– Bom. Sua vez de perguntar.

Ele faz um som grave, e meus olhos pousam em seu peitoral definido.

– Verdade ou consequência?

– Verdade.

De jeito nenhum vou escolher consequência. Ele vai me desafiar a não falar por uma semana ou coisa parecida.

– Por que você tinha uma calcinha na bolsa?

Avanço para pegar o copo de bourbon da mão dele. Nossos joelhos se roçam, mas dessa vez ele não se move. Tomo um pequeno gole, e meus olhos encontram os dele.

– Sinceramente, não gosto de usar calcinha. É desconfortável. Ficam entrando, ou marcam a roupa, o que eu odeio. São apenas um incômodo, então carrego uma de reserva. – Eu aponto para ele. – Limpa. Apenas para o caso de uma emergência.

– Uma calcinha de emergência?

Dou de ombros, botando o copo de volta na mão dele e apertando seus dedos ao redor do vidro para garantir que ele não o deixará cair.

– Nunca se sabe – respondo enquanto me acomodo ao lado dele, em vez de ficar de frente.

Vai facilitar para dividir a bebida.

É o que digo a mim mesma.

– Qual é o problema de marcar a roupa? E daí se as pessoas souberem que você está de calcinha? – Seu rosto se contrai de maneira adorável. – Isso é ruim? Todo mundo usa.

Eu rio.

– Bem, isso é verdade. Acho que eu não devia me importar. – Ergo um drinque imaginário na direção dele, para simular um brinde. – Obrigada, patriarcado.

– Você sabe que eu tenho razão.

– Pode ter, mas eu ainda odeio.

Ele move a boca, como se estivesse repassando o que dizer.

– Toda manhã, quando você me manda uma mensagem dizendo que vestiu calcinha, é mentira?

– Já foi sua vez, Eaton. Não seja ganancioso com as perguntas. Achei que você não gostasse de jogos...

– Puta merda – murmura ele, dando um longo gole na bebida.

– Verdade ou consequência?

– Verdade.

– O que houve com a mãe do Luke?

O olhar vazio que ele me lança é enervante, mas eu não recuo. Provavelmente estou sendo bisbilhoteira, mas passo o dia todo com aquele garoto. Vou ter que ir a uma festa de aniversário com ele. Parece algo que eu deveria saber. Pelo menos o básico.

– Fui longe demais?

– Não. Tudo bem. A gente se conhecia desde o ensino médio. Ela estava sempre por perto. Eu sabia que ela gostava de mim. Porra, todo mundo sabia. Ela não era sutil. Minha mãe morreu quando eu tinha oito anos, dando à luz minha irmã mais nova, e Harvey enfrentou a perda do amor da vida dele com uma recém-nascida e três meninos para criar sozinho. Então eu assumi umas funções. Tive que amadurecer depressa e fiz mais do que a maioria das crianças de oito anos precisa fazer. Eu olho para o Luke... – Cade desvia o olhar, passando por mim e focando na escuridão além – ... e me pergunto como foi que eu fiz o que fiz. Como todo mundo simplesmente me deixou fazer. Eu ia para a escola, ajudava no rancho, limpava, cozinhava o que conseguia e ajudava em tudo que era possível. Porque parecia que era o que precisava ser feito.

Meu peito aperta de um jeito estranho. Nosso jogo divertido e lúdico tomou um rumo mais sério. Tento imaginar um pequeno Cade. Um menino que não pôde nem ficar de luto pela mãe porque se dedicou a fazer o que *precisava ser feito*, em vez de fazer o que queria.

– Passei anos vivendo assim. É difícil se livrar desse papel. E não sei se teria me livrado se pudesse. Então, uma noite, Talia apareceu. Ela estava disposta. Eu estava bêbado e cansado de ser responsável. E foi o que bastou. Um pequeno sinal de positivo e eu fiz o que precisava ser feito. Fui de revirar os olhos para as cantadas dela para estar irrevogavelmente preso a ela. Nós nos casamos. E, embora faltasse química, admito que gostava de ter ela por perto. Da companhia. Mas acho que estava tão ocupado trabalhando no rancho que não me toquei que ela estava infeliz. Que ela dormia com outras pessoas.

Ele solta uma risada.

– Ou talvez eu tenha notado e apenas não me importasse.

– Deus do céu – murmuro.

Porque acho que Cade nunca me falou tantas palavras de uma vez. Acho que ele nunca me contou nada pessoal, e aí vai e descarrega toda essa história. E eu absorvo tudo ansiosamente, adorando conhecer esse homem que tem sido um mistério tão grande. Adorando que ele se sinta confortável o suficiente para compartilhar tudo comigo.

– E então ela foi embora. Cheguei em casa do trabalho uma noite e havia um bilhete. Luke estava com meu pai. Só isso.

– Quantos anos Luke tinha?

– Dois.

Ele toma um gole demorado, sua garganta se movimentando enquanto engole.

– Ela visita de vez em quando?

– Opa. – Ele ergue o dedo indicador do vidro e aponta para mim. – Você já fez duas perguntas seguidas, Ruiva. Minha vez.

Comprimo os lábios e assinto.

– É admirável, de verdade. Tudo que você fez pela sua família. – Ele não responde, então pigarreio e sigo em frente. – Sua vez.

– Aposto que você é covarde demais para escolher consequência – provoca ele, os olhos parecendo um pouco mais vidrados do que quando chegou.

O calor. O bourbon. As lembranças do passado.

Ele parece diferente. Como se estivesse mais leve.

– Consequência.

Não vou deixar que ele descubra meu jogo assim tão fácil.

Cade gira o copo e me estuda como se estivesse avaliando suas opções. Com mais um gole na bebida, ele diz:

– Desafio você a ficar sentada na borda da banheira de hidromassagem pelo resto do jogo.

Eu o encaro, sentindo o sangue latejar nos ouvidos. As batidas do meu coração disparado.

Ele pensa que pode me fazer acabar com o jogo. Mas acho que Cade Eaton não me conhece tão bem. Se ele quer que eu fique sentada onde possa me observar enquanto bebe bourbon, eu topo.

Não vou desistir.

Atravesso a banheira e saio da água, encarando fixamente seus olhos escuros, lábios entreabertos, a respiração entrecortada. Nem eu nem ele olhamos para baixo quando me acomodo na borda da banheira com as pernas balançando na água.

É um teste de resistência. Quem vai ser o primeiro a olhar para o meu peito? E dessa vez não são apenas os adereços de metal que compõem a cena. Meus mamilos estão apontando diretamente para ele.

– Minha vez – digo com a voz rouca.

Ele faz que sim, sem desviar o olhar do meu.

– Sua vez.

– Verdade ou consequência, Cade?

– Verdade. – Um músculo em sua mandíbula se contrai.

– Covarde. – Ele nem reage à minha zombaria. – Se você é bom mesmo em rodeios, por que não participa desses eventos enquanto estou aqui para te ajudar?

O peso do olhar dele faz meu corpo todo vibrar. A intensidade em seus olhos. Sinto como se ele estivesse tentando me incendiar apenas me encarando.

Eu me inclino para trás apoiada nas mãos, esperando a resposta.

Mas, em vez disso, ele reivindica seu prêmio. Seus olhos percorrem meu corpo e eu *sinto*, como a ponta de algo frio e pontudo. Não há desprezo em seu rosto dessa vez. É puro desejo. E esse é um olhar que reconheço.

O ponto entre minhas coxas lateja e sinto calor, mesmo com o ar fresco da noite abraçando minha pele.

Fico sentada, observando-o. Observando sua expressão. Observando como ele me devora com os olhos.

Eu faço o mesmo. Sou incapaz de desviar a atenção do homem lindo e sério diante de mim. A maneira como a pele de seu pescoço pulsa sobre a jugular. O movimento sutil de sua cabeça enquanto sua língua pressiona a lateral da bochecha.

– Porque é frívolo. Tenho responsabilidades que não posso ignorar.

Ele está falando comigo, mas olhando para meus seios.

– Todo mundo precisa fazer algo frívolo de vez em quando. Até você.

Eu me pergunto distraidamente se estamos mesmo falando de rodeios nesse momento.

– Cuidado, Willa. Você não sabe o que está dizendo.

Ele trava o maxilar enquanto ergue o olhar.

Estendo a mão para ele, mexendo os dedos, pedindo silenciosamente o que sobrou da bebida em sua mão. Precisando de um pouco de coragem líquida. Cade avança e me entrega o copo, parando diante de mim. A indecisão domina todos os traços dele.

– Você se doa muito, Cade. – Tomo um gole antes de olhar para ele e limpar delicadamente os lábios. – E se pensasse só em si pelo menos uma vez?

– Não posso. – Sua voz falha enquanto ele me olha com ar suplicante.

– Devia me deixar te ajudar. Você também merece se divertir.

Agora eu *sei* que não estamos falando apenas de rodeios. Estamos perto de cruzar uma linha. Uma linha que separa funcionária e empregador. Uma linha entre um homem mais velho e uma mulher mais jovem. Uma linha talvez separando o apropriado do impróprio.

– Não.

Ele pega o copo e se afasta para o lado oposto, recostando-se para se banquetear com meu corpo. Eu arrisco olhar para mim mesma, vendo o contorno dos meus mamilos lutando contra o tecido e o náilon fino na parte inferior do maiô delineando obscenamente minha boceta.

Algo que não escapou à atenção dele, com base na forma como seus olhos se demoram ali antes de se voltarem para a escuridão do céu.

Uma pequena parte de mim quer se esconder na água, mas a maior parte curte ficar exposta para ele. Saber que Cade gosta do que vê, mas não se permite tocar. Saber que ele *queria* ver.

Saber que o pau dele deve estar duro como pedra debaixo d'água.

– Verdade ou consequência? – solta ele bruscamente.

– Verdade – respondo, sem ter certeza se posso lidar com outro desafio ou para onde isso poderia nos levar.

Ele franze as sobrancelhas e semicerra os olhos.

– O que você está pensando neste momento?

– Que gosto de ficar sentada aqui com seus olhos em mim.

– Puta merda. – Ele dá um gemido, passando a mão molhada pelo rosto e pelo cabelo escuro antes de jogar a cabeça para trás e terminar o bourbon.

– E o que você está pensando?

Quero saber. Quero ouvi-lo dizer que gosta do que vê.

– Eu não escolhi verdade, Willa.

Mordo o lábio, contemplando-o, e me pergunto se estou indo longe demais e se isso realmente importa. Observo como ele luta para se conter, como está se matando para manter distância de mim.

– Verdade ou consequência?

Minha voz está cheia de desejo indisfarçável. Já usei essa voz antes para conseguir o que queria. Funcionou com outros homens. Mas nunca resultou na expressão de súplica angustiada que vejo no rosto de Cade quando ele me encara e diz:

– Consequência.

Sua expressão não diz *monte no meu colo e cavalgue*. Ela diz *me ajude*.

E é isso que eu faço. Mas provavelmente não da maneira como ele imaginava.

– Te desafio a participar dos rodeios enquanto eu cuido do Luke pra você.

O olhar dele é sombrio e insondável. É confuso e grato ao mesmo tempo. Decepcionado e aliviado na mesma batida.

Quando ele diz "Tudo bem" baixinho, sorrio suavemente e tiro as pernas da água, passando para o deque, atenta ao modo como ele observa descaradamente cada movimento meu. Sinto um constrangimento momentâneo, pensando nele vendo algo de que não gosta.

Mas afasto o pensamento. A iluminação é fraca e não importa se ele vê a celulite na minha bunda.

Longe do vapor da água quente e da onda do bourbon, as coisas parecem bem mais claras. E o que Cade Eaton pensa do meu corpo tem pouca importância.

Eu me enrolo numa toalha e me viro apenas quando chego à porta dos fundos.

– Boa noite, Cade.

Ele joga a cabeça para trás e olha para o manto estrelado no céu.

– Obrigada pelo jogo – digo.

Ele não se vira para me olhar quando fala:

– Boa noite, Ruiva.

12

Cade

Cade: Tudo bem. Eu topo.
Lance: É?
Cade: É.
Lance: Porra, amigo. Vamos nessa!
Cade: Mas eu quero vencer. Sem mediocridade.
Eu não quero desperdiçar meus fins de semana com derrotas.
Lance: Combinado. Você precisa de um cavalo
emprestado?
Cade: Não. A minha égua conhece o trabalho melhor do que
qualquer um dos seus belos pôneis de exibição.
Lance: kkk. Eu meio que tinha esquecido como você é idiota.

Solto um grunhido quando o primeiro gole de café atinge minha língua. Preciso disso porque fiquei acordado a noite toda tentando me livrar da ereção mais persistente do mundo.

Graças a Willa Grant.

Dava para ouvir o farfalhar dos cobertores no quarto ao lado e fiquei me perguntando o que ela estaria fazendo. Se revirando na cama? Deslizando uma mão delicada por entre aquelas lindas coxas?

Pensando em mim?

E eu me recusei a bater uma. Cheguei a segurar meu pau e dar uma bombada firme enquanto estava deitado. E aí parei. Porque gozar pensando na babá de vinte e poucos anos dormindo no quarto ao lado me pareceu bem escroto. Desafiá-la a ficar sentada na borda da banheira de hidromassagem, quando nós dois sabíamos o porquê, já foi ruim o suficiente.

Meu Deus. O que estava passando pela minha cabeça?

Eu me encosto na bancada da cozinha e passo a mão pela boca. Fora de controle, é como estou.

É como se não tivesse quebrado regras suficientes quando era mais jovem – estava muito ocupado sendo um homem sério – e agora esse impulso estivesse emergindo.

É perfeitamente natural. Willa é um espetáculo. Ela abalaria a fé de um padre. E eu não sou um homem do clero.

– Bom dia.

Ela entra na cozinha como se eu a tivesse convocado com o pensamento. O cabelo ruivo indomado preso no topo da cabeça e a cara limpa, o que a faz parecer terrivelmente jovem.

Mas, quando meus olhos pousam em seu peito, todos os pensamentos de alerta sobre ela ser jovem demais criam asas e voam. Os seios empinados estão me provocando por trás de uma camiseta de algodão branco e macio com estampa de um show de rock.

Eu não saberia dizer de qual banda, porque tudo que consigo ver são os contornos daqueles malditos piercings nos mamilos.

Eles me provocam. E me lembro de como aquele lindo maiô lilás marcava o sexo dela.

Nunca na vida eu tinha sentido inveja de um maiô.

– Bom dia – retruco, mais bravo comigo mesmo do que com ela. Mas soo agressivo mesmo assim. – Você também é avessa a sutiãs?

Sua risada é leve enquanto ela fica na ponta dos pés para alcançar o topo do armário onde guardo as xícaras de café. Meus olhos são atraídos pelo modo como suas panturrilhas se flexionam, pelas pernas tonificadas que despontam de um short azul-bebê curtíssimo, os pés descalços no chão. Há uma espécie de intimidade em ter Willa no meu espaço desse jeito. E Luke nem está aqui para servir como um bom motivo.

– Deixa que eu pego.

Só preciso de um passo para ficar diretamente atrás dela e alcançar o fundo do armário. Acho que não costumo sujar tantas canecas quando sou o único a usá-las.

– Obrigada – sussurra ela, descendo da ponta dos pés e roçando a bunda em mim com o movimento.

Eu me afasto rapidamente, colocando a caneca na bancada de mármore e desejando que meu pau não suba e faça uma aparição especial, o que revelaria que sou o maior tarado do mundo.

Enquanto se serve de café, ela diz:

– Não tenho nenhuma aversão a sutiãs. – Seus lábios esboçam um sorriso. – Mas normalmente não durmo com eles. Só passei aqui para pegar café.

Ela se inclina contra a bancada, toda presunçosa.

– Você normalmente anda assim quando o Luke está aqui?

As mãos dela envolvem a caneca e Willa dá um gole hesitante, olhando-me por cima da borda.

– Não. Normalmente espero você sair, então me levanto e faço um café.

Eu resmungo, me sentindo um escroto por policiar como ela anda. Luke nem notaria. Sou eu o filho da puta de mente suja que não consegue lidar com isso.

– Então volto para o quarto e coloco a calcinha – diz ela baixinho, espiando divertidamente por trás da caneca.

– Espera. Você acabou de dizer que espera eu sair e depois faz café?

Ela arqueia as sobrancelhas.

– Você é mais inteligente do que parece, Eaton.

– Mas eu acordo às quatro e meia.

Ela dá de ombros.

– É. É legal. Eu me sento no deque da frente e leio meus livros picantes. É tranquilo. Gosto de ver o dia nascer, e, como não fico mais acordada até as três da manhã trabalhando, dá para aproveitar o amanhecer de verdade. Odeio dormir até tarde. Sempre sinto que perdi meu dia.

– Por que você espera eu sair?

Ela faz uma cara que diz que me acha um idiota.

– Porque, se você está nesse nível de rabugice no meio da manhã, eu que não quero encontrar você cedinho. Aqueles vaqueiros do rancho devem viver aterrorizados.

Solto um grunhido. Vivem mesmo. E é assim que eu gosto.

– Meus mamilos te incomodam, Cade?

Eu cuspo o café.

A maior parte cai de volta na caneca, mas não tudo. Minha mão está encharcada, e sinto gotas salpicando minha barba.

Willa me encara com ar de inocência e meu coração martela no peito. Falsa inocência. Ela sabia o que a pergunta causaria.

– Não.

Limpo o rosto, virando-me para colocar o café de volta na bancada. Preciso escolher minhas próximas palavras com cuidado para não parecer um babaca condescendente.

Eu sei que muitas vezes é a impressão que passo, e não quero que isso aconteça com Willa. É novidade eu *querer* que alguém goste de mim.

– É só que...

– Engraçado. Lembrei de você me dizendo para não me preocupar com calcinhas marcando a roupa, e é exatamente isso que estou pensando em relação aos meus mamilos.

Eu a encaro.

Essa, não.

– Todo mundo tem mamilos, não é?

Engulo em seco, sem saber como sair dessa situação. Ela me pegou na minha própria lógica.

– Por exemplo... – Seus brilhantes olhos verdes e felinos pousam em meu peito. – Estou vendo os seus agora.

Abaixo o queixo para olhar meu peito e, realmente, meus mamilos estão me denunciando.

– E eles não me incomodam nem um pouco.

Ela lambe o lábio inferior lentamente, com deliberação, antes de uma bochecha se erguer em um sorriso torto.

Então Willa se vira de volta para o quarto, levanta o punho acima da cabeça e diz:

– Abaixo o patriarcado.

E eu fico parado ali. Observando-a, me perguntando se ela está usando calcinha por baixo daqueles shorts macios e largos que eu poderia facilmente puxar para o lado.

– Você não pode colocar os dedos aí, filhote. Ou vai acabar ficando sem eles.

– Eu sei o que estou fazendo, pai.

Luke revira os olhos e continua cortando um pepino da maneira mais estúpida que se possa imaginar.

Pego a faca e a levanto.

– Escuta, ou você segura isso direito, ou eu vou acabar tendo um ataque cardíaco. Quero que você aprenda a fazer certo. Você disse que iria seguir minhas instruções.

Em troca, eu tenho que ouvir no volume máximo uma música pop horrível que ele escolheu. Um negócio que conheceu graças aos amiguinhos, depois de apenas um ano na escola.

É domingo à noite e estou preparando um banquete completo. Luke está me ajudando a cozinhar, porque me recuso a criar um homem que não sabe se virar bem na cozinha. Alimentar as pessoas de quem gosto é a forma como demonstro meu afeto sem ter que dizer em voz alta.

Porque dizer em voz alta torna tudo um pouco intenso demais para mim.

– Tá bom.

Ele bufa, encolhendo os ombros dramaticamente.

– Seu pai tem razão. – Willa aparece do nada, pegando uma rodela de pepino e jogando-a na boca. – Se continuar cortando assim, vai sobrar só o polegar. Como vou te ensinar a tocar violão?

– Willa! – Luke se vira na cadeira em que está de pé e se joga nos braços dela. – Sentimos saudade de você!

Ela ri, abraçando-o e girando-o em um pequeno círculo. Eles são igualmente dramáticos.

– Ela passou *uma* noite na cidade, Luke – retruco, cruzando os braços e tentando esconder como acho adorável que ele goste tanto dela.

Willa me dá uma piscadela por cima do ombro de Luke.

– Eu também senti saudade sua, seu maluquinho, mas não tenho certeza se seu pai sentiu minha falta.

– Aff. – Luke vira a cabeça quando ela o coloca de volta na cadeira. – Ele sentiu. Ele me disse.

Willa parece visivelmente chocada.

– É mesmo?

– Ele disse que a casa fica silenciosa sem você.

Os lábios dela tremem enquanto tenta conter o riso.

– Acho que isso só quer dizer que eu falo demais ou ouço música muito alto.

– Nada disso. – Luke suspira. – Eu amo conversar com você. E ouvir música com você.

É bonito como as crianças na idade dele dizem o que sentem. Não se perguntam como vai soar, ou se alguém vai interpretar mal. Se estiver no coração delas, então dizem. Eu sei que Luke adora conversar com Willa e isso me dá um aperto no peito.

Especialmente quando ela abre aquele sorriso brilhante que a ilumina da cabeça aos pés, bagunça o cabelo dele e responde:

– Eu também adoro conversar com você, carinha.

– Estamos fazendo o jantar pra você – anuncia Luke.

– Estamos fazendo *o jantar* – explico. – Claro, você é bem-vinda para se juntar a nós.

Não quero que Willa pense que estou totalmente obcecado por ela.

Não quero que ela saiba que eu meio que... notei sua ausência. Faz apenas duas semanas, mas eu deixei de ficar irritado ao vê-la aqui quando chego em casa depois de um dia árduo de trabalho e passei a sorrir quando tiro as botas e escuto as risadas ou as conversas dos dois.

É música para meus malditos ouvidos.

– Vocês, meninos, são cozinheiros incríveis. Contem comigo.

Volto a descascar batatas na pia ao lado de Luke, mas digo:

– Vamos colocar uma música diferente para Willa.

É a oportunidade perfeita para me livrar dessa porcaria alegre e dançan-te. Horrorizado, Luke me pergunta o que há de errado com "Watermelon Sugar", mas, antes que eu possa responder, Willa inclina a cabeça e diz:

– É, Cade. Você tem algo contra Harry Styles?

Vejo dois pares de olhos arregalados. Um par ofendido, o outro achando graça.

– É que é tão... pop.

– Tive uma ideia – diz Willa, levantando a mão e saindo da cozinha.

Tento não olhar para sua bunda em um short jeans.

E fracasso.

Então volto às batatas, descascando-as agressivamente enquanto tento monitorar os preciosos dedinhos de Luke. Ele está tão concentrado que a língua está presa entre os lábios, os olhos semicerrados.

Ele parece... crescido. Sei que ainda não é grande, mas também não é o bebê totalmente dependente que já foi. Ele não me acorda mais várias vezes a cada noite. Sabe se servir sozinho de cereal no café da manhã.

É assustador.

A música silencia e eu me viro para a mesa da cozinha, onde Willa puxou uma cadeira para se sentar e está com um lindo e ornamentado violão pousado no colo.

– O que eu toco?

Luke grita para ela tocar "Watermelon Sugar" antes de largar a faca e se sentar para observá-la.

Não posso culpá-lo. Ela está radiante.

Solto um grunhido dramático, só para implicar com Luke. Estou tão descontraído que chega a ser alarmante. De alguma forma, eu me sinto melhor por saber que Willa está aqui, sob o mesmo teto, e não na cidade ou em qualquer outro programa que ela e Summer aprontaram *no fim de semana das meninas*.

Uma saída perfeitamente normal para duas jovens, tenho certeza, mas eu nunca soube desligar minha tendência protetora, que se preocupa constantemente com a segurança de todos.

– Escolhe algo fácil, como "Brilha, brilha, estrelinha". Não sabemos se Willa é boa.

– Pai!

Willa ri e balança a cabeça antes de olhar para as cordas sobre as quais seus dedos e a palheta pairam, uma cortina de cabelo ruivo protegendo seu rosto, como se ela fosse um pouco tímida. Os longos cílios se fecham por um momento e seu joelho balança..

Então o som suave das cordas enche a cozinha. Eu reconheço imediatamente uma versão acústica mais lenta da música que estava tocando.

Paro e abaixo o descascador. Eu seria a primeira pessoa a confessar que deixo o rádio sintonizado na estação country. Não sou nenhum conhecedor de música. E, quando estou no pasto, a trilha sonora é o relinchar das montarias e o bater dos cascos das vacas na terra.

Na verdade, o silêncio não me incomoda nem um pouco.

Mas é impossível desviar o olhar. Achei que ela teria algum conhecimento básico de violão, mas isso é impressionante. Ou talvez seja só porque é *ela*.

Há algo comovente, algo que me aquece até os ossos, enquanto a observo.

– Espera! Você não está cantando! – O tom de Luke é acusatório.

Willa ergue a cabeça, botando timidamente o cabelo atrás da orelha.

– Eu não canto, Luke. Só gosto de tocar violão.

– Você cantou na nossa festinha outro dia.

Ela baixa o olhar, os lábios bem fechados, as bochechas corando no mais lindo tom de cor-de-rosa.

– A gente estava só de bobeira.

– Canta! Canta! Canta!

Uma risada profunda me escapa. Luke é insistente pra cacete.

Willa arregala os olhos, me encarando, e eu cruzo os braços com um dar de ombros.

– Cante, Willa. Quero ouvir.

O rubor dela se intensifica, descendo pelo pescoço e pelo peito. É assim que sua pele ficaria ao ser arranhada por uma barba.

Pela minha barba.

– Está bem. Mas eu não tenho uma voz boa, então nada de tirar sarro.

– Você tem, sim!

Ela aponta para Luke.

– Era só para ser uma música de fundo enquanto vocês cozinham, não um show.

– É tão bonito, Willa. Eu quero tocar violão assim que nem você.

O sorriso tímido que surge nos lábios dela ao baixar a cabeça me faz amolecer. Ela é tão ousada, às vezes, e aí tem esse lado doce. Esse lado tímido. Esse lado inseguro.

E ela não tem nenhum motivo para se sentir assim.

– É lindo, Willa – acrescento, na esperança de tranquilizá-la, mas suas bochechas ficam mais rosadas ainda.

O que quero dizer é totalmente inapropriado.

Você é linda.

Como foi sua noite de folga?

Desculpe por nunca deixar café pronto para você de manhã.

Palavras que ficam na minha garganta. Presas na minha língua. Palavras e sentimentos com os quais não sei o que fazer.

Ela mexe no cabelo para se esconder um pouco e recomeça a música do início. Uma pequena parte de mim acha que eu deveria me virar e continuar descascando as batatas, mas uma parte maior não consegue tirar os olhos de suas pernas macias cruzadas sob o violão. Um pé descalço apoiado na barra inferior da cadeira. Um tornozelo delgado flexionado, o arco do pé inesperadamente sensual. Eu me deparo frequentemente com esse problema quando ela está por perto.

Os pequenos detalhes, os mais triviais, me deixam obcecado por ela.

A música soa tão bem quanto da primeira vez. Sensual e lenta. É como se ela tivesse pegado uma música adolescente e a tornado sexy.

Seus dedos finos se movem pelas cordas perfeitamente, se esticando e se flexionando a cada nota que ela dedilha.

E então sua voz entra em ação e é um tiro no estômago.

Rouca e doce ao mesmo tempo.

Tímida e segura.

Baixa e forte. Assim como ela.

O primeiro verso fala sobre morangos e noites de verão, o que é apropriado, porque seus lábios vermelhos como morango se movem e eu fico em transe.

Luke dança ao som da música, feliz e distraído. Mas eu não. Posso sentir meu precioso controle escapulindo no que diz respeito a Willa. E quem diria que uma música idiota seria a gota d'água?

Ela me espia e sua voz falha levemente quando me pega fitando-a.

Willa não desvia o olhar.

A letra fala sobre inspirar e expirar – o que é um ótimo lembrete para mim na atual conjuntura.

Sinto um frio na barriga e me preocupo com o que está escrito na minha cara. Minha expressão impassível, cuidadosamente praticada, está se desfazendo, como se ela estivesse eliminando uma camada após a outra. Toda a armadura, toda a proteção.

Não estou pronto para ser exposto. Não por ela. Nem por ninguém.

A mãe de Luke talvez não fosse a mulher certa para mim, mas ela era *uma* mulher para mim. E fiz o melhor que pude para mantê-la feliz. Tentei amá-la. E, do meu jeito, eu a amei. Não foi nada cinematográfico, mas fui fiel. Eu a sustentei. Eu me esforcei muito para construir uma vida boa para nós.

E ela se foi.

Não fui o suficiente. Mesmo hoje, não tenho muito mais do que naquela época.

E, no fim de agosto, Willa também irá embora. De volta à sua vidinha na cidade. De volta aos bares e aos músicos famosos. De volta a uma vida emocionante que não inclui um fazendeiro mal-humorado e ressentido.

Talvez não precise ser um problema. Talvez eu possa deixá-la partir e seguir com a minha vida.

Luke vai ficar triste, de um jeito ou de outro, mas vai acabar arrasado se eu o deixar pensar que há mais aqui do que um acordo sazonal. E não estou disposto a brincar com o coração dele.

Então, eu me viro de costas e volto a descascar batatas.

Ouço cada nota, agarro-me a cada palavra, e fico grato por ela não poder ver meu rosto.

– De novo! De novo! – exclama Luke, e eu apenas balanço a cabeça.

Não vou discordar, porque estou gostando demais para querer que ela pare.

– Que tal outra música? – pergunta ela para o meu filho.

– Que música?

– Uma música que seu pai conheça.

– Ele não conhece nenhuma música boa – afirma Luke.

Meus ombros tremem enquanto rio baixinho.

– É verdade – respondo, olhando para trás.

– Ele é velho demais!

Eu me viro e o encaro de modo falsamente irritado.

– Então ele vai conhecer essa.

Os dedos de Willa dedilham alguns acordes e eu reconheço a música no mesmo instante. Volto meu falso olhar de bronca para ela, que dá um sorriso. Quem não conhece "Dust on the Bottle"? É um clássico.

Sua voz transborda de bom humor, sua postura fica mais ereta quando sorrio. Ela se ilumina quando dou risada.

Willa canta sobre a poeira em uma garrafa e como o conteúdo melhora com o tempo. É engraçado, ela está zombando de mim e sabe disso. A noite flui a partir daí. Conversa, piadas, boa comida. E depois daquela música

Luke resolve implicar com nós dois, nos chamando de velhos. Ele nos apelidou de "vovó" e "vovô".

– Me passa o purê de batata, por favor, *vovó*.

Ele cai na risada, os raios dourados do pôr do sol reluzindo em seu cabelo escuro e brilhante, as bochechas rosadas pelos dias de verão passados ao sol.

Sinto-me preocupantemente... à vontade.

– Você é um garoto esquisito, sabia disso? – Willa pega um pedaço de pepino cortado de modo irregular e joga na boca. – *Muito esquisito*.

Esquisito é o insulto favorito de Luke no momento, e ele ri tanto que fica sem fôlego. Willa ri também, olhando para ele com tanto carinho que meu coração dá um pulo.

– Não, Willa! Você que é esquisita! Eu vi você dançando. Você é a maior esquisita do mundo!

Ela leva a mão ao peito e se joga para trás dramaticamente.

– Como *ousa*, Luke Eaton? Isso é apenas maldade. Eu danço muito bem.

– Mostra pro meu pai! Mostra pro meu pai como você dança esquisito!

Lágrimas de riso brilham nos cantos de seus olhos, e ele as enxuga com dedinhos rechonchudos.

– Certo, tudo bem. Ele vai decidir. Entendeu, Cade? Luke e eu vamos dançar e você decide qual de nós é o mais esquisito.

Eu me recosto na cadeira e cruzo os braços, me perguntando como um dia não gostei dela. Como pode qualquer pessoa do mundo não gostar de Willa Grant?

Ela é encantadora.

– Tá bom? – Ela inclina a cabeça e seu cabelo sedoso cai sobre os ombros.

Abro um pequeno sorriso, rindo do absurdo da competição, mas entretido demais para impedi-los.

– Tudo bem.

– Bom. – Ela sorri, indo até a bancada para conectar o Bluetooth à caixa de som. – Vamos lá...

Ela me olha por cima do ombro enquanto aperta uma tecla e as primeiras notas de "Summer of '69" soam no sistema de som. *Não acredito.*

Eu balanço a cabeça, mas não posso evitar o sorriso que se abre em meu rosto.

Willa começa com um *moonwalk* horroroso, antes de passar para um *sprinkler* horrendo. Ela pode ter ficado tímida ao tocar violão, mas não tem a menor vergonha de dançar. É divertida. É engraçada. E Luke adora. Ele nem dança, só fica pulando e rindo dela, braços e pernas magricelos se debatendo freneticamente.

Ela chacoalha e balança os quadris num movimento para o qual as crianças de hoje em dia com certeza têm um nome, e por fim agarra as mãos dele para fazê-lo dançar com ela. Luke balança os quadris e dá um sorriso tão imenso para ela que minhas bochechas doem só de olhar.

Percebo que estão doendo porque eu também estou sorrindo. Minha garganta aperta enquanto vejo Willa girar meu filho pela cozinha no dia que deveria ser sua folga.

– Viu como ela é esquisita, pai? – pergunta Luke.

– Aham. Esquisitíssima – concordo, e ela se vira para me lançar uma cara feia de mentira.

A única coisa esquisita é o que sinto por uma mulher que conheço há poucas semanas.

Não é apenas esquisito.

É um completo absurdo.

– Tá bom, agora a vovó e o vovô dançam! – Luke ri, puxando Willa para junto de mim.

Eu faço uma careta para os dois.

Willa leva a mão à boca e cochicha para Luke:

– Acho que talvez ele seja o mais esquisito.

Luke gargalha, e nem eu consigo recusar. Bryan Adams não é tão ruim, e os dois parecem totalmente irresistíveis parados na minha frente com sorrisos largos, olhos brilhantes e bochechas rosadas.

– Vamos, vovô.

Willa estende a mão em minha direção, provocando outra rodada de risadas histéricas de Luke, que está claramente exausto, com base em como não para de gargalhar.

Seguro a mão dela com um resmungo, como se estivesse irritado, embora não esteja.

Nem um pouco.

Levanto e giro Willa em um círculo rápido, dizendo a mim mesmo que já dancei com ela antes, no Railspur.

Isso é só a minha cozinha.

De qualquer maneira, a música já está acabando.

– Eu já volto!

Luke sai correndo da cozinha, rindo feito o Coringa pelo caminho.

Eu a giro novamente, sentindo algo crescer dentro da cueca ao som da risada leve que ecoa de seus lábios perfeitos. Quando a música termina e um segundo de silêncio se transforma em uma melodia mais suave e lenta, o melhor a fazer é me afastar.

Mas não me afasto. Em vez disso, eu a puxo para perto, notando o pequeno e chocado suspiro que ela solta com o gesto.

– Quer que eu pare? – Abaixo a voz, deixando meus olhos permanecerem em seus lábios.

A resposta dela é rápida, sem hesitação.

– Não.

Eu a puxo para mais perto, alinhando nossos quadris e sentindo sua mão deslizar pelos meus ombros.

Enquanto dançamos, passo os dedos por suas costelas com calma. E noto o jeito como ela estremece ao toque.

– Você dança muito bem – comento.

Ela sorri.

– Danço. Muito esquisita.

Eu rio, correndo o polegar pela base de suas costas. A mão dela parece úmida contra a minha.

– E toca muito bem também, aliás.

– Ah, bom, sendo filha do Ford Grant, é quase uma obrigação.

– E a voz?

– Que é que tem? – indaga Willa, revirando os olhos, de repente tímida de novo.

– Você tem uma voz bonita.

Digo isso porque é verdade, e olho em seus olhos enquanto falo. Ela fica estranhamente desconfortável com elogios, sempre se esquivando ou fazendo piada. Dançamos silenciosamente ao som da música, ouvindo a letra.

A música fala sobre um coração sem lar, sobre um coração coberto de sorrisos. É tocante e linda, e me pego prestando bastante atenção na letra.

– Que música é essa? – pergunto, fascinado. – A voz dela é parecida com a sua.

Willa desvia o olhar e minha mão aperta sua cintura. Eu me permito imaginar minhas mãos calejadas deslizando sobre sua pele macia. Adorando cada centímetro dela. Afundando nela.

– A música é "Fade into You", de Mazzy Star. É uma das minhas favoritas – diz ela, rapidamente, antes de mudar completamente de assunto. – Obrigada por confiar em mim para cuidar do Luke. Esse já é o melhor verão que tenho em muito tempo.

– De nada. Obrigado por fazer o meu filho rir daquele jeito. Melhor som do mundo. Está sentindo falta da cidade?

– Não. Só sinto falta de cavalgar.

Ela se aproxima e sinto a pressão do seu corpo. O calor. O atrito. Apoio a mão toda nas costas dela.

– Vou arrumar um cavalo para você.

– Você é um homem bom, Cade Eaton. Talvez um dos melhores. – Sua voz é tão suave que mal a escuto.

Minha nuca se arrepia quando baixo a cabeça na direção dela. Tudo ao nosso redor desaparece. Não sei como ela tem esse talento de me dizer as coisas pelas quais anseio. Como rastreia minhas inseguranças dessa maneira. Como ameniza uma dor que nem sabe que existe.

Deslizo a ponta do nariz pela curva do seu pescoço e desejo engolir o pequeno gemido que escapa dela. Quero muito mais do que uma dança roubada na cozinha enquanto meu filho está fazendo sabe-se lá o quê.

– Vocês são os mais esquisitos! – zomba Luke ao voltar correndo vestido com sua fantasia de Batman do último Halloween, que agora está pequena demais.

Nós dois nos sobressaltamos e nos afastamos rapidamente, percebendo que estávamos perto demais.

E talvez Luke não esteja errado. Definitivamente há algo esquisito acontecendo.

13

Willa

Willa: Olá, amiga advogada. Posso pedir aconselhamento jurídico?

Summer: Precisa que eu vá pagar sua fiança? É só mandar o endereço que eu vou.

Willa: É ilegal transar com um chefe gostoso?

Summer: Estamos falando do seu irmão ou do Cade?

Willa: Credo!

Summer: Cara. Passei anos ouvindo você fazer piada sobre meu pai ser gostoso. Preciso aproveitar a oportunidade.

Willa: Nunca mais vou te pedir conselho.

Summer: Meu conselho jurídico é: seja mais específica ao fazer uma pergunta.

Willa: TÁ BOM. É ilegal transar com o Cade?

Summer: Você teria que perguntar a ele. Nunca vi o Cade com uma mulher. Talvez ele ache que é ilegal?

Willa: Ele *é* mesmo muito certinho. Talvez eu quebre algumas regras e veja se ele me dá uns tapas por isso.

Summer: Credo!

Assim que ouço a porta se fechar na manhã seguinte – para que Cade não fique escandalizado com meus mamilos –, dou uma espiada no quarto de Luke e vejo que ele está esparramado na cama, parecendo adoravelmente exausto.

Sorrindo sozinha, caminho pela casa silenciosa em direção à cozinha. O sol nasceu, mas ainda está muito baixo e a casa está tomada por uma luz azulada. Os pássaros parecem tão felizes, cantando lá fora. Mal posso esperar para me sentar na frente da casa com meu livro e uma xícara de café quente.

Paro quando vou chegando à cozinha e vejo que ainda há uma quantidade considerável de café na cafeteira.

Quando me aproximo, vejo um post-it no balcão, escrito com uma caligrafia irregular.

Ruiva,

O café é para você. Vou amansar alguns potros de dois anos hoje. Se quiser ficar toda dolorida, me encontra no celeiro e você pode experimentar um deles.

C.

Eu solto uma risada. Ah, eu quero ficar toda dolorida, sim.

Por causa dele.

Não por causa de um cavalo.

Ele também deixou uma caneca ao lado da cafeteira. Passo os dedos pela alça arredondada, lembrando-me da sensação dele atrás de mim enquanto eu pegava uma xícara na outra manhã. A sensação dele encaixando os quadris nos meus enquanto dançávamos na cozinha.

Eu me sirvo de uma xícara e o gosto é melhor porque foi ele quem fez. Só porque deixou tudo separado, sabendo que eu estava esperando que ele saísse. Porque ele me ouviu.

Cade é a personificação de ações que falam mais do que palavras. Ele não é do tipo que ficaria pedindo desculpa por não deixar café suficiente para mim. Em vez disso, ele fez mais e me deixou uma caneca, sabendo que me deixaria contente.

E deixou também um post-it me chamando de Ruiva.

Talvez eu seja uma idiota, mas é fofo. Vindo do Cade, é *muito* fofo.

A manhã passa calmamente, até que o Lukesaurus Rex acorda e me faz fugir dele como se estivesse apavorada.

Faço para ele um café da manhã digno de um dinossauro e depois vamos até o celeiro para ver como se amansa um potro de dois anos.

Ou, no meu caso, para dar uma olhada no Papai Caubói.

Estaciono meu jipe perto do estábulo principal e seguimos os sons de vaias e gritos até o outro lado, andando de mãos dadas.

– Ali está ele! – grita Luke, apontando para o pai.

Fico com a boca seca na mesma hora. Eu pratico hipismo – calças brancas elegantes e cavalos importados da Europa –, então, embora entenda de cavalos, caubóis ainda são novidade para mim.

Mas *caramba*. Que bela novidade.

Cade está montado em um cavalo escuro, salpicado de cinza – uma linda pelagem de ruão azulado com crina e cauda pretas –, que combina perfeitamente com o chapéu preto, a costumeira camiseta preta apertada e as perneiras de couro pretas sobre o jeans desgastado.

Ele está à vontade na sela. Mãos em luvas de couro no pomo da sela, quadril confortavelmente acomodado, um palito pendurado no canto da boca e um sorriso divertido nos lábios.

Ele é tão gostoso.

Ele sempre foi gostoso, mas eu não era muito fã de sua personalidade. Uma personalidade de merda pode realmente estragar um cara gostoso, mas não há nada de errado com a personalidade de Cade. Ele só demora para demonstrar sentimentos. É um pouco frio.

Mas estou descobrindo que gosto muito dele. Estou descobrindo que ele não me causa frieza alguma. Ele me deixa é toda quente.

– Pai!

Luke dispara e a cabeça de Cade se volta para ele, seu sorrisinho se abrindo ainda mais.

Um sorriso que faz meu coração perder o ritmo.

– Ei, filhão!

Ele passa uma perna por cima do cavalo e desce bem a tempo de pegar Luke nos braços. A mesma saudação que fazem todas as noites.

– Quando vou ter meu próprio cavalo? – pergunta Luke, olhando para o grupo de potros no curral e focando no cercado redondo onde um caubói está montado em um cavalo que faz o possível para derrubá-lo.

– Quando você realmente se interessar em aprender sobre eles. Cavalos são um compromisso sério, e o único compromisso que você tem, por enquanto, são os dinossauros.

– Eu quero que a Willa me dê aulas de equitação, não você – anuncia Luke, as mãos nos quadris.

Cade me encara, revirando os olhos de brincadeira. Luke está um pouquinho obcecado por mim? Talvez.

– Oi, Ruiva.

Eu me assusto quando o caubói atrás dele é jogado contra a cerca de metal. Os outros homens sentados riem do sujeito, que cospe no chão e balança a cabeça.

– Maldito filho da puta sacana! – exclama ele.

– Você tem que ser mais esperto que o cavalo, Lee – responde Cade. – E cuidado com essa sua boca suja. Tem uma criança e uma garota da cidade aqui.

– Desculpa, chefe.

Luke ri dos palavrões disparados. E então eu sinto. Todos os olhares se voltam para mim, os homens se endireitando ou pigarreando, como se eu nunca tivesse ouvido um xingamento na vida. Cade se encarrega de me fazer parecer uma princesinha frágil.

Aceno para os homens e ofereço um sorriso amigável enquanto digo:

– Prazer do caralho em conhecer vocês.

Luke solta uma risada. Ele faz muito bem para minha confiança, sempre aprovando minhas piadas.

– Palavrão, Willa!

Alguns dos sujeitos comprimem os lábios, tentando não demonstrar que acharam graça. Porque, se eu consigo sentir a cara feia de Cade, sem dúvida eles também conseguem.

– Prazer em conhecê-la, garota da cidade! – grita um sujeito sentado sobre uma cerca, acenando para mim com a mão suja de terra.

Quando uma peça do dominó cai, o resto cai também. Em segundos, a maioria dos homens está rindo, e Cade balança a cabeça.

Ele faz muito isso para mim.

Eu lhe dou uma piscadela.

– Obrigada pelo café. Já estou pronta para você me deixar toda dolorida.

Seu rosto empalidece, como se percebesse o duplo sentido do bilhete.

– Eu quis dizer que você poderia montar se quisesse.

– Ah, eu quero.

As bochechas dele ficam vermelhas. Eu não deveria cutucar a onça dessa maneira, mas sou assim mesmo. Gosto de vê-lo sem jeito.

– Montar um cavalo. Pode pegar o meu. – Ele aponta com o polegar por cima do ombro.

– Não, acho que vou experimentar um dos mais novos.

– Sem chance – diz ele, travando o maxilar.

– Por quê? – pergunto, levantando uma sobrancelha.

– Eu não quero que você se machuque.

Ele diz isso de forma simples, como se devesse ser óbvio.

– Mas não era isso que o bilhete dizia? A menos que na verdade quisesse dizer...

Eu paro de falar e arqueio as sobrancelhas.

– Você é doida.

– Eu sei. – Abro um enorme sorriso. – Eu sou ruiva. Nada de dar para trás, Eaton. Há algumas horas você achava que não tinha problema se eu encarasse um potro, e agora não quer?

– Mudei de ideia. Meu rancho, minhas regras. Talvez você não monte tão bem assim. Além disso, precisa estar inteira para levar o Luke à festa de aniversário hoje.

Eu levanto uma sobrancelha. *Babaca.* Ele está tentando trazer à tona o meu lado competitivo? Inclinando-me, sussurro em seu ouvido:

– Desafio você a me deixar montar aquela ali.

Aponto para a fêmea de pernas compridas parada no meio do redondel, que está olhando feio para o caubói desbocado.

– Essa daí é chucra. Vou arranjar para você um cavalo tranquilo – diz ele, afastando-se com sua montaria, e Luke vai logo atrás para ver os outros cavalos.

Como se ele tivesse a palavra final.

Deve haver pelo menos dez cavalos naquele curral, mas é a alazã no redondel que chama minha atenção. Aquela que deu uma surra no caubói.

Sinto uma conexão com ela, e não vesti jeans e botas de montaria no meio do verão para ficar parada suando sob o sol.

Enquanto Cade está de costas, eu marcho na direção oposta e passo por baixo da cerca. Sinto olhos em mim, mas os homens não dizem nada para me impedir.

Devem ser mais espertos que Cade.

As narinas da potranca se dilatam a cada respiração, olhando à volta com cautela. Mas, honestamente, não estou preocupada. Sei montar bem. Sei que sim. Não recebi apenas cavalos mansos na vida. Não deixei cavalariços e treinadores fazerem o trabalho sujo enquanto eu ficava sentada no picadeiro, assistindo. Cresci com mais dinheiro do que a maioria das outras meninas do estábulo, mas sempre era eu quem tinha que trabalhar para conseguir as coisas.

Meu pai costumava brincar que nenhum dinheiro era meu. Era dele, e não seria usado para me mimar.

Meus pais valorizam uma boa ética de trabalho, e acreditam principalmente em esforço e dedicação. Nem eu nem meu irmão fomos obrigados a ir para a universidade. Eles aceitaram nossas decisões e, embora eu achasse isso injusto quando era mais jovem, agora eu entendo. Entendo por que não bancaram a vida dos filhos. Entendo por que não ficaram controlando nossas escolhas.

E fico feliz por não terem feito isso. No entanto, *um pouco* mais de pressão teria me feito bem.

Talvez eu não fosse uma bartender sem rumo se eles tivessem criado mais expectativas. Quem vai saber?

Com isso em mente, pego as rédeas e deslizo a mão pelo ombro da potranca.

– O chefe vai te matar – murmura um caubói de fora da cerca.

Eu apenas sorrio.

Não vai, não. Cade Eaton está perdido comigo.

Eu puxo o estribo, ajeitando a sela nas costas do animal e observando suas orelhas balançando.

– Calma, querida – murmuro.

Ela inclina a cabeça ligeiramente em minha direção, grandes olhos redondos me avaliando. Eu decido que ela gosta de mim. Decido que ela é inteligente.

Todos esses caras pensam que são durões e que podem amansar um cavalo na base da força, mas estão errados.

Coloco o pé no estribo antes de subir, e ela nem se mexe.

– Ruiva, não se atreva.

Balanço a cabeça, mas não olho para Cade. Ele é só mais ou menos o meu patrão.

Cade não anda se portando muito como um patrão nos últimos tempos. E normalmente é difícil eu aceitar ordens – pergunte ao idiota do meu irmão.

Respirando fundo, passo uma perna sobre o dorso da potranca, me acomodando suavemente na sela.

– Mulher.

Eu bufo. Cade acabou de me chamar de *mulher*. Tenho vontade de rir, mas sinto o dorso da égua tenso embaixo de mim.

Ela está parada... mas não por muito tempo. Está reunindo toda aquela energia para pular, então afasto bem uma das rédeas, virando sua cabeça em direção à minha perna, e dou-lhe um chute firme antes que ela possa sair corcoveando.

No mesmo instante, ela começa a pular e dar coices, mas eu aperto as coxas com força e afundo os calcanhares, mantendo-a em um círculo restrito para que ela não possa explodir.

– Que bebê bonzinho – digo num tom doce, embora ela esteja se mexendo como uma doida.

Mas não é o suficiente para me fazer desistir. Eu me recuso a fracassar na frente desses caras. Eu me recuso especialmente a fracassar na frente de Cade.

Ele vai ficar me irritando, dizendo *eu avisei*, e, sinceramente, meu ego não consegue lidar com esse tipo de golpe quando se trata dele.

Encorajo a potranca a avançar, me mantendo firme na sela para que ela siga em frente, em vez de pular. E, em menos de um minuto, ela abandona as travessuras e começa a galopar ao redor do curral.

Não é bonito, mas também não parece uma montaria em touro. Escuto os gritos dos caras ao meu redor – os assobios e os "uhul" –, mas sigo em frente, deixando que ela se canse. Deixando-a correr até que se acalme e abaixe a cabeça.

Preciso reunir todas as minhas forças para não me virar para Cade e mostrar a língua.

Você tem 25 anos, você tem 25 anos, você tem 25 anos.

Ele me transforma em uma idiota. Uma idiota ousada, babona e exibicionista. Ele é um desafio, e olhe só para mim – eu adoro desafios.

Depois de algum tempo, a potranca começa a trotar e depois a andar, e eu estendo a mão para acariciar seu pescoço suado.

– Mandou bem, garota da cidade! – exclama um dos caras, e eu levanto os olhos, sorrindo antes de saltar da sela.

– Melhor do que qualquer um de vocês aí, fantasiados de caubói – retruca Cade, fervendo por baixo do chapéu.

Ele parece furioso, e o frio na barriga que sinto ao ver como ele se impõe me faz desejar que desconte um pouco dessa frustração em mim.

– Vou cavalgar que nem a Willa quando eu crescer! – Luke subiu no alto da cerca e se inclina, os olhos brilhando de animação. – Ela mandou bem pra cacete!

– Luke! – exclamo.

Ao mesmo tempo, Cade rosna:

– Lucas Eaton.

Os olhos do garotinho se arregalam enquanto ele desce da cerca, como se soubesse que fez algo errado. Ele sai correndo para o celeiro, suas minúsculas botas de caubói batendo no chão de terra, sem olhar para trás.

– Você ensinou isso a ele. – Cade aponta para mim enquanto levo a potranca até um dos rapazes.

– Ensinei? – Arqueio a sobrancelha e vou em direção ao homem que eu achava um pé no saco, mas em quem não consigo mais parar de pensar.

Com quem não consigo parar de fantasiar.

Do meu lado da cerca, me inclino e digo em um tom mais baixo:

– Tenho certeza de que, entre nós dois, você é quem tem a boca mais suja, Cade.

Ele enfia a mão entre as barras de metal e engancha os dedos na alça do meu cinto para me manter parada. Para me manter ali, sentindo sua respiração. O ar de cada expiração acaricia minha bochecha.

– Você não faz ideia, Ruiva.

Com um pequeno puxão na minha calça jeans, ele me sacode e depois se afasta, girando uma mão acima dos ombros e gritando para os homens:

– Vamos lá, seus idiotas. O intervalo acabou. Vocês levaram uma surra de uma patricinha da cidade. Agora me provem que eu não deveria botar todos vocês no olho da rua, seus inúteis.

Eu bufo. O homem realmente tem um jeito poético de usar as palavras.

Enquanto passo pela cerca perto do celeiro, para onde vi Luke correr, um homem grita às minhas costas:

– Caramba. A vista aqui nunca foi tão boa.

Meus lábios se curvam e me viro para dar uma piscadela para ele, mas com dois passos rápidos Cade estende o braço e o derruba do alto da cerca onde o caubói estava sentado. O homem cai de joelhos, dando uma risada alta e incrédula.

Cade não está achando graça.

– Se quer manter seu emprego, mantenha os olhos no chão, caubói.

Eu apenas me viro e sorrio para mim mesma, porque Cade está fervendo. Parece até que está com ciúme.

E acho que gosto disso.

14

Cade

Willa: Calcinha? Ok. Sutiã? Não.

Cade: Você vai a uma festa de aniversário de criança.
Tente de novo.

Willa: Certo. Vou tentar.

Willa: Calcinha? Não. Sutiã? Também não.

Cade: A cidade já está falando bastante de você.

Willa: Uhh. O que estão dizendo?

Cade: Que suas calcinhas marcam bastante as roupas.

Willa: Meu Deus. Você acabou de fazer uma piada?

Cade: Vou chegar lá às 6h. Por favor, não me envergonhe.

Willa: Nossa. Isso é um desafio?

Cade: Tchau, Ruiva.

Willa: Faço isso com o Luke também quando ele faz malcriação.
Apenas ignoro. Mas não acho que vai funcionar comigo.

Paro em frente à grande casa recém-construída onde será a festa de aniversário. A verdade é que odeio essa merda.

Frequentar festas de aniversário infantis como pai solo em uma cidade pequena é como ficar trancado em uma jaula cheia de leões famintos.

Ou leoas?

Balanço a cabeça ao saltar da caminhonete, gotas de água escorrendo pela nuca porque saí correndo do chuveiro para chegar aqui e não deixar Willa sozinha na cova das leoas.

Sei muito bem como a gente desta cidade pode ser bisbilhoteira e hostil. Especialmente a respeito da minha família, que as pessoas sempre trataram um pouco como se fosse realeza, agindo como carrapatos que saltam dos arbustos para pegar carona nos bichos.

Eu me deixei levar com Talia, e nunca mais cometerei esse erro.

Pego um boné no banco de trás e coloco-o na cabeça antes de girar a aba para trás.

Os gritos alegres das crianças e o som de água espirrando me atraem pela lateral da casa. Estendo a mão por cima do portão de madeira e puxo a corda escondida para abrir.

Gente da cidade. É como se pensassem que ninguém sabe onde fica essa cordinha.

Entro no quintal exageradamente ornamentado e observo a piscina, os pais circulando enquanto as crianças correm em trajes de banho.

Mas o que faz meu coração bater mais forte é a visão de Luke chorando em roupas encharcadas enquanto Willa está agachada na frente dele, esfregando seus braços à beira da piscina.

Ele sempre leva tudo numa boa. Costuma aguentar firme. Mas no momento está quase inconsolável.

Posso ver a tensão no corpo de Willa, o sofrimento em seus olhos. E isso me faz gostar ainda mais dela. Ela não se importa com o resto da festa ao seu redor. Só tem olhos para o meu filho.

E, quando ela o puxa para um abraço, encharcando-se no processo, eu derreto.

Luke sussurra algo no ouvido dela e aponta para outro garoto. Eu deveria reconhecer essas crianças e os pais, mas geralmente deixo essa chatice a cargo do meu pai.

Ser obrigado a socializar com adultos de que não gosto é um tipo especial de tortura, e acho que há limites para as coisas que estou disposto a fazer pelo meu filho.

Willa se levanta e vira o pescoço para olhar o garoto, que está chupando um pirulito de costas para ela. Acho que é o aniversariante, mas não tenho certeza. A mãe dele, cujo nome também esqueci, está conversando com outras duas mães.

Uma rápida olhada para Willa e eu disparo pela grama, porque sua expressão é incandescente. Rhett me disse que ela era leal, e reconheço o que vejo no rosto dela, porque também fico assim quando alguém faz merda com uma pessoa de quem eu gosto.

Em apenas alguns passos, Willa está curvada diante do aniversariante, que olha para ela e ri com um sorrisinho besta no rosto.

– Com licença! – cantarola a mãe dele, o spritzer de vinho branco girando no copo.

Willa não encosta no garoto, mas está bem próxima, e posso ver seus lábios se movendo lentamente, como se ela estivesse pronunciando com cuidado cada palavra.

– Você me ouviu? Pare de falar com ele!

– Alguém precisa explicar o que é certo e o que é errado de um jeito que ele consiga entender – diz Willa por cima do ombro para a mãe de boche-chas vermelhas. – Ou você não viu que ele empurrou o Luke na piscina e segurou a cabeça dele debaixo d'água?

– Foi brincadeira! Você está exagerando, e não vai dizer nem mais uma palavra para ele.

O rosto manchado de lágrimas de Luke me diz que ele não estava brin-cando.

Willa se levanta lentamente, quase predatória em seus movimentos, en-quanto se vira e arqueia uma sobrancelha para a mulher.

– Ah, não?

– Nem mais uma palavra.

– Muito bem.

Willa sorri, mas é um sorriso assustador. E então, com um movimento muito bem aplicado de quadril, o aniversariante sai voando para a água.

– Sebastian!

O spritzer da mãe espirra em sua mão enquanto ela se adianta às pressas.

Luke fica devidamente chocado. A mãe abre e fecha a boca, mas nenhum som sai, como uma truta pescada do lago.

Willa se agacha na beira da piscina, sorrindo para o menino, que já está de pé na água rasa, enxugando os olhos com raiva.

– Lição de vida, idiota. Cuidado com quem você arruma briga. Pode ser algum maluco que vai adorar.

– Vá embora! Agora!

A mãe aponta para o portão, o braço tremendo de fúria.

Estou a poucos passos, mas ver Willa jogando uma criança na piscina me fez parar.

Ela realmente é louca.

Talvez da melhor maneira possível.

– Com prazer. – Ela se levanta, esfregando as mãos. – Se ele começar a matar coelhinhos ou algo assim, é melhor procurar ajuda profissional.

– Willa – rosno, voltando a avançar até ela.

– Ai, que bom – diz a mãe. – Alguém da família chegou.

Eu deveria saber o nome dela pelo número de vezes que já tentou puxar conversa comigo no supermercado ou na escola, mas não lembro, então chuto o que parece próximo e rezo para estar certo.

– Oi, Bunny.

Ela me encara.

– É Betty.

Acho que eu devia ter rezado com mais fé.

– Ah, desculpe. Erro meu. Foi mal. Algum problema?

– Sim. Sua *babá* é o problema.

Não aprecio a maneira condescendente como ela diz "babá", então respondo:

– Na verdade, Willa é minha amiga.

Willa parece atônita. Betty também. Luke se aproxima e passa os braços em volta da cintura de Willa, enquanto o garoto idiota sai da piscina, parecendo devidamente constrangido.

– Ela empurrou meu filho na piscina.

– Eu tropecei. – Willa sorri, passando um braço protetor em volta do corpinho de Luke.

Os olhos azuis de Betty se semicerram e sua voz fica estridente quando ela bate o pé e grita:

– Vá embora!

– Vamos manter a educação, por favor.

Lanço a Betty um olhar incisivo antes que Willa apronte mais uma.

– Claro. Obrigada por ter me recebido, *Bunny*. – Willa dá uma piscadela antes de se voltar para Luke. – Vejo você em casa, campeão.

Em casa.

Ela diz isso com tanta facilidade. Como se fosse verdade. Como se a nossa casa fosse a casa dela. Ela também age como se amasse Luke, e não sei o que pensar sobre isso.

Eu deveria estar mais chateado com alguém por causa de alguma coisa, mas estou ocupado demais tentando entender a mulher diante de mim.

– Não! Eu quero ir com você.

Observo os nós dos dedos de Luke ficarem brancos enquanto ele se agarra às roupas dela, praticamente pendurado em Willa, com lágrimas ainda brilhando nas bochechas rechonchudas.

Eu me viro, apoiando uma mão no ombro esguio de Willa enquanto passo a outra pelo cabelo de Luke, então me abaixo e dou um beijo no topo da cabeça dele.

Quando me endireito, o ar confiante de Willa se dissipou. Ela está com a testa franzida e os olhos um pouco vidrados. Sua voz é baixa e sai falhada quando ela diz:

– Aquele garoto segurou o Luke debaixo d'água. – Ela pisca várias vezes, depressa. – Eu tive que puxar ele da piscina. E todos riram como se fosse uma brincadeira muito engraçada.

O papai urso que existe dentro de mim ruge com a história que ela está contando. Meu lado protetor, que venho aprimorando há décadas. Deslizo a mão até a lateral de seu pescoço, roçando o polegar sobre a jugular, enquanto encaro seus olhos verdes e brilhantes.

– Pode ir. Encontro vocês em casa. Está tudo sob controle.

Ela inclina levemente a cabeça ao meu toque, depois assente.

Observo por alguns instantes enquanto ela vai embora com Luke agarrado ao seu corpo como se ela fosse a coisa mais reconfortante do mundo. Já estou me perguntando como ele vai lidar com a partida dela, no início do ano letivo.

Provavelmente vai lidar mal.

Eu me pergunto como *eu* vou lidar com a partida dela no mês que vem.

Tão mal quanto Luke, aposto.

– Essa tal de Willa precisa de uma focinheira – resmunga a mãe atrás de mim.

Eu estufo o peito ao voltar minha atenção para a loira oxigenada diante de mim.

– Betty, gosto de pensar que sou um cavalheiro, mas vou dizer apenas uma vez: nem fale o nome dela se for usar esse tom. Que tal falarmos sobre seu filho?

Ela leva a mão de unhas feitas ao peito e recua, como se estivesse totalmente escandalizada.

Betty se deu mal.

Estou apenas começando.

Willa pode me deixar louco. Talvez mereça uma repreensão. Mas, se Betty acha que vai ser ela quem vai fazer isso, então pode tirar o cavalinho da chuva.

Willa pode até ser um pouco maluca – afinal, acabou de empurrar uma criança na piscina –, mas quanto mais tempo passo junto dela, mais sinto que ela é *minha* maluca.

Quando chego, a casa está vazia, o que me agrada muito, porque vou até a cozinha, pego uma garrafa do meu bourbon favorito e tomo um gole profundo antes de colocá-la de volta no armário e apoiar as palmas das mãos na bancada.

Encontrarei Willa e Luke depois de recuperar o fôlego e organizar meus pensamentos.

Com a cabeça baixa, tento me livrar da imagem de Luke lutando debaixo d'água.

Mantive a conversa com Betty num tom bastante contido. É uma cidade pequena e há um limite para as relações que se pode descartar. Todo mundo vai fofocar sobre o que aconteceu, de qualquer jeito. Principalmente sobre a forma como Willa reagiu.

Balanço a cabeça, tentando afastar a lembrança. A maneira como ela a chamou de *Bunny*, mesmo depois de Betty me corrigir. A garota tem coragem, isso eu admito. Especialmente depois de observá-la naquela potranca essa manhã.

O som de risadas animadas chama minha atenção para a janela aberta da cozinha, e olho em direção ao campo de feno nos fundos, onde os primeiros fardos cortados estão empilhados. Quando vejo um brilho de cabelo avermelhado, sei que eles estão por ali.

Brincando. Rindo. Deixo meus olhos se fecharem e fico escutando.

– Pronta ou não, aqui vou eu! – grita Luke, resfolegante.

É perfeito.

Sorrio sozinho e então abro os olhos, sabendo que o único lugar onde quero estar agora é lá no campo com eles – mesmo que esteja morto depois de trabalhar o dia todo e de lidar com o drama de uma mãe de cidade pequena.

Em poucos minutos, estou entrando no enorme labirinto feito de grandes fardos de feno, as passagens escuras entre eles quase estreitas demais para mim.

– Estou ouvindo suas risadas, seu gansinho.

– Ganso? – grita ele.

– Um ganso bobão! – responde ela, sua voz de volta à versão leve e cantante que notei da primeira vez, todos os vestígios da tensão de mais cedo desaparecidos.

Esbarro em Luke primeiro enquanto ele persegue Willa com uma expressão séria. Ele instantaneamente leva um dedo à boca, sinalizando para eu ficar quieto, como se não tivesse acabado de anunciar sua localização ao falar com ela.

Agachando-me, eu o puxo para um abraço rápido, precisando senti-lo – a batida de seu coração, o pequeno sopro de sua respiração, sua bochecha rechonchuda contra a minha barba por fazer.

– Eu te amo, filhote – falo, me sentindo emocionado.

– Eu também te amo, pai. – Ele me dá um tapinha nas costas. – Mas você vai me fazer perder.

Dou risada. Tenho certeza de que Willa sabe onde ele está. O que ele não sabe é que só vai pegá-la se ela deixar.

Parece loucura que eu tenha duvidado que ela fosse capaz de mantê-lo em segurança, pois tem feito isso muito bem. Claro, ele sempre teve babás e baby-sitters, mas não sei se alguma delas teria lutado por ele como Willa fez hoje. Do jeito que eu teria feito na mesma situação.

– Eu vou por ali, vamos ver se juntos a gente consegue achar ela. Dividir e conquistar.

Ele faz um sinal com a cabeça.

– É, isso. Bom plano.

Bagunço rapidamente seu cabelo, dando mais um beijo na sua cabeça antes que ele se vire e saia correndo. Sei que precisamos conversar sobre o que aconteceu hoje, mas não é o momento. Tenho certeza de que tudo virá à tona na hora de dormir.

Eu me viro para os fardos, indo na direção oposta, as pontas secas do feno arranhando meus braços enquanto me movo em direção ao centro do labirinto em busca de Willa.

Ouço o som abafado de pezinhos ao meu redor, Luke percorrendo os corredores. Todos os sentidos parecem aguçados aqui, o feno proporcionando uma espécie de isolamento acústico, uma privacidade. As paredes me envolvem. O cheiro é reconfortante.

Cheira a nostalgia. Volto aos dias em que Beau e eu perseguíamos Rhett e nossa irmã mais nova, Violet, por aqui. Mesmo campo e tudo.

À direita, tenho um vislumbre. A luz do dia é bloqueada por um momento antes de voltar a brilhar. Eu me viro e sigo, pois agora sei onde ela está.

Acelero o passo quando viro à direita, avistando-a se esgueirando com cuidado.

– Ruiva – cochicho.

Ela vira a cabeça em minha direção, os olhos brilhando. Porque, no mínimo, Willa Grant é uma criadora de confusão, que entrou na minha vida e complicou-a sem fazer nenhum esforço. E parece toda satisfeita por causa disso.

Ela me olha por cima do ombro e dá uma piscadela, então dispara, fugindo de mim.

E algo primordial em mim ruge e ganha vida.

Eu vou atrás dela.

Luke está bem do outro lado dos fardos, e, embora não dê para dizer que me esqueci dele, é Willa quem tem toda a minha atenção agora.

Corro o melhor que posso no espaço apertado, a mente focada. Tudo que vejo é ela, e tudo que ouço é o sangue bombeando em meus ouvidos.

Willa muda de direção de novo, e ouço uma risadinha ofegante quando ela olha para trás e vê que estou me aproximando.

Uma curva à esquerda faz com que ela siga na direção de Luke, e, embora eu tenha me oferecido para ajudá-lo, a verdade é... que eu a quero só para mim por um momento.

Não consigo explicar. É instintivo.

Estendo o braço e meus dedos envolvem seu pulso delicado, apertando e puxando-a para mim antes que ela possa cruzar o caminho do meu filho e acabar com esse perigoso jogo de gato e rato.

O ar escapa de seus pulmões quando ela dá de cara comigo, as omoplatas batendo contra meu peito.

– Meu Deus. – Ela ri, sem se afastar. Na verdade, ela se apoia em mim, olhando por cima do ombro. – Relaxa, papai. É só uma brincadeira de criança.

Eu me viro, puxando-a de volta para o centro do labirinto.

– Você está correndo demais para uma mulher envolvida numa brincadeira de criança, Ruiva.

Ela ri, sem me levar a sério – do seu jeito habitual.

– E pare de me chamar assim – completo.

– Por quê? – pergunta ela, sem fôlego, enquanto dobro uma esquina antes de apoiar as costas no feno, dando-lhe um puxão que a faz tropeçar contra o meu peito.

Willa se escora em mim, a mão no meu peitoral. Nós dois olhamos para baixo, paralisados por causa do ponto de contato. Parece até que estou sem camisa, porque a sensação é de que ela está tocando minha pele nua.

Meu pau se manifesta, claramente sem fazer qualquer distinção.

– Porque eu não gosto – retruco.

O apelido me faz sentir um pervertido. Isso só a faz sorrir.

– Mas tenho certeza de que você está prestes a me dar uma bronca.

Franzo a testa enquanto levanto o queixo para me perder em seus olhos esmeralda.

– Dar bronca?

Ela revira os olhos.

– Olha, eu sei que não devia ter jogado aquele garoto na água, mas fiquei muito brava. Ele era tão *malvado*. E não foi sem querer. Implicavam assim comigo quando eu era criança, e meu irmão se intrometia e me salvava. Mas o Luke não tem um irmão mais velho para dar uma surra em ninguém por ele, e eu simplesmente... explodi.

Eu admiro a mulher diante de mim, uma mulher espetacular.

– Por que implicavam com *você*?

– Um dia eu te mostro umas fotos. Eu era mais alta e mais magrela que todo mundo. Muito dentuça. Cabelo ruivo selvagem. Posso culpar a cor do meu cabelo por ter agredido uma criança de sete anos? Eu sempre perdi as estribeiras com facilidade. Ou melhor... – Ela comprime os lábios. – Não fico brava com facilidade, mas, quando fico, é bem, bem ruim. E a Bunny não presta. Ficar te comendo com os olhos daquele jeito em uma festa infantil.

Eu só encaro Willa, que está se explicando freneticamente como se estivesse encrencada, quando não está. As únicas pessoas em apuros são os idiotas que implicaram com ela na infância. Não me importo se já faz uma década. Quero nomes e endereços para poder acertar as contas.

Ela continua, alheia à maneira como a encaro e à ereção mal oculta dentro da minha calça. Alheia ao modo como seus dedos acariciam distraidamente meu peito.

– Eu sei que existe essa aura esquisita de cidade pequena, onde todo mundo sabe da vida de todo mundo. E aquela loira oxigenada estava soltando fogo pelas ventas. Acho que eu também ficaria louca se descobrisse que meu filho é um tremendo babaca. Mas realmente não me importo com o que ela pensa de mim, sabe? Então, se quiser me culpar para manter as aparências como príncipe mal-humorado da cidade, tudo bem. Não vou te julgar por isso.

Eu só fico olhando. Ela deve pensar que sou um verdadeiro idiota se acha que eu não sairia em defesa dela.

Willa passa a língua pelo lábio inferior carnudo, fazendo-o brilhar de uma forma que não me permite desviar os olhos.

– Deus do céu. Por que você também tem que usar um boné virado para trás? – Sua voz soa mais baixa agora. Mais rouca. Mais ofegante.

Eu juro que ela está chegando mais perto.

– O que foi?

Ela me confunde, falando a mil por hora. Passamos de uma bronca a um trauma adolescente, de drama de cidade pequena a meu boné, tudo em menos de um minuto.

Ela realmente é meio doida.

– O chapéu de caubói. – Ela resmunga e revira os olhos. – É tão bom. Quer dizer, sinto que estou vivendo em um filme com um caubói gostoso. Mas aí você se arruma, penteia o cabelo e passa essa aura de homem mais velho e experiente.

Estou tão confuso.

– Como é que é?

Ela aperta o tecido da minha camisa entre os dedos e sinto suas unhas rasparem meu peito. Adoro o que vejo: sua pele clara agarrando o tecido preto. Eu me imagino jogando-a na minha cama, me perdendo entre suas lindas coxas brancas e fazendo-a gozar com tanta força a ponto de seus dedos se contraírem desse mesmo jeito.

– Mas aí você vai e usa um boné virado para trás e entrega todo esse estilo de garoto do interior meio grosseirão. Tem ideia de como isso é atraente? Eu não consigo nem explicar. – Ela ri de leve, como se não tivesse acabado de dizer algo que me pegou desprevenido. – Boné com aba para a frente. Bonitinho. – Sua mão livre faz a mímica de pegar a aba de um boné e virá-lo para trás. – Boné ao contrário? *Pelo amor de Deus*. É como um interruptor.

Balanço a cabeça, observando o rubor em suas bochechas, o fogo em seus olhos. O traço de timidez em seu rosto.

– Bem, acho que falei demais. O boné para trás está derretendo meu cérebro. Tenho que ir!

Levo um susto quando Willa se afasta e corre pelo caminho estreito. Ouço a voz de Luke provocando-a, mas ainda parece distante. Ela avança rápido, mas não tanto quanto eu. O instinto de persegui-la e de prendê-la me consome, me faz sentir selvagem e livre.

É por isso que, com um giro brusco, eu a seguro pelo braço e a empurro contra o feno. Pressiono-a com firmeza, meus quadris contra os dela. Meu membro rijo contra ela.

– Vamos lá? – pergunto com a voz rouca.

Todas as minhas questões sobre tocar a babá voam pela janela. Eu não preciso delas... Definitivamente não as quero. Não quando Willa está me encarando desse jeito, os olhos fixos em meus lábios enquanto eu seguro seu braço e apoio a outra mão contra a parede de feno atrás dela.

Seu lábio ainda está molhado quando ela sussurra:

– Vamos lá.

Quero empurrá-la para trás e devorá-la, deixá-la sem fôlego, mas seguro esse meu lado.

Porque, acima de tudo, quero agradecer a ela.

Quero agradecer de uma forma que as palavras não permitem, então, em vez de atacá-la como um adolescente, respiro fundo, trêmulo, e me permito absorvê-la por um momento. A ponta atrevida de seu nariz. Os cílios grossos. A pulsação em suas têmporas, bem onde começa aquele lindo cabelo acobreado.

Solto seu braço e passo os nós dos dedos por sua pele, começando no ombro e correndo-os lentamente até o pulso. Fico fascinado pelos arrepios que surgem no rastro do meu toque.

Meus dedos se entrelaçam aos dela, sua palma se encaixando perfeitamente na minha.

– Eu não conheço esse jogo – sussurra ela.

Abaixo a mão que está apoiada acima de sua cabeça, pressionando o corpo contra o dela. Minha mão livre desliza por seu cabelo e observo enquanto penteio lentamente os fios, o tom avermelhado combinando tão bem com a minha pele bronzeada.

– Eu também não, Ruiva.

Meus olhos estão fixos em seu cabelo. Na verdade, não sei que porra estou fazendo. Tudo que sei é que quero saborear.

Saboreá-la.

Porque tenho a terrível sensação de que, quando sairmos de trás dos fardos de feno, as coisas serão muito diferentes. O cheiro de terra e grama desaparecerá e a realidade voltará.

A realidade onde eu sei que não devo correr atrás de uma garota como Willa Grant.

Uma realidade em que ainda estou ferido demais para confiar em alguém.

– Vai tomar alguma iniciativa, Eaton? Ou vai ficar só me acariciando?

Balanço a cabeça e meu peito aperta quando olho em seus olhos. Claros e seguros, tão brilhantes.

Eu me sinto seguro atrás de uma cara feia, mas está cada vez mais difícil olhar para Willa Grant sem sorrir.

É com um sorriso nos lábios que me inclino e pressiono a boca contra a dela. Ela é macia, receptiva, e se abre para mim com tanta facilidade. Acolhe o beijo.

Ela me aceita.

Quando gemo, ela murmura em minha boca, e engulo seus pequenos sons doces. Quero guardá-los para mim, memorizá-los para um dia triste.

Já se passaram anos desde que fui tocado assim, e meu peito se abre com a sensação. O contato. A proximidade. A intimidade. Mãos deslizando pelo meu peito, pressionando meu pescoço antes de segurarem meu cabelo. Dedos delicados atrás das minhas orelhas.

Eu nem percebi o quanto sentia falta da atenção de uma mulher. E não de uma mulher qualquer. A mulher em quem fixei minha atenção desde o momento em que a vi.

A mulher que aqueceu meu coração gelado em questão de semanas.

Sem coração. Foi como Talia me descreveu em sua carta. E eu acreditei. Ainda acredito.

Mas é difícil negar o sentimento em meu peito agora. O desejo. O ardor.

É especialmente difícil negar o volume nas minhas calças, que estou pressionando contra Willa.

Isso me faz sentir um adolescente.

Ela geme, subindo uma perna até minha cintura, abrindo-se para se esfregar em mim, e aproveito a oportunidade para correr a língua por sua boca, para fechar o punho em seu cabelo.

Para me deixar levar pela intensidade do momento, embora eu tenha achado que conseguiria mantê-lo doce e lento. É assim com Willa. Ela não me parece ser o tipo de garota doce e lenta.

Cada vez que me afasto, ela me atrai com mais força. Cada vez que olho para ela, Willa me provoca, esperando uma reação. E agora ela conseguiu.

– Willa...

– Não pare.

Nossos dentes se chocam enquanto ela fala junto à minha boca. O que começou com gestos carinhosos está rapidamente se tornando algo frenético. A fachada tão bem construída está ruindo.

Eu aperto sua bunda redonda com força antes de pegá-la no colo e puxar suas pernas definidas ao meu redor, para que eu possa me esfregar no jeans que cobre seu sexo como o homem das cavernas tarado que sou.

– Isso – sussurra ela quando meus dedos percorrem a bainha desfiada de seu short.

Ela tem cheiro de laranja e grama quente, refrescante e reconfortante ao mesmo tempo. É como ter o paraíso em minhas mãos. E ela é tão ardente quanto eu sempre soube que seria.

Mas vê-la ardendo por *mim* – cedendo para *mim* – faz com que eu me sinta mais desejado do que nunca.

– Não pare.

Os quadris dela rebolam contra os meus enquanto meus dedos avançam, chegando perigosamente perto de descobrir se ela está realmente usando calcinha.

Imagino inspecioná-la todas as manhãs. Fazer Willa se inclinar sobre a bancada da cozinha. Levantar um vestidinho leve de verão, que ela usa apenas como uma maneira silenciosa de me implorar para comê-la.

– Você está louca de tesão, não está? – sussurro em seu ouvido, perdido em devaneios.

Minha língua desliza contra a dela, explorando suavemente sua boca. Da mesma forma que eu deslizaria um dedo para dentro de sua boceta molhada.

Ela geme do jeito que gemeria quando eu adicionasse um segundo dedo. E então um terceiro.

– Puta merda – geme ela junto aos meus lábios, porque minhas mãos estão se movendo por vontade própria, agarrando seu cabelo e segurando um seio.

É tudo muito verdadeiro. Até demais.

Fácil demais de imaginar.

Quando percebo o quanto fui longe nessa fantasia, estou latejando, gotas escapando nas calças.

Como um adolescente.

O calor percorre minha virilha e eu reprimo qualquer sinal do que acabou de acontecer. Willa não sabe, continua entregue e desesperada em minhas mãos.

E isso é claramente mais do que posso suportar, então me afasto, ofegante. Precisando de espaço. Precisando me esconder dos meus níveis altíssimos de intensa humilhação.

– Desculpe. Eu não devia ter feito isso. – É só o que consigo dizer.

Uma coisa idiota de se falar, sem dúvida. Mas estou muito atordoado no momento.

Preciso ficar sozinho, e preciso ficar longe de Willa. Porque olhar para ela toda desgrenhada, lábios cheios e rosados, combinando com o rubor em suas bochechas enquanto seu peito arfa e seus olhos estão vidrados e arregalados, já está me fazendo ficar de pau duro de novo.

Eu me viro e me afasto, na esperança de recuperar a dignidade em algum lugar entre os fardos de feno e a porta dos fundos de casa.

Sim, eu fujo.

Como um maldito adolescente.

15

Willa

Summer: Vem jantar hoje à noite. Traz os meninos!
Willa: Posso prometer que o Luke e eu vamos.
Summer: E o Cade?
Willa: Sei lá...
Summer: Problemas no paraíso? Vocês transaram?
Willa: Quem me dera. Ele mal me olha.
Summer: Fica pelada na frente dele.
Willa: Já tentei. Ele é maduro demais. Só revira os
olhos e vai embora.
Summer: Espera. Você fez isso mesmo?

– Por que você não para de olhar para lá?

– Para onde? – respondo, realmente péssima em bancar a idiota.

– Para os rapazes.

Os grandes olhos castanhos de Summer estão examinando meu rosto como se eu fosse um código de barras que ela pode ler facilmente. A danada não deixa passar nada.

– Só estou acompanhando a pontuação do jogo de bocha. Garantindo que ninguém vai trapacear.

Estamos na casa de Summer e Rhett depois de mais um jantar em família. Aparentemente, Harvey está atravessando o país com Beau até o lugar de onde ele vai partir em missão – de acordo com Cade, o pai deles sempre faz isso.

Não conheço Beau muito bem, mas não consigo imaginar como seria ver Luke partindo repetidas vezes para fazer o mesmo que Beau.

– Mentiiiiiira.

Summer gargalha e se recosta na cadeira, bebendo delicadamente de sua taça de vinho branco, o sol dourado brilhando atrás dela.

Ela realmente não deixa passar nada. Sabe muito bem que estou sentada aqui observando Cade como se fosse meu último momento na terra. Desde aquele maldito beijo, as coisas ficaram *esquisitas* entre nós. E não do modo esquisito típico, de babaca-mal-humorado.

– Nós nos beijamos, e agora tudo está esquisito – confesso.

Summer e eu sempre compartilhamos nossos segredos mais profundos e sombrios.

– Vocês se beijaram?!

– Summer! Shh. Gritando assim, a cidade inteira vai ficar sabendo, e as pessoas já me odeiam. A última coisa que preciso é do clube das vadias achando que vim roubar o solteiro mais cobiçado da cidade.

– Hum. – Quando olho, ela está balançando a cabeça, pensativa, os pés descalços apoiados em outra cadeira. – Faz sentido.

Reviro os olhos e tomo um grande gole do meu vinho.

– Só isso? Eu sempre te dou bons conselhos e tudo que recebo é um murmúrio pensativo e uma frase sarcástica?

– Estou pensando.

– Pense mais depressa.

Ela ri e vira a cabeça, recostada na cadeira, para me olhar.

– Esquisito como?

Suspiro e olho para o amplo quintal, para o grande salgueiro sob o qual Luke e eu ficamos brincando no primeiro dia. Rhett, Cade, Jasper e Luke estão jogando bocha, lançando bolas e bebendo cerveja.

– Bem, no começo ele era todo mal-humorado, depois foi amolecendo. E tudo bem, eu confesso que havia alguma tensão sexual... Mas era bem amigável. A gente conversava durante o jantar ou na banheira de hidromassagem.

Summer arqueia uma sobrancelha escura.

– Na banheira? Vocês são o quê? Adolescentes? Alguém já te disse que você pode engravidar numa banheira?

– Cale a boca. Mas agora ele só fala em grunhidos. A gente só conversa por mensagem de texto ou pelos post-its que ele deixa pela casa.

– Ele deixa post-its para você?

Ela fica boquiaberta de surpresa.

Dou de ombros.

– Deixa. Se ele chega enquanto o Luke e eu estamos limpando a cozinha depois de fazer uma fornada de biscoitos, não diz nada. Fala só com o Luke. Mas aí, de manhã, ele deixa um bilhete ao lado do café dizendo: *Os melhores biscoitos que já comi.*

Summer ri.

– Summer! Pare de rir e me ajude. O que isso significa?

Ela joga a cabeça para trás e vejo que os caras estão olhando para a gente.

– Isso significa que ele adora seus biscoitos, Wils.

Eu bufo.

– Claro. Todos os meninos querem comer o meu biscoito.

Summer ri ainda mais, o vinho espirrando na taça com o movimento.

– Tudo que ele queria era o seu biscoito – diz ela, sem fôlego.

– Pelo amor de Deus. Podemos, por favor, parar com essa bobeira e falar sobre o meu problema real?

Ela enxuga as lágrimas do rosto enquanto se endireita.

– Tudo bem. *Tudo bem.* Sinceramente, ainda estou tentando entender. Você que beijou ele? Eu sei que você tem iniciativa. Será que ele se assustou? Ele é muito... sério, né?

– Não acredito que você está do lado dele!

Ela revira os olhos.

– Não existem lados. Me conta mais sobre os bilhetes.

Eu fungo e lanço um olhar bem sério para ela.

– Acho que tem lados, sim. Ahhh. Pobre e inocente Cade, que me empurrou contra um fardo de feno e me beijou até eu perder a cabeça.

Summer faz um gesto, me pedindo para ir direto ao ponto.

– Ele escreve coisas como: *Luke me falou da aula de violão hoje. Obrigado.* Ou: *Por favor, não pinte o alpendre.* Eu não sei como interpretar essas coisas.

– Você pintou o alpendre?

Bufo de novo. Cade às vezes é um pé no saco.

– Usamos tinta para desenhar uns detalhes no corrimão. Ficou bonitinho. Do jeito que ele fala, parece que pintei a entrada de rosa-choque.

Ela me encara como se nós duas soubéssemos muito bem que eu deveria ter dito não à ideia de Luke. Que besteira. Podemos pintar por cima. Não é como se tivéssemos matado alguém ou jogado pés de alface da janela do carro.

– Basicamente, ele chega em casa e cozinhamos juntos em silêncio. Jantamos e ele conversa principalmente com o Luke, evita olhar para mim, diz "Obrigado" e então vai botar o Luke na cama. Depois disso, imagino que ele esteja exausto e desmaie. Na verdade, não sei como ele aguenta. É coisa demais para uma pessoa só. Mas, se eu preparo o jantar, ele fica todo rabugento. Se eu limpo a casa, ele fica rabugento. Ah! Outro dia, quando ele me disse para não lavar mais a roupa, falou que eu sou *apenas* a babá, não a empregada. Então, como eu vou saber? Aí ele me deixou um bilhete na secadora que dizia: *Obrigado pela ajuda.*

– Isso até que é fofo. Tipo... para o estilo do Cade.

– Aff. É mesmo? *Ele* me beijou e depois se afastou e disse que não deveria ter feito isso. Ele *se desculpou.* Estou tentando não ficar ofendida.

– Você já tentou *falar* com ele?

Eu a encaro.

– Falar?

– Isso. Sabe... Usar a boca para articular palavras que descrevem o que está passando pela sua cabeça.

– Parece estranho. Parece *constrangedor.* Não gosto disso. Não aprovo.

Ela me lança um olhar de reprovação. Imagino que é um olhar que vai usar com os futuros filhos.

– Por que não podemos só transar por um tempinho e depois nos despedirmos numa boa?

– E passar o resto da vida se encontrando por minha causa e do Rhett? Eu empino o nariz.

– Somos adultos. Estou apaixonada pelo Luke. Você sabe como aquele garoto é legal? Vai ficar tudo bem.

Summer olha melancolicamente para o campo, girando o anel de noivado no dedo.

– Adultos que não conversam.

Ela diz isso com gentileza, mas sei que é uma cutucada. E sei que ela tem razão. Eu sei que funciono à base do improviso, sem me importar com a direção a seguir. Planejar me estressa.

É por isso que *deixar a vida me levar* é o meu lema.

Muitas maneiras de fracassar. Muitas maneiras de não corresponder às expectativas. E, em uma família de pessoas extremamente bem-sucedidas, prefiro ser a imprevisível a ser o fracasso.

– Você vai ao rodeio no próximo fim de semana? – pergunto, mudando por completo de assunto e evitando deliberadamente os pensamentos que borbulham dentro de mim.

Ela assente.

– Claro. E você?

– Vou. Eu disse ao Cade que cuidaria do Luke no dia. Vamos lá para ver ele competir.

– Vai trabalhar no fim de semana, é?

Dou de ombros.

– Passar um tempo com o Luke não parece trabalho.

Na verdade, parece a coisa mais natural do mundo.

Eu deveria ter imaginado que algo estava errado quando Luke perguntou:

– Como a gente sabe se vai passar mal no carro?

Em vez disso, continuei balançando a cabeça ao som da minha música favorita de Broken Bells e respondi:

– A gente se sente enjoado, filho.

Tivemos um dia divertido no parque da cidade, brincando nas fontes interativas – nossa nova diversão para os dias quentes. Ele encontra um monte de amigos da escola, e eu tenho oportunidade de fazer cara feia para o aniversariante psicopata e a mãe dele, que na minha cabeça será para sempre Bunny.

Eles mantêm distância, me olhando como se eu fosse uma foragida da justiça, o que eu acho ótimo.

Até passo tempo com algumas mães de quem realmente gosto, que têm filhos legais e um bom senso de humor. Fico aliviada porque nem todas as mães desta cidade são do tipo de Bunny.

Mas não estou mais me sentindo aliviada.

Porque Luke acabou de vomitar no encosto do banco do carona.

Paro no acostamento. Estamos a apenas cinco minutos do rancho. Tão perto e ao mesmo tempo tão longe. Depois de contornar correndo a frente do jipe, abro a porta lateral e vejo o garoto coberto de vômito diante de mim.

– Você está bem, Luke?

Os olhos dele estão arregalados e lacrimejantes.

– Desculpa, Willa.

 – Ai, meu amor. Não se desculpe.

– Eu vomitei no seu carro.

– Não faz mal.

Eu me aproximo e passo a mão pelo seu cabelo molhado.

– Fiz uma bagunça!

Ele está chorando e eu quero abraçá-lo, mas tudo tem limite. Já lidei com meu quinhão de vômito como bartender, mas abraçar uma criança toda vomitada está além das minhas possibilidades.

Em vez disso, eu o solto da cadeirinha, tiro sua camisa e *então* eu o aperto contra o peito. Os soluços sacodem seu corpinho.

– M-Me des-desculpa! – soluça ele.

– Shh. Luke. Luke. É só um carro. Não tem importância. Você é o que importa. Não ligo para o carro, querido. Estou bem mais preocupada com você.

Eu me afasto, olhando para ele, me esforçando para não olhar para baixo. Porque *sei* que tem vômito em mim. A última coisa que preciso é começar a botar tudo para fora também.

Ele assente com lágrimas nos olhos.

– Willa?

– Oi?

– Tem vômito em você. Ainda dá para ver um morango.

Eu opto por respirar pela boca, para não sentir o cheiro, concentrando-me em seus grandes olhos azuis. *Sou adulta, sou adulta, sou adulta.*

– Está tudo bem. Dá para lavar tudo. Vou colocar o cinto de segurança em você e dirigir o resto do caminho. Se você sentir que precisa vomitar de novo, é só me dizer e eu paro. Entendido?

Ele assente, parecendo determinado.

E Deus abençoe sua determinação, porque paramos mais duas vezes no caminho de volta ao rancho.

A primeira coisa que fazemos é tirar a roupa do lado de fora da casa. Pelo menos todas as peças vomitadas. O que, no caso dele, são todas, e para mim é apenas a regata por cima do biquíni.

O banho de chuveiro é um desafio, porque Luke não para de vomitar.

Nunca me senti mais desamparada. Nunca senti vontade de chorar ao ver alguém passando mal – em geral fico apenas irritada –, mas ver seu corpinho tremer tão violentamente faz minha garganta apertar e meus olhos lacrimejarem.

Ele enfim está limpo, parece relativamente melhor e bastante exausto, parado no meio do quarto.

– Quando meu pai volta para casa?

Olho o relógio.

– Daqui a uma hora, mais ou menos. Vou ligar para ele e botar nossas roupas para lavar. Tomar um banho rápido. Que tal você se deitar?

Ele faz que sim com a cabeça, parado na minha frente, como se não soubesse bem o que fazer.

– Quero dormir na cama do meu pai.

– Tá, tudo bem. – Eu sei que ele costuma dormir lá nos fins de semana, mas durante a semana é difícil, porque Cade acorda muito cedo. A gente resolve isso mais tarde. – Vamos.

Estendo a mão para Luke, mas ele apenas balança a cabeça de novo, claramente atordoado.

Toco sua testa e me parece quente. Mas talvez seja do chuveiro? Porra, eu não sei. Pediria ajuda a Harvey, mas ele ainda não voltou. Rhett está viajando. Summer está no trabalho.

Decido pegar Luke no colo, apoiando seu queixo em meu ombro. Seus bracinhos envolvem meu pescoço e eu o seguro pelas pernas, como se estivesse carregando um coala.

Ele suspira quando dou um beijo em seu cabelo sem nem pensar. Não sei mais o que é adequado. Sei que ele não é meu filho, mas parece ser meu, de alguma forma. Ele parece ser meu o suficiente para que eu o conforte quando está doente.

Eu o carrego pelo corredor, tentando não ficar nervosa com o quanto ele parece mole em meus braços. Ele só está cansado. Está com dor de estômago. Crianças ficam doentes. Ele não está no leito de morte... ou pelo menos é o que fico dizendo a mim mesma.

Empurro a porta de Cade com o pé e entro em seu quarto. A porta está sempre fechada, e sinto que estou invadindo a privacidade dele, mas também estou curiosíssima. Assim como o resto da casa, o quarto é aconchegante e arejado, um contraste total com a sede do rancho onde mora o pai dele. As paredes são de um amarelo-claro, emolduradas por grandes sancas pintadas de branco-brilhante. A estrutura da cama de carvalho tem um tom amarelado e, no geral, eu acharia antiquada... mas até que funciona aqui. Coberta por um conjunto de edredons em xadrez marinho e creme, o espaço parece másculo sem ser sombrio.

Sinceramente, não é o que eu esperava.

Assim que coloco Luke delicadamente na cama king-size, afasto o edredom e o cubro. Ele já está meio adormecido, mas geme quando ajeito a coberta ao seu redor.

Espiando por cima do ombro, vejo a porta de um pequeno banheiro particular. Dou alguns passos, abro a porta e decido que o cômodo é perfeito.

O banheiro é pequeno, com apenas um vaso sanitário, uma pia e uma penteadeira. É limpo e tem o cheiro de pinho característico de Cade misturado com algo almiscarado e doce.

Por um momento, me pergunto se seria estranho ficar aqui por alguns minutos.

Um pequeno resmungo vindo da cama me desvia desses pensamentos. Levanto a tampa do vaso sanitário – maravilhada com a existência de um homem que a abaixa – e volto a sair.

Ao me inclinar sobre Luke, que parece ligeiramente delirante, sussurro:

– Se você passar mal, vá direto para o banheiro do seu pai, ok?

Ele faz um pequeno sinal com a cabeça, sem abrir os olhos, e eu passo a mão em sua testa. Ainda quente.

– Se precisar de alguma coisa, estou por aqui.

Então dou outro beijo em sua têmpora febril e saio silenciosamente do quarto, já pegando o celular e ligando assim que chego no corredor.

– Ruiva. – A voz de Cade soa um tanto dura. Tenho certeza de que algumas pessoas se intimidariam, mas eu apenas reviro os olhos. – Agora não é um bom momento.

– Tudo bem, mas é que...

– Se vai falar da sua calcinha, deixe para a mensagem matinal.

Babaca.

– Luke está doente, então deixe de ser imbecil e fale comigo pelo menos uma vez.

– Ele está bem? – Seu tom de voz muda no mesmo instante.

– Ele vomitou no caminho de volta, depois de passarmos o dia brincando nas fontes interativas. E depois vomitou muito mais. Está limpo agora. Ele quis dormir na sua cama, então botei ele lá. Ter um banheiro perto é um bônus, mas eu sei que você acorda cedo para trabalhar, então desculpa por isso. Estou preocupada porque ele parece muito quente. Você tem um termômetro? O que eu faço? Dou alguma coisa para ele beber? Estou realmente preocupada de fazer besteira. Além disso, dei um beijo na testa dele e sinto que preciso te contar, porque não sei se posso fazer essas coisas. Eu sei que ele não é meu filho, mas parecia estar precisando de carinho e...

– Willa. – A voz de Cade soa suave dessa vez.

– Oi?

– Respire fundo.

– Não quero. Estou toda vomitada e o cheiro é horrível.

Minha voz falha e não sei por quê. Compartilhar todos os meus pensamentos com Cade desse jeito me deixou muito vulnerável.

– Está tudo bem.

Quem imaginaria que uma frase tão simples seria capaz de me tranquilizar no mesmo instante?

– Ele costuma ter febre alta quando fica doente. Você está se saindo muito bem. Temos sorte de contar com você. Luke te adora. Eu nunca vou te dar uma bronca por ser carinhosa com ele.

– Tudo bem.

As palavras saem embargadas e eu pisco com força, tentando recuperar a compostura.

– Você vai fazer o seguinte. Está me ouvindo?

– Estou.

Suspiro, já me sentindo aliviada por Cade ter assumido o controle da situação. Ele é tão forte, confiável de um jeito que eu adoro. Ele é prático. Trabalha pesado. É decidido.

É um alívio tê-lo do outro lado da linha.

– Você vai tomar um banho antes de fazer qualquer outra coisa. – Em outras circunstâncias, a perspectiva de Cade me mandar tomar banho me deixaria excitada. – Depois, vai até o armário do corredor. Tem um termômetro digital lá, então nem precisa acordar o Luke para verificar a temperatura. Basta apontar para a testa dele. Também tem Tylenol infantil. Talvez seja difícil ele manter o remédio no estômago, então você pode só usar a seringa e dar um pouco quando ele acordar e ver o que acontece. Água ou ginger ale... Pequenos goles.

– Como assim "quando ele acordar"? Você não vai voltar para casa logo? Eu juro que ele rosna.

– Estou com uma cerca caída perto da rodovia e estamos reunindo vacas. Vou me atrasar. Qualquer outro dia, eu já estaria a caminho, mas não posso deixar os animais na estrada.

– E se eu fizer besteira? Luke não é um martíni que eu posso só jogar fora e tentar de novo.

A risada grave de Cade ecoa pelo aparelho.

– Não acredito que você está rindo de mim!

– Willa. Você não vai fazer besteira. Precisa acreditar em si mesma. Você é esperta. Você é capaz. Você é determinada. Eu sei que sim, porque me fez gostar de você quando eu jurei que isso jamais aconteceria.

– Era para isso ser um elogio?

– Você vai dar conta. Vou me atrasar, mas tenho toda a fé em você.

– Bem, então você é mais burro do que parece – murmuro.

– Era para ser um elogio, Ruiva? – É tudo que ele diz antes de eu soltar um suspiro e desligar.

16

Cade

Cade: Como você está, Ruiva?
Willa: Consegui dar um pouco de Tylenol pra ele.
Cade: Bom. Mas como VOCÊ está?
Willa: Cansada. Mas tudo bem.
Cade: Tomou um banho?
Willa: Tomei...
Cade: Bom. Vá para a cama. Não precisa se preocupar.
Estou chegando em breve.

Quando chego em casa, o sol já se pôs atrás das Montanhas Rochosas. Ouço os grilos e vejo que há algumas luzes acesas na casa.

Estou de péssimo humor. Lidar com as vacas é tranquilo. São os vaqueiros que me irritam – às vezes, acho que seria mais eficiente administrando o rancho inteiramente sozinho. Eu não teria tempo para um filho ou para a família, mas pelo menos não teria que ouvir um bando de idiotas fazendo declarações sobre minha babá gostosa.

Eu disse a Bucky que, se ele não parasse de babar nela, eu lhe daria um murro.

Os idiotas apenas riram e começaram a zombar de mim por ter uma queda por ela. *Olha quem está todo apaixonadinho.*

Idiotas.

Eu disse que estavam todos demitidos, e eles riram mais ainda.

Fechando a porta da caminhonete o mais suavemente possível para não acordá-los, vou em direção à porta da frente, tentando afastar minha agitação. Minha preocupação. Minha confusão. Não quero entrar nessa casa sentindo nada além do que eles precisam de mim.

Parte de mim espera que Willa esteja acordada quando entro. Aquele tremor na voz dela ao telefone me assombrou a noite toda. Fico pasmo que uma mulher aparentemente tão segura possa duvidar tanto de si mesma.

Ela é toda arrogante e confiante 99% do tempo, mas, de vez em quando, vejo um lampejo de insegurança. Não dá para acreditar.

Depois de tirar as botas, ando pela casa só de meias, desesperado por um banho, mas mais desesperado para ver como meu filho está.

Para ver Willa também.

Vou primeiro até o meu quarto, me perguntando distraidamente se será estranho dar uma espiada no quarto dela para ver como ela está.

Mas esses pensamentos são interrompidos bruscamente quando entro em meu quarto escuro e vejo cabelos vermelhos esparramados nos *meus* travesseiros. A luz do corredor ilumina seu braço branco e macio em volta do corpinho de Luke.

Meu coração dá um salto, então para imediatamente. E não consigo desviar o olhar. Eu me permito observar, com o ombro apoiado no batente da porta, os braços cruzados – minha única armadura contra os sentimentos intensos que ver Willa aconchegando meu filho desperta em mim.

Eu os contemplo.

Penso nela dizendo que o ama.

Penso nos momentos em que Luke segurou a mão dela, na maneira como a olhou – apenas um pouco inseguro de que ela quisesse segurar sua mão.

Penso no sorriso dele e na maneira como seus ombrinhos relaxam num suspiro quando ela segura seus dedos com tranquilidade, como se fosse a coisa mais natural do mundo.

Fico parado ali e penso demais enquanto olho para os dois abraçados. Eu me permito imaginar coisas que não deveria. Coisas que não tenho certeza se conseguiria bancar.

Balançando a cabeça, entro no quarto na ponta dos pés, me inclinando sobre eles com cuidado ao estender o braço e colocar as costas da mão na testa de Luke.

Felizmente, não está quente, o que significa que a febre passou ou que Willa conseguiu que ele tomasse remédio suficiente.

Suspiro, trêmulo, e, antes que eu possa me endireitar, os olhos dela se abrem.

– Oi. – A voz de Willa é suave e sonolenta.

– Oi – sussurro, e percebo que há um sorriso em minha voz.

– Ai, meu Deus. Desculpe. Luke pediu que eu me deitasse com ele. Voltou a passar mal. Ele vomitou... bastante. – Ela vira a cabeça, olhando os arredores. – Eu não pretendia dormir na sua cama.

Eu gosto de você na minha cama.

As palavras estão na ponta da minha língua, mas eu me contenho e opto por responder "Não tem problema". Estendo a mão e toco seu cabelo sedoso, guiando suavemente sua cabeça para o travesseiro.

– Apenas volte a dormir.

Luke está deitado no braço dela, de todo modo.

– Onde você vai dormir? – Ela pisca, sonolenta.

– No quarto do Luke.

Eu deveria afastar a mão, mas acaricio o cabelo dela. Estou acalmando a ela ou a mim? Não tenho certeza.

– Desculpe.

– Não precisa. Obrigado. Você foi uma bênção hoje.

– Que exagero, Eaton – murmura ela, enfiando a cabeça no meu travesseiro para se esconder do elogio.

Eu me pergunto se ela pode sentir meu cheiro nele.

Mexendo em seu cabelo, eu o coloco atrás da orelha, deixando meus dedos percorrerem a linha de seu queixo.

– Você precisa aprender a aceitar um elogio, Ruiva. É só responder com um "obrigado".

– Tudo bem...

Pressiono o polegar contra seus lábios, fascinado pela suavidade deles sob meu toque.

– Ruiva. Só aceita o agradecimento. Agora cale a boca e volte a dormir.

Ela contrai os lábios e assente com firmeza. O movimento faz Luke se mexer, mas, em vez de acordar, ele se vira e se aninha ao peito dela, a mãozinha apoiada em seu braço.

Vejo Willa encará-lo, como se ainda estivesse tentando entender onde está e o que está fazendo. E, quando olha para mim, o rosto lindo obviamente inseguro, tudo que posso fazer é sorrir.

Willa Grant fica muito bem na minha cama.

~❧~

– Acho que já assisti a um filme pornô parecido com isso.

Levanto a cabeça rapidamente, parando de esfregar o estofamento do banco de trás do jipe de Willa.

– Como é?

Contorno a porta aberta e a observo, sentada no último degrau do alpendre, vestida com uma legging e uma regata pretas.

Ela parece bem.

Não há um único lugar desta casa em que essa mulher não se encaixe.

Dá para ver o contorno dos piercings em seus mamilos, porém, mais do que tudo, estou fascinado pela forma como a pele clara contrasta com o tecido escuro das roupas. A forma como seu cabelo de fogo parece ainda mais brilhante.

– O mecânico rabugento com músculos salientes. Uma garota que não tem como pagar a conta. Todo mundo conhece essa história.

– Às vezes você fala cada merda.

Seco as mãos num retalho de toalha rosa-claro. Como os lábios de Willa.

– É o boné para trás. – Ela aponta para mim com uma risada leve. – Você acionou o interruptor.

– Já te disseram que você usa o humor para disfarçar quando está sem graça?

– Ah, já. Várias vezes. – Ela sorri, e eu balanço a cabeça, admirado. – Minha mãe é terapeuta, lembra?

– Eu disse que você não precisava limpar a casa nem lavar roupa.

Ela inclina a cabeça, o sol da manhã brilhando em sua pele macia.

– Já te disseram que você é muito peculiar?

– Willa.

Cruzo os braços.

– Cade. – Ela espelha meu movimento, também cruzando os braços. Só que isso destaca seus seios fartos e eu perco o foco. A careta desaparece do meu rosto. – Eu não ia ficar à toa em uma casa com roupa vomitada. É nojento.

– Você limpou o banheiro.

– Também estava vomitado.

– E o chão?

Ela faz uma careta.

– Vomitado.

– Meu Deus.

Coloco as mãos no boné, pressionando a aba contra a nuca. Quando ergo os olhos, noto como Willa examina meus braços.

Parte de mim gosta disso. Mas outra parte – a parte adulta, cheia de traumas – sabe que preciso acabar com essa tensão entre nós.

Provavelmente não a beijar nem me esfregar nela até gozar na calça teria sido um ótimo começo.

Ou não a fazer se sentar na borda da banheira de hidromassagem para comê-la com os olhos, observando a maneira como o maiô marcava seu sexo.

– Eu não me importo. É... – Ela sacode a mão. – Esquece. Fiquei com pena do Luke. Você trabalha o dia todo. Não precisava entrar em uma casa coberta de vômito.

– Você não é uma empregada doméstica, Willa.

Ela sorri e seus olhos se semicerram. Já notei esse olhar. Ele aparece logo antes de ela dizer algo inapropriado.

– Eu me fantasiei de empregada sexy no Halloween uma vez.

Fecho a cara para ela. E, internamente, para mim, porque meus dois primeiros pensamentos foram:

1. Ela ainda tem aquela fantasia?

2. Como faço para rastrear e matar todos os caras que viram Willa a usando?

Ela ri e eu a ignoro. É o melhor para nós dois.

– Você limpou a casa inteira, mas deixou seu carro cheio de vômito?

Willa assente.

– Bom, foi. Parecia um problema para resolver depois. Pode deixar que vou mandar lavar. Não é grande coisa, então pode parar de reencenar aquele pornô quando quiser.

– Estou quase terminando, Willa. Parece o mínimo que posso fazer por você – resmungo, voltando para dentro do jipe, precisando parar de olhar para ela e aqueles lábios pronunciando a palavra *pornô*.

– Cade, para. São sete da manhã e você chegou tarde em casa. Que horas você acordou? Você não vai trabalhar?

– Eu nunca durmo até tarde, Ruiva. E vou tirar o dia de folga para cuidar de vocês.

Ela não responde. Ouço a porta da frente se fechar e solto um suspiro, aliviado por ela ter se afastado. Eu me distraio lavando o assento, observando as bolhas se formarem e se transformarem em uma espuma branca.

É uma distração agradável. O trabalho manual tem uma forma peculiar de aquietar a minha mente, aliviar as minhas preocupações, mantendo-me direcionado e concentrado no que importa.

Estou perdido em pensamentos elencando as coisas que importam quando sinto um toque suave nas costas.

Fecho os olhos com força, porque sei quem estou prestes a encarar e preciso manter a calma.

Mas, quando me viro para Willa, sinto a ponta de seus dedos percorrendo minhas costelas. E então eu a tenho diante de mim, segurando uma caneca fumegante de café fresco. Grandes olhos verdes me encaram com uma pitada de confusão. Tantas perguntas. E uma suavidade na qual quero me envolver inteiro.

Ela estende a xícara para mim.

– Aqui. Era o mínimo que eu podia fazer.

E aí percebo que fechar os olhos por um momento e tentar reunir forças não vai me afastar de Willa Grant.

Preciso me esforçar mais, porque ela está rapidamente se tornando uma das coisas que importam para mim. E não tenho certeza se consigo lidar com mais responsabilidades.

17

Willa

Luke conseguiu beber um pouco de água e de ginger ale e comer algumas bolachas ao longo do dia. Ele também passou um tempão aconchegado em mim no sofá, e estou adorando.

No começo, fiquei meio incerta. Porque, com Cade por perto, senti que era ele quem deveria estar recebendo os abraços. Mas ele se manteve ocupado, e notei um ou outro olhar carinhoso em nossa direção no sofá.

Luke está em uma ponta, com as pernas no meu colo enquanto se recosta no meu ombro. Está enrolando meu cabelo em seus dedinhos há algum tempo... e me lembrando do pai.

Estamos assistindo a um desenho animado e gostaria de dizer que sei do que se trata, mas estou consciente demais da presença de Cade rondando pela casa. Faxinando. Consertando coisas.

Ele literalmente lavou os rodapés.

Nunca conheci um homem tão organizado, mas ele também está me deixando louca. Ficar sentada enquanto ele trabalha me deixa nervosa.

Quando ele tira toda a comida da geladeira para limpá-la, eu não aguento.

– Cade, você está me dando dor de cabeça. Por favor, venha se sentar e ver um desenho animado bobo, de derreter o cérebro.

– Ei! – reclama Luke, fazendo beicinho como se eu tivesse insultado algum tipo de atuação digna de um Oscar, em vez de algo que só prende a atenção das crianças porque é colorido e pisca sem parar.

É a música que me mata. É *tão* ruim.

– Está dizendo que estou precisando derreter um pouco o cérebro, Ruiva? – resmunga Cade da cozinha, sem sequer olhar para mim.

– Estou. Você está me deixando ansiosa.

– Vou fazer alguma coisa para você comer. Você fica sempre menos implicante de barriga cheia.

Eu bufo.

– Babaca.

Sou atingida primeiro pelo chiado de uma panela no fogo.

Depois, o cheiro de manteiga.

Depois, pelo peso de Luke deitando na minha barriga.

Respiro pelo nariz, tentando me concentrar no terrível programa de TV. Em como Luke é fofo. Como Cade é gostoso.

Qualquer coisa para me livrar dessa crescente sensação de náusea.

É quando Luke se aproxima e coloca a mão pegajosa na minha bochecha que tudo vai para o ralo.

– Willa, você tem o cabelo mais lindo do mundo – murmura ele docemente.

Mas seu hálito cheira a biscoitos, refrigerante e calor úmido, e eu não aguento mais ficar aqui.

Contraio os lábios e me atrapalho tentando tirar as pernas dele de cima de mim.

– Obrigada, meu bem, mas preciso levantar.

Ele franze a testa, parecendo um pouco ofendido, mas não tanto quanto ficaria se eu vomitasse nele. Tenho um vislumbre do rosto preocupado de Cade enquanto saio literalmente correndo em direção ao banheiro. O assento faz um barulho alto quando eu o levanto e boto tudo para fora em um rugido *nada* delicado.

Quando a ânsia passa, dou descarga e levanto a cabeça. Encontro Cade e Luke parados na porta me observando. Como se me ouvir vomitar não fosse ruim o suficiente, os dois estão ali parados, me olhando como se nunca tivessem visto alguém passar mal.

– Pelo menos você chegou na privada – diz Luke com um olhar sério.

Não posso deixar de rir quando olho de volta para o vaso, e o som da minha risada ecoa na porcelana.

– Luke, volte para o sofá.

Vejo sua pequena silhueta partindo pelo canto do olho, mas Cade não se move, ainda parado na porta. Ele está olhando para os próprios pés e para a divisória de latão onde o piso de madeira muda para azulejos.

– Você vai ficar aí assistindo?

– Sinto muito – murmura ele sem olhar para mim.

– Por me ver vomitar? Deveria sentir mesmo. Não sei como vou voltar a olhar na sua cara.

Ele solta um muxoxo.

– Por você estar passando mal.

– Bem, não é culpa sua.

Ele ergue a cabeça devagar.

– Não, mas foi você quem ficou cuidando do Luke. Ficou com ele a noite inteira. Você ajudou meu filho, e agora está pagando o preço.

Eu murmuro, pegando um pedaço de papel higiênico para limpar a boca, porque, se Cade Eaton me vir com vômito na cara, vou mergulhar de cabeça nesse vaso sanitário e dar descarga. Com um pequeno dar de ombros, olho para o homem parado na porta – alto, largo e imponente, com a mais doce expressão de preocupação no rosto.

– Ele vale a pena – respondo com um sorriso marejado.

Infelizmente, sorrir me faz sentir uma nova onda de enjoo e, em segundos, estou freneticamente acenando para Cade, esperando que ele apenas me deixe passar mal em paz.

Ele deixa.

Mas apenas brevemente.

Logo está de volta com algum tipo de kit de guerra, e eu o observo colocar as coisas no balcão. Termômetro, Tylenol, água, ginger ale e... uma de suas camisetas?

– O que você está fazendo? – resmungo enquanto seco os olhos lacrimejantes, sem dúvida manchados de rímel.

– Cuidando de você – responde ele, sem sequer olhar em minha direção.

Seu tom diz que acabei de fazer uma pergunta idiota.

– Tudo bem. Eu posso me cuidar sozinha.

– Eu sei que pode, mas não precisa, porque estou aqui para ajudar – diz ele com a maior naturalidade.

Como se cuidar de alguém fosse a coisa mais óbvia do mundo. E eu me pergunto se, para ele, não é mesmo óbvio. Ele tomou a iniciativa de cuidar dos irmãos depois de uma tragédia. Ele se tornou pai solo.

Babá vomitando? Esse é um trabalho perfeito para ele também.

Na essência, Cade é um cuidador. Altruísta. Com um coração tão grande que quase não consigo entender.

Ele se vira, os lábios apertados e a testa franzida. Comecei a considerar essa expressão a careta-padrão – é a sua expressão cotidiana.

Eu me sobressalto quando ele aponta o termômetro para minha testa enquanto estou ajoelhada no chão.

– Estou apenas medindo sua temperatura. – A expressão dele se suaviza.

– Eu sei. – Tiro o cabelo do rosto. – Mas ainda me parece uma arma.

Ele clica no botão. Quando apita, Cade franze a testa.

– Hum, 38,5 graus.

Ele se vira para me mostrar, como se eu não confiasse na habilidade dele de fazer a leitura ou coisa parecida.

– Tudo bem.

– Veio do nada?

Eu dou de ombros.

– Sua faxina neurótica realmente estava me dando dor de cabeça. E tinha o peso do Luke na minha barriga, e o bafo de biscoito.

Um som grave ecoa do peito dele.

– Bem, usando Luke de referência, parece que dura pouco. A má notícia é que...

– Vou botar os bofes para fora pelas próximas horas? – pergunto.

Cade inclina a cabeça enquanto pega a camiseta do balcão ao lado, dá um passo em minha direção e se agacha para me olhar nos olhos.

Para *realmente* me olhar nos olhos. De uma forma que me faz perceber que ele vem evitando meu olhar ou desviando o rosto quando eu o encaro. Mas não dessa vez. No momento, tudo que vejo é chocolate e caramelo espalhados por suas íris multifacetadas. Noto as rugas finas no canto dos olhos. Em qualquer outra pessoa, seriam marcas de expressão, mas em Cade só aumentam seu *sex appeal*.

Ele sorri, acentuando ainda mais as ruguinhas.

– Não, Ruiva. A má notícia é que você está com a camisa vomitada.

Fecho os olhos e solto um grunhido.

– Pelo visto, adotei esse estilo nas últimas 24 horas.

– Está tudo bem. – A voz dele é como um veludo tocando minha pele. – Ninguém nunca ficou tão bonita em uma camisa suja de vômito.

Abrindo um olho, eu o observo com cautela.

– Você está dando em cima da garota vomitada, Eaton?

Ele sorri e estende a mão, os dedos se esticando para a bainha da minha camisa.

– Me deixa te ajudar, Ruiva – diz ele baixinho.

Não há nada de sexual na maneira como Cade segura minha camisa entre os dedos, mas isso não impede que meu pulso acelere ou minha respiração se agite enquanto ele tira a peça, expondo minha barriga nua e meu sutiã esportivo simples.

Ele é um cavalheiro, nem olha para baixo. Fica com os olhos no meu rosto, mesmo depois de eu levantar os braços e deixá-lo puxar a camisa pela minha cabeça. Afasto a náusea na marra, torcendo fervorosamente para manter a compostura.

Mesmo o homem bonito na minha frente, porém, não consegue me distrair da sensação no fundo da minha garganta, do cheiro da minha camisa quando ele a afasta.

– Desculpa – resmungo antes de me voltar para o sanitário, agarrando as bordas brilhantes do vaso enquanto outra onda de enjoo me atinge.

Meu corpo convulsiona e eu murmuro, e é bem nesse momento que sinto as pontas dos dedos calejados de Cade em meu pescoço, levantando suavemente meu cabelo do rosto. Passo o minuto seguinte abraçada ao vaso sanitário enquanto Cade segura meu cabelo e faz círculos suaves nas minhas costas.

Já imaginei Cade segurando meu cabelo, mas não numa situação dessas. É humilhante de uma forma da qual nunca vou me recuperar. A magia toda *desapareceu.*

Quando a ânsia diminui, volto logo a corar, limpando o rosto antes de me voltar para o homem pecaminosamente sexy que segurou meu cabelo e esfregou minhas costas enquanto eu esvaziava o estômago.

Ele continua acariciando minhas costas e, como o santo que é, nem parece horrorizado.

– Está tudo bem, Ruiva. Estou com você.

Estou com você.

Ficar doente me transforma em uma criança. Indefesa e lamentável. E o fato de Cade estar aqui, sem nem parecer incomodado, é o maior alívio.

Faço que sim com a cabeça e ele pega a camiseta da bancada novamente antes de me vestir cuidadosamente com ela, me cobrindo em uma onda de tecido fresco. É enorme, mas tem cheiro de limpa. Tem o cheiro dele: pinho. E esse cheiro não me deixa enjoada.

– Você está bem?

A expressão dele é de preocupação, mas não de pânico. É reconfortante o fato de ele ser tão imperturbável.

– Estou. Acho melhor só... – Aceno com a mão para o banheiro. – Acampar aqui por um tempo. Minha dignidade apreciaria um pouco de privacidade. Não sei bem como vou te retribuir por segurar meu cabelo enquanto eu vomitava.

Balanço a cabeça e fecho os olhos. Ele ri, mas com delicadeza. Eu o ouço se afastar e me deixo cair contra a parede atrás de mim. O som de Cade abrindo e fechando gavetas preenche o pequeno cômodo, mas estou cansada demais para reclamar de novo da sua mania de limpeza.

Tarado por arrumação.

Sinto seu calor quando se aproxima novamente.

– Se senta direito, Ruiva.

– Não consigo. Cansada demais.

Por que vomitar é tão exaustivo?

– Você consegue – insiste ele com uma mão no meu ombro.

– Vou te passar a doença – resmungo, ainda sem me mover.

– Eu nunca fico doente. – Seu polegar massageia suavemente minha clavícula, e obrigo meus olhos a se abrirem para encará-lo. – Vamos, se inclina um pouco para a frente.

Não sei por que ele quer que eu faça isso, mas parece que Cade não vai embora até que eu obedeça, então obedeço, mesmo que meu lado rebelde queira se recostar e dizer: *Quero ver você me obrigar.*

Parece que a náusea reprime facilmente meu lado rebelde.

– Essa é a minha garota.

Sua voz grave me abala até os ossos, e então seus dedos estão no meu cabelo, juntando-o suavemente em um rabo de cavalo e passando um elástico de seda ao redor dele. Um elástico que ele deve ter pescado na minha gaveta.

Eu gemo com a sensação. Com suas palavras. *Minha garota.*

Meu Deus, devo estar delirando. Arrisco uma olhada em seu maxilar com a barba por fazer e em suas feições severas enquanto ele puxa meu cabelo para trás com todo o cuidado. Quero derreter, e tenho certeza de que isso não tem nada a ver com a doença.

Cade rabugento é gostoso.

Cade gentil é irresistível.

Depois de prender meu cabelo, ele encontra meu olhar, o rosto marcado por preocupação. Cade corre a palma da mão pela lateral da minha cabeça e a apoia no meu pescoço.

– Vou deixar você em paz agora, mesmo sem querer. Se precisar de mim, estarei ali fora. – Ele move o queixo em direção à porta.

Não tenho certeza do que dizer. Para ele. Sobre o assunto. Então, apenas aceno estupidamente.

E olho para sua bunda enquanto ele sai do banheiro.

– Ok, vamos levantar.

Estou vagamente consciente do cheiro másculo e da sensação de mãos delicadas segurando minha cintura.

– Vamos lá, Ruiva. Eu tentei ser um cavalheiro e respeitar sua vontade, mas sua vontade é péssima. Fiquei fora do banheiro o máximo que consegui e isso me enlouqueceu. Não vou deixar você dormindo aqui no chão.

Esse comentário faz minhas pálpebras se abrirem quando a consciência retorna e percebo que ainda estou no banheiro. Já não há luz e a posição do meu pescoço está causando mais desconforto do que qualquer sensação de náusea.

As mãos de Cade deslizam sob as minhas axilas e me erguem. Eu vou com ele, me apoiando em seu corpo quando fico de pé. Ele passa um braço pela minha cintura sem hesitar.

– Vamos – sussurra Cade.

Sinto sua barba em minha orelha e, de repente, estou bem acordada e intimamente consciente do fato de que não escovei os dentes.

– Vamos para onde?

Eu o encaro, grogue e ainda tentando me orientar.

– Para minha cama.

Eu o encaro com mais atenção.

– Como é que é?

– Fica mais perto de um banheiro se você precisar. Não faça caso. Só é mais lógico.

Até que faz sentido. É o mesmo raciocínio que usei ontem à noite com Luke.

– Certo, tudo bem. Mas preciso escovar os dentes.

Ele revira os olhos e vejo seu maxilar tensionar.

– Eu não me importo com seu hálito, Ruiva. Não estou te levando até a cama para dar uns amassos.

Dou risada, mas minha maior pergunta é: *Por que não?*

Enquanto escovo os dentes, ele fica parado na porta do banheiro, de braços cruzados, me olhando como se eu fosse uma presidiária e ele, um guarda ou algo assim.

Quando termino, Cade estende a mão e eu a seguro, deixando-o me guiar pela casa silenciosa até seu quarto. Eu o puxo, pedindo que pare em frente ao quarto de Luke, e espio o corpinho dele enrolado em um cobertor com as estrelas de plástico adesivas brilhando no teto. Não posso deixar de sorrir, aliviada por ele parecer estar descansando confortavelmente.

– Ele estava se sentindo melhor? – pergunto, antes de olhar para Cade.

– Estava. Ele vai ficar bem. A febre baixou e tudo. É com você que estou preocupado agora. Hoje, vocês dois estão me dando alguns cabelos brancos.

Sorrio e olho para baixo.

– Bom, pelo menos eles caem bem em você.

Cade não responde, mas, enquanto me puxa pelo corredor em direção ao quarto principal, seu polegar faz círculos suaves no meu pulso.

– Entra – ordena ele, apontando para a cama enorme.

– Sim, senhor capitão. – Eu bato continência, mas o gesto é fraco e cansado, e me sinto extremamente aliviada por me enfiar em sua cama.

– Ficou alguma coisa no seu estômago?

Ele acende o abajur ao lado da cama e me cobre.

– Não – digo e suspiro.

Ele solta um grunhido e depois se vira, saindo do quarto. Em poucos instantes, está de volta com líquidos e remédios.

Cade abre a lata de refrigerante e a estende para mim.

– Pequenos goles – diz ele.

Com as mãos trêmulas, eu pego a lata, observando a maneira como seus braços voltam a se cruzar.

– Você vai mesmo ficar aí parado me olhando? Parece até que vou levar uma bronca.

Ele solta um suspiro ruidoso e passa a mão pelos cabelos.

– Desculpe. Vocês dois me deixaram preocupado.

Tomo um pequeno gole, mas não gosto do sabor que surge, uma mistura com o mentolado da pasta de dente.

– Você é uma manteiga derretida, Cade Eaton. Senta aí.

– Aqui?

Ele franze a testa.

– A cama é sua. – Dou um tapinha no lugar ao meu lado. – Só me faça companhia por alguns minutos e depois eu durmo. Aposto que vou estar ótima amanhã.

– Talvez – murmura ele, avaliando-me com um ar cético enquanto se acomoda, hesitante.

Deixo a cabeça descansar na cabeceira da cama enquanto o líquido efervescente chega ao meu estômago.

– Me conta como o Luke estava esta noite.

– Está falando sério?

– Sim. Claro. Ele parecia melhor? Eu fiquei tão preocupada com ele.

Cade me encara, como se não acreditasse no que estou dizendo.

– Ele estava preocupado com você. Queria ter certeza de que eu deixaria você ficar nesta cama. Espiou no banheiro e viu você dormindo sentada, mas só me contou quando eu já estava me preparando para botar ele para dormir.

Eu rio um pouco disso, porque posso imaginá-lo muito bem dando uma espiada.

– Meu pequeno encrenqueiro – murmuro, tomando outro gole.

Cade me observa ainda mais atentamente.

– Tem certeza de que nunca trabalhou com crianças antes?

– Absoluta.

– Hum. – Ele cruza as mãos desajeitadamente sobre os joelhos, como se não soubesse bem o que fazer com elas. Como se estivesse desconfortável, sentado aqui conversando comigo no quarto silencioso. – Você é boa nisso. Talvez devesse se tornar professora ou algo assim.

Deixo escapar uma lufada de ar pelo nariz.

– É. Talvez. Parece divertido, na verdade. Não sei. Tudo parece tão assustador.

– O quê?

– Empregos. Carreiras. Vida. Ser adulto?

– Você gosta de trabalhar como bartender?

Comprimo os lábios e observo meu patrão com cuidado.

– Não muito. Era divertido quando eu era mais jovem. Parecia que eu ganhava dinheiro para socializar. Mas voltar vai ser difícil. Eu gosto daqui.

Cade engole em seco e olha para as próprias mãos, sem reagir ao que acabei de dizer.

– Você gosta de trabalhar no rancho? – pergunto, tentando tirá-lo desse silêncio.

Seus lábios lentamente esboçam um sorriso.

– Adoro. Adoro ficar ao ar livre. Adoro os longos dias de trabalho. Adoro estar cansado quando me deito na cama à noite. Eu ajo como se os idiotas do barracão me irritassem, mas, do meu jeito, adoro até mesmo eles.

– A menos que eles fiquem me olhando.

Ergo um dedo para ele, tomando outro gole. Cade ri.

– É, Ruiva. A menos que eles fiquem te olhando.

– Deve ser bom. Ter tanta certeza assim de que está fazendo a coisa certa da vida.

Cade faz que sim, tamborilando nos joelhos, os antebraços tensos se flexionando.

– Você acha que vai continuar trabalhando no bar? Ou vai tentar algo novo?

Eu me recosto um pouco, aproveitando a cama confortável de Cade e os travesseiros perfeitamente firmes. Alguma cama já foi mais gostosa?

– Não sei. Algo novo parece assustador. Parece uma chance de fracasso. – Bufo. – Quer dizer, olhe só os meus pais. Um é incrivelmente talentoso e a outra é incrivelmente intelectual. E meu irmão? Claro que tinha que ter herdado isso tudo e ainda ser incrivelmente motivado. E eu estou aqui, sendo incrivelmente inconstante.

Ouço dentes rangendo.

– Você é muitas coisas, Ruiva, mas inconstante não é uma delas.

– Bem, fico intimidada demais para tentar algo novo e com medo demais de falhar, então não me comprometo com coisa alguma além de uma série de relacionamentos curtos e o mesmo emprego desde os dezoito anos. Todo mundo fica me dizendo que posso ser o que eu quiser e fazer o que eu quiser, mas eu só... fico paralisada diante de tudo isso. – Solto uma risada triste. – Eu me acho bem inconstante, sim.

– Pare com isso – murmura Cade, me encarando com fogo nos olhos.

– Com o quê?

Arqueio a sobrancelha, notando que, depois da soneca no chão do banheiro, eu me sinto bem o suficiente para responder à altura.

– Pare de se botar para baixo desse jeito. De se esquivar de elogios. Você é jovem. Sua vida está longe de terminar, e todo mundo pode errar e superar. Olhe para mim. Já cometi muitos erros, e tudo que posso fazer a respeito é tentar ser melhor... Fazer melhor.

– Você teve muitos relacionamentos desde que a mãe do Luke foi embora?

Ele solta um suspiro.

– Não, Ruiva. Eu disse *tentar* fazer melhor. Ainda não descobri exatamente como superar esse erro específico.

– Sabe do que você precisa? De um pouco de sexo sem compromisso com a babá.

Meu tom é provocativo, mas acho que nós dois sabemos que não estou brincando. Vivo fazendo declarações chocantes, mas essa foi realmente minha maneira irreverente de fazer a proposta.

Cade aperta os joelhos com tanta força que fica com os nós dos dedos brancos, e encara as próprias mãos. Ele balança a cabeça enquanto pega o frasco de comprimidos na mesa de cabeceira. Observo atentamente como seus dedos torcem a tampa e ele coloca um comprimido na palma da mão antes de guardar o frasco.

Finalmente virando-se para me olhar, ele oferece o remédio e eu abro a mão em resposta. A tensão entre nós é como uma entidade viva depois do que acabei de sugerir. Algo palpável, que ambos sabemos que existe, mas optamos por ignorar.

Cade coloca o comprimido na minha palma, fecha suas mãos grandes e fortes ao redor da minha e se inclina em minha direção. A eletricidade vibra entre nós. Quero me aproximar e me roçar em sua barba, implorar para que ele fique aqui comigo. Que ele pense no assunto.

Sua respiração sopra em minha bochecha e seus olhos me mantêm cativa.

– A questão, Ruiva, é que com você tem compromisso demais envolvido. O suficiente para acabar em confusão. Então vamos ser responsáveis e ignorar isso que está acontecendo entre nós. Porque daqui a um mês vamos nos separar. Você vai levar uma vida fabulosa e extremamente bem-sucedida na cidade, e eu vou ficar aqui, cuidando deste lugar pelo resto dos meus dias. Estamos em caminhos diferentes, você e eu.

O sorriso que ele me oferece é inexpressivo, mas suas mãos apertam as minhas antes de ele se levantar.

– Tome o Tylenol e descanse um pouco.

– Onde você vai dormir?

– Vou ficar na sua cama – diz ele, olhando para trás. – Amanhã eu troco os lençóis.

Então ele se vira para partir, me deixando com um comprimido na mão, uma bebida e os restos esfarrapados do meu ego. Em uma cama que tem seu cheiro e me faz desejar que ele estivesse aqui comigo.

– Cade?

Ele para com a mão na maçaneta da porta.

– Oi? – responde, sem sequer olhar para mim.

– Fica?

Seu corpo permanece estranhamente imóvel. Nenhuma parte se mexe. Por pouco não acho que está morto.

Na verdade, pensando bem, *eu* queria estar morta depois de deixar escapar um pedido desses, feito uma idiota apaixonada pelo pai solo gostoso e mal-humorado que acabou de dizer que sou complicada demais para ele. Eu deveria ter mais orgulho e não o colocar em uma posição tão constrangedora. Mas aqui estou eu, pedindo que ele fique.

Cade se vira, a testa franzida e a expressão tensa.

– Ficar?

– É... – Mordo o lábio, encolhendo-me um pouco diante da intensidade de sua cara feia. – Só um pouco. Só para conversar. Ou sei lá.

Ele me fita por alguns instantes, um toque de surpresa transparecendo em suas feições sérias. Ele não esperava por esse pedido.

Mas, com um aceno firme em minha direção, ele dá passos silenciosos e volta para a cama.

E fica.

18

Cade

> **Lance:** Posso passar por aí e treinar com você um dia
> desta semana?
> **Cade:** Claro.
> **Lance:** Quarta-feira?
> **Cade:** Claro.
> **Lance:** A babá vai estar por aí?
> **Cade:** Vai se foder, Lance.
> **Lance:** Hahahaha. Você vive estressadinho. Te vejo
> na quarta-feira!

– Me conta como era o Cade mais jovem.

Estou sentado o mais longe possível de Willa. Se eu pudesse construir uma muralha de travesseiros no meio desta cama, construiria. Não que isso fosse me impedir de puxá-la para debaixo do meu corpo.

Uma ideia péssima, horrível, nada boa, incrivelmente ruim.

Nem mesmo as perguntas que faz e que eu não quero responder ajudam a me distrair da proximidade dela. Do cheiro dela.

Da maldita tentação que ela é.

– Hum. – Eu pigarreio. – Não sei. Não tenho muito para contar.

Apoio as mãos na barriga e dou uma olhada nela. Está um pouco pálida, as olheiras acentuadas pelo brilho fraco da luz de cabeceira.

E linda.

Cheia de traços delicados. O pescoço. O nariz. O contorno do queixo. Ela é elegante. Willa Grant tem classe. Tem um ar todo distinto, mas anda com camisetas velhas de shows e é louca o suficiente para jogar uma criança na piscina por vingança.

Ela é muito mais do que aparenta, e, sentada em um quarto escuro com apenas uma faixa pequena de colchão macio entre nós, tenho que admitir para mim mesmo que eu a quero por muito mais do que a sua aparência.

Ela chamou minha atenção desde que pus os olhos nela pela primeira vez, e não consigo desviar o olhar desde então.

É uma distração do caramba.

– Vamos lá. Você era tão sério assim quando criança? Ou era como o Luke? – pergunta ela casualmente, mas posso ver como seus olhos começam a se fechar.

– Eu não era nada parecido com o Luke. E também não quero que o Luke seja como eu. A morte da minha mãe mudou muita coisa.

Ela faz que sim, solene, mas não começa a expressar condolências, o que eu aprecio. Para alguém que cresceu cheia de privilégios, há um senso prático inerente em Willa. Algo na maneira como sua mente funciona. Vejo isso quando ela fala com Luke. Ela não é mimada nem exigente; tem os pés no chão, o que eu adoro. Mesmo que ela não tenha a mínima noção de como aceitar um elogio.

– Eu vi minha mãe morrer. Vi meu pai com ela nos braços. Vi como ele soluçava. – Travo o maxilar e olho para baixo por um momento. – Acho que minha infância também morreu naquele dia.

Encaro seus grandes olhos verdes, um pouco úmidos agora. Seus lábios cor de morango se abrem ligeiramente e ela assente outra vez. Agradeço por ela não preencher o silêncio com palavras vazias.

– Talvez eu tenha sido uma pessoa prática desde cedo. Estratégico? – Suspiro e olho para o teto. – Não quero bancar o mártir nem nada.

– Não está bancando – responde ela, suave e firme.

– Mas eu notei a necessidade, mesmo criança. Nossa família precisava de ajuda. E decidi ajudar. Acho que nunca parei. Fiquei preso pelo dever, ou algo assim. Não me arrependo, mas também não tive verões preguiçosos, de bobeira. Quando voltava da escola, cuidava dos meus irmãos para que meu pai não tivesse que voltar mais cedo do trabalho. Os vizinhos ajudavam. A Sra. Hill cuidou do Luke até não conseguir mais acompanhar o ritmo dele. Mas eu não queria que ele passasse o verão trabalhando no rancho ou sendo arrastado para todo lado comigo. É divertido por um dia. Não por dois meses.

– Foi aí que eu entrei. – Vejo seus lábios se curvando enquanto ela me dá uma piscadela. – A diversão.

Solto um suspiro.

– Você é muito divertida. Ele idolatra o chão que você pisa.

Willa olha as próprias unhas e tenta não rir.

– Como todos os homens deveriam fazer – acrescento. Rindo, eu enfim me viro para encará-la. – Como você era quando criança?

A ponta de seu nariz tremelica enquanto ela pensa na resposta.

– Queria poder dizer que mudei muito, mas não tenho tanta certeza. – Sua voz soa vazia, crítica. – Sempre fui a garota divertida. Despreocupada. Meu pai viajava muito quando eu era mais nova. Minha mãe trabalhava o tempo todo. Também tivemos babás. Ou parentes que ajudavam. Pensando bem, não era tão diferente da comunidade que o Luke tem ao redor dele. Então não se preocupe, ele vai ficar bem. Assim como eu.

Ela diz isso como se fosse a tirada final de uma piada, e eu simplesmente não entendo por que Willa é tão dura consigo mesma. Por que se enxerga como uma espécie de fracasso, quando tudo que vejo é uma jovem inteligente, engraçada e equilibrada? Alguém que me fez *implorar* para que ela ficasse.

Dou de ombros.

– Vou ficar muito orgulhoso dele caso se torne alguém como você.

Quando ela inclina a cabeça, uma mecha de cabelo macio escorrega e acaricia a lateral de seu rosto.

– Verdade?

– Verdade, Willa. O que mais eu poderia querer? Inteligente, independente, com um bom senso de humor e com juízo na cabeça.

– Mas você acha que ele vai propor sexo sem compromisso para a babá?

– Deus do céu, mulher.

Volto a olhar para o teto. Willa ri, e é tão lindo. Como sinos ao vento. Uma das primeiras coisas que notei nela, naquele dia na cafeteria.

– Bem, se não pudermos brincar sobre isso, as coisas vão ficar estranhas. Acho que vamos nos esbarrar pelo resto da vida, por causa da Summer e do Rhett. – Essa realidade me atinge como uma bola de demolição. – Um dia, daqui a muitos anos, estaremos grisalhos e barrigudos, bebendo um enorme copo de rum com especiarias e gemada, em volta de uma árvore de Natal. Vou fazer uma piada sobre a noite em que te ofereci uma amizade colorida. Rhett vai morrer de rir. Summer vai revirar os olhos, porque vou contar disso para ela amanhã, e ela vai me achar ridícula por tocar no assunto tantos anos depois. Sua esposa do interior vai colocar a mão no peito – Willa imita o movimento – e agir como se estivesse escandalizada pelo resto da noite. Na verdade, ela vai me olhar torto pelo resto da vida. E eu vou sobreviver, então tudo bem. Problema dela. Eu ganhei. E meu marido já vai estar acostumado com minhas travessuras, então vai apenas revirar os olhos e continuar bebendo.

É engraçado e eu deveria rir, mas me apego à parte em que ela está casada com um homem que revira os olhos para ela. Um homem que não sou eu. E, de alguma forma, não consegui assimilar o fato de que estarei ligado a essa mulher pelo resto da minha vida.

– Ruiva, não se case com um homem que revira os olhos para você.

– Você revira os olhos para mim o tempo todo.

Porra, preciso parar de fazer isso. Ela merece coisa melhor.

– Não se case comigo também.

Ela dá de ombros e continua, implacável:

– Ele vai voltar a verificar obsessivamente seu portfólio de investimentos, e vocês vão ouvir a gente brigando por causa disso tarde da noite. A manhã de Natal será constrangedora, porque ele vai embora, e todo mundo vai ficar comentando sobre como obviamente eu não dou sorte mesmo, porque meu terceiro casamento está prestes a desmoronar.

Dou uma risada, cobrindo a boca com o punho fechado, os ombros arfando sob o esforço de não acordar Luke.

– Ruiva, você é maluca. Mas eu gosto. Você é como um maldito furacão.

Sua boca se curva, pecaminosamente tentadora.

– Às vezes, me sinto assim. Mas aqui? Não sei. Alguma coisa nessas terras intermináveis ao meu redor é simplesmente... reconfortante? Como se não fosse preciso fazer mais nada. Estou tranquila pela primeira vez em muito tempo.

– O olho da tempestade – digo, permitindo-me observá-la.

É difícil encontrar o olhar dela. Seus olhos são tão verdes. Seus lábios tão tentadores. Não é à toa que não consigo parar de pensar nela. Willa parece uma boneca e conta piadas como um caubói.

Mesmo enquanto trabalho com vacas, no meio de uma tarde escaldante, ela surge na minha cabeça.

Para mim, essa sempre foi a coisa mais louca de ter um filho. Nunca fico sem ele. Nunca paro de pensar nele. De me preocupar com ele. E, de alguma forma, em questão de semanas, Willa se instalou nesse mesmo espaço.

– O olho da tempestade – repete ela baixinho, os olhos me examinando intensamente antes de examinarem meu quarto. – Talvez você tenha razão.

Quando ela se vira para mim, seus olhos brilham e seus lábios parecem macios e úmidos.

– Willa – digo em advertência, porque tenho idade e sabedoria suficientes para reconhecer a expressão no rosto dela.

– Oi?

Ela fica de joelhos na minha frente.

– O que você está fazendo?

– Olhando para você.

Resisto à vontade de revirar os olhos. Ela já tem muita dificuldade de se levar a sério sem que eu precise aumentar essa insegurança.

– Por quê? – pergunto com voz rouca.

– Porque quero que você preste atenção enquanto eu te agradeço.

– Agradece pelo quê?

Ela solta um suspiro exausto.

– Por cuidar de mim.

Dou de ombros e desvio o olhar, incapaz de lidar com o peso de seus olhos.

– Você é um homem bom, Cade Eaton.

Seu elogio deixa minha pele formigando. Talvez eu seja tão ruim quanto ela na questão de aceitar elogios. Mas, por ela, posso melhorar.

– Obrigado. E você é uma jovem excepcional.

Eu mantenho os olhos nela. O ar vibra entre nós e tudo dentro de mim me diz para tocá-la. Para pressionar meus lábios contra os dela, passar os dedos por aquele cabelo sedoso e acobreado.

– Parece que você está escrevendo meu boletim escolar.

Willa se aproxima, mas eu me afasto. Porque ela está perto demais e eu estou velho demais – tenho traumas demais.

Um boletim escolar. Sinto que poderia ser mesmo.

Virando as pernas para a beirada oposta da cama, viro as costas para ela e passo as mãos pelos cabelos.

– Que bom que você está se sentindo melhor. Descanse um pouco.

Vou até a porta e faço um esforço hercúleo para deixá-la. Uma rápida conferida por cima do ombro confirma a decepção em seu rosto. A resignação.

Duas ofertas em uma noite.

Duas ofertas recusadas.

Quando a porta se fecha atrás de mim, percebo que estou acabando com as minhas chances com a garota sentada na cama. Porque o orgulho dela não vai permitir que volte a me fazer propostas. E ainda estou muito arrasado pela merda que Talia me fez para me permitir tê-la. Muito assustado de querer tanto alguma coisa, de me importar com alguém tão profundamente.

Com muito medo de ter o coração partido outra vez.

Que coração?, eu me repreendo.

Vou direto para o quarto dela e me deito em sua cama, o aroma cítrico de sua loção corporal de laranja me envolvendo como a mais doce tortura.

Respiro fundo e pressiono as palmas das mãos nos olhos.

E fico deitado, olhando para o teto, revendo aquela expressão no rosto dela.

E me sentindo nauseado.

– Estou tão animado! – exclama Luke ao chegarmos no local do rodeio, algumas cidades distante de casa.

– Eu também.

Willa se vira para o banco de trás da minha caminhonete, sorrindo.

Ela pegou carona conosco hoje porque Luke implorou para que viéssemos todos juntos. Ele está alheio à tensão entre nós, à leve pontada de sofrimento e às chances perdidas.

Em outra vida, nós poderíamos ter dado certo. Ou tido um caso. Mas eu sei que não vou conseguir tê-la e abrir mão dela – esse não é o meu jeito. E eu sei que ela não quer ficar.

Há mais de uma semana que estamos pisando em ovos. Sendo educados, mas um pouco tensos. Profissionais e amigáveis, mas de alguma forma menos brincalhões.

Ela não me mandou mensagens sobre calcinhas, e gostaria que tivesse mandado. Ela passou o fim de semana na casa de Summer, e eu gostaria que não tivesse passado.

Estou um caos. E agora tenho que fazer essa droga de exibicionismo de caubói porque entrei num jogo estúpido de Verdade ou Consequência com Willa e fiquei pasmo demais com os contornos de sua boceta para dizer não.

– Você vai vencer, pai!

Eu bufo. Provavelmente não vou, mas não digo isso a Luke.

– Valeu, cara. Com um fã como você, vai ser difícil não vencer.

Paro em um local onde será fácil descarregar meu cavalo. Minha égua *de trabalho*, que Willa e Luke passaram a semana inteira escovando como se fosse um pônei de exibição. Seu pelo escuro e malhado está reluzindo. Não há qualquer nó em sua crina nem no rabo. Acho que até passaram óleo nos cascos dela. Acho que Amora nunca esteve tão bonita na vida.

Com o reboque estacionado, arrisco uma olhada para Willa.

– Você está bem? – pergunto.

Ela comprime os lábios. Não pretende que o gesto seja sedutor, mas cada pequena coisa que ela faz parece uma oportunidade perdida agora. *Esses lábios deveriam ser meus. Estar colados nos meus. Em torno do meu pau. Gemendo meu nome.*

– Sim. Tudo certo. Nós vamos... – Ela aponta o polegar para trás, por cima do ombro. – Dar uma saída e olhar os arredores. Voltamos a tempo de assistir à sua apresentação.

Faço que sim antes de olhar para o mar de pessoas, pensando em como minha vida poderia ter sido se as coisas tivessem acontecido de forma diferente. Eu estaria aqui? Na estrada? Separando novilhos e correndo atrás de fivelas?

– Podemos tomar sorvete? – pergunta Luke, saindo às pressas do banco de trás.

– Podemos. Vamos comprar todos os doces que encontrarmos pelo caminho, porque ainda é antes do jantar – diz Willa em tom irônico enquanto sai da caminhonete, e eu sei que ela disse isso só para me provocar.

– Eba!

Pela janela, vejo Luke dar um pulinho com o punho erguido acima da cabeça. O movimento derruba seu chapéu de caubói, que cai no chão de terra.

Willa inclina a cabeça para trás em uma risada antes de se agachar e pegar o chapéu do chão, tirando a poeira enquanto diz algo para Luke que não consigo ouvir. Seja o que for, o faz rir.

Ela se agacha e coloca o chapéu na cabeça dele, dando um pequeno puxão enquanto os cantos de sua boca se abrem em um sorriso contagiante.

Eu me pego sorrindo para os dois, ainda sentado ao volante. Luke está sorrindo ainda mais. Quando Willa estende a mão e aperta a ponta do nariz de Luke, vejo o sorriso dele diminuir e ficar um pouco melancólico. Ele dá um tapinha nas costas dela e os dois ficam um momento apenas sorrindo um para o outro.

Algo em meu peito dói enquanto os observo. Espíritos afins, de muitas maneiras.

Eles se viram para partir e Luke segura a mão de Willa. Eles estão tão bonitinhos juntos. Luke está vestido como um pequeno caubói, e ela usa uma camiseta branca vintage da Pepsi, um cinto que parece uma corrente e o cabelo solto em ondas pelas costas.

Eu a imagino usando aquele cinto e apenas aquele cinto, mas então meus olhos percorrem a calça jeans torturantemente apertada, que exibe a bunda dela como se fosse a estrela do show, que se abre até um par de botas de caubói de couro de cobra que ela pegou emprestado com Summer.

Vou mandar Summer trancar essas botas no armário, porque ficam bem pra caramba em Willa.

Ela é gostosa demais. Ponto.

E eu quero socar alguém. Porque, com base em todas as cabeças se virando, não sou o único a perceber esse fato.

19

Willa

Rhett: Cadê vocês?
Willa: Nos esforçando para elevar nossa taxa de açúcar no sangue. E vocês?
Rhett: Jasper e eu acabamos de estacionar. Quer me encontrar perto da caminhonete do Cade?
Willa: Claro, vamos aí encontrar vocês.
Rhett: Me mandaram te dizer para tomar cuidado.
Willa: Com o quê?
Rhett: Acho que as palavras do meu irmão foram: ela não tem noção de que tem um bando de caubóis idiotas sarrando a perna dela quando ela passa.
Willa: Ah, tá. Vou tentar não tropeçar neles.

Eu não estava mentindo quando disse a Luke que íamos nos entupir de doces. Estar perto de Cade me dá vontade de encher a cara, o que não é uma opção para quem está cuidando de uma criança. Só me resta recorrer a muitos, muitos doces.

– Não sei qual é meu preferido – anuncia Luke ao meu lado enquanto atravessamos a multidão.

– Por que escolher? Canela e açúcar mascavo não precisam competir. Minidonuts são uma ótima pedida em qualquer circunstância. – Estendo a mão para Luke conforme o espaço vai ficando mais cheio de gente. – Fique perto, campeão. Tem muita gente por aqui.

Caubóis a perder de vista, logo agora que me dei conta de que só tenho olhos para um deles. Mais de um ano fazendo piadas para Summer sobre salvar cavalos e montar em caubóis, e não estou nem aí para eles. Eu estava *numa boa* até ele cuidar de mim. Segurar meu maldito cabelo e acariciar minhas costas.

Ainda me recuso a aceitar que seja normal que patrões façam esse tipo de coisa pelos funcionários. E o fato de ele ter feito isso não sai da minha cabeça, porque, com toda a sinceridade, ser rejeitada é novidade para mim. E estou um pouco pau da vida por causa disso. Um pouco envergonhada.

Um pouco magoada, porque Cade é um homem muito bom. Eu iria querer mais do que apenas sexo, e ele nem isso quer. É um golpe duro para o que percebo ser meu ego frágil.

Nunca me considerei insegura, mas naquela noite Cade disse algumas coisas em que não paro de pensar. Coisas sobre mim que eu nunca tinha percebido.

– Lá está o tio Rhett! – exclama Luke, me desviando dos pensamentos sinuosos em que eu havia me perdido.

É difícil não notar Rhett com seu cabelo na altura dos ombros e aquele sorriso arrogante, que se abre mais ainda quando ouve Luke gritar seu nome e me vê sendo arrastada atrás do menino.

– Ei, seu doidinho. – Rhett pega Luke e o coloca nos ombros, dando-lhe a melhor vista dos arredores. Ele se vira para mim e assente. – Oi, Willa.

– Oi.

Eu retribuo o sorriso. Gosto de Rhett Eaton. Gosto especialmente dele como par da minha melhor amiga. É horrível quando seus amigos namoram alguém insuportável, mas não é o caso de Rhett. Os dois são perfeitos juntos e mal posso esperar para ver, um dia, seus bebês incrivelmente lindos. Isto é, depois que Summer resolver marcar a data do casamento. Porque ela nunca faria as coisas fora de ordem.

– Ei, Willa.

Jasper aparece ao lado de Rhett, vários centímetros mais alto, com o ar de quem preferia estar em qualquer outro lugar, menos aqui.

Inclino o pescoço para trás e encontro seus olhos azuis; não são claros e brilhantes, e sim profundos e escuros, quase num tom de azul-marinho.

– Meu Deus, o que jogadores de hóquei comem? Não sei como não reparei em como você era tão alto.

Ele deve ter pelo menos 1,95 metro.

Jasper sorri, mas parece um tanto forçado.

– Parece que é a moda para os goleiros, hoje em dia. Tenho sorte de me enquadrar no perfil, acho.

A resposta autodepreciativa lembra algo que eu mesma faria: atribuir minha habilidade à sorte ou meu trabalho árduo à genética. A diferença é que ele é um jogador da NHL e eu sou uma bartender.

– Vamos para a arquibancada arranjar um bom lugar.

Rhett dá um tapa nas costas de Jasper e faz um sinal para mim com a cabeça, e eu o sigo, Jasper mais ao meu lado. Sinto que estou sendo escoltada por um guarda-costas. As pessoas abrem caminho quando esses caras passam.

Elas também ficam encarando. Algumas até dizem oi.

Quando subimos os degraus da arquibancada, Rhett olha de um lado para outro, à procura de lugares vagos. Luke ainda está sobre seus ombros, apontando em alguma direção. Jasper passa na minha frente, pernas longas subindo os degraus de dois em dois. Mas, quando percebe que estou ficando para trás, ele se detém em um patamar e decide subir um degrau de cada vez. Não diz nada, mas sei que está tomando bastante cuidado para nos manter todos juntos. Está bem cheio aqui, e esses meninos do interior são protetores pra caramba.

Outra prova disso é a maneira como Rhett desce uma fileira e Jasper me faz passar na frente, abrindo um braço e sinalizando para que eu siga antes de ir atrás de mim. Quando nos sentamos, Luke fica ao meu lado e nós dois somos flanqueados por dois homens altos.

Já passei por situações bem piores na vida.

Luke logo conta a Rhett como ele vai montar em touros quando crescer. Rhett e eu trocamos um olhar, sabendo que Cade teria uma síncope antes de permitir uma coisa dessas.

– Você sabe como funciona essa prova da sela americana? – pergunto a Jasper, inclinando o queixo para a arena.

Ele assente.

– Sei, sim. Na verdade, eu também não sou ruim nesse negócio. Todos nós praticamos muito quando crianças.

– É mesmo?

Arqueio a sobrancelha.

– Impossível crescer no Rancho Poço dos Desejos sem aprender como separar novilhos, encurralar e laçar.

– Nossa, quem diria... – Eu me inclino um pouco para trás, envolvendo um dos joelhos com as mãos. – Por essa eu não esperava, Jasper Gervais.

Ele ri e ruguinhas aparecem no canto de seus olhos – o que só faz me lembrar de Cade.

Mas é aí que as semelhanças terminam. Jasper é silencioso, mas gentil. Ele é introspectivo. Parece carregar um peso dentro de si. Anos atrás de um balcão de bar aprimoraram meu olhar para pessoas que carregam um peso invisível. Ele me parece... triste, talvez?

– Você sabe como funciona? – pergunta ele, os olhos focados na arena de terra batida.

Há um curral com um monte de vacas em uma ponta e um curral menor ali perto.

– Não sei nadinha. Eu monto em cavalos chiques de salto.

– Então, é mais ou menos o seguinte: vai entrar uma equipe de três caubóis, e todas aquelas trinta vacas têm números... três grupos de um a dez... e o juiz vai anunciar um número aleatório. Então eles vão separar as três vacas com esse número e colocar elas no curral menor no lado oposto.

Eu faço que sim, séria.

– Entendi.

Jasper solta uma risada baixa.

– É trabalho do cavaleiro prever como elas podem escapulir. Aposto que você está pensando que isso não parece tão difícil assim, mas as vacas são espertas e gostam de ficar juntas. É mais complicado do que parece.

Dou uma risada. As vacas me parecem muito fofas com seus grandes olhos arregalados e focinhos redondos e úmidos.

– Você vai ver só a confusão quando o Cade reunir as vacas, daqui a algumas semanas.

– Ah, é? – Eu inclino a cabeça.

– Sim. Cade não te contou? É como uma grande reunião de família no rancho. Juntamos todas as vacas. Para vacinar, ver em que condições estão para passar o outono... Embora o Cade fique de olho nessas coisas quase todos os dias. Depois rola uma grande refeição. Música. – Ele dá de ombros, olhando para o ringue. – É divertido.

– Parece divertido mesmo. Pena que o Beau não vai estar por aqui.

Um sorriso aparece nos lábios de Jasper.

– É. Nunca é a mesma coisa sem o palhaço da turma. Mas acho que a Violet vai vir. Acho que você ainda não conheceu a irmã deles. Vai gostar dela. Ela é jóquei, monta cavalos chiques de corrida. Mas é uma surpresa para o Harvey, então não conte a ele.

Dou uma piscadela para ele.

– Vamos nos identificar porque somos chiques, então?

Rhett deve ter ouvido, porque diz:

– Meu Deus. Você, Summer e Violet juntas vai ser terrível. E ainda vem a Sloane? Vai ser uma confusão.

Jasper fica paralisado por um breve momento.

– Sloane vem?

– Vem, sim, a Vi me contou outro dia. Vi vai buscar ela no aeroporto.

Jasper disfarça sua reação física com uma risada.

– É. Vai ser a combinação perfeita.

– Quem é Sloane?

– Nossa prima – diz Rhett.

Ao mesmo tempo, Jasper diz:

– A prima deles. Minha amiga.

– Cara. Você é meu irmão. Ela é nossa prima. Deixa de bobeira. Estamos velhos demais pra essa merda – diz Rhett, e balança a cabeça.

– Mantivemos contato lá na cidade. Você sabe disso. Não sou parente dela. Ela é uma boa amiga.

Rhett revira os olhos.

– Eu não ligo para o seu sobrenome, Jas. Você é um Eaton, querendo ou não.

As bochechas de Jasper coram um pouco e seus lábios esboçam um sorriso.

– E eu quero, Eatonzinho.

Fico olhando de um para outro durante a conversa.

– Meu Deus. Vocês são tão fofos quando estão juntos.

– Sloane é muito bonita – anuncia Luke ao fazer uma pausa para tomar fôlego, antes de continuar a devorar o saco de minidonuts.

– Uuuh. – Eu esbarro o ombro nele. – Tem alguém apaixonado?

Luke revira os olhos, mas suas bochechas ficam vermelhas. Eu reprimo a risada que ameaça escapar. Luke não vai gostar que eu tire sarro dele por causa disso, não importa o quanto eu tenha vontade.

Os caras cutucam os ombrinhos de Luke até as orelhas dele ficarem vermelhas.

– Ela é bonita, Lukey. Ninguém nega. Certo, Jas?

O maxilar de Jasper se contrai minimamente, mas ele faz que sim com a cabeça e sorri mesmo assim.

– Olha! – Luke aponta para a área atrás dos portões de metal. – Lá está o papai!

E lá está ele... se aquecendo, sexy pra caramba. Ombros erguidos. Chapéu preto. Camisa preta com botões prateados. Perneiras pretas. Botas pretas. Até Amora combina com ele.

– Será que ele tem uma cor favorita? – pergunto, e recebo em troca um coro de risadas.

– Ele parece o Batman Caubói – diz Rhett.

– Ahh. Eu gosto do Batman – concorda Luke, fazendo que sim.

Jasper ri.

– Ele parece nervoso, isso, sim. Eu me ofereci para ensinar a ele alguns exercícios mentais que gosto de fazer antes de um jogo, e ele me disse para... – seus dedos desenham aspas no ar – ... deixar minhas simpatias de merda na cidade, que isso é coisa de criancinha.

Rhett gargalha, mas me sinto um pouco na defensiva em relação a Cade, mesmo sabendo que estão brincando. Ainda que essa frase soe como uma idiotice que ele diria mesmo.

– Ele vai dar conta – respondo simplesmente, assentindo com firmeza.

– Será que a Amora vai se sair bem ao lado desses cavalos? Os cavalos de competição que o Lance carrega por aí são de outra categoria – comenta Rhett.

Dou uma cotovelada nas costelas dele.

– Ei! A gente arrumou a Amora! Ela está linda. Pare de implicar com os dois.

– Eu ouvi o papai dizer ao vovô que não importa quanto dinheiro a Amora vale, porque ele nunca montou numa égua tão filha da mãe, e que o temperamento ruim dela já torna ela uma vencedora.

Cubro o rosto com as mãos, o corpo estremecendo com o riso mal contido.

– Credo, Luke. Você precisa parar de ficar ouvindo a conversa dos outros – ralha Rhett, mas o sorriso maroto em seu rosto acaba com qualquer tipo de intimidação.

Jasper puxa a aba do chapéu novamente, e tenho quase certeza de que é para esconder seus olhos úmidos.

Meu olhar encontra Cade novamente, sentado ereto, com o queixo erguido. Ele exala confiança, e não posso deixar de me perguntar se realmente se sente assim.

Um caubói diz algo a ele, que inclina a cabeça para trás em uma gargalhada, as rédeas em uma das mãos enquanto a outra descansa casualmente na perna. É bom vê-lo se divertindo depois de anos e anos sendo responsável.

Não me arrependo nem um pouco do desafio que propus.

Eu queria tê-lo desafiado a tirar meu maiô? Acho que sim.

Mas ele precisava mais de algo para si mesmo. Algo onde possa ser Cade Eaton, o indivíduo, e não apenas Cade Eaton, pai solo e fazendeiro incansável.

Devo estar com um sorriso idiota no rosto enquanto olho para ele, porque sinto um cotovelo cutucando o meu.

– É bom ver alguém olhando para o Cade desse jeito. Defendendo ele – diz Jasper. – Como se visse quem ele é de verdade, e não como o homem que as circunstâncias o obrigaram a se tornar.

– A conversa está ficando bem profunda para um rodeio – sussurro, sem querer envolver Rhett na história, porque ele vai transformar tudo em uma grande piada.

Jasper dá de ombros.

– Eu não estaria onde estou hoje se não fosse por ele. Seria bom ver o Cade feliz.

Eu faço que sim, porque concordo. *É* bom vê-lo feliz.

– Onde você estaria sem ele?

Jasper continua olhando fixamente para a arena, observando a primeira equipe montando nos respectivos cavalos. Ele dá um suspiro profundo e, sem olhar para mim, diz:

– Se não fosse pelos meninos Eaton, provavelmente eu estaria morto.

Quando Cade entra na arena, ninguém diria que ele não participa de um rodeio há anos – talvez há décadas. Ele parece um rei sentado em seu cavalo. Ombros fortes, antebraços definidos. Como se todos ao redor devessem cair de joelhos diante da presença dele.

Sinto um arrepio ao pensar em cair de joelhos diante de Cade. Gostaria que ele fosse menos responsável. Que ignorasse todas as pressões e simplesmente me tomasse.

Eu adoraria ver alguém tão firme quanto Cade perder completamente o controle.

O juiz anuncia o número das vacas e Cade e os membros de sua equipe avaliam o gado. Quando soa uma campainha, a contagem regressiva começa e os três homens a cavalo entram em ação.

É fascinante assistir a Cade. Ele sabe o que está fazendo. Tão seguro. Tão tranquilo e controlado. Ele é muito competente, e nunca achei isso tão atraente quanto agora.

Competente na arena.

Competente no rancho.

Competente em casa.

Não consigo evitar os pensamentos maldosos e me pergunto se ele é igualmente competente na cama. Decido que *deve* ser. Nenhum homem vive tão indiferente às opiniões dos outros sobre ele, a menos que saiba bem do que é capaz.

É essa confiança silenciosa que me faz cruzar as pernas e apertar as coxas, agarrando a beirada do banco de madeira.

Seus antebraços exibem os músculos ao sol quando suas mãos enluvadas apertam as rédeas. Os tendões de seu pescoço bronzeado se flexionam quando Amora muda bruscamente de direção, faz uma finta, a cabeça baixa, os olhos focados nas vacas que tentam passar por ela.

Amora tem uma expressão maldosa em sua cara geralmente tranquila.

É difícil enxergar a expressão de Cade sob a aba do chapéu, mas suspeito que seja um espelho da imagem dela. Todo focado. Não estou familiarizada com esse esporte, mas entendo o bastante de outros esportes equestres para saber que nada em Cade e Amora deixa a desejar.

Eles são a prova viva de que o trabalho diário numa fazenda é todo o treino de que precisam. Observá-lo na prova me dá arrepios e me faz esfregar os braços, mesmo que esteja calor.

Antes que eu me dê conta, eles têm duas vacas no curral e apenas uma fica escapulindo de Lance.

Cade se inclina e acaricia o pescoço musculoso de Amora antes de correr em auxílio do amigo.

E eu quero ser aquela égua. Quero as mãos dele em mim. O peso dele nas minhas costas.

É patético ter inveja de uma égua... mas aqui estou.

Preciso superar essa questão. Pra ontem. Não sou de sofrer por homem. Ainda mais por um que não quer saber de mim.

– Ah! Lá vai ela! – grita Luke e salta do banco, apontando para o ringue onde Amora se desvia, com as ancas firmadas no chão enquanto gira, a crina balançando no ar que ela rapidamente deixou para trás.

– Pega ela, Cade! – grita Rhett, se levantando também.

Eu observo Cade. Ele é poesia em movimento – fluido e equilibrado –, enquanto Amora barra a vaca e a guia direto para o curral junto com as outras.

Não sei como funciona a pontuação, então não sei se eles foram bem ou mal, mas estou impressionada, e isso basta para eu me levantar e vibrar com Luke. O garotinho sorri para mim, animadíssimo com o desempenho do pai.

– Ele foi bom, não foi, Willa?

– Luke, ele foi o melhor! E você viu a Amora? Ela é perfeita! Nós arrasamos.

Nós batemos os punhos e vejo Rhett me lançando um olhar intrigado, mas ignoro. Não sei o quanto Summer conta a ele, e não preciso que todo mundo saiba que estou apaixonada por Luke e a caminho de sentir o mesmo por seu pai.

– Podemos ir lá ver ele?

– Claro que sim. Vocês vêm? – pergunto a Rhett e Jasper.

– Com certeza – diz Rhett. – Vamos dar uns tapinhas na bunda do velho para agradecer pelo espetáculo.

– Ele provavelmente vai precisar de uma massagem amanhã – responde Jasper.

– Willa pode fazer – diz Luke casualmente.

E todos ficamos paralisados. Rhett parece um maldito cachorro que achou um osso.

– É? Willa e seu pai andam trocando massagens?

– Não. Só trocam de cama.

Eu emito um som abafado, como se estivesse sufocando, e Jasper leva o punho à boca.

– Eu estava passando mal e o Cade me deixou ficar no quarto dele por uma noite, para ficar mais perto de um banheiro – explico.

– É. Mas ele não fez massagem em você naquela noite que vocês dançaram na cozinha? – diz Luke, todo inocente, mas meus olhos se arregalam mesmo assim.

– Hã... Isso...

Eu olho para Luke.

– O quê?

Sinto meu colo ruborizar enquanto passo o braço pelo ombro dele e o afasto do tio, que está adorando a história.

Tapo as orelhas de Luke e me inclino para Rhett.

– Cuidado, Eaton. Eu sei onde você mora.

– Ah, é? E o que você vai fazer? Beber uma garrafa de champanhe no meu deque? Trançar o cabelo e fazer uma guerra de travesseiros com a Summer?

– Vou trançar o seu cabelo. Então vou cortar a trança e usá-la como colar por você ter zombado de mim.

Ele ri.

– Você é cruel, Willa. Eu gosto disso.

Balanço a cabeça e me viro, tentando inutilmente conter um sorriso.

Descemos as arquibancadas e seguimos a linha da cerca até a área de preparação. Os caras ainda estão nos cavalos, mas já abriram cervejas e todos riem e conversam.

No minuto em que Luke avista o pai, ele avança.

– Pai!

O rosto de Cade se abre em um sorriso luminoso enquanto ele se abaixa, pega o filho e o coloca na frente dele na sela. Ele o abraça com força, e meu coração se aperta em perfeita sincronia enquanto meus olhos descem para o volume de seus bíceps e a maneira como eles se flexionam.

– Ótimo trabalho – comento, acenando brevemente para os outros caubóis.

Rhett e Jasper vêm logo atrás de mim, oferecendo apertos de mão e tapas nas costas que parecem quase dolorosos.

– Vocês todos vêm hoje à noite para comemorar nossa vitória? – pergunta Lance com um sorriso.

– Não, foi mal, cara – responde Cade, fazendo um breve sinal de cabeça em direção a Luke.

– Eu posso ficar com o Luke – oferece Rhett. – Preciso de uma noite em casa, depois de tanto tempo viajando.

Cade balança a cabeça – ele obviamente não quer sair e está usando Luke como desculpa.

– E você, Ruiva? – diz Lance, e eu me retraio visivelmente, porque passei a associar esse apelido a Cade.

De alguma forma, parece que é o jeito *dele* de me chamar.

Quando olho para Cade, seu maxilar está tenso, com a mandíbula travada e uma expressão dura.

Eu aceno para o caubói.

– Não, mas obrigada.

– Era para ser seu dia de folga, Willa. Você deveria ir – retruca Cade.

Eu recuo um pouco ao olhar para ele. É como se tivesse acabado de me dar um tapa. Como se estivesse tentando me jogar para outra pessoa. Mas ele também não parece satisfeito.

Cade dá muito trabalho às vezes, e uma onda de irritação me faz balançar a cabeça, incrédula.

E começo a me sentir imprudente. Um pouco rancorosa. Não tenho muito orgulho dessa faceta da minha personalidade, mas ela existe mesmo assim. Se me dão no saco, eu dou o troco.

– Obrigada pela permissão, Cade – respondo com ironia.

Jasper volta a brincar com a aba do chapéu, enquanto Rhett nos encara de olhos arregalados. Eu me viro para Lance.

– Já que o patrão liberou, vamos, sim. Vamos sair.

Ele sorri de volta com aquela sua aura de garoto fofo e bonitinho.

– Muito bem, garota. Vambora.

Ele aponta um braço esguio na direção dos trailers estacionados nos fundos.

Inspiro profundamente o ar seco da pradaria e observo como o corpo dele se move na sela. Lance não faz nem um pouco meu tipo.

Porque, aparentemente, meu tipo é um caubói idiota e taciturno, cujo rosto bonito eu gostaria de pisotear com o salto da minha bota no momento.

Mas depois eu gostaria de beijá-lo também.

É só quando caminho em direção a Lance que olho para trás. Cade ainda está montado em Amora, com os olhos em mim.

Espero um pouco. Na esperança de que ele diga alguma coisa. Que me diga para ficar. Que me peça para ir para casa com ele. Adoro quando ele diz "casa" como se fosse a *nossa* casa.

Mas ele não faz nada disso.

Então eu vou.

20

Cade

Cade: Seja cavalheiro.
Lance: Haha. Cade, relaxa. Você sabe que vou cuidar bem da sua babá.
Cade: Se tocar num fio de cabelo dela, eu te mato.
Lance: E se eu tocar em vários fios de cabelo?
Cade: Você está de sacanagem comigo? Está querendo morrer?
Lance: Você é o idiota que liberou ela.

Eu me odeio. Quero voltar atrás, jogar Willa no ombro e arrastá-la para casa comigo.

Onde é o lugar dela.

Mas eu a joguei nos braços de um cara perfeitamente *legal* porque me convenci de que transar com a babá está fora de questão.

Não é preciso ser um psicólogo para saber que o problema sou eu. Minhas inseguranças. Se eu não consegui fazer feliz uma mulher do interior, que tinha a minha idade e que me queria desesperadamente, como poderia fazer feliz uma mulher como Willa?

Quando Talia se foi, meu ego sofreu um golpe. Queria poder dizer que senti falta *dela*, mas senti mais o fato de ela ter escolhido outros homens em vez de mim. Senti que eu *perdi*. Que não correspondi às expectativas. Eu não era louco por ela, mas fiz de tudo pela nossa relação.

Mas por Willa eu sou louco. Não queria ser, mas sou.

Meu Deus, eu tentei tanto não gostar dela, porque gostar dela me levaria a apreciá-la. E, depois de semanas presos na mesma casa, vendo-a agir quase como a mãe que meu filho nunca teve, temo que a apreciação tenha se transformado em carinho.

E não tenho ideia do que fazer com isso. Nunca amei uma mulher de verdade. Nunca quis nenhuma tanto assim.

– Vou dar mais água para ela! – avisa Rhett, se afastando com um balde.

– Obrigado! – murmuro de volta antes de soltar um suspiro trêmulo e examinar o interior da caminhonete.

Luke já está dormindo lá dentro, no ar-condicionado. Obviamente foi derrubado por toda a empolgação. Willa sempre o mantém tão ativo que ele chega ao fim do dia esgotado.

Willa é boa demais para nós dois.

– Você foi foda na competição. – Jasper se recosta na lateral do meu trailer, me olhando com um pequeno sorriso nos lábios. – Nem parecia tão velho lá do alto da arquibancada.

Balanço a cabeça.

– Espere só você não prestar mais para o hóquei. Tenho tantas piadas de velho guardadas para você. E para o Beau, quando ele finalmente se aposentar.

– Teve notícias dele? – pergunta Jasper, parecendo esperançoso.

– Não. Nada recente. Queria saber por onde anda aquele idiota.

– É. Não saber é a pior parte.

Compartilhamos um olhar ansioso. Nenhum de nós se acostumou a se despedir de Beau. Principalmente o meu pai.

– Você é muito burro mesmo, sabia? – diz Jasper, olhando para mim ao mudar rapidamente de assunto.

Eu bufo.

– É o começo de mais uma piada de velho?

– Não, a menos que envelhecer signifique jogar uma das melhores coisas que já aconteceram na sua vida no colo de outro homem que não é burro a ponto de desperdiçar a chance.

Sinto o aperto no peito e a dor no fundo da garganta. Não sei se essa dor significa que estou com raiva, triste ou se é apenas o ponto onde todas as palavras que quero dizer estão estranguladas.

– Está querendo me dizer alguma coisa, Jasper?

Ele inclina a cabeça, os olhos azuis assumindo uma expressão ligeiramente cruel, da qual só tenho vislumbres por trás da máscara de goleiro. A expressão que me fazia querer acordar às cinco da manhã e levar aquele adolescente espinhento para os treinos, porque um homem com uma expressão dessas não perde.

Ele era especial e eu sabia.

Eu precisava de outro irmão para cuidar tanto quanto um peixe precisa de uma bicicleta, mas Jasper estava destinado a ficar conosco, e não com seus pais de merda. E eu não me arrependo de nada.

– A única coisa que vou dizer é que você passou, sei lá, os últimos trinta anos garantindo a felicidade de todo mundo. Foi sempre extremamente prestativo. Confiável. Altruísta. Responsável. Você também merece ser feliz, Cade.

Responsável. Essa palavra me persegue como uma praga. Assombra meus sonhos.

Totalmente responsável.

Jasper vira o corpo enorme e caminha em direção ao SUV chique que dirige.

– Você vem para a reunião? – pergunto, sem ter certeza do que dizer.

O cara fica calado o tempo todo, e aí me dá uma porrada dessas.

– Não perderia por nada – responde ele, sem olhar para mim.

– Vai laçar?

Ele emite um grunhido grave e divertido.

– Não, nem morto.

Todo ano ele se recusa a admitir que vai laçar. Parece que há algo em seu contrato que o impede de andar a cavalo. Assim como andar de moto, fazer paraquedismo e soltar fogos de artifício.

Mas todo ano eu selo um cavalo para ele, e todo ano ele monta. Ninguém fala a respeito, mas o garoto ainda é um ótimo laçador.

Rhett dá água a Amora e depois lhe faz carinho.

– Você deu uma lição naqueles cavalos bestas, Amora. É assim que os Eaton fazem.

Observo pela janela do meu trailer, mas Rhett me flagra.

– Você tem sorte que ela te aguenta – diz ele, empinando o queixo.

– Amora? – pergunto.

Meu irmão balança a cabeça e se vira para jogar o balde de água para fora do trailer enquanto eu tranco as portas. Ainda estou esperando que ele responda à minha pergunta, mas o idiota não responde.

Depois de tantos anos falando pelos cotovelos, agora resolveu que não tem nada a me dizer.

– Vejo você em casa? – pergunto enquanto ele se dirige para o veículo de Jasper.

– Aham.

Ele acena por cima do ombro.

– Diga a Summer para não emprestar mais aquelas malditas botas de couro de cobra! – grito, esperando conseguir uma reação dele.

Prefiro discutir com Rhett do que receber sua indiferença. Ele passou a vida inteira reclamando de mim, e quero que continue desse jeito.

Quando ele chega à porta do carona, se vira e olha para mim com um leve sorriso.

– Eu não digo a Summer o que fazer. Ela nem ouviria se eu tentasse. Esse é o melhor tipo de mulher, se quer saber.

Ele dá uma piscadela e se junta a Jasper. Os dois se afastam com um aceno, e tenho certeza de que vão fofocar sobre mim como duas velhas comadres no caminho de volta a Chestnut Springs.

As senhoras da cidade não chegam aos pés deles.

Idiotas.

Luke ainda está dormindo quando entro na caminhonete, o que significa que fico sozinho com meus pensamentos cruéis durante todo o percurso.

Eu e meus arrependimentos.

Ele acorda quando chegamos à estrada de cascalho e implora para passar a noite com o vovô, como um brinquedo frenético que ficou na tomada por uma hora, depois que a bateria acabou, e agora está carregado e pronto para aterrorizar mais adultos.

Eu o deixo por lá. Por mais que eu o ame, não estou com vontade de brincar e entretê-lo.

Quando chego em casa, não há risadas. Não há música. Não há Willa e Luke dançando e cantando na cozinha enquanto biscoitos assam no forno.

Há silêncio. E estou sozinho.

Profundamente sozinho.

E estou com raiva por tê-la dispensado. Com raiva porque ela está se divertindo com outro sujeito neste momento. Com muitos sujeitos, provavelmente.

Largo minha bolsa e começo a fazer faxina para passar o tempo, limpando cantos que ninguém jamais verá. Esfregando para extravasar minha frustração, para afastar o ciúme que me consome, que percorre minhas veias, queimando cada terminação nervosa.

É desgastante pra cacete.

Quando minhas mãos começam a doer, paro e tomo um banho. Estou de pau duro, mas aborrecido demais para bater uma, por isso, quando saio, estou mais agitado ainda.

Andando pela casa, decido me servir um bourbon e vou me sentar no alpendre. Sei por que estou indo para lá, mas me recuso a admitir. Digo a mim mesmo que a vista é boa, mas, quando me sento no último degrau e olho para o lado, vejo pequenos rabiscos pintados na amurada. Sóis e estrelas. Rostos felizes e beijinhos.

E corações.

Willa desenhou corações no meu alpendre e agora estou aqui, empacado, me afogando no pensamento de que o verdadeiro motivo para eu estar aqui fora é ficar esperando ela voltar para casa.

Estou com ciúme demais para fazer qualquer outra coisa.

21

Willa

Summer: Você está bem?
Willa: Estou. Por quê?
Summer: Acabei de receber uma mensagem do Cade perguntando por você.
Willa: Pode dizer ao Cade que estou sendo comida por dez caras na melhor orgia da minha vida.
Summer: Nossa. Nem eu sou tão corajosa assim. Vou deixar você contar isso a ele pessoalmente.
Summer: Ele parece estressado, Willa. Só estou te avisando.
Willa: Ótimo.

Suspiro de alívio quando o táxi entra na estrada de cascalho. *Tão perto.* Nunca desejei tanto chegar em casa.

Sair com Lance e seus amigos sem a presença de Cade pareceu errado. Eu até que me diverti, mas minha cabeça estava em outro lugar.

Meu coração estava em outro lugar.

E, por mais que eu quisesse ficar furiosa por Cade tentar saber de mim através da minha melhor amiga, quando tem meu número e poderia ter tranquilamente me mandado uma mensagem, pensar nele preocupado com minha segurança me deixou com um frio na barriga.

Acho que foi por isso saí à francesa e fugi feito uma covarde. Todos os caras foram perfeitos cavalheiros, mas estavam chegando a um nível de empolgação com a vitória que eu não tinha nenhuma vontade de acompanhar.

Frequentar bares agora me deixa exausta. E, enquanto o táxi ilumina as estradas escuras de terra, percebo que estou dividida entre querer que o verão acabe, porque preciso me afastar de Cade, e querer que nunca acabe, porque não quero voltar para a vida na cidade.

Passamos por baixo das grandes estacas de madeira que marcam o começo do Rancho Poço dos Desejos.

– Desça a estrada e vire à esquerda – oriento o motorista, que responde com um grunhido incompreensível.

Estou grata por ele não ser do tipo tagarela, porque já tagarelei o suficiente por esta noite. Quando os faróis iluminam a estrada de acesso à pitoresca casa de fazenda, meu corpo relaxa de alívio. Não é a minha casa, mas... sinto que estou em casa.

Passo o cartão na maquininha para pagar a corrida obscenamente cara e salto. Cade está sentado nos degraus da frente, olhando para mim. Os cotovelos estão apoiados nos joelhos e ele segura um copo nas mãos grandes.

Sinto sua energia. Ele parece irritado e, bem, eu estou com vontade de brigar.

Enquanto o táxi se afasta, cutuco a onça.

– Esperando por mim, papai?

Dou piscadelas para ele e coloco a bolsa no ombro. Juro que ele solta um rosnado.

– Está tarde. Você podia ter me avisado que horas voltaria. Ainda está morando na *minha* casa.

– Acho que eu deveria ficar na sede nos fins de semana, então, para não te incomodar – respondo, mesmo sem nenhuma vontade de ficar por lá.

Eu quero ficar com ele.

– Ou você pode agir como uma adulta e dar notícias, para que eu não precise me preocupar... – Ele se interrompe antes de acrescentar: – Me preocupar que você acabe acordando o Luke.

Ele é muito cara de pau mesmo.

– Não querer acordar o Luke é a única coisa me impedindo de soltar os cachorros para cima de você, Eaton. E, se vamos falar sobre agir como adultos, que tal você *me* mandar mensagens, em vez de procurar minha melhor amiga?

Ele se levanta, batendo a poeira das calças – de um jeito irritantemente atraente –, antes de me virar as costas. Então diz por cima do ombro:

– Luke está com meu pai, então você pode fazer seu escândalo, se quiser.

Meu queixo cai e minha voz sobe de tom:

– Você estava preocupado que eu chegasse tarde e acordasse o menino, mas ele nem está aqui?

Ele continua andando, mas eu disparo atrás, subindo os degraus enquanto jogo minha bolsa no deque, perto de seus pés descalços.

– Cade! Estou falando com você. Considere-se com sorte, já que acabou de me jogar em cima do seu amigo como se eu fosse um brinquedo a ser compartilhado.

Isso o faz parar no mesmo instante, os músculos das costas muito tensos. Tudo em seu corpo grita *predador*. Tudo grita *mantenha distância*, mas sou impulsiva demais para dar ouvidos a um aviso silencioso como esse. Chego mais perto, reduzindo o espaço entre nós, deixando seu cheiro de pinho me envolver, me inebriar.

– Você acha que sou uma qualquer, que você pode emprestar aos amigos?

Ele dá meia-volta, parecendo prestes a explodir.

– Eu acho que não consigo tirar você da cabeça, por mais que eu tente. Acho que você é tentadora demais, e eu sou complicado demais. Acho que você está com o cheiro *dele*, e isso é insuportável.

Fico atônita, deixando meus olhos examinarem suas bochechas vermelhas, o brilho em seus olhos escuros, a maneira como suas narinas se dilatam sob o peso de sua respiração difícil.

– *Como você ousa?!* Como ousa reclamar que estou com o cheiro do homem pra quem você me despachou? E que se portou como um cavalheiro, aliás. O homem com quem, em circunstâncias diferentes, eu poderia ter me divertido, porque ele é um sujeito legal pra caramba. Mas, em vez disso, passei a noite toda pensando em *você*, Cade Eaton. Em você e na sua maldita cara mal-humorada, e nos seus estúpidos ombros largos, e na sua bunda perfeita. Então... vai se foder. – Meu dedo cutuca o centro de seu peitoral duro feito pedra. – E vai se foder também por ficar com ciúme quando não tem nenhum direito. Se eu estou com o cheiro dele, você está com cheiro de palhaço.

Dou meia-volta, mas Cade é mais rápido. Ele estende a mão e segura meu braço, interrompendo meu movimento. Eu me viro para encará-lo, meu corpo se aproximando do dele por instinto.

– Continue falando assim e eu vou enfiar o pau na sua boca até você não conseguir falar mais nada.

Eu arqueio a sobrancelha enquanto arrepios se espalham pelo meu corpo. O ar entre nós está elétrico.

– Como é que é?

Ele passa as costas da mão pela boca, como se estivesse afastando o filtro que o continha esse tempo todo.

– Você me ouviu, Ruiva. Se continuar rosnando pra mim desse jeito, vou te colocar de joelhos, abrir esses seus lábios de morango e enfiar meu pau pra calar sua boca.

Minha mente gira. O homem diante de mim não é o mesmo com quem divido a casa há um mês. Esta é outra versão dele. Uma versão secreta. Uma versão interessante.

Uma versão que eu *gosto*.

As palavras são ásperas, mas conheço Cade o suficiente para saber que seu tom costuma ser exasperado, mas suas mãos são sempre gentis.

Devolvendo seu olhar ardente, eu me ajoelho lentamente diante dele, erguendo o queixo para ver cada lampejo de emoção em seu rosto.

– Eu te *desafio*.

Ele trava o maxilar com força. Sei que está à beira do precipício, mas está se contendo. Não sou uma garotinha virgem. Sei quando um homem me quer.

E Cade Eaton *me quer*.

Ele só precisa se permitir.

Decido então dar um empurrãozinho. Lambo os lábios e abro a boca, língua esticada, olhos colados aos dele. O convite mais escancarado do mundo.

– *Puta merda* – murmura ele, e dá um passo à frente com autoridade, todos os fragmentos de restrição parecendo espatifar-se ao nosso redor.

Sinto minha boceta se contrair e meu peito quase vibra de expectativa. Quando ele passa uma mão enorme pela minha nuca enquanto assoma sobre mim, eu gemo de prazer.

– Você é uma tortura, Willa Grant.

Ele deixa cair o copo atrás de si no deque. O barulho é alto, mas milagrosamente ele não se quebra ao atingir a madeira. E então as pontas dos dedos dele estão em meus lábios, traçando, tocando, pressionando.

Eu me ofereci de bandeja, mas ele ainda não está mergulhando de cabeça. Está saboreando. E, pelo volume na frente de sua calça, ele gosta do que vê.

– Tortura do caralho. – Ele desliza dois dedos para minha boca, passando-os ao longo da minha língua, até eu quase me engasgar. – Um homem só aguenta até certo ponto antes de perder a cabeça.

Meus lábios envolvem seus dedos em resposta enquanto apoio as mãos em sua calça jeans para me equilibrar, minhas pálpebras se cerrando ligeiramente no processo. Estou me sentindo um tanto vulnerável, um pouco perdida, um pouco *tímida*. Mas isso é o que eu queria.

Eu queria que ele perdesse a cabeça.

– Chupa, Willa. Me mostra que você dá conta do recado e talvez eu te dê meu pau.

Dou um gemido, suas palavras me entorpecendo e me enfurecendo. O desafio está claro e nunca fui do tipo que recua diante de uma provocação.

Eu aceito e me apoio em suas coxas musculosas, deslizando os lábios para a frente e para trás ao longo de seus dedos. Quase sinto o gosto do bourbon neles.

– Olhe para mim, gatinha. Quero ver.

O calor toma minhas bochechas enquanto me obrigo a encará-lo. Ele é absolutamente magnético. É como se roubasse o ar dos meus pulmões.

Sua outra mão se enrosca em meu cabelo, acariciando o couro cabeludo, enquanto deslizo a boca por seus dedos.

– Essa é minha garota – diz ele, me fitando.

Nada no mundo me pareceu tão certo.

Minha garota.

Eu giro a língua em torno de seus dedos e ele geme antes de agarrar meu cabelo e segurar minha cabeça do jeito que quer.

Definindo o ritmo.

Eu me entrego sem resistir, sentindo minha saliva se acumular em torno dos meus lábios.

– Puta merda. *Willa.*

Meu nome soa tão bem em sua boca, o jeito como ele o rosna – selvagem e possessivo.

As tábuas do alpendre machucam meus joelhos, apesar do jeans. E, quando ele tira os dedos da minha boca com um estalo obsceno, os últimos resquícios de controle desaparecem diante dos meus olhos, de modo brusco, como uma corda de violão arrebentando.

Eu abro um enorme sorriso malicioso.

Porque, acima de mim, Cade respira com dificuldade e mexe freneticamente no cinto. Atrapalha-se com o botão da calça. Abre o zíper com violência. E quando vejo seu pau grosso esticando o tecido da cueca, minhas mãos o liberam.

Bem ao ar livre, no alpendre.

Ele tira a camisa com uma das mãos e, de repente, estou lambendo os lábios e correndo as mãos por sua pele lisa e quente. Quase me deleitando. Suspirando com a sensação.

– Puta merda, Ruiva. Você tá doida de vontade, não está?

Sua mão volta ao meu cabelo, e sinto minha saliva em seus dedos enquanto a outra mão traça a linha do meu queixo.

Eu engulo em seco audivelmente e lambo a umidade que cintila na cabeça do pau de Cade. O pau *enorme* de Cade. Meus olhos brilham de expectativa. Como se fosse Natal. Como se eu estivesse prestes a experimentar um brinquedo totalmente novo.

– Estou. – Dou um beijo na ponta. – Estou doida por você.

Ele inclina a cabeça para trás em um gemido, expondo o pescoço e a barba por fazer sobre o pomo de adão. Acho que ele precisava ouvir isso, e eu nem percebi a veracidade dessas palavras até saírem da minha boca. Suas mãos ainda estão na minha cabeça, segurando-a com cuidado, enquanto eu o envolvo todo com os lábios pela primeira vez. Pele lisa, almíscar suave, dedos emaranhados.

É uma sobrecarga sensorial quando deslizo a boca por toda a ereção de um modo torturantemente lento, respirando pelo nariz e engolindo-o o máximo que consigo.

Quando penso que não aguento ir mais longe, engulo e vou ainda mais fundo.

– Meu Deus, Willa.

Eu sorrio ao ouvir sua voz ofegante. Cade Eaton está prestes a aprender que o truque para pagar um bom boquete é gostar de fazer. E eu *adoro*.

Não importa que eu esteja de joelhos e ele, de pé. O poder é meu neste momento. O poder de fazê-lo desmoronar. E estou inebriada por isso.

Minha língua dá voltas enquanto subo e desço lentamente, uma mão girando na base enquanto a outra desce para segurar suas bolas, os dedos trabalhando em conjunto enquanto meus lábios chupam com força.

Eu gemo e ele aperta meu cabelo com mais força.

– Cuidado, gatinha. Já faz muito tempo, e você é muito gostosa. Estou tentando fazer durar. – A voz dele está tensa e rouca, meio trêmula.

Adoro ouvi-la. Isso só me incentiva. Se ele pensa que essa vez vai ser a única, está muito enganado. Percebo que a ex dele fez um estrago maior do que eu imaginava. Ao tomá-lo ainda mais na boca, me pergunto se ele não é muito mais inseguro do que deixa transparecer.

E me pergunto se posso *mostrar* o quanto ele é irresistível para mim. Corro uma mão pelo osso do seu quadril, arranhando de leve a linha que começa logo abaixo de seu abdômen. Subindo a trilha de pelos, espalmo a mão sobre sua barriga, sentindo todas as linhas e reentrâncias.

Quando olho para ele, seus olhos semicerrados estão fixos na minha mão. Ao me pegar o observando, seu olhar se suaviza e ele passa o polegar pela minha bochecha.

– Você fica linda assim, Willa.

Solto um gemido e meus cílios tremulam quando sinto uma onda de umidade entre minhas coxas.

– Com meu pau na boca.

Ele guia minha cabeça no ritmo que gosta, e eu tiro a mão da base de seu pau, optando por explorar seu corpo. Ele parece gostar disso e, mais do que tudo, quero lhe dar prazer.

Eu quero que ele queira mais.

– Você andou sonhando com isso, não é?

Olho para ele e assinto, chupando-o com mais força ainda.

– É por isso que você passou cada dia sob o meu teto me levando à loucura, me provocando com essa bunda perfeita, com seus malditos mamilos e seu cabelo sedoso. Até sua risada me deixa com tesão. Você sabia?

Solto outro gemido, adorando ouvir que eu o deixo louco. Deslizando as mãos por suas costelas, desço por trás e acaricio sua bunda musculosa como quero fazer há muito tempo.

Eu aperto e ele acelera o ritmo, os dedos agarrando minha cabeça enquanto as palmas cobrem meus ouvidos. Um ruído reconfortante enche minha cabeça e eu volto o olhar para ele, virando-me para apreciar o desvario em seus olhos escuros.

Ele disse que ia enfiar o pau na minha boca, e é isso que faz. Eu aguento o tranco, mas não dura muito. Logo suas investidas se tornam mais longas e mais fortes, em vez de rápidas e frenéticas. Seus olhos permanecem fixos nos meus.

– Willa, eu vou...

Ele solta um suspiro e para, tentando se afastar. Tentando tirar o pau da minha boca. Mas eu o puxo para mais perto, estico o pescoço e balanço levemente a cabeça enquanto arregalo os olhos para ele.

Cade fica levemente boquiaberto, e vejo a ponta de sua língua deslizar sobre os lábios.

– Puta merda.

Então *vejo* como ele desmorona. *Vejo* como ele cede. E me sinto vencedora.

Seu pau espasma e pulsa em minha boca, e eu engulo tudo. Mantenho os olhos em seu rosto, mesmo quando os olhos dele se fecham. Mesmo quando suas mãos relaxam em meu cabelo, parando de agarrar e passando a me acariciar. Com delicadeza.

Quando seus olhos voltam a se abrir, eu me afasto, sentindo como ele relaxa, como sua respiração volta ao normal.

– Meu Deus, Willa – diz ele, sem fôlego, enquanto puxa as calças para cima e eu limpo a boca.

Cade se agacha, me levantando com ele, e pressiona a boca contra a minha, obviamente sem se importar com onde ela esteve. Porque o beijo é abrasador. Sincero. Seus lábios são macios contra os meus e, quando entrelaço as mãos em sua nuca, posso sentir uma camada de suor.

Ele se afasta e encosta a testa na minha.

– Me desculpa – sussurra Cade junto à minha boca.

– Não precisa se desculpar. Acho que me diverti quase tanto quanto você.

Eu rio baixinho, sentindo sua respiração em meus lábios úmidos. Sua testa se move contra a minha.

– Não. Desculpa por ter deixado você sair esta noite.

Reviro os olhos, mas nenhum de nós se move. Ainda estamos a céu aberto, no alpendre. Ainda correndo as mãos um pelo outro.

– Você não me *deixa* fazer nada, Eaton.

Arqueio uma sobrancelha e ele me puxa para um abraço, seus braços de aço me envolvendo com força.

E é tão bom.

– Desculpa por não ter implorado pra você voltar para casa comigo.

Eu me aninho contra ele, adorando esse tipo específico de desculpa.

– Você implora tão bem – brinco.

Ele vira a cabeça e beija a curva do meu pescoço.

– Não sei o que estou fazendo.

– Bem-vindo ao meu mundo – brinco outra vez, tentando dar leveza à situação ou apenas reprimir a leve pontada de constrangimento.

Cade me aperta com mais força e beija meu ombro.

– Eu prometi a mim mesmo que não ultrapassaria esse limite com você. Que não complicaria as coisas. Que não nos enrolaria assim, porque você vai embora em breve.

Sinto um buraco se abrindo bem fundo em meu peito e as inseguranças saltam como peixes para fora d'água, porque ficar nos braços dele não é aconchegante. Parece mais uma prisão. Um arrependimento. E todas as minhas defesas vêm à tona. Eu me sentia uma deusa há dois minutos, e agora estou ficando apavorada.

Eu me afasto, abrindo um sorriso neutro e batendo de leve em seu ombro.

– Bem, então não vamos complicar.

Ele balança a cabeça de leve, parecendo surpreso com a resposta. Eu me viro e caminho em direção à porta.

Estou sendo dramática? Talvez. É provável. Quando se trata de Cade Eaton, meu orgulho não aguenta mais levar golpes. Se ele continuar me rejeitando ou inventando desculpas para não ficarmos juntos, vou começar a levar para o lado pessoal.

Complicado.

Acho que a única complicação é ele.

Assim que chego à privacidade do meu quarto, fecho a porta e avanço para dentro, respirando fundo.

Acendo a luz de cabeceira e penso no idiota do Cade Eaton. Em seu pau grande, nos bíceps fortes, no rosto bonito e na personalidade idiota e complicada.

A porta se abre bruscamente atrás de mim. Eu me viro e vejo Cade parado ali, os punhos cerrados ao lado do corpo, vestindo o jeans desabotoado e ainda sem camisa, o que é pura maldade. Seus ombros ocupam quase todo o batente da porta, e reconheço sua expressão como uma careta raivosa.

– O que você pensa que está fazendo? – rosna ele.

Fungo e desvio o olhar, porque agora ele parece intimidador.

– Garantindo que as coisas não fiquem *complicadas demais* pra você. Óbvio.

– Mulher. – Ele sempre parece tão sarcástico quando me chama de *mulher*. – Está maluca? Acha que passei três anos sem encostar em ninguém para quebrar o jejum com uma mulher excepcional feito você e depois te deixar ir embora?

Três anos?

– Eu...

– Não. – Ele ergue a mão. – Eu estou falando. E você vai calar a boca e ouvir. Porque, se tivesse me deixado terminar o que eu estava dizendo, não teria ficado um só momento aqui pensando que não quero complicar as coisas com você. Eu disse que *prometi* a mim mesmo que não complicaria. Você é jovem, inquieta e, com toda a sinceridade, eu sou ciumento demais pra ter apenas uma relação casual. – Ele passa a mão pelo cabelo, dando um puxão frustrado nos fios. – Já vi como você é com meu filho. Já vi como você é, ponto final. Estava *ansiando* por você. Fiquei louco esta noite pensando em você com o Lance. Sei, bem no fundo, que não vou querer deixar você partir no fim do verão, mas vou aceitar qualquer coisa. Porque você é especial demais pra eu deixar passar. Fodam-se minhas promessas, era isso que eu ia dizer.

Sinto um nó na garganta quando ele olha para aquela linha de bronze que separa meu espaço do dele. Arbitrária e, ainda assim, simbólica. Se cruzarmos essa linha, não haverá volta.

– Eu...

Ele ergue a mão novamente.

– Não. Eu não quero mais conversar. A não ser que seja para você explicar por que acha que eu deixaria você me chupar e depois não retribuiria o favor. Que tipo de idiota você anda namorando, Ruiva?

Comprimo os lábios ao vê-lo ultrapassar aquela linha e entrar no meu espaço.

Parece o nosso espaço.

– Agora deita. Quero ver você enlouquecendo enquanto eu te como pela primeira vez.

22

Cade

– Então você pode falar, mas eu não?

Willa está de braços cruzados, mas há um sorrisinho em seu rosto. Esse é o olhar que eu gosto, não a expressão abalada com a qual ela se afastou momentos atrás.

Para uma garota com tanta atitude, ela tem um sério problema de insegurança. Algo que pretendo resolver.

– Adoro ouvir você falar, Ruiva.

Entro no quarto, notando a maneira como ela aperta as coxas. Sorrio, porque sei que gostou de fazer aquele boquete. O melhor da minha vida, porque nenhuma garota jamais se dedicou tanto.

– Mas, quando você diz coisas que não são verdade, fico chateado. Coisas que você inventa nessa linda cabecinha e fica remoendo tanto que começa a acreditar nelas.

Willa dá um passo para trás, os olhos brilhando enquanto eu a sigo para o interior do quarto.

– Você não acha que faz a mesma coisa?

Ignoro a pergunta. Eu faço. A diferença é que percebo que estou fazendo.

– Você não tem ideia de como é especial. De como me deixa louco. Como não parei de pensar em você desde o momento em que te vi pela primeira vez.

Ela revira os olhos e eu aponto para ela.

– Isso aí. Não faça isso. A única resposta certa é: *obrigada*.

Suas pernas esbarram na cama e ela se senta, mordendo o lábio de uma maneira muito perturbadora. Eu me posiciono entre suas pernas, suspirando pela proximidade e pelo calor do seu corpo contra o meu. Depois de tanto tempo, é bom demais estar tão perto de alguém.

Especialmente perto dela.

– Diga, gatinha. Diga: obrigada.

Ela pigarreia, desviando o olhar.

– Obrigada.

– Boa menina. – Seguro seu queixo e viro seu rosto para mim. – Isso é tudo que você vai me dizer a noite inteira. Toda vez que eu te elogiar. Estamos entendidos?

Um tremor percorre seu corpo, mesmo enquanto vejo em seus olhos aquela centelha de desafio que eu admiro. Quero transformar essa centelha em uma maldita fogueira para que essa garota vá e faça o que quiser da vida.

– Tudo bem.

Abro um sorriso enquanto a encaro.

– Bom.

– Por que você está sorrindo? É assustador. Você nunca sorri.

Balanço a cabeça.

– Eu sorrio. Você não vê porque é quando estou olhando pra sua bunda. E estou sorrindo agora porque estou pensando em olhar pra sua bunda.

Ela arqueia uma sobrancelha perfeita e seu olhar sério desce pelo meu peito até minha virilha.

– É, dá para ver.

– Acho que você quis dizer *obrigada*.

Deslizando a mão pelo seu rosto e mergulhando-a pela nuca, eu me agacho e a beijo, inclinando sua cabeça para mim. Um ruído grave ecoa do meu peito quando sinto como ela é suave em minhas mãos. Entregue. Ansiosa.

Seus lábios cheios são macios sob os meus, e suas mãos quentes hesitam ao voltarem ao meu peito e começarem a explorar.

Fico arrepiado onde quer que ela me toque e me deleito com a sensação. Nos anos que passei em abstinência, nunca imaginei sentir tamanha eletricidade, me sentir tão profundamente necessário – naturalmente, como se eu nem precisasse fazer qualquer esforço. Apenas existe essa faísca. É invisível, mas está ardendo entre nós desde o primeiro dia.

– Obrigada – murmura ela em meus lábios.

Aproveito a oportunidade para mergulhar a língua em sua boca. Para reivindicá-la com calma. Não é como o beijo frenético nos fardos de feno, que terminou em constrangimento. Não é como o boquete incentivado por frustração no alpendre.

Apenas um quarto e uma noite inteira pela frente. Exatamente o que preciso... O que *nós* precisamos.

Nossos beijos são lânguidos. Nada de dentes esbarrando, nada de trapalhadas. Já faz muito tempo desde a última vez que beijei alguém, mas lembro que os primeiros beijos costumam ser desajeitados, procurando o ritmo, o encaixe entre dar e tomar.

Mas com Willa não é assim.

Tudo parece certo. A não ser...

– Você está com roupa demais, linda – digo, me afastando e pousando a testa na dela enquanto alcanço o cós do seu jeans e puxo a camisa de algodão de dentro da calça.

Em resposta, ela se inclina para trás e levanta os braços, me olhando nos olhos como se isso fosse algum tipo de desafio. Abro um sorrisinho torto, gostando de vê-la com os lábios cheios e molhados, as bochechas rosadas, o cabelo todo despenteado por causa das *minhas* mãos.

Porra, fiquei pensando especificamente em outro homem tocando seu cabelo esta noite. Não sei por que me apeguei à imagem dos dedos de alguém passando por seus fios acobreados e brilhantes. Alguém com mãos mais macias e bem-cuidadas. Alguém com mais dinheiro na conta bancária. Alguém com mais para oferecer a ela.

Olho para minhas mãos no corpo dela, em sua cintura, na pele branca que eu fiquei tentando espiar no primeiro dia em que ela pisou na minha propriedade.

– Está tudo bem? – pergunto, querendo ter certeza de que não estou fazendo nenhuma idiotice.

– Está – sussurra ela, quase com desespero.

Subo as mãos por seu corpo, erguendo a camisa junto. É como desembrulhar um presente, revelando a pele sedosa seguida de um sutiã nude simples com sobreposição de renda, seios redondos e firmes acima da linha do bojo. Tiro sua camisa e desço a mão para abrir o fecho do sutiã, puxando-o e jogando-o no chão ao nosso lado.

Dou um passo para trás de modo a apreciá-la. Willa apoia as mãos atrás de si na cama e me encara com seus grandes olhos verdes, um pouco inebriada, mas não por causa do álcool. Seus seios são fartos e pesados, mamilos rosados e eretos apontando diretamente para mim. Pequenas tachas prateadas adornam os dois, brilhando na luz, e eu quero brincar com elas.

Quero brincar com tudo.

Se Willa é o playground, eu com certeza quero brincar. Ponto final.

– Você é *linda*. – Meus olhos percorrem seu corpo iluminado apenas pela luz quente do pequeno abajur ao lado da cama. – Perfeita. Eu sabia. Mas caramba, Willa. Você é quase demais.

O rubor em suas bochechas se espalha pelo pescoço e pelo peito. Estar nua na minha frente não a deixa desconfortável, mas ouvir minhas palavras, sim. Solto um muxoxo e, quando ela me olha, fecho a cara.

– Obrigada. – A voz dela treme, mas ela consegue falar mesmo assim, sua expressão ardente, o peito arfando sob o peso de sua respiração entrecortada.

Abro um sorriso satisfeito, e ela revira os olhos, mas também esboça um sorriso.

Com uma risada grave, caio de joelhos diante dela e busco o cinto de corrente ao redor de sua calça jeans.

– Você quer que eu continue?

Ela bufa, brincalhona.

– Quantas vezes uma mulher precisa se oferecer até você ter certeza de que ela quer que você continue, Eaton? Tipo, você realmente precisa que eu fale em voz alta?

Baixo a cabeça e minhas mãos rodeiam sua cintura, deslizando até a base de seus seios. Respiro fundo para me recuperar do golpe pesado que ela desferiu sem saber. Quando alguém escolhe outros homens em vez de você, acho que cria essa necessidade de ouvir. No mínimo, eu *quero* ouvir. Porque parece completamente improvável que Willa me queira. Uma loucura completa. Além disso, ouvi-la dizer que me quer talvez seja a coisa mais sexy do mundo.

Ergo o queixo e fito aqueles brilhantes olhos esmeralda.

– É, Ruiva. Eu realmente preciso que você diga em voz alta.

Ela entreabre a boca, um brilho de compreensão surgindo em seus olhos enquanto se senta mais ereta, as mãos estendidas para mim. Quando os dedos dela mergulham em meu cabelo e suas palmas roçam minha barba por fazer, meus olhos se fecham.

Tocá-la é incrível. Mas ser tocado? Porra. Eu não percebia o quanto sentia falta disso.

Suas unhas arranham meu couro cabeludo, e dessa vez ela se abaixa para me beijar, com muita delicadeza e cuidado.

Até que morde meu lábio inferior, aperta minha cabeça entre as mãos e diz:

– Cade Eaton, se você parar de tirar minha roupa, vou ficar completamente louca e me esconder no meu quarto toda noite para me tocar pensando em como foi gostoso chupar seu pau no alpendre.

– Meu Deus, mulher. – Eu me afasto para olhá-la, sentindo meu coração pular uma batida. – Não vou parar. Mas posso assistir a esse show algum dia?

O rosto dela se contrai em um sorriso.

– Com certeza.

Então ela me beija de novo, aumentando a urgência. Suas mãos agarram meu pescoço, enquanto as minhas tocam seus seios macios e firmes, um lembrete da sua idade. Se eu parar para pensar no assunto... Mas não paro.

Em vez disso, apenas aprecio os pequenos gemidos que Willa solta quando passo os polegares por seus mamilos. Quando os belisco, enfio a língua em sua boca e aprecio o modo como seus quadris se arqueiam em minha direção, como se ela quisesse mais.

Isso me fortalece. É afrodisíaco ver o quanto ela me deseja. E interrompo o beijo só porque ainda não terminei de brincar com o resto do corpo dela.

Sei que terei muito tempo para beijá-la porque não pretendo parar enquanto Willa estiver disposta a me deixar possuí-la.

– Porra, estou sonhando com esses peitos há semanas – confesso.

Deslizo a boca pelo pescoço dela, distribuindo beijos pela pequena reentrância na base e seguindo ao longo de sua clavícula. Uma lambida em seu ombro esbelto causa um tremor por todo o seu corpo, e eu sorrio para mim mesmo porque suas reações são muito satisfatórias.

– Obrigada – diz Willa, a cabeça pendendo para trás, o que faz seus seios se empinarem em minha direção como uma espécie de oferenda especial.

Tudo parece aumentado em um zilhão de níveis. De alguma forma, cada reação é mais intensa. Cada sentimento está ampliado. Não consigo explicar, e talvez nem precise. Talvez a lição aqui seja que eu só preciso relaxar e aproveitar a situação, para variar.

Porque pretendo aproveitar totalmente Willa Grant.

Minha boca encontra um mamilo e ela grita na mesma hora.

– Ah! Não pare, Cade.

Eu chupo com mais força e ela se contorce. Acaricio o outro mamilo em um ritmo constante, o piercing de metal intensificando tudo. Meu pau cresce dolorosamente dentro do jeans, e ela ainda nem está totalmente nua.

– Eu sou um caso perdido, Ruiva. Ver você se contorcer... Ouvir você gemer meu nome... O que eu faço agora?

Corro a língua por seu colo antes de chegar ao outro seio, dedilhando seu mamilo molhado.

– Me come. É isso que você faz agora.

Willa soa ofegante, desesperada, e eu adoro o som, a vibração em seu peito que posso sentir em meus lábios.

Abaixo a mão e pressiono o ponto entre suas coxas. Sinto o calor através da calça jeans. Sei que quando eu retirar todas essas camadas, vou encontrá-la toda molhada.

Para mim.

– É mesmo? – Recuo um pouco e pressiono o polegar com força contra o jeans. – Bem aqui, Ruiva?

– É.

Ela joga a cabeça para trás, os seios brilhando com minha saliva, os dedos agarrando os lençóis.

Esfrego círculos firmes em sua calça jeans, rindo de um jeito provocante da forma como ela rebola contra a pressão.

– Cade. – Seus lábios se abrem para dizer meu nome, a língua surgindo para umedecê-los. – Meu Deus.

– Ele não está aqui agora, gatinha. Só eu. E cansei de pedir com educação. Estou pronto para tomar o que eu quero.

Chupo um mamilo, girando a língua em torno do metal antes de sugá-lo. O gemido dela em resposta é leve, fácil, assim como sua risada contagiante.

Eu agarro seu cabelo, puxo-a para perto e sussurro em seu ouvido:

– Vou tirar esses jeans apertados de você e saborear o que já sei que é uma bocetinha perfeita.

Ela treme em meus braços, mas prossigo:

– Vou fazer você gozar na minha boca. E, antes mesmo de você se recuperar, vou meter meu pau e fazer você gritar meu nome alto o suficiente para ouvirem até na cidade vizinha.

Os olhos de Willa brilham de surpresa e ela assente.

– É isso que você quer, Ruiva? Quero ouvir você falar.

O desafio brilha em seus olhos, seu queixo teimosamente empinado.

– Então me pega, Cade. Me prova. Me fode. Me come com tanta força que vou esquecer até o meu próprio nome. Eu nunca quis tanto alguma coisa. Sou sua esta noite.

Meu peito ruge de satisfação e minhas mãos abrem o botão de sua calça jeans.

– E, quando eu terminar, o que você vai dizer?

– Meu Deus – sussurra ela, tão baixinho que quase não escuto, os olhos fixos nas minhas mãos que abrem rapidamente sua calça. – Eu sabia que você era um cara confiante, mas isso é outro nível.

Puxo sua calça jeans e ela ergue os quadris, ansiosa.

– O que você vai dizer, gatinha?

– Obrigada – responde ela, ofegante.

– Essa é a minha garota.

Vou descendo sua calça, distribuindo beijos por suas coxas, sentindo arrepios sob meus lábios por onde arrasto a barba por fazer em sua pele macia. Quando a calça passa de seus joelhos, ela fica presa nas botas de cano alto de couro de cobra que Willa está usando.

– Essas malditas botas – resmungo, recuando e agarrando-as pelo calcanhar para removê-las.

E aí eu paro.

– Você gosta delas?

Willa arqueia de leve a sobrancelha daquele jeito típico dela. Adoro quando ela faz isso. Um desafio silencioso.

– Vou gostar mais ainda quando você estiver sem elas, para te ver pelada e toda aberta para mim.

Ela murmura.

– Summer disse que essas botas davam sorte quando me emprestou.

Jogo uma bota para trás e pego a outra enquanto balanço a cabeça.

– Vocês, mulheres, são bruxas. Nem quero saber por onde essas botas andaram. Tire essa porcaria.

Willa ri, nada incomodada pelas minhas reclamações. Ela estica o pé e a bota desliza, bem na hora certa, porque vê-la nua e rindo é afrodisíaco.

Os jeans se foram.

As meias se foram.

– Você está de calcinha – resmungo, olhando para a peça de renda nude. Curvas perfeitas. Meu pau lateja.

Ela morde o lábio.

– Você vive me mandando usar.

– Ruiva, mandar você fazer alguma coisa... – estendo a mão e puxo o cós da calcinha para cima, fazendo o tecido adentrar os lábios de sua boceta e o elástico pousar no alto de seus quadris – ... raramente funciona.

– Alguns dias eu uso. Outros, não. Não gosto de cair na mesmice. Além disso, ficava esperando você verificar. Tinha esperança de que você me castigasse se me pegasse sem ela.

– Puta merda.

Pressiono os lábios, os olhos fixos no tecido desaparecendo bem no meio de sua boceta. Minha mão treme quando a estendo e roço os dedos no tecido molhado que nos separa. Eu gemo quando Willa suspira e abre mais as pernas, as palmas das mãos ainda apoiadas atrás de si no colchão.

– Deita, gatinha. Eu quero que você relaxe.

– Não sei como vou relaxar com você entre as minhas pernas, Cade – diz ela, se deitando mesmo assim.

– Isso é um agradecimento, Ruiva?

Ela ri, um som rouco, do fundo da garganta, exatamente onde eu estava enfiado há não muito tempo.

– Isso tudo é tão inacreditável que eu devia me beliscar.

Eu seguro o tornozelo dela, beijando o osso saliente. Até seus malditos tornozelos são bonitos.

– *Você* é inacreditável.

Apoio seu pé na beirada da cama e abro as pernas dela.

– Obrigada – diz ela, levantando os quadris com urgência.

– Ainda quer que eu te coma, Ruiva?

– Quero.

Ela toca os próprios seios, beliscando os mamilos.

– Implore, gatinha.

Eu pressiono o polegar em seu clitóris e observo ela erguer a cabeça, seu rosto aparecendo sobre as colinas de seus seios.

– Como é? – pergunta Willa, os olhos arregalados.

Não faz muito tempo, ela me mandou implorar, exatamente neste quarto. Dessa vez, eu estou no comando do espetáculo. Não ela.

– Implore, Willa.

Meu polegar desce e eu pressiono levemente, vendo suas pernas tremerem enquanto a renda roça os lábios macios e molhados de sua boceta.

Ela joga a cabeça para trás e seus dedos torcem os mamilos.

– Por favor, me come, Cade.

Willa arqueia as costas e eu corro um dedo ao longo da renda enquanto continuo pressionando o polegar, encharcando o tecido.

Ela abre mais as pernas, estremece.

– Eu preciso disso. Preciso de você – diz ela. Meu pau lateja dolorosamente dentro do jeans pela forma como ela enfatiza a palavra *você*. – Eu preciso tanto de você, Cade. Por favor. Por favor, me come.

Eu me inclino entre suas pernas, mordiscando-a bem de leve através do tecido, arrancando um gemido de seus lábios.

– E o nome de quem você vai gritar quando gozar?

– O seu.

Meu peito se enche de orgulho ao ver como ela responde depressa. Tiro minha carteira do bolso de trás, pronto para pegar uma camisinha que provavelmente está vencida, mas ela agarra meu braço.

– Não. Eu preciso sentir você.

Porra. Eu também quero.

– Tem certeza?

Ela geme quando abaixo a cabeça e dou uma lambida para sentir o gosto do tecido encharcado.

Willa rebola e arfa.

– Eu tomo anticoncepcional.

Um gemido profundo ressoa em meu peito. Um gemido possessivo. Satisfeito.

– Você é uma putinha safada. – Chupo seu clitóris através do tecido, sentindo os dedos dela passeando pelo meu couro cabeludo. – Vou meter em você todinha e você vai me agradecer. Mas primeiro, Willa... – Estendo a mão e arranco sua calcinha, dando uma boa olhada na perfeição rosada diante de mim. – Estou morrendo de fome.

As mãos dela sobem para cobrir seu rosto.

– Ai, meu Deus – geme Willa enquanto eu desço para prová-la direito.

E então suas mãos voltam para a minha cabeça e suas pernas envolvem meus ombros, e sinto que sou eu quem deveria estar agradecendo.

23

Willa

Eu morri e fui para o céu. Estou convencida. Porque a forma como Cade usa a língua não é deste mundo. Ele me lambe. Ele me chupa. Ele me *morde*. E me faz agradecer por isso.

Ele me reduziu a um amontoado de hormônios no chão. Ou, melhor dizendo, em minha cama, enquanto ele está ajoelhado no chão, me devorando, com uma mão áspera segurando possessivamente minha coxa enquanto mete devagar dois dedos em minha boceta. Eu me contorço e gemo "Cade" como se estivesse em algum tipo de seita de adoração a esse pai solo gostoso.

Eu seria a líder dessa seita. *Com certeza.*

– Isso mesmo, gatinha, fica bem aberta para mim. Você está tensa, Willa?

– Não sei – sussurro feito uma idiota antes de me apoiar nos cotovelos para olhar para ele.

Cade está todo sério e solene, seus lábios brilhando de... bem, de *mim*.

– Tenho quase certeza de que estou tendo uma experiência extracorpórea.

– Relaxa. Eu vou cuidar de você.

Seu polegar acaricia os músculos no alto da minha coxa, fazendo minha cabeça cair para trás em um suspiro, meu corpo inteiro se descontraindo na hora.

Seus dedos deslizam para dentro e eu suspiro quando alcançam o lugar perfeito. Nenhum homem deveria ser capaz de encontrar o clitóris através da calça jeans *e* o ponto G em uma única noite.

Mas o homem ajoelhado entre minhas pernas consegue.

– Toda apertadinha.

Os dedos dele entram e saem e, quando eu o encaro, o olhar dele para o ponto entre as minhas pernas é de adoração. Eu me sinto abrindo espaço enquanto seus dedos se movem e se esticam.

– Toda molhadinha.

Seus olhos de carvão se erguem, percorrendo meu corpo avidamente, apreciando cada reentrância e curva.

– Eu nunca vi uma boceta tão bonita na vida, Willa.

Admito que nunca pensei muito na aparência da minha boceta. Sempre serviu perfeitamente ao seu propósito. Tem sido uma verdadeira campeã, na minha opinião. Mas *adoro* o elogio de Cade. Ele é mais velho. Mais experiente. Se diz que é bonita, bem, quem sou eu para discordar?

Lambo os lábios enquanto olho fixamente para ele.

– Obrigada.

Essa palavra sai cada vez mais fácil. A expressão de satisfação em seu rosto é minha recompensa. No começo, fiquei um pouco irritada, mas satisfazer Cade... ver a sua expressão... está rapidamente se tornando um dos meus passatempos favoritos.

– Boa menina – sussurra ele, me tocando com tanta reverência que eu me contorço.

Ele não se apressa, não se joga em mim. Seus movimentos são lânguidos enquanto extraem cada gota de prazer de cada canto do meu corpo, e nunca senti nada parecido.

– Agora você vai gozar pra mim, gatinha.

A maneira como os dedos dele se movem, seu olhar intenso enquanto toca minha linda boceta – nas palavras dele – fazem o prazer se acumular. As sensações. A forma como as sombras brincam em seu rosto bonito e em seus ombros definidos. A maneira como seus músculos se flexionam quando ele move o braço. A sensação da ponta de seus dedos apertando a carne macia da minha perna.

O jeito repentino como ele me chupa enquanto preguiçosamente mete os dedos em mim. Ele sabe muito bem como me tocar. Como curvar os dedos, como pressionar. Toca meu corpo como se fosse um instrumento que conhece de cor.

E, quando a pressão percorre meus quadris, envolvendo a base da minha coluna, eu agarro seu cabelo e puxo seu rosto com força contra mim, me esfregando nele enquanto explodo.

– Cade! – grito, como prometi a ele que faria, enquanto perco o controle.

Pernas tremendo. Dedos dos pés espasmando. Sinto cãibras, e ele só continua. Cade não para rápido, como tantos homens fazem. Ele não está ansioso para terminar as preliminares. Não está achando uma tarefa chata, e acho que essa é a coisa mais sexy de todas.

Sorrio para o teto branco e liso, iluminado pelos tons dourados da lâmpada, e sinto meus membros amolecerem. E, com essa onda de prazer, me vem um sentimento protetor. Uma onda de raiva por ele ter sido magoado tão profundamente. Por ter sido abandonado daquele jeito pela ex.

A resistência. O ciúme. Os olhares de desejo. A maneira solitária como ele leva a vida. Tudo faz muito mais sentido agora.

E tenho toda a intenção de demonstrar o quanto eu o *quero*.

Eu me sento e corro os dedos pelos cabelos dele, sentindo sua respiração pesada contra minha pele úmida enquanto seguro sua cabeça e a puxo para a minha. Nossos olhares se encontram, intensos, enquanto meus polegares acariciam a barba por fazer ao longo de suas bochechas definidas.

– Obrigada – digo simplesmente.

E então eu o beijo. Sinto meu gosto nele, mas não me importo. Só quero que Cade saiba que eu o aprecio. Nossas línguas se entrelaçam e suas palmas calejadas acariciam minhas costelas, me fazendo tremer e minha boceta pulsar, mesmo depois de ter acabado de gozar.

Correção: mesmo depois de ele ter acabado comigo.

– Esse foi o melhor orgasmo da minha vida – murmuro contra seus lábios molhados, arrancando uma risada de seu peito. – Agora tire as calças e se deite na cama. Quero retribuir o favor.

Seus lábios roçam minha bochecha.

– Você acha que está no comando agora, Willa? Que bonitinho.

– Tire as calças, rapaz.

Eu uso uma falsa voz autoritária e retribuo seus beijos, indo de seu rosto com barba por fazer até a orelha, onde mordisco o lóbulo.

Ele suspira, mas depois se põe de pé, abrindo rápida e habilmente a calça jeans, os antebraços contraídos. Eu me pergunto vagamente por que fiquei tão fixada em suas caretas quando ele tem esse corpão e uma personalidade doce, autoritária e amorosa. Por que fiquei reclamando tanto? Não consigo lembrar.

– No que você está pensando agora? – pergunta ele enquanto tira a calça jeans, com um pau impressionante armado sob a cueca.

Quase esqueci como é grande e como me engasguei feito uma amadora quando ele meteu com força na minha boca.

– Em como você é gostoso. Em como seu corpo é incrível. Em como você sabe ser carinhoso. – Quando afasto os olhos de seu pau, vejo as sobrancelhas arqueadas dele e acrescento: – Acho que as palavras que você está procurando são: *obrigado, gatinha.*

Ele abaixa a cueca com um sorriso malicioso, claramente à vontade com o próprio corpo.

– Você gosta quando eu te chamo de gatinha?

Comprimo os lábios enquanto o observo. Puta merda, eu adoro. Na maioria das vezes, considero ridículo e cafona, mas quando ele me chama assim com sua voz grave enquanto fala putaria?

– Sim. Eu adoro.

Ele me contorna e eu me viro para olhar sua bunda redonda e musculosa – já era gostosa na calça jeans, mas nem se compara à sua aparência nua. Cada parte de seu corpo transmite força, e não do tipo que se consegue depois de muitas horas na academia. Seus músculos são reais, grandes e firmes, mas sem ser excessivamente definidos.

Seu corpo, sua pele, as rugas ao redor dos olhos... Tudo isso é apenas prova de longas horas de trabalho pesado. E não tenho certeza se já vi algo mais atraente do que um homem que trabalha pesado.

Ele se senta na cama e se vira, as costas apoiadas na cabeceira, o peito estufado, as longas pernas estendidas diante de si como um rei.

Sua mão envolve o pau grosso e ele bomba algumas vezes. Lambo os lábios enquanto o observo, hipnotizada. Acho que ficaria feliz apenas de vê-lo gozar assim.

O olhar de Cade é ardente quando ele me pega observando.

– Vem aqui e monta no meu pau, gatinha.

Ele não precisa me pedir duas vezes. Eu me viro e engatinho até ele, passando as mãos sobre os pelos em seu peito enquanto monto em seu colo e as mãos dele pousam em meus quadris. Sinto sua ereção dura feito aço contra minha bunda nua e rebolo de leve, movendo os quadris e sentindo seu pau passar pela minha entrada.

Cade segura meu queixo, dando um beijo rápido no canto da minha boca.

– Se você quiser que eu coma a sua bunda, é só pedir.

Apoio as mãos em seu peito, cravando os dedos ao ouvir suas palavras sacanas.

– Você provavelmente me faria implorar.

Ele ri, um som profundo e rouco, e sinto a vibração sob minhas palmas. Para um homem que evitou rir perto de mim por tanto tempo, agora de fato *sinto* sua gargalhada.

Seu sorriso é um tiro direto no coração.

– Provavelmente – responde ele casualmente antes de me beijar de novo. – Agora pega o meu pau e bota dentro. Quero ver.

– Meu Deus, Eaton. Eu vou ficar vermelha pra sempre depois de ter ido pra cama com você.

Estendo a mão para trás, acariciando seu pau, sentindo como estou molhada contra seu abdômen, sentada com as pernas bem abertas.

Ele suspira, os polegares roçando as tachas prateadas em meus mamilos. Posso dizer pela maneira como geme que Cade gosta delas. Bastante.

– Por mim, tudo bem, Ruiva. Você deveria ver como fica bonita com as bochechas rosadas. Esses peitos perfeitos à mostra. Se você não andar logo, vou gozar nas suas costas e não dentro de você.

– Merda.

Passo a língua pelo lábio inferior, depois o mordo de leve. Fico de joelhos.

Com uma mão apoiada no ombro definido dele, estendo a outra entre nós, envolvendo seu membro latejante com os dedos. Quando encosto a cabeça de seu pau na minha entrada, gememos em uníssono.

É nesse momento que tudo parece inevitável. A expectativa é quase tão gostosa quanto o ato em si. Sinto a ponta do pau ligeiramente dentro. Vai ser apertado, então, antes de soltá-lo, eu o esfrego na minha lubrificação, deslizando para cima e para baixo, pressionando-o contra meu clitóris pulsante.

– Meu Deus, Ruiva. Você está tentando me matar?

– Não. Estou tentando garantir que vai caber.

Ainda estou olhando para baixo, observando a maneira como seu pau fica todo melado.

– Gatinha, vai caber. Você foi feita pra mim.

Volto o olhar para ele, mas é exatamente nesse momento que Cade arqueia os quadris e afunda em mim enquanto eu desço sobre ele. Agarro seus antebraços desesperadamente. A sensação de preenchimento e o fato de eu não saber como responder ao comentário dele me fazem olhar para baixo, e nós observamos enquanto meu corpo se ajusta para recebê-lo.

– Olha só, Willa, como cabe direitinho – diz ele, a voz tensa e rouca.

Solto um gemido, sentindo como nossos corpos pulsam juntos. Pele com pele. Deslizo as mãos até seus ombros enquanto sento os últimos centímetros, fazendo com que ele entre por inteiro.

Cade se senta mais ereto para dar um beijo no meio do meu peito, as mãos rodeando meu corpo para agarrar minha bunda.

– Puta merda, que delícia. Tão quente e apertada. Toda minha.

Toda minha. Meu coração se aperta e eu abraço seu pescoço. Beijo o topo de sua cabeça. Este homem forte, estoico, honesto e trabalhador... Alguém que foi tão profundamente magoado que passou anos questionando seu mérito. Seu valor.

Odeio isso. Odeio que ele tenha passado por isso. Então eu rebolo, aperto-o contra o peito e digo:

– Toda sua.

Arranho seus ombros e suas costas fortes. Mordo sua orelha de novo e esfrego o rosto contra sua barba por fazer. Adoro como ela arranha minha pele em perfeita sintonia com o toque áspero de seus dedos.

Cavalgo nele, deixando que ele entre todo de uma vez e sibilando junto ao seu rosto com o leve ardor.

– Toda sua – sussurro novamente.

E acho que estou falando sério.

Quem sabe que porra estou fazendo? Eu com certeza não sei. Pelo menos na maioria dos dias. Apenas sigo o fluxo. Aproveito as oportunidades.

E, meu Deus, uma oportunidade nunca pareceu tão certa. Por isso, não questiono. Não penso demais no assunto. Eu me entrego a ela.

Eu me entrego a ele.

Puxo seu rosto e o beijo como se fosse nosso último momento na terra. A energia no pequeno quarto muda. O que começou bruto e se tornou brincalhão se transformou em algo mais sensível. Mas agora estamos frenéticos.

Nossas mãos exploram. Ele agarra minha bunda, me levantando e me descendo. Minhas pernas tremem e minha cabeça cai para trás. Sua barba roça meu peito. Seus lábios chupam meus mamilos. Minhas mãos puxam seu cabelo.

Nós não conversamos.

Não é preciso. Nossos corpos falam. Nossos beijos são molhados, frenéticos e perfeitamente imperfeitos.

– Cade – gemo enquanto o som das estocadas enche o quarto seguido pelos grunhidos animalescos dele. Meus seios balançam. Os olhos dele estão vidrados. – Acho que vou...

A frase morre, porque estou fervendo, sem fôlego e totalmente descontrolada. Totalmente entregue. Mas ele me entendeu. Ele sabe do que eu preciso. O que eu quero.

Cade pousa a mão na minha barriga e seus dedos deslizam para o lugar certo.

– Goza pra mim, gatinha – ofega ele.

– Vou gozar – sibilo. – Por favor, não para.

– Nunca – responde ele, e é a gota d'água: sua firmeza me atinge e causa uma erupção.

– Cade!

Dessa vez, eu grito o nome dele. Não apenas chamo, mas grito. Eu me solto e, meu Deus, é incrível.

Somos um emaranhado de gemidos e músculos tensos. Os dedos dele continuam se movendo, mas sua outra mão segura meu ombro e me prende contra seu corpo enquanto seu pau dá estocadas, espasmando e latejando.

Ele goza dentro de mim enquanto sussurra meu nome contra a minha boca, o que parece extremamente íntimo. Estou tentando recuperar o fôlego. Disse a ele que agradeceria e quero cumprir todas as minhas promessas. Cade já teve que aguentar muitas promessas quebradas na vida.

Ele me aperta contra si depois que gozamos, parecendo envolver todo o meu corpo. Eu me aconchego, com ele ainda dentro de mim, o peito úmido contra minha bochecha, braços de aço ao redor das minhas costas.

Abro a boca para dizer as palavras que ele queria ouvir.

Mas é Cade quem encosta o rosto na minha cabeça e diz, rouco:

– Obrigado.

24

Cade

Acordo com calor e de pau duro.

E sorrindo.

O rosto no cabelo de Willa, a respiração dela deixando meu pescoço úmido e suado. Ela passou os braços as e pernas por cima de mim e está tão colada ao meu corpo que eu só precisaria movê-la alguns centímetros para colocá-la deitada bem em cima de mim.

Não estou particularmente confortável. E adoro isso.

Sempre atribuí meu período de seca a estar ficando velho, ao fato de já estar com 38 anos e ter passado dessa fase. Sei que não sou velho, mas às vezes me sinto assim. Abatido e sem energia para começar um novo relacionamento. Cansado demais para lidar com os altos e baixos e o drama inevitável.

Mas Willa Grant me revigora.

Depois da melhor transa da minha vida, arrastei-a para a cozinha e fiz algo para ela comer. Panquecas, para nós dois. Conversamos. Rimos. Mas, quando ela sujou os lábios com um pouco de xarope, não pude resistir a lambê-los. E isso acabou no chão, com ela de quatro no piso de madeira da cozinha. O que levou a um banho. O que me levou a comê-la contra a parede de azulejos até que nós dois gozamos de novo.

Ela me disse que não aguentava mais quando a puxei para a cama e desapareci debaixo das cobertas para prová-la mais uma vez. E acontece que ela é uma grande mentirosa, porque certamente aguentou.

Eu deveria estar exausto agora, mas aparentemente meu pau não foi avisado disso, porque está de pé e pronto para entrar na jovem de 25 anos esparramada na minha cama. Mais uma vez.

– Calma, garoto – murmuro, tentando arrumar a cueca.

Willa se mexe quando eu me movo, mas passo o outro braço pela base de suas costas, pressionando-a contra mim.

Não me importo se é fisicamente desconfortável. Ter Willa por perto é reconfortante. É como ter Luke sob o mesmo teto. Eu sei que todos estão seguros.

Gostaria de poder dizer que sentia o mesmo pela mãe de Luke, mas não é verdade. Só penso em Talia quando estou magoado ou inseguro. Quando a amargura me sobe pela garganta e penso nos anos que desperdicei tentando fazer nossa relação dar certo, sendo que no fundo eu não queria que desse.

A pior parte é que não consigo me arrepender, porque tenho Luke. E ele é a melhor coisa que já aconteceu na minha vida.

Willa deita a cabeça no meu peito, passando os dedos pelos meus pelos esparsos.

– Shh. Volta a dormir. Estou tendo um sonho incrível.

De repente, penso que Willa é outra das melhores coisas que já me aconteceram, mas isso me assusta. Parece cedo demais. Ela parece jovem demais. Parece... impossível demais.

– Com o que você está sonhando, Ruiva?

Levanto a cabeça e dou um beijo em seu cabelo sedoso. Sinto o peito dela tremer um pouco, os seios pressionados em mim. Até o metal dos piercings está quente, porque é claro que ela dorme nua.

– Estava sonhando que meu patrão gostoso me comeu até acabar comigo na noite passada.

Eu balanço a cabeça, mas ela continua:

– Não, é sério. Nossa, você devia ver o cara. Todo bronzeado e taciturno, com um pau enorme.

– Willa.

– Umas mãos grandes e calejadas, que combinam com a bunda grande e redonda...

– Mulher.

Eu giro, botando-a deitada de costas, e o som de sua risada é música para meus ouvidos. Fico por cima, apoiado nos cotovelos. Ela tem um sorriso brincalhão no rosto e marcas da fronha na bochecha. Parece uma deusa sonolenta, suave e de olhos verdes.

Eu balanço a cabeça de novo. Faço muito isso. Antes, era por irritação, agora é mais por... incredulidade.

– "Mulher" é seu jeito de dizer "obrigado por todos os elogios, Willa"?

– Continue me provocando, e eu vou te calar metendo meu pau na sua boca de novo – resmungo, mas num tom brincalhão.

E ela sabe. Willa descobriu como me interpretar, em vez de ficar ofendida. Sabe quando estou brincando ou quando estou mal-humorado. E, quando estou mal-humorado, ela simplesmente revira os olhos para mim ou se afasta.

Acho que é por isso que ela abre a boca, como se estivesse pronta para me chupar de novo, mas então arregala os olhos e cobre a boca com a mão.

– Ai, meu Deus. Bafo matinal. Desculpa.

Eu rio. Depois do que fizemos ontem à noite, um pouco de bafo matinal não vai me assustar.

– Willa, eu fiquei do seu lado enquanto você vomitava. Seu bafo nunca vai ser pior do que naquelas circunstâncias.

Ela solta uma exclamação por trás da palma da mão, como se estivesse ofendida.

– Seu babaca!

E isso só me faz rir mais ainda.

Dou um beijo em sua testa antes de me inclinar para sussurrar em seu ouvido:

– Para sua sorte, não vou conseguir sentir seu hálito com meu pau na sua boca.

Ela ri baixinho em resposta, cobrindo o rosto com as mãos enquanto seu corpo treme. Eu me jogo ao lado dela e deixo sua felicidade contagiante tomar conta de mim.

Ficamos ali, rindo, mãos explorando, corpos emaranhados, mas em pouco tempo Willa me puxa de volta para cima dela, desliza para baixo e me pede para foder sua boca.

~∿~

– Ok, então... – Willa esfrega as mãos sobre o colo enquanto eu ligo a caminhonete. É como se, ao sair de casa, a realidade tivesse voltado bruscamente e ela estivesse pirando. – Como vamos lidar com isso?

Eu deveria estar pirando, mas me sinto incrivelmente calmo. O que nós temos parece bom demais para causar preocupações. Sou neurótico o suficiente para saber quando estou prestes a surtar, e definitivamente não é o caso.

– Lidar com o quê? – respondo enquanto dou marcha à ré e olho para atrás por hábito.

Ainda vigio se meu velho cachorro não está no caminho; ele vivia vagando pela fazenda, gastando sua energia infinita. O cachorro que Talia levou. Ela literalmente disse que queria "o cachorro ou a criança". Ainda não acredito que essas palavras saíram de sua boca. Não houve dúvida para mim. Quem coloca os dois no mesmo nível de prioridade não tem a mínima condição de criar meu filho.

– Isso. O que aconteceu entre nós. Todo o sexo. Vamos fazer mais? Ou foi só uma vez?

Abro um sorrisinho torto.

– Você quer dizer só seis vezes, né, gatinha?

– Não me chame de gatinha numa hora dessas, Eaton. Estou falando sério.

– Eu também, Ruiva. Quer que eu pare o carro? Podemos chegar a sete.

– Eu te odeio.

Ela cruza os braços como se estivesse fazendo pirraça. Eu sei perfeitamente que Willa não é do tipo que faz pirraça.

– Certo. Mas você ama o meu pau.

Ela respira fundo e depois solta um adorável grunhido de frustração.

– Você passou semanas sendo um idiota sem senso de humor, e bastou alguns orgasmos para se tornar o Sr. Piadista. Eu devia ter feito esse sacrifício antes.

Aperto o volante, tentando conter o riso.

– Acho que você devia continuar fazendo esse sacrifício.

Ela vira a cabeça para me olhar.

– É?

Dou de ombros, mantendo os olhos na estrada de cascalho à frente.

– É. Com certeza.

– Por quê?

Olho para ela, que tem os olhos semicerrados e a insegurança estampada na cara. Caramba, essa garota sabe disfarçar bem esse seu lado.

– Porque eu gosto de você, Willa.

Ela aponta para mim e tenta corrigir minha afirmação.

– Você gosta de transar comigo.

Paro a caminhonete no meio da estrada. Não há trânsito, então não tem problema. E, sinceramente, mesmo que houvesse, todo mundo que esperasse enquanto eu acerto os pontos com essa mulher.

Eu me viro para encará-la, uma mão apoiada no volante. Minha postura pode parecer casual, mas minha expressão não é. Ela deve ter percebido, porque vejo seus ombros tremerem enquanto ela se endireita e examina meu rosto.

– Não, Willa. Gosto de *você*. Eu me importo com *você*. Não fiquei anos sem transar só para voltar a fazer isso aleatoriamente. Tive oportunidades e recusei porque não estava interessado. Não precisamos ficar nos exibindo por aí e, com Luke por perto, provavelmente nem deveríamos. Mas estou interessado em *você*. Não sei no que isso vai dar ou o que significa. Só sei é que vou ficar arrasado quando você for embora, no fim do verão, mas já estou envolvido demais para me importar.

Willa abre a boca, como se estivesse prestes a dizer alguma coisa, mas então a fecha de novo. Dá para ver que está processando minhas palavras. Ela é tão expressiva que dá para ler tudo em seu rosto. Posso interpretá-la com muita facilidade.

Ela não diz isso, mas parece feliz com minha resposta. O que responde é:

– Obrigada.

Retribuo com um aceno firme, coloco a caminhonete em movimento e estendo a mão para ela por cima da marcha. Em segundos, ela entrelaça seus dedos delicados aos meus, e eu envolvo sua mão, dando um aperto rápido enquanto dirigimos para a sede da fazenda em um silêncio atordoado, mas tranquilo.

– Pai!

Luke surge em disparada pela lateral da casa do meu pai, como um morcego fugido do inferno, enquanto eu contorno a caminhonete para abrir a porta de Willa. Juro que esse garoto nunca para de correr... pular... escalar. Ele já me deu muitos fios de cabelo branco, com certeza.

– Willa! – exclama ele ao vê-la sair do veículo.

– Você não é meu motorista, sabe? – murmura ela enquanto pega na minha mão para descer.

– Vou acrescentar "não abrir a porta do carro" à lista de ofensas dos homens do seu passado, que inclui também não te chupar.

Ela cora e solta minha mão, se afastando.

Vai ser uma tortura do cacete manter as mãos longe um do outro. Deu para ver pela maneira como seus dedos percorreram minha palma, como se ela quisesse manter contato pelo maior tempo possível.

Felizmente para o meu ego, Luke se joga primeiro em mim. Eu o pego no colo, notando o quanto está mais pesado. Mais alto. Ele está crescendo mais rápido do que eu gostaria. Rápido demais.

– Ei, filhão. Gostou de dormir na casa do vovô?

– Adorei!

Ele dá um beijo estalado na minha bochecha e me pergunto com que idade vai parar de fazer isso.

Luke volta para o chão e faz o mesmo com Willa, só que passa os braços em volta da cintura dela, que se abaixa, o cabelo se espalhando ao redor dele enquanto o abraça de volta e sussurra algo em seu ouvido. Luke ri e Willa acaricia sua nuca antes de dar um beijo rápido no topo de sua cabeça.

Eu fico olhando para os dois como um bobo apaixonado, imaginando algo que nunca me permiti imaginar. Luke teve muitos cuidadores ao longo dos anos – professores, amigos –, mas nunca se apegou tanto a ninguém como aconteceu com Willa. Ele precisava muito de alguém como ela em sua vida.

E acho que somos dois, porque não consigo tirar os olhos deles.

– Você está tendo um derrame, filho? – grita o idiota do meu pai do alpendre, me fazendo dar um pulo.

Eu apoio as mãos nos quadris, lançando a ele meu melhor olhar mortífero.

Meu pai não é idiota. Está com um sorriso maroto, como se soubesse de alguma coisa. E tenho certeza de que sabe. Só não preciso que ele crie um climão contando alguma piada sobre chupadas no quintal ou qualquer merda que invente para se divertir.

Mal posso esperar para ser um velho aposentado, dizer coisas só para ver como as pessoas vão reagir e ainda achar graça disso. Que sonho.

– Estou só cansado – respondo por fim.

Ele se apoia contra a pilastra do alpendre com um sorriso sabido.

– É o que acontece quando se fica na farra até tarde na sua idade.

Willa se endireita, o braço em volta de Luke, que ainda está agarrado a ela.

– Fui eu quem fui para a farra. Cade ficou em casa, hã, fazendo faxina. Ele é muito arrumadinho. Você educou bem o garoto.

Meu pai bufa.

– Ele só faz faxina quando está nervoso.

Babaca.

– Bem, então ele deve viver ansioso – brinca Willa, tentando manter a leveza.

Seu papo de bartender é eficiente, mas meu pai não cai nessa.

– Ele parece muito relaxado essa manhã – responde ele, sorrindo de orelha a orelha.

– Meu Deus – murmuro, chutando uma pedra no chão de terra batida sob minha bota de trabalho.

Willa ri e desvia o olhar. Nós dois sabemos que fomos pegos. Os malditos olhos de águia do velho Harvey não deixam passar nada. E é isso que ganho por ficar admirando Willa como se ela fosse a única mulher na Terra.

Faz dez minutos que saímos de casa e já fracassei em manter nossa relação em segredo. Parte de mim que não quer esconder nada, mas também não quero olhares de pena quando ela for embora. Pigarros e tapinhas nas costas. E, se as pessoas não souberem de nós, não saberão por que estou infeliz. Isso parece muito mais suportável.

– Qual é o plano para hoje?

Olho para Luke, optando por ignorar completamente meu pai.

– Planejar meu aniversário! Willa, você vai, né? Mesmo que seja no fim de semana?

Ela sorri, apertando seus ombrinhos com força.

– Não perderia por nada.

– Você toca "Parabéns pra você" no violão?

Ela ri e meu pau fica duro. Acho incrível ver Willa tocar violão. Acústico e sem firulas, apenas sua voz suave e rouca e o dedilhar leve de seus dedos delicados, com os longos cabelos caindo sobre a madeira manchada.

É quase tão sensual quanto vê-la montar em um cavalo bravo e amansá-lo.

– Tenho uma ideia ainda melhor – diz Willa. – Vou te ensinar a tocar também.

Os olhos de Luke se arregalam.

– Na frente de todo mundo?

– Só se você quiser.

Ela bagunça o cabelo dele, e meu cérebro se fixa nas palavras *todo mundo*. Porque o aniversário de Luke é o único dia do ano em que Talia costuma sair da toca.

Olho para meu pai. Passamos anos suficientes trabalhando juntos nesta terra, aprendemos a ler um ao outro muito bem, e vejo que ele está pensando a mesma coisa.

Eu nunca quis manter Talia longe de Luke. Dei a ela todas as oportunidades de fazer parte da vida dele, mesmo que ela não tenha aproveitado.

Acho que isso magoa mais a mim do que a Luke. Para ele, ela nem conta. Eu acho que deveria contar. Não compreendo a ideia de não vê-lo crescendo, mas nunca vou acusá-la por isso nem impedi-la de ver nosso filho, desde que ela não faça mal a ele.

– Precisamos conversar sobre a reunião de família, Cade – diz meu pai. – Vem almoçar? A gente pode começar a planejar.

– Willa também!

Luke já a está arrastando para casa, a mãozinha apertando a dela.

– É o dia de folga dela, filho – lembro a ele, vendo os limites se confundirem e tentando desesperadamente respeitá-los.

Ela olha para Luke e para mim.

– Está tudo bem. Não preciso de folga de você, meu amor. Você é uma das minhas pessoas favoritas no mundo.

Meu coração dispara e respiro fundo. O jeito como Luke sorri e o jeito como endireita a postura fazem a ponta do meu nariz arder.

Passo a mão no rosto antes de desviar o olhar. Então rumo para a casa, de cabeça baixa, para que ninguém veja a emoção em meus olhos.

Mas não preciso olhar para meu pai para que ele saiba. Afinal, quem conhece melhor o filho do que um pai solo? Antes de ele se aposentar, passávamos longos dias juntos no campo, então é quase impossível esconder alguma coisa um do outro.

– Você está ferrado, garoto – diz ele, batendo no meu ombro quando passo.

E ele nunca esteve tão certo.

25

Willa

Cade: Só preciso de mais uns dez minutos.

Willa: Algum palpite sobre se devo ou não botar calcinha hoje?

Cade: Estou com meu pai. Não vai ser legal ficar de pau duro.

Willa: Sem calcinha. Estou dolorida demais de cavalgar seu pau enorme.

Cade: Mulher, você está ignorando intencionalmente minhas instruções?

Willa: Você não manda em mim. Pensei que isso já tivesse ficado claro...

– Willa! Vamos.

Eu me viro ao som da voz autoritária de Cade, rosnando para mim como se eu trabalhasse para ele. Como se não fosse meu "dia de folga" e não tivéssemos passado a noite inteira transando até desmaiar. Balanço a cabeça e arregalo os olhos para Luke.

– A gente devia se esconder dele – diz Luke, deixando cair instantaneamente o pedaço de giz.

Enfeitamos toda a entrada com corações de várias cores, formas e tamanhos.

Eu faço que sim.

– Você tem toda a razão.

– Já sei!

Ele me dá a mão e tento não pensar em como ela está pegajosa. Rindo baixinho, deixo que Luke me arraste até um grande poço ao lado da casa. O cimento desponta entre camadas de pedras e velhas vigas de madeira se erguem bem acima dele. Há um balde pendurado em uma corda, mas dá para perceber que está fora de uso.

É charmoso e simbólico, e tem cheiro de pederneira molhada ou de quintal depois de uma tempestade.

– Oláááá! – Luke enfia o rostinho na abertura, gargalhando ao ouvir o eco.

Eu me abaixo, puxando-o comigo.

– Quieto, seu pestinha. Ele vai nos ouvir.

– Ah, é. Está bem.

Luke ri mais. Ele é um garotinho feliz e brincalhão, apesar de sua capacidade de concentração deixar a desejar.

– Ei, Willa...

– Oi, Luke – respondo secamente, porque é óbvio que ele não prestou atenção na parte sobre *ficar quieto*.

– Às vezes, eu queria que você fosse minha mãe.

Encaro o garoto, atordoada demais para falar. Ele continua:

– Lembra aquela festa de aniversário? Em que me seguraram debaixo d'água? O garoto falou que nem minha mãe gosta de mim.

Quero jogar aquele garoto na piscina de novo.

– Bem, eu não apenas gosto de você, Luke. – Minha voz sai cheia de emoção, mas não tenho certeza se ele percebe. – Eu te amo.

– Ama?

O sorriso dele é tímido, hesitante.

– Amo. E aquele garoto é um grande cuzão.

Ele tapa a boca e arregala os olhos antes de sussurrar:

– Ele é um cuzão *mesmo*, e eu também te amo.

Eu o puxo para um abraço no mesmo instante, sentindo seu corpinho contra o meu.

– Luke! – A voz de Cade está mais próxima agora. – Willa! Por que a entrada de casa está parecendo enfeitada para a porcaria do Dia dos Namorados?

Coloco a mão na boca para conter o riso. Claro que essa é a reação de Cade. Resmungão pra cacete.

– Vocês dois se acham engraçadinhos, não é?

Movo a mão livre para tapar a boca de Luke, porque ele não tem sangue-frio e vai cair na gargalhada.

As botas de Cade saem da área pavimentada da entrada e posso ouvi-las esmagando o cascalho ao lado, aproximando-se.

– A pior parte é que... quando eu encontrar vocês, vou botar os dois de castigo.

Os ombros de Luke tremem com mais força. Ele sabe que seu pai é um grande molenga sob a fachada grosseirona. Acho que ele nunca botou Luke de castigo na vida.

E eu? Não tenho tanta certeza. Cade na cama não é como o papai Cade. Meu corpo reage – e não é achando graça.

– Aposto que vocês estão... atrás do galpão!

Nós o ouvimos pular e grunhir quando descobre que o lugar onde achou que a gente estava se encontra vazio. Eu me viro e lanço um olhar de advertência para Luke, porque sinto pequenas lufadas de ar escapando de seus lábios. Cochicho: *Fique quieto*. Ele faz que sim com a cabeça e respira pelo nariz.

Os passos pesados de Cade se aproximam.

– Que tal...

Cade está se aproximando do poço, mas pelo lado oposto. Olho para Luke e aponto para cima, esperando que ele entenda que vamos dar um pulo.

Ele assente.

Faço uma contagem regressiva com os dedos, a partir de três.

Dois.

Um.

– No poço!

Nós pulamos e gritamos:

– Buuuuu!

E, como era de se esperar, Cade salta, sua silhueta alta se sobressaltando quando ele dá um passo para trás. Seu belo rosto parece momentaneamente em choque, e Luke e eu caímos na gargalhada.

– Pegamos você. – Eu arfo. – Mas sem camiseta molhada desta vez!

– A cara que você fez! – Luke aponta para ele.

– Ok, já chega, eu vou acabar com vocês.

Cade aponta para nós, girando a aba do boné para trás e dando uma piscadela para mim.

Idiota. Ele sabe que me mata quando vira o boné desse jeito. *Acabe comigo na cama, por favor, senhor.*

Luke se vira e dispara em direção à sede. Cade o deixa avançar um pouco antes de alcançá-lo com passos longos. Ele levanta Luke nos braços e começa a fazer cócegas. Luke se contorce e suas risadas leves se misturam com o tom de barítono mais profundo de Cade.

– Willa! Socorro!

– Não se preocupe, Luke. Estou indo!

Corro heroicamente contornando o poço e enfio os dedos nas costelas de Cade.

Ele solta um gritinho. *Um gritinho*, o som menos viril que já ouvi ser produzido por um homem tão viril. Estamos todos rindo feito loucos, mas Cade é mais forte, mais alto, mais rápido – mais malvado. E dá um jeito de jogar Luke por cima de um ombro e me botar em cima do outro.

Luke dá tapas nas costas dele em uma histeria ofegante.

– Me põe no chão!

Jogada por cima do ombro oposto, estendo a mão e dou um tapa na bunda dele, o que só faz Luke rir ainda mais.

– Bora, papai! – grita Luke, e a respiração de Cade atinge minha coxa nua.

– Vocês dois são um pé no saco.

– Como você consegue carregar nós dois assim? Isso não é normal. Me põe no chão.

– Mulher, eu consigo carregar bezerros, vocês dois não são nada.

Seu dedo traça a parte interna da minha coxa e eu me contorço.

– Parece que você está com as mãos cheias, filho! – exclama Harvey, mas não consigo vê-lo. Nem preciso botar os olhos nele para perceber que está sorrindo. – Que tal eu ficar com esse diabinho por mais um tempo?

– Isso! Socorro, vovô! – grita Luke, se debatendo loucamente, fazendo o pai tremer.

Cade grunhe e põe Luke no chão no mesmo instante.

– Boa ideia, pai. Dividir e conquistar.

Ouço Luke disparando para longe de nós enquanto sussurro:

– Cade, me põe no chão. Aposto que está todo mundo vendo a minha bunda.

– Não dá para ver – sussurra ele em resposta.

– Como você sabe?

– Porque eu conferi. Achei que a vista estaria melhor. Fiquei decepcionado, para falar a verdade.

– Canalha. Me põe no chão. Eu não sou uma bezerra.

Cade apenas gargalha.

– Divirtam-se, crianças! – grita Harvey, e eu me toco que deve estar óbvio demais que tem alguma coisa rolando entre nós. – Passei outro dia na frente da sua casa e notei as laranjas no gramado. Acho que tem o suficiente lá para vocês darem uma boa...

– Pai, nem começa – resmunga Cade.

Ele marcha até a caminhonete comigo pendurada no ombro como um saco de ração. Ou uma bezerra.

– Vamos, Ruiva. Você está por minha conta hoje.

Ele dá um tapa estalado na minha bunda sob os gritos de alegria de Luke e uma gargalhada surpresa de seu pai.

O sangue corre para minhas bochechas e eu cubro o rosto com as mãos. Digo a mim mesma que é porque estou envergonhada, mas bem no fundo eu sei que é porque esse lado de Cade está mexendo comigo.

E é isso que vai tornar quase impossível largar esse emprego.

– Por que estamos cavalgando no meu dia de folga? – pergunto a Cade, montada num lindo cavalo pardo do rancho.

Sinto falta de Tux, mas sei que ele está gordo e feliz nesse momento, no campo, se recuperando muito bem. Acho que nunca mais vai querer dar um salto na vida. Deve estar pensando que se aposentou.

– Porque eu queria te mostrar o terreno.

Olho para Cade com ceticismo. Amora está de cabeça baixa, totalmente relaxada enquanto avançamos entre os escassos fardos de feno nos fundos da casa de Cade.

– Já conheço o terreno, Cade. Também conheço muito bem esses fardos de feno.

– Foi um bom ano para o feno – responde ele, feito um idiota. Cade está todo sério, ombros tensos, mãos apoiadas no pomo da sela. Boné estúpido ainda virado para trás. – Além disso, ficar aqui no campo me relaxa.

– Você está todo esquisito. – Estimulo de leve meu capão, Foguete, até que ele avance e alcance Cade. – Por que você está todo esquisito?

– Não posso simplesmente levar você para um passeio romântico?

Contraio os lábios enquanto o observo.

– Pode, mas você não abriu a boca para falar comigo desde que saímos da sua caminhonete. Parece que está tentando desintegrar o couro com as mãos. Fica abrindo a boca como se estivesse prestes a dizer alguma coisa, depois balança a cabeça e fecha a boca com tanta força que dá para ouvir os dentes batendo. E aí você fica rangendo os dentes até abrir a boca de novo.

Ele se vira para mim com uma careta irritada.

– Você é psicóloga agora?

Eu respondo com um sorriso bobo:

– Não. Sou só a filha de uma.

Ele solta uma risada baixa e balança a cabeça, olhando para a planície adiante, que parece se estender até as Montanhas Rochosas. É lindo: grama verde e dourada, pedras cinzentas, um céu azul sem nuvens.

– Luke faz aniversário na semana que vem. Vamos fazer uma festinha no fim de semana seguinte. É bem informal. Só a família.

Não digo nada, porque sei aonde ele quer chegar. Cade já mencionou o assunto uma vez e eu não fiz mais perguntas porque não era da minha conta.

– A mãe dele sempre aparece nos aniversários.

– É o mínimo – respondo, porque é a verdade. – Cade, isso realmente não é da minha conta. Se o Luke estiver feliz, eu fico feliz.

Ele balança de leve a cabeça.

– Não tenho tanta certeza de que ela deixa o Luke feliz, para ser honesto. Na maioria das vezes, é constrangedor. Ele não sabe como agir perto dela, e ela com certeza não sabe como agir perto dele. Não está ficando melhor com o passar do tempo.

– Entendi. – É tudo que consigo responder.

Realmente não sei por que ele está me contando tudo isso.

– Tenho a impressão de que vai ser mais constrangedor ainda com você lá.

Meu pescoço fica rígido, e eu procuro me sentar mais ereta.

– Você está dizendo que não me quer na festa?

– Não. – A resposta é rápida e firme. Solto o ar que estava prendendo, pronta para manter a compostura se ele dissesse sim. – Não é nada disso. Luke ficaria muito chateado se você não fosse.

Faço que sim, olhando para meus dedos enrolados nas rédeas.

– Eu também quero você vá – acrescenta Cade, e sinto o peso do seu olhar na minha pele. – É que ela talvez não goste, por isso eu queria te deixar preparada.

Franzo a testa quando me viro para olhar o homem ao meu lado.

– Por que ela não gostaria? Estarei lá como babá.

Vejo a tensão no queixo dele e o movimento quando engole em seco.

– Ela é... Eu não sei. – Cade solta uma risada, passando a mão pela barba. – Sabe, eu me esforço muito para não dizer coisas ruins sobre a Talia, porque ela representa metade do Luke, e eu amo tudo naquela criança. Mas, Willa, a mãe dele é péssima. Não sei como meu maior erro deu origem à minha maior bênção. Mas foi isso.

– Você é tão maduro – respondo.

Porque ele realmente é.

Cade resmunga e fita o céu.

– Talia é estranhamente competitiva. Eu era um troféu para ela. Mas, depois que me ganhou, percebeu que talvez eu não fosse o troféu que ela queria. Posso manter nossa relação em segredo porque isso vai evitar que ela mostre as garras, mas não tenho como esconder o quanto Luke te ama. E isso vai incomodar.

Eu suspiro, me sentindo totalmente perdida nesse tipo de dinâmica familiar.

– Harvey também está bem ligado nisso. Ele não é o maior fã da Talia, mas adora você.

– Pois é, você fez um ótimo trabalho em manter nossa relação em segredo hoje cedo – brinco, pensando na maneira como ele me levou embora feito um homem das cavernas que acabara de ter sucesso na caça.

– Nem estava tentando, Ruiva. Não quero, para ser honesto.

Bufo.

– É esquisito.

Vejo-o esboçar um sorriso ao olhar para mim.

– Totalmente esquisito.

– Mas não achei ruim.

– Acho que estou até feliz – completa Cade.

Eu o observo com os olhos semicerrados. Porra, como ele é gostoso. Chega a ser idiota.

– Essa é a sua careta feliz?

Ele balança a cabeça e dá uma risadinha.

– Posso dizer a Harvey que te dei todos os avisos sobre a festa?

– Pode, relaxa. Passei anos lidando com um bando de bêbados ridículos e com mulheres se estapeando, então aprendi umas coisinhas sobre como cuidar de situações de merda como essa. Eu vou ficar numa boa. Vamos só nos concentrar no Luke, está bem?

Ele me olha como se estivesse em busca de algum sinal de que estou estressada. E, sinceramente, não estou. Não procuro drama. Na verdade, evito-o a todo custo. Se eu tiver que sorrir, assentir e fazer cara de paisagem, então é o que farei.

– Tudo bem – concorda ele com um aceno firme.

– Beleza.

Nós nos encaramos por um instante, então abro um sorriso quando tenho uma ótima ideia para aliviar a tensão.

– O último a chegar às montanhas é mulher do padre! – exclamo antes que eu possa me conter.

Coloco Foguete para galopar e olho para trás, para Cade, que sorri como se eu fosse maluca.

– Vamos! – diz ele para Amora, e seus cascos estalam atrás de mim.

Eu me inclino para a frente na sela, erguendo-me do lombo de Foguete para lhe dar espaço para galopar, posicionando as mãos no alto do seu pescoço e dando-lhe folga nas rédeas. Ele avança e, quando olho para trás novamente, Cade não está me alcançando como pensei que estaria.

– Está com medo, Eaton? – grito.

– Não, linda. Estou só apreciando a vista. Sua bunda está uma beleza daqui.

Nós dois rimos e a alegria borbulha em meu peito. Mas não diminuo o ritmo. Ele pode olhar à vontade para a minha bunda, mas ainda vou fazê-lo comer poeira.

– Obrigada! – grito em resposta, como se fosse uma piada.

Mas no fundo não parece uma piada.

Parece que ele está entrando passo a passo no meu coração.

26

Willa

Summer: A gente mora no mesmo terreno e mesmo assim parece que não te vejo nunca.
Willa: Tenho andado ocupada.
Summer: Com o quê?
Willa: Salvando cavalos.
Summer: Ah, é?
Willa: Summer, já salvei tantos que poderia muito bem abrir um abrigo.
Summer: Meu Deus.
Willa: Será que o Cade pode me dar um recibo de doação para caridade, para abater do imposto de renda?
Summer: Acho que tanto sexo derreteu seu cérebro, amiga.

Cade enfia a cabeça pela porta dos fundos e eu começo a sentir um frio na barriga. Pela maneira como ele examina o quintal já sei que está procurando por mim.

– Oi – digo, sentada na ponta mais distante da banheira de hidromassagem, com o vapor flutuando ao meu redor.

Já não estamos no auge do verão, as noites estão mais frias. Sinto o ar fresco no peito e nos ombros, mas a água quente e borbulhante acaricia meu corpo, afugentando a friagem.

Não estou com frio nenhum. Ainda mais ao ver Cade sair para o pátio descalço, com a calça baixa nos quadris, a tradicional camiseta preta abraçando seus bíceps e o cabelo todo despenteado por ter se deitado com Luke depois de tomar uma chuveirada.

– Luke dormiu?

– Dormiu. – Os olhos dele me percorrem com fome. – Queria ter vindo te encontrar mais cedo, mas acho que acabei pegando no sono.

– Tudo bem, eu me mantive ocupada – respondo, notando a maneira como ele curva a cabeça e semicerra os olhos.

– É? Fazendo o quê?

– Pensando na noite passada – respondo com ousadia, esticando os braços acima da cabeça e mostrando a ele como meus mamilos estão duros sob o fino maiô roxo.

O mesmo maiô para o qual ele não conseguia parar de olhar da última vez que nos encontramos aqui.

Em vez de se aproximar, Cade apoia o ombro em uma grossa viga de madeira, ainda parado sob a parte coberta do pátio. Cruza os braços e me encara como se não estivesse abalado. Quando olho para a virilha dele, porém, dá para ver claramente que não é verdade.

– Que parte da noite?

A voz dele soa grave, um trovão que percorre minha pele e me atinge direto no âmago.

– Bem, comecei pensando em como fiquei de joelhos para você.

– Você fica linda de joelhos – responde ele suavemente.

Meu coração acelera sob o olhar dele. Recontar a noite passada faz com que todas as minhas terminações nervosas entrem em curto-circuito.

– Mais bonita ainda quando tenta colocar tudo na boca. Adoro ver você se esforçando.

Abro um sorriso. Ele prossegue:

– Puxe o maiô para baixo, Ruiva. Quero ver esses peitos perfeitos.

Passo os polegares sob as alças enquanto lambo os lábios e engulo em seco. Ao remover o náilon molhado, mantenho o olhar no dele, que arde feito carvão em brasa, acompanhando cada um dos meus movimentos.

– Bom. Agora brinque com seus mamilos enquanto me conta mais sobre a noite passada.

Ele não se move nem um centímetro, e tento reunir coragem para continuar, porque, embora já tenha tido transas muito gostosas antes, nunca senti nada parecido com isso.

Nem conheci alguém como Cade.

Torço os mamilos entre os dedos e minha voz soa ofegante quando digo:

– Gostei quando você foi atrás de mim. Desculpa por ter saído antes de você terminar de falar.

Ele me encara como se estivesse um pouco surpreso com o que acabei de dizer.

– Não precisa se desculpar, Ruiva. Eu te dei motivos pra ficar confusa.

Belisco, torço, acaricio. A verdade me escapa.

– Eu também.

Ele firma o maxilar.

– É normal que você não seja a pessoa mais madura neste relacionamento, já que sou eu quem está com quase 40 anos.

Empino o nariz, recusando-me a permitir que esse comentário me faça sentir infantil ou imatura. Cade não me encara desse jeito, então afasto o pensamento, concentrando-me em outra palavra que ele usou.

Minhas mãos percorrem o contorno dos meus seios e ele observa, os olhos colados em mim, seu pau pressionando a calça.

– É isso que temos? Um relacionamento?

Percebo que quero que ele diga sim – que assuma o controle da falta de controle que sinto perto dele – e me diga como as coisas vão funcionar. Porque quero que funcionem.

Mas Cade responde:

– A gente pode dar o nome que você preferir, Ruiva. Podemos deixar que seja gradual. Podemos esquecer os rótulos. Podemos decidir o que é quando chegar a hora. Mas, seja o que for, é importante para mim. *Você* é importante para mim.

Minhas mãos param de se mover porque sinto que esta pode ser a chance de dizer que quero que ele se comporte feito um homem das cavernas e que me comunique que vou ficar aqui com ele e Luke.

Há anos que pulo de galho em galho, fazendo o que tenho vontade, sem me apegar muito a nada, exceto pela minha melhor amiga e pelo meu irmão. Gostei de ver a carreira dele decolar, mas não teve nada a ver comigo.

Eu me sinto estável aqui. Nesta casa. Com Cade e Luke. Aconteceu lentamente, mas sinto que aqui é o meu lugar, o que parece absolutamente maluco de confessar a esse homem que acabou de reiterar com muita clareza nossa diferença de idade ou que atribui à minha maturidade a razão para meu comportamento.

E ele não está errado. Sempre resisti um pouco a crescer e me estabelecer, mas estou descobrindo que isso é tudo que eu quero. Depois de tanto tempo sem saber o que desejava, acho que finalmente percebi.

– Você também é importante para mim, Cade – respondo por fim, porque sei que ele precisa ouvir.

Ele conhece bem minhas inseguranças, e eu, as dele.

Nós nos apoiamos. Nós nos fazemos bem. Nós nos encaixamos perfeitamente.

– Que bom. Mas, Ruiva, acho que eu não disse que você podia parar de brincar com seus peitos.

A voz dele muda, ganhando um tom brincalhão enquanto Cade dá passos longos e casuais em direção à banheira, tirando a camisa e deixando-a cair no pátio de tijolos.

– É, mas, com você aí parado todo gostoso, eu fico querendo que você venha aqui brincar com eles.

Faço um beicinho dramático enquanto minhas mãos voltam a se mover. Ele ri e apoia os antebraços musculosos na borda da banheira.

– Tão carente – murmura, balançando a cabeça.

– Ei, você...

– Senta na borda da banheira, gatinha. Você disse que eu podia ficar olhando você se tocar enquanto pensava em chupar meu pau no alpendre. E eu sei que você é uma mulher de palavra.

Eu praticamente ronrono ao ouvir o elogio. Porque *sou mesmo* o tipo de mulher que cumpre com a palavra. Sou extremamente leal e sempre me orgulhei disso. Sou confiável e uma ótima amiga. Posso não ser um grande sucesso, mas dá para contar comigo para ajudar a enterrar um cadáver no meio da noite se for preciso.

Obedeço à ordem de Cade, me sentando na borda, o vapor saindo da minha pele enquanto saio da água.

– Puta merda. – Ele leva o punho fechado à boca e me encara como se eu fosse sua última refeição. – Esse maiô.

– Esse aqui? – pergunto, puxando-o para cima até que marque minha boceta do jeito que o deixa louco.

– Você quase me fez perder a cabeça naquela noite, sabia?

– Eu queria que você tivesse perdido.

– Eu, não – responde ele baixinho, e eu arqueio uma sobrancelha. – Não me olhe assim, Ruiva. Não teria sido a mesma coisa, e você sabe. Eu ainda não te conhecia como conheço agora. Você ainda me acharia um babaca.

– Quem disse que agora eu não acho?

Ele me lança uma careta de reprovação.

– De lá para cá, eu... – Cade se interrompe, afastando o olhar por um momento, pensando com cuidado nas palavras seguintes. – Passei a te conhecer e a me importar com você de um jeito que eu não esperava.

– Eu também – respondo, como se eu não fosse uma idiota que quer atravessar essa banheira e dizer: *Na verdade, acho que estou me apaixonando por você! Hehehe.*

Cade olha para mim, ou melhor, olha *dentro* de mim. Ele me encara como se realmente me conhecesse, como se enxergasse todos os meus segredos e inseguranças mais profundos e obscuros. Quase rio, porque, de muitas maneiras, ele já enxergou.

Eu me pergunto se Cade percebe que estou perdendo o controle sobre o que sinto por ele.

Decido que não me importo, então abro as pernas e puxo o maiô para o lado, me expondo, sorrindo quando suas pupilas se dilatam em sincronia perfeita com suas narinas.

– Você estava com tanto ciúme – digo. – Tão bravo. Não comigo, dava para ver. Mas com você mesmo, por me querer. E eu mal podia esperar para ver você perdendo a cabeça.

Deslizo um dedo pelos meus lábios, sentindo a umidade escorregadia entre eles só por ter os olhos de Cade em mim.

– Eu fui muito bruto – diz ele, lambendo os lábios, sem parecer arrependido.

– E eu gostei. Não. Eu *adorei*. – Pressiono levemente meu clitóris, me provocando, deixando-o assistir. – Das suas mãos no meu cabelo. – Cade geme quando apoio um pé na borda, sentindo-me cada vez mais atrevida.

Cada vez mais excitada pela maneira como ele está olhando para mim. – Do seu pau na minha boca. Das tábuas ralando meus joelhos.

Passo o dedo pela fenda novamente, enfiando um dedo na entrada, mas só um pouquinho.

– Da maneira como as suas coxas estavam retesadas nas minhas mãos. Eu me senti uma deusa. E o fato de que alguém podia ter aparecido e nos visto ali? Eu adorei.

O maxilar dele revela o esforço que faz para se conter. Vejo os músculos de seus antebraços se tensionando enquanto Cade esfrega as mãos. É como se ele precisasse se mexer para se impedir de destruir esta banheira e me alcançar.

– Você queria que todos soubessem que essa boca é minha, Ruiva?

Eu faço que sim. Ele engole em seco.

– Você também parecia uma deusa. Sempre parece. Deveria se ver agora. Esse cabelo ruivo todo grudado nos ombros. – Os olhos dele me percorrem. – Seus peitos à mostra. Implorando para ser comida. – O olhar dele desce pelo meu corpo. – Maiô minúsculo, mostrando que é completamente inútil para esconder o seu corpo.

Os olhos de Cade brilham quando pousam entre as minhas pernas, onde meus dedos ainda estão deslizando levemente.

– Essa boceta apertada e provocante toda exposta para mim. Implorando por mim. Assim como cada centímetro do seu corpo.

Um gemido deixa meus lábios e o calor percorre todos os meus membros. Sinto que estou derretendo por ele e pelas putarias que fala. Por suas palavras sacanas que, ao mesmo tempo, me elogiam. E me admiram. E me possuem.

– Pare de brincadeira e me mostre como você fica bonita com os dedos dentro, gatinha.

Sua voz soa abafada enquanto ele me olha nos olhos. Há algo em seu rosto que não consigo identificar muito bem. Uma vulnerabilidade que aparece só de vez em quando.

Uma expressão que diz que ele precisa de mim tanto quanto eu preciso dele. Em um movimento suave, deslizo um dedo e depois dois. Mas Cade não está olhando para o ponto entre minhas pernas, e sim para o meu rosto. Um rubor percorre minhas bochechas.

Deveria ser um momento sacana, um pouco brincalhão, mas estou me sentindo adorada, e ele nem está me tocando.

– Alguém já disse como você é incrível, Willa?

Engulo em seco.

– Como é divertida? Inteligente? Espirituosa?

Puta merda. Suas palavras são como um golpe no peito. Eu me sinto derrubada.

Meus lábios se abrem e apenas um pequeno som estridente sai. Tento disfarçar dizendo:

– E bonita? Escuto muito isso.

Porque não tenho certeza de já ter ouvido *incrível*.

Ele balança a cabeça antes de entrar na banheira, ainda com a calça que marca seu corpo de um modo tão delicioso.

Cade entra na água, usando os braços definidos para me alcançar num movimento suave.

– Você ainda está de...

– Não. Garotas bonitas não me fazem sentir assim.

A mão dele envolve minha panturrilha enquanto a outra cobre a mão entre minhas pernas. Ele assume o controle dessa mão, me fazendo entrar e sair de mim mesma algumas vezes.

– Assim como?

Respiro fundo, cabeça inclinada para baixo, olhos fixos no homem submerso entre minhas pernas.

– Totalmente fora de controle.

E então ele cai de boca. Jogo a cabeça para trás e Cade faz com que eu também me sinta totalmente fora de controle.

Ele chupa meu clitóris. Lambe meus lábios. Murmura, como se amasse meu gosto. Tudo isso enquanto ainda guia a minha mão.

– Continue, gatinha – diz ele ao afastar sua mão para agarrar minha coxa.

Minhas pernas acabam ao redor do pescoço dele, uma mão apoiada no deque enquanto Cade Eaton me deita e me devora.

São os músculos tensos de suas costas, a visão do tecido molhado sob a água – prova de que ele não conseguiu se conter nem mais um segundo – que me fazem disparar em direção ao abismo.

O mesmo abismo de onde ele tem me feito saltar nas últimas 24 horas.

E de onde ele sempre me pega quando eu caio.

E de fato eu caio.

Com meus dedos metendo facilmente e a língua experiente dele me acariciando, eu digo:

– Cade! Puta merda!

Toda a pressão dentro de mim explode. Descendo pela parte interna das minhas coxas. Pela minha coluna.

Direto para o meu coração.

As mãos dele me pegam, me puxando para dentro da água, me apertando de forma possessiva. Minha bunda, minha cintura, dedos subindo pelas minhas costas, até que ele me abraça e sussurra em meu ouvido:

– Incrível.

Eu me viro e beijo seu rosto com barba por fazer, vendo seu sorrisinho de canto de boca, mas não por muito tempo, porque ele nos gira, me colocando na água enquanto se posiciona por cima.

Cade empurra o tecido molhado para baixo, deixando seu pau grosso e firme se projetar entre nós.

Lambo os lábios e ele sorri.

– Não, gatinha. Primeiro, vou foder esses seus peitos lindos, aí depois você pode provar.

– Ok, combinado – respondo enquanto me aproximo rapidamente.

Uma risada ecoa do peito dele.

– Tão ansiosa. Vou acrescentar isso à lista das suas características admiráveis. Agora coloca meu pau entre os peitos e aperta. É a minha vez.

– Você gosta de ficar olhando, né, Eaton? – provoco enquanto faço o que ele mandou.

– Eu gosto de ficar olhando *você*, Ruiva.

Balanço a cabeça, como se isso pudesse afastar o friozinho na barriga. Nunca fiz isso antes e é emocionante – o pau dele entre os meus peitos, meus peitos bem apertados ao seu redor, uma gota branca brilhando na cabeça de seu pau grosso. Olho para ele e sorrio. Ele umedece o lábio inferior e então contrai os lábios, concentrado. Com os braços para trás, ele impulsiona o quadril. A água nos lubrifica e seus movimentos são lentos e comedidos.

Sua boca está ligeiramente aberta, o rosto esculpido relaxado enquanto ele se observa deslizando entre meus seios. Nós não conversamos. Acho que estamos os dois em transe, ou talvez já tenhamos falado o suficiente esta noite.

Talvez ele esteja se sentindo tão exposto quanto eu.

Talvez, assim como eu me sinto uma deusa quando estamos juntos, ele se sinta um deus.

Talvez estejamos apenas nos deleitando com esse sentimento.

Meu tesão não diminuiu e vê-lo deslizar o pau entre meus seios está me deixando excitada de novo. Cada vez que ele murmura "Puta merda" com aquela voz profunda e ofegante, sinto minha boceta contrair.

– Willa, eu vou gozar.

– Goza – sibilo, mordendo o lábio, posicionando o peito no ângulo mais convidativo, adorando vê-lo desmoronar por minha causa.

E aí eu sinto. Cade fica imóvel e seu pau lateja e espasma. Ele ejacula no meu peito e um jato atinge meu queixo. Cade solta um gemido que se transforma em um suspiro silencioso enquanto sua mão acaricia minha nuca.

Eu me levanto e fico diante dele, coberta por seu gozo.

– Isso foi divertido.

Cade solta uma risada profunda e satisfeita.

– Nossa, foi mesmo.

E então o olhar ardente dele pousa em mim, avaliando sua obra de arte.

– Como estou?

Levanto uma sobrancelha e arqueio as costas.

– Está parecendo que é minha – murmura ele.

Essas palavras... Meu corpo quer mais. Quero que ele também seja meu.

– É? Gosta de me ver assim?

– Seria melhor assim. – Cade passa o polegar em meu queixo e, em um movimento suave, cobre meus lábios com um resto de gozo, depois se inclina para trás e olha para mim com um sorriso travesso. – Definitivamente minha.

– Você é um animal, Eaton. – Eu rio baixinho antes de passar a língua para provar o que o toque dele espalhou. – E eu adoro.

– Que bom, Ruiva. – Ele entra na água, me arrastando com ele para nos lavar. – Porque vou levar essa sua bunda gostosa para minha caverna agora e vou te fazer gozar a noite toda.

Então ele me pega e me leva para dentro de casa.

Como um verdadeiro homem das cavernas.
Um homem das cavernas que me faz gozar a noite toda.

27

Cade

Cade: A festa de aniversário do Luke é no sábado, às 14h.

Talia: Podemos passar para o meio-dia? Eu tenho planos para o jantar e preciso de tempo para me arrumar.

Cade: Não, não podemos mudar a hora do aniversário de seis anos do seu filho por causa de um jantar.

Talia: São só duas horas.

Cade: Exatamente.

Talia: Esqueci como você é um pé no saco.

Cade: Bem, eu acabei de te relembrar. Se você não puder vir, por favor me avisa pra eu preparar o Luke.

Talia: Para de drama. Eu vou. Talvez tenha que ir toda arrumada, para já estar pronta quando voltar para a cidade.

Cade: Tudo bem. Luke não vai ligar.

Talia: E você? Você sempre gostou de me ver de salto alto.

Cade: Assim como todos os homens da cidade.

Talia: Vai se foder.

– Você está estranho.

Eu me viro para Summer, que está olhando para o quintal e avaliando tudo como se estivéssemos no Met Gala ou coisa parecida. Ela e Willa estão acordadas desde cedo preparando a festa de Luke no campo de feno, a pedido dele.

Há um castelo inflável e uma tenda com um sujeito esquisito, vestido de cáqui da cabeça aos pés, sentado embaixo dela. Ao que parece, ele trouxe cobras e lagartos para mostrar às crianças. Há outra barraca com uma mesa de bufê coberta com coisas que Willa vem preparando há dias. Eu sei porque provei a cobertura passando-a no pescoço dela e lambendo.

Estava deliciosa.

Ela fez uma limonada com limões e morangos flutuando dentro. Ficou bonita. Arrumou pratinhos com emojis de cocô, que Luke escolheu com ela. As toalhas de mesa combinam. Somente Willa conseguiria usar pratinhos com desenho de cocô e, de alguma forma, combiná-los e fazer uma linda festa de aniversário ao ar livre para uma criança de seis anos.

Eu nem teria deixado meu filho escolher aqueles pratos, mas ela apenas riu e jogou-os na cesta.

– Ótima escolha! – disse ela, e Luke abriu um sorriso *enorme*.

– É, eu sei – finalmente respondo a Summer.

Porque estou mesmo estranho. Willa e eu estamos ficando em segredo há algumas semanas, e não quero mais me esconder. Estou me esforçando para não a assustar ao demonstrar a certeza que sinto sobre tudo isso, mas o fato é que tenho certeza *mesmo*. Cometi meus erros. Vivi com as consequências. Passei anos pensando sobre minha vida e o que seria necessário para dar uma chance a alguém novamente.

Ver essa mulher planejar o que eu pretendia que fosse um simples churrasco no quintal para uma criança e, em vez disso, tratar a ocasião como se fosse a celebração do século é apenas a cereja do bolo.

Parece precipitado, mas não é. Eu não teria cedido se não parecesse certo.

– Cade Eaton.

Os olhos escuros de Summer estão brilhando agora, e seu queixo se ergue enquanto ela examina meu rosto. Ela é esperta, essa daí. Certa vez, eu disse a Rhett que a adorava porque ela fazia bem para ele, mas odiava o fato de ser mais inteligente do que eu.

E este momento só prova a veracidade da afirmação.

– Você ama mesmo a minha melhor amiga, não é?

Cruzo os braços e desvio o olhar. *Amor*. Nunca tive certeza de que conseguia amar alguém do jeito que todo mundo falava. Meu coração levou muitos golpes ao longo dos anos. Minha mãe. Talia. A mudança que Talia causou no rumo da minha vida. Todas as coisas que perdi, que odeio até mencionar, porque tenho Luke. Mas eu seria um mentiroso se dissesse que nunca pensei no que teria feito de diferente se a vida tivesse me dado outras cartas.

Talvez eu estivesse em rodeios. Ou viajando por toda a América do Norte, ganhando dinheiro com a venda de cavalos de primeira linha.

Talvez eu treinasse o dia todo e transasse a noite inteira com as fãs de rodeios.

Um monte de talvez. Mas, enquanto observo Willa colocar pesinhos na toalha de mesa para que nada saia voando, eu sei que nenhum desses "talvez" estaria certo.

Tudo que aconteceu conduziu Willa até a porta da minha casa.

– Amo – resmungo, ainda me recusando a olhar para Summer.

Ela solta um ruidinho de satisfação e, quando a espio de esguelha, Summer dá uma piscadela e me dá um abraço de lado. Ela é tão pequena que é estranho. Ela não tem a altura ou os braços compridos de Willa.

– Você deveria dizer a ela.

– Dizer a ela?

Summer dá de ombros.

– É. Acho que a Willa gostaria de saber.

Eu bufo.

– Para ela fugir correndo?

Summer abre um sorriso lento.

– Eu não acho que ela vá fugir de você.

E isso é tudo que ela diz antes de me dar outro abraço e se afastar.

Ela lança uma bomba dessas casualmente e depois me deixa aqui pensando obsessivamente no assunto.

A festa já está a todo vapor quando Talia se digna a nos brindar com sua presença. Eu nem preciso me virar para vê-la, porque ouço sua voz estridente e melosa:

– Meu bebêêêêêê!

Seu bebê. Não consigo deixar de revirar os olhos ao ouvir isso. É algo ridículo de se dizer a uma criança que ela vê uma vez por ano e que abandonou sem nem se despedir.

Vejo Willa conversando com Harvey e com alguns dos outros pais. Ela está usando um vestido laranja com bolinhas brancas que tem uma saia macia e esvoaçante. Quero levantá-la para ver o que tem por baixo.

Mas agora, observando a maneira como ela fica tensa e seus dedos apertam o copo do emoji de cocô que está segurando, quero pôr o braço em volta de seu ombro e tranquilizá-la. Quero deixar suas bochechas rosadas de novo, porque elas estão empalidecendo bem diante dos meus olhos.

Mas ela não iria querer que eu fizesse isso. Ela é muito feroz, muito orgulhosa. Então desvio o olhar, porque, se continuar olhando para ela, vou acabar cedendo.

Luke dá um abraço rígido em Talia, dando tapinhas em suas costas esbeltas enquanto ela o esmaga. Eu queria que ela não aparecesse tão tarde na festa dele, depois de me pedir para fazê-la mais cedo, e ainda desse um jeito de virar o centro das atenções.

A verdade é que isso é a cara dela.

– Deixa eu te olhar direito. – Ela está toda arrumada, com um vestido justo e saltos altos que afundam na grama enquanto ela o avalia. – Como você cresceu tão rápido?

Ouço Rhett bufar.

Alto.

Alto o suficiente para que ela lance um olhar venenoso para ele.

Ele responde abrindo um sorriso.

– Olá, Talia. Quanto tempo.

Maldito encrenqueiro. Eu sempre mordo a língua para não dizer nada perto de Luke porque quero que ele tire as próprias conclusões em relação à mãe. Se ele quiser manter um relacionamento com ela um dia, não quero que pense que eu o coloquei contra ela. Isso acaba comigo, mas sei que é o certo.

É por isso que reprimo a risada ao ver o sorriso tenso dela e a maneira como franze os olhos. Ela é tão bonita por fora, mas podre por dentro. E, se olhares pudessem matar, Rhett cairia duro nesse exato momento.

Felizmente, não é o caso, e ele levanta seu copo de emoji de cocô em direção a ela em um brinde silencioso.

Atrás de mim, ouço uma risada de desdém que parece muito com a do meu pai, mas não me viro, porque Luke parece constrangido com todo mundo olhando, e só consigo pensar em me aproximar dele.

– Oi, Talia.

Interrompo o momento constrangedor avançando com a mão estendida para apertar a dela enquanto seguro com firmeza o ombro de Luke.

– Ai, fala sério, Cade. Chegamos mesmo ao ponto de trocar apertos de mão?

A risada dela tilinta e me dá nos nervos. Não soa como sinos ao vento, como a de Willa naquele dia no Le Pamplemousse, nem é como o som que encontro ao entrar em casa depois de um longo e árduo dia de trabalho. E a risada de Luke não ecoa com a dela.

Meu filho fica ali, sem jeito, provavelmente já chegando à idade em que consegue juntar todas essas informações, observar a linguagem corporal dela e tirar as próprias conclusões.

Eu fico parado enquanto Talia me envolve em seus braços. Uma mão acaricia minha nuca e eu instantaneamente estendo a mão, seguro seu braço e o afasto enquanto ela planta um beijo em minha bochecha.

– Ai, meu Deus. – Ela ri. – Deixa eu limpar isso.

Então ela se aproxima, lambendo o polegar e esfregando minha boche-cha, tentando tirar a espessa camada de batom da minha pele.

Marcando território.

Já se passaram anos e Talia não mudou nada. Ela está sempre fazendo algum tipo de joguinho. A diferença é que agora eu enxergo. No passado, eu não enxergava. Via uma embalagem bonita e um corpo disponível.

Eu estava com tesão e era idiota, e ela agiu de caso pensado.

– Tudo bem. Deixa comigo.

Eu me afasto enquanto a conversa ao redor recomeça, o que me faz sen-tir um pouco melhor. Como se nossa familiazinha complicada não fosse o centro das atenções. Quero desesperadamente me virar e ver como está Willa, mas também sei que Talia vai perceber o gesto no mesmo instante.

E não vou submeter Willa às baboseiras de Talia. Não até que as coisas entre nós estejam decididas. Oficiais.

Eu já deveria ter oficializado. Estou querendo me bater. A ponta dos meus dedos coçam para tocá-la, para acariciar seu pescoço de forma tranquiliza-dora. Possessiva.

– Meu Deus, Cade. Você é como um bom uísque. Só melhora com a idade, não é?

Talia estende a mão para passar os dedos com unhas francesinhas pelo meu ombro, como se tivesse algum direito de me tocar. Como se tivesse esquecido nossa troca de mensagens no início da semana. Ela sempre foi atrevida, e talvez sempre tenha se comportado assim em suas aparições anuais.

Talvez isso apenas não me incomodasse antes.

Mesmo assim, dou mais um passo para trás, puxando Luke para minha frente e colocando as mãos nos ombros dele.

– Como você está?

– Bem. – Ela olha ao redor do campo. – Estou morando na cidade, você sabe. Vivo ocupada.

Percebo que não sei com o que ela trabalha, mas também não me importo. Teve um ano em que ela apareceu com outro homem, apalpando-o como se isso fosse me deixar com ciúme.

Não deixou.

– Em Calgary? – pergunta Luke, animado.

– Sim, querido. – Talia olha para ele com um grande sorriso. – Bonito como o pai, mas com os olhos azuis da mamãe.

– Minha babá é de Calgary! – responde Luke.

– Uma babá! Que fofo. – Ela se abaixa para ficar na altura de Luke. – Ela está aqui? Eu adoraria conhecê-la.

Antes que eu possa intervir, Luke sai correndo. Não posso culpá-lo por querer ficar perto de Willa. Ela o conforta, enquanto essa outra mulher que mora a pouco mais de uma hora de distância não se dá ao trabalho de visitá-lo mais de uma vez por ano.

Eu me viro bem a tempo de ver os olhos de Willa pousando nos meus e descendo para Luke.

Também vejo Talia olhar para trás e dar uma piscadela para mim.

28

Willa

Rhett: Você conhece a Medusa?

Willa: Pessoalmente, não.

Rhett: Lembra a parte de não olhar nos olhos dela?

Willa: Sempre meio que gostei da Medusa. Se eu fosse ela, eu também iria querer transformar homens em pedra.

Rhett: Finja que Talia é a Medusa. Mas uma versão que a gente não gosta.

Essa escrota é como uma farpa enfiada no meu dedo. A imagem de suas unhas deslizando pelo pescoço de Cade ficou gravada em minha mente. Ela não para de falar sobre si mesma, e eu suportei tudo com um nível de educação que só lhe ofereço por ter parido uma de minhas pessoas favoritas no mundo.

E isso deve contar para alguma coisa.

– Você deve estar tão cansada de morar aqui.

Abro um sorriso inexpressivo enquanto fito as crianças soltando gritinhos no enorme castelo inflável.

– Para falar a verdade, não – respondo, evitando os olhos de Summer.

Porque, na última vez que a olhei, ela pôs as mãos nas laterais da cabeça, fazendo chifrinhos de diabo e uma careta.

– Mas você não fica entediada? Quer dizer, eu cresci aqui. Sei como é. Depois de experimentar a vida na cidade, é difícil voltar.

– Ah, mas Calgary não é exatamente Paris – disparo, porque ela está agindo como se fosse um lugar cheio de glamour.

– Mas o que você faz o dia inteiro? Eu ficaria maluca. Por isso tive que ir embora, entende?

– Não, não entendo – respondo simplesmente, porque minha paciência está se esgotando e minha personalidade só me permite manter a boca fechada por certo tempo.

A tensão está aumentando e estou com vontade de ceder a meu temperamento de ruiva.

– Como é?

Os grandes olhos azuis dela se arregalam, os lábios rosados fazem um bico. Claro que ela tem que ser supergostosa. Cade não podia ter se casado com uma mulher feia só para eu me sentir melhor. Eu até me contentaria com uma aparência mediana, mas não, ela é nota dez. Não. Nota onze.

– Eu não entendo esse sentimento – explico. – Adoro morar aqui. Seu filho é inteligente e divertido. O lugar é lindo. Cade trabalha pesado para sustentar o Luke. Não estou nem um pouco entediada.

Um sorriso esperto se espalha pelos lábios dela.

– Ah. Entendi.

Eu me recuso a reagir.

– Você vai precisar explicar melhor o que quer dizer com isso.

– Tudo bem. Nós, mulheres, podemos ter nossos segredinhos. Nós duas não somos tão diferentes.

Franzo a testa, querendo dizer que não poderíamos ser mais diferentes.

– Meu conselho é aproveitar ele enquanto você está por aqui. Mas não se apegue. Aquele homem é frio feito gelo. Achei que fosse conseguir amarrar ele se engravidasse. E amarrei.

Minha cabeça gira.

– Como é que é?

Ela acena com a mão e continua:

– Tomar anticoncepcional, não tomar anticoncepcional, eis a questão... Sabe? Mas ele continuou um chato. Se casou comigo como se fosse só mais um item a cumprir de uma lista de tarefas. Quer dizer, claro, ele tem um pau grande, mas isso só compensa até certo ponto. Você vai ver. Uma hora isso de ser papa-anjo vai mexer com os brios dele. – Ela abre um sorriso cruel. – Aproveite a aventura enquanto puder. Eu vou continuar sendo a mãe do filho dele.

Prometi a mim mesma que seria legal com essa mulher. Fiquei diante do espelho e fiz um discurso estimulante para o meu reflexo, e só faço isso quando estou bêbada e me convencendo a ficar sóbria. Mas andei dizendo a mim mesma que ela merecia o benefício da dúvida, que não devia julgá-la nem ter ciúme dela, e aqui estou eu fazendo *tudo* isso.

– Tudo bem, agora acho que já deu – anuncio, batendo as mãos.

Ela assume um ar inocente, mas sua boca esboça um sorriso satisfeito. Cada palavra que ela disse foi cuidadosamente escolhida para me irritar. E eu me irritei. O que posso dizer? Sou uma mulher à flor da pele.

– Já deu o quê?

Abro o sorriso mais falso que consigo enquanto me viro para me afastar.

– Ainda não cheguei ao inferno, minha senhora. Não preciso gastar meu tempo conversando com o diabo.

Um pequeno som de zombaria irrompe atrás de mim, mas não paro. Atravesso o campo, ignorando os olhares que recebo enquanto tento manter uma expressão serena. Tenho a sensação de que, na conjuntura atual, devo estar com uma postura assassina.

Meus punhos fechados também podem ter dado uma dica sobre meus sentimentos.

Quando entro na casa, a porta de tela se fecha atrás de mim com um estrondo e minha confiança desmonta na hora certa. Meu nariz arde, e eu balanço a cabeça para afastar as lágrimas que brotam dos meus olhos.

Estamos no meio da tarde, na festa de aniversário de uma criança, e preciso de uma maldita bebida para processar o que aquela babaca acabou de me dizer. Ou esquecer completamente o assunto.

Tiro uma garrafa de vinho branco do freezer, que escorrega na minha mão suada quando a porta de tela bate novamente. Mantenho a cabeça baixa, coloco a garrafa na bancada e puxo a tira de alumínio da rolha.

– O que você está fazendo?

A voz de Cade soa preocupada. Ele é tão grande que bloqueia parte da luz que entra na cozinha.

– Pegando uma bebida – murmuro.

Nem preciso olhar diretamente para ele para saber que cruzou os braços e ajeitou a postura.

– Por quê?

– Porque eu preciso.

– Willa. Olhe para mim. – Seu tom não deixa espaço para discussão, então eu planto as mãos na bancada e o encaro. – Bom. Agora me diga o que está acontecendo.

– É por isso que preciso de uma bebida.

Cade corre a língua sobre os dentes enquanto me observa.

– Diga o que aconteceu e eu mesmo te sirvo uma bebida.

– Sua mulher acabou de me dizer que ficou grávida de propósito. Acho que as palavras que ela usou foram: *tomar anticoncepcional, não tomar anticoncepcional, eis a questão.*

Minha voz soa estridente e assustada. E é então que esse homem realmente me deixa maluca, porque ele *ri*.

– *Ex*-mulher.

– Por que você está rindo, cacete? Acabei de dizer que aquela cobra gostosona que está rebolando no seu quintal te deu o golpe da barriga.

Os ombros dele sacodem, sua mão de veias destacadas se apoia na testa para cobrir os olhos.

– Claro que ela fez isso. – Ele parece estar achando graça, admirado.

– Você acha graça? Não está bravo? Ela acabou de admitir ser uma pessoa horrível e do nada você vira o Sr. Risadinha? Ela te chamou de papa-anjo por minha causa!

Ele ri ainda mais, ofegando.

– Sr. Risadinha?

– Aff!

Eu rosno de frustração, nervosa demais para rir da arapuca que ela armou para o pai de seu filho.

– E claro que você tinha que se casar com alguém que parece uma modelo da Victoria's Secret – reclamo, enfurecida, enquanto vasculho as gavetas em busca de um saca-rolhas. – E ela tem aquela voz idiota e rouca que eu só ouvi em filmes pornôs.

Outra gaveta. Nada de saca-rolhas. Eu me viro para Cade, que agora está focado em mim.

– Juro por Deus que se ela encostar aquelas garras brilhantes e perfeitas em você de novo, vou decepar as mãos dela.

– Você é tão malvada, Ruiva – diz ele, com um brilho idiota nos olhos, como se achasse tudo hilariante. – Está com ciúme, gatinha?

Eu me viro novamente, sem querer ficar olhando o quanto ele é gostoso e imaginá-lo com ela. Estou entrando em parafuso e odeio tudo nessa situação. Nunca me senti assim antes e é muito confuso.

– Sim, estou com ciúme. Ela teve *tudo* com você, e eu sou apenas a droga da babá.

Nossa. Eu odeio como essas palavras soam ao saírem da minha boca. Sinto uma queimação no peito. O constrangimento se funde com uma forte dose de inveja.

Abro uma gaveta e a vasculho para ocupar minhas mãos trêmulas.

Meus dedos tocam algo sedoso na gaveta cheia de tesouras, elásticos, clipes e post-its. Eu agarro o tecido, ergo e olho para a palma da minha mão.

A calcinha preta que deixei naquela cafeteria, semanas atrás.

Eu me viro e a balanço nos dedos. Cade não parece nem um pouco surpreso; ele apenas me olha com sua careta irritada.

– Você guardou? – questiono, soando petulante até para mim mesma. – Você me disse que tinha jogado fora.

– Eu menti – resmunga ele.

– Por quê?

– Porque você nunca foi *apenas a babá*, Willa. – Meu peito aperta quando olho para ele, sentindo o tempo parar. – Você sempre foi mais que isso. A mulher que eu queria, mas não me permitia ter.

– Eu realmente queria uma bebida agora – digo, ainda olhando para ele.

– Não. Você vai ficar aqui e me ouvir.

Cade avança em minha direção de um jeito que faz meu coração disparar. Sinto meu sangue ferver. Quando está bem na minha frente, ele ergue meu queixo e me obriga a olhar em seus olhos.

– Não estou chateado com o que a Talia te contou porque não dou a mínima para ela e suas armações. Eu tenho o Luke. Não trocaria ele por nada no mundo. Como isso aconteceu nem importa mais, porque eu realmente não estou nem aí.

Minha respiração pesada serve como pano de fundo para a voz rouca e profunda dele.

– Você sabe o que me importa? – Os dedos dele afundam na minha pele.

– Você, Willa. Eu me importo com você. Você não tem nenhum motivo... nenhum mesmo... para sentir ciúme.

– Mas ela teve tudo. Tudo que eu nem percebia que queria, e ela simplesmente não deu valor e foi embora. E agora está aqui agindo como se tivesse todo o direito, e estou com tanta inveja que chega a doer. Nunca, *nunca* me senti assim, e só quero que passe.

A última frase sai num tom suplicante, como se Cade pudesse eliminar essa bola de ansiedade alojada em meu peito.

– Você não quer o que ela teve. Você quer mais. Você merece *mais*. E eu vou te dar. Mexe a cabeça se tiver me entendido.

Com um suspiro profundo, eu faço que sim, os olhos fixos nos dele. Coração acelerado no ritmo do dele.

– Mas ela...

Ele me interrompe.

– Eu não falei para você parar e me ouvir?

– Foi, mas...

– Se for para você ficar falando esse monte de merda e se autossabotando, eu vou calar sua boca. – Ele toca o meu rosto com ternura. – Eu amo o Luke. Você ama o Luke. E nós três somos *perfeitos* juntos. Esta noite ela vai embora, e você vai ficar. No fim deste verão, você vai embora, mas vai voltar. Porque não tem nenhuma chance de a gente terminar assim. Eu não vou permitir. Vamos dar um jeito. Você entendeu?

Engulo em seco, examinando seus olhos escuros e sérios, sua testa franzida, a expressão intensa em seu rosto. A vozinha na minha cabeça diz que ele está brincando, mas conheço Cade bem o suficiente para saber que ele não brincaria com uma coisa dessas.

– Mas...

Em um piscar de olhos, a mão dele em meu rosto me força a abrir a boca e ele enfia a calcinha lá dentro. Arregalo os olhos enquanto ele continua a meter o tecido, e eu fico imóvel, chocada demais para impedi-lo. Excitada demais para querer fazer alguma coisa.

– Não tem *mas*, Ruiva. Agora coloque as mãos na bancada e se incline.

Eu ainda o encaro, espantada, um pouco chocada com a rapidez com que essa conversa mudou. Com a mão no meu ombro, ele me vira gentilmente, e eu apoio as mãos na bancada vazia.

– Essa é a minha garota – murmura ele, pressionando as minhas costas para que meu torso fique contra o balcão, a borda do mármore frio cutucando meus quadris. – Me provocando com esse vestido a tarde toda. Só consigo pensar em te virar desse jeito e conferir o que você está usando por baixo.

Gemo, o tecido em minha boca, os quadris balançando enquanto arqueio as costas em um convite silencioso para que ele dê uma olhada.

– É para eu olhar?

Os dedos calejados dele percorrem a parte de trás das minhas coxas, levando junto a bainha do meu vestido favorito. Arrepios percorrem minhas costas, e ouço a respiração dele falhar quando o tecido macio descobre minha bunda nua e se amontoa na base das minhas costas.

– Sua safada. Andando por aí sem calcinha. Estava querendo que eu conferisse, né?

Pressiono o rosto contra o mármore frio e olho para ele, que mantém os olhos fixos na minha bunda. Faço que sim. Porque queria mesmo que ele verificasse. Queria que ele me arrastasse para o banheiro e me comesse contra a parede. Que me comesse até meu nervosismo passar.

Mas estou aqui, exposta para ele na cozinha, com uma festa acontecendo a apenas algumas centenas de metros.

Suas mãos apertam a minha bunda e eu levanto a cabeça para olhar pela janela e ver se tem alguém por perto.

– O que você está procurando, linda? Acha que eu pararia só porque alguém entrou? – A mão dele desliza entre minhas pernas e dois dedos tocam suavemente minha boceta molhada. – Talvez a Talia nos pegue e eu possa deixar as coisas bem claras para vocês duas. Porque eu te juro que nunca comi ninguém do jeito que como você.

Eu me contraio e gemo.

– Você gostaria disso, não é? – A voz dele está rouca. – Eu não me importaria. Você é *minha*, Willa. E não dou a mínima se as pessoas souberem.

Ele me penetra com os dedos, suave e lentamente. Uma mão pressiona minhas costas enquanto ele se inclina para sussurrar:

– É disso que você precisa? Precisa que eu te coma aqui mesmo e depois te mande de volta lá para fora com porra escorrendo das suas coxas lindas para te provar isso?

Minha mente dispara. Porra. É isso que eu quero? Eu mal preciso pensar a respeito. Eu quero tanto que chega a doer. As pontas dos meus dedos deslizam sobre a bancada enquanto olho por cima do ombro e aceno.

– Que bom – responde ele, mexendo no cinto. – Porque é o que eu também quero.

Em segundos ele abaixa as calças e mete o pau em mim. E não há suavidade nenhuma nesse gesto. Meu corpo se contrai ao redor de sua ereção no minuto em que ele me penetra com força.

Uma de suas mãos enormes envolve meu quadril enquanto a outra pressiona minhas costas, me mantendo em posição.

– Você fica tão linda no meu pau, Willa – rosna Cade enquanto suas coxas batem nas minhas, e eu me arqueio, rebolando a cada estocada, sentindo-me tão selvagem e enlouquecida quanto ele nesse momento.

Como se pudesse ler minha mente, ele se inclina sobre minhas costas e diz:

– Você quer tudo, Willa? A casa? Os bebês? O rancho?

Volto a assentir, porque é só o que posso fazer. Eu quero tudo isso. Com ele.

– Você me quer, Willa?

– Quero! – grito contra o tecido macio, assentindo freneticamente enquanto ele dá estocadas.

Eu o quero tanto que é angustiante.

– Que bom. Porque estou cansado de me segurar. Você não vai a lugar nenhum. Seu lugar é aqui, comigo.

Ele ergue meu torso, o braço em volta da minha barriga enquanto me aperta contra seu peito. Sua barba por fazer arranha minha orelha.

– Esfregue seu clitóris enquanto eu te como. Me deixa te contar como vai ser.

Deixo a cabeça repousar em seu ombro enquanto uma mão segura o tecido da minha saia. A outra imediatamente mergulha entre minhas pernas e esfrega em círculos enquanto Cade me agarra com força.

– Você vai passar o tempo que quiser na *nossa* casa – diz ele enquanto mete lentamente em mim. – Você vai trabalhar no emprego que quiser. Onde quiser. Mas sempre terá seu lugar aqui. Seu lar é aqui. Vou fazer café para você todas as manhãs. Vou deixar todos os post-its que você quiser. Vou preparar seu jantar todos os dias. Vou te comer na hidromassagem antes de dormir todas as noites.

Sim.

Solto um gemido, quase cedendo de alívio com sua confissão. Nem tinha percebido o quanto precisava ouvir que ele me quer. Por mais do que apenas algumas semanas.

Sua voz é firme e então ele para, dando um beijo áspero em meu pescoço nu enquanto suas mãos percorrem meus seios e eu me concentro em respirar pelo nariz.

– Mas essa boceta é *minha*, Willa. – Ele corre os lábios pela minha pele até que eu não consiga nem pensar direito. Pressiono meu clitóris com mais força, sentindo que estou quase lá. – Eu vou te comer.

Sim.

Eu me esfrego nele enquanto Cade me aperta. Cada sensação está ampliada, mais intensa de alguma forma. O arranhar de sua barba. A pressão dos meus dedos. Minha cabeça girando.

Fecho os dentes no tecido em minha boca.

Estremeço em seu abraço.

– Eu vou meter em você.

Sim.

Com isso, ele me empurra sobre a bancada e vai com tudo, bem no momento que minha visão fica embaçada e eu convulsiono, gritando seu nome abafado. Todo o meu corpo arde em chamas quando desmorono sob o dele.

Somos apenas energia, calor e respiração. Nunca fui tão bem comida na vida. Nunca transei sentindo algo assim.

– *Minha.*

O rosnado dele é absolutamente selvagem quando Cade explode dentro de mim, as mãos percorrendo minhas costas com reverência. Um homem cheio de contradições. Palavras duras misturadas com amor. Mãos ásperas cheias de ternura.

Imediatamente, ele estende a mão e remove o tecido da minha boca. Eu ofego e tento recuperar o fôlego, o que tem mais a ver com a intensidade do meu orgasmo do que com a mordaça que ele improvisou. A respiração dele está pesada e irregular, nossa pele está úmida.

E, mesmo achando que eu não tenho como ficar mais excitada do que já estou, quando ele se afasta, segura minha bunda com as mãos e me vê pingando seu gozo, eu fico.

– Isso mesmo – acrescenta ele, e eu pressiono a testa no mármore frio e deixo escapar uma risada baixa e ofegante.

– Meu Deus.

Com um tapa firme, ele solta uma risada, e eu pareço ainda sentir seus olhos nas minhas partes mais íntimas. Claramente sou uma sem-vergonha, porque não faço nenhum movimento para ficar de pé.

– Eu já te disse que você fica perfeita assim?

Movo a testa contra o balcão de mármore, ainda tentando me orientar.

– Não. Acho que é a primeira vez.

Um sonzinho satisfeito ecoa atrás de mim, e sinto o tecido deslizar suavemente para cobrir minhas pernas, seguido pela pressão suave de um beijo em minhas costas.

– Está se sentindo melhor? – pergunta Cade, me puxando suavemente, as mãos ainda em meu corpo enquanto ele me vira para encará-lo.

– Estou me sentindo muito bem.

Abro um sorriso um pouco tímido para ele. Quer dizer, como não? As coisas que saem da boca desse homem às vezes são absolutamente chocantes.

Ele me olha com ceticismo, examinando meu rosto.

– Estou melhor. Só... desarrumada? – Olho para mim mesma. – Vou só me limpar.

Estendo a mão para pegar minha calcinha descartada do balcão, mas ele a pega primeiro, então abre um sorriso malicioso. Um sorriso brincalhão? Talvez seja uma careta brincalhona? Mas é seguida por:

– Nada disso. Você vai vestir isso aqui e vai voltar lá para fora assim mesmo.

Balanço a cabeça, achando graça, enquanto ele se abaixa e levanta meus pés para passá-los pelas pernas da calcinha. Ele dá um beijo suave na minha barriga e então se levanta, andando pela cozinha como se tudo isso fosse a coisa mais normal do mundo. Quando me recupero o suficiente para encará-lo de novo, Cade já me serviu uma taça de vinho branco e está me esperando na porta dos fundos.

– Pronta? – pergunta ele, com a mão estendida e um sorriso torto no rosto.

Uma covinha que eu nunca tinha notado apareceu em seu rosto. Ele parece jovem e bonito. E parece que é meu, afinal.

– É para eu aparecer na festa de aniversário de uma criança com uma taça enorme de vinho e a cara toda vermelha? – pergunto, só para garantir.

Porque parece uma loucura.

– E com a boceta recém-fodida, não esquece. Mas isso ninguém vai ver. Eu cobri ela pra você.

– Mas todo mundo vai saber.

Aponto para ele e caminho em sua direção. Cade sorri e me entrega o vinho antes de se inclinar e sussurrar "Que bom" pertinho do meu ouvido.

29

Willa

Cade: Gatinha, por que você está vermelha?
Willa: Porque eu juro que todo mundo está me olhando como se
eu tivesse acabado de dar uma bela trepada.
Cade: Você deu.
Willa: Acho que essa calcinha já era.
Cade: Vou lavar para você. E depois enfiar ela de novo na sua
boca na próxima vez que você disser alguma grosseria.
Willa: Vai se foder.
Cade: Cuidado. Ainda não lavei.

– Bem ali na festa de aniversário? – cochicha Summer de uma forma bem audível do outro lado da mesinha do Le Pamplemousse.

Tomo um gole de mimosa e dou uma piscadela para ela.

– Eu salvei outro cavalo, Sum. A essa altura, sou praticamente uma ativista dos direitos dos animais.

Ela balança a cabeça.

– Meu Deus. Esses Eaton são doidos.

– Não é? Estou definitivamente na minha fase de caubóis. Acho que nunca parei com ninguém porque os rapazes da cidade só querem ficar falando sobre o futuro do petróleo e o tamanho da sua conta bancária, para compensar o tamanho do car...

– Willa. – Summer arregala os olhos. – Estamos em público.

– Você nem sabe o que eu ia dizer.

Ela me lança um olhar sarcástico.

– Eu ia dizer o tamanho do caráter.

– O tamanho do caráter?

Dou de ombros e ocupo a boca com outro gole da taça.

– Dá no mesmo, se você pensar bem.

– Jesus amado. – Ela ri e toma um grande gole enquanto olha pela janela. – Então é só uma fase. Ou mais que isso? Cade não me parece do tipo casual.

Suspiro, deixando a palavra *minha* se assentar em meus ossos. Dormi a noite toda aconchegada ao lado de Cade e passei a festa inteira flagrando o olhar dele me devorando. Quando toquei "Parabéns para você" no violão, acompanhada por Luke no violão menor que dei de presente para ele, tudo pareceu tão certo.

E, quando a música acabou, Talia havia sumido. Quis sentir alívio, mas fiquei triste por ela ter saído da festa de aniversário do próprio filho sem sequer se despedir dele.

– Não é só uma fase – respondo. – Eu não sei o que vou fazer... Mas eu nunca sei mesmo. Só sei que você vai me ver por aqui com mais frequência. Não é um trajeto muito longo e, não sei, talvez eu encontre algo para fazer em Chestnut Springs. Rhett me pediu para dar aulas de violão a ele ontem. Sabia? E vou ter que pedir demissão do bar. Vai ser divertido ver meu irmão irritado por ser pego de surpresa.

Summer ri, porque conhece meu irmão e sabe do nível de exigência dele.

– É um momento significativo da sua vida, Wils. Não posso dizer que previ isso quando empurrei você para esse trabalho. Meio que pensei que você e Cade se odiariam, para ser sincera.

Eu me recosto na cadeira.

– Uau. Obrigada por me fazer passar o verão morando com um homem que você pensou que me odiaria.

Ela gesticula com desdém.

– Eu sabia que você conseguiria lidar com ele. Além disso, Luke é divertido.

Suspiro, feliz.

– É. Luke é o máximo. Eu não sabia que iria gostar tanto de viver com uma criança. Sério, nem parece trabalho.

– Iiih. Já está querendo virar mãe, Willa?

Eu resmungo e me recosto na cadeira.

– Você vai tomar minha carteirinha de feminista se eu disser que só quero morar naquela casinha no rancho, dar aulas de violão, ser comida na banheira de hidromassagem e ter um monte de bebês fofinhos?

Os olhos de Summer se arregalam.

– Lembra que ainda estamos em público? As pessoas daqui escutam *tudo*. E não, ninguém vai tomar sua carteira de feminista se é isso que você quer, Willa. Não sei nem se você está falando sério ou brincando, mas criar bons seres humanos é um trabalho importante. Se você puder criar e botar no mundo pessoas legais e menos caóticas do que eu ou minha irmã, eu diria que é um sucesso.

– É. – Eu roo a unha do polegar, pensando no que ela acabou de dizer, pensando se estou brincando ou não, se há algo de errado em querer isso. – Luke é tão legal, sabe? Cade fez um trabalho incrível. Ele é um pai tão dedicado.

– Ai, meu Deus.

Summer toma outro gole.

– O quê?

– Vocês dois. Melosos e apaixonados. É tão esquisito.

Eu a olho, séria.

– Obrigada.

– Esquisito e maravilhoso. Assim como você.

Penso em suas palavras antes de concordar.

– Um brinde a isso.

Saí de casa esta manhã porque Cade pediu a ajuda de Luke para cavar uma passarela até a casa, que ele planeja pavimentar. Quando Harvey tropeçou na beira de um calçamento irregular, depois de alguns drinques no pós-festa, Cade anunciou no mesmo instante que construiria uma "calçada direita".

E, de fato, ele se levantou no raiar da madrugada e foi marcar e traçar as bordas. Tudo isso enquanto usava aquele maldito boné virado para trás que me fez querer empurrá-lo para o chão e cavalgá-lo.

De novo.

Em vez disso, liguei para Summer e disse que precisava de um brunch.

Brunch é a nossa praia. Já faz anos. E, com tudo girando em minha cabeça, eu precisava de algo familiar. *Alguém* familiar, alguém lógico e totalmente responsável.

Em vez disso, Summer se sentou e endossou toda essa maluquice que está passando pela minha cabeça.

Quando volto para o rancho, abro um sorriso.

– Willa!

Luke larga a pá e avança em minha direção no minuto em que saio do jipe, esquecendo o trabalho com muita facilidade.

Ele se joga em mim como se eu tivesse passado anos fora, e eu sorrio com o rosto enfiado em seu cabelo enquanto o pego no colo.

– Ei, docinho de coco.

– Vamos tocar violão?

Ele está praticamente vibrando quando eu o coloco de volta no chão. Cade solta uma risada enquanto enfia a pá no chão com a bota.

– Acho que você ganhou o pódio de melhor presente de aniversário, Ruiva.

– Eu também amei o drone, pai.

Sendo um garotinho sensível, Luke logo muda o discurso, claramente tentando tranquilizar o pai, todo preocupado em ferir os sentimentos de um homem adulto.

– Eu sei, filhote. Mas o violão é incrível, né?

O sorriso de Luke é tão largo que parece doloroso.

– Muito incrível!

– Por que você não vai praticar enquanto eu ajudo seu pai por um tempo? Quando eu entrar, você me mostra o que descobriu, tudo bem?

Olhando para ele, vejo seus dedinhos se movendo como se estivessem ansiosos para tocar. O garoto tem o gosto, não há dúvida. Em breve vou ter que contar ao meu pai sobre ele... e meu pai vai se divertir muito com isso, com certeza.

– Tudo ótimo. – Ele sorri como um boboca e então vai embora, literalmente pulando até em casa, e vê-lo partir com tanta alegria faz meu coração apertar. Mas ele para e se vira ao chegar ao alpendre. – Ei, Willa, você não vai embora logo, vai?

Sinto o olhar de Cade deslizando pelo meu corpo. Ele está totalmente paralisado. Parece que o mundo inteiro está assistindo. Esses dois queridos olhando para mim, me colocando em uma situação difícil.

Abro e fecho a boca, então olho para Cade em busca de algum tipo de sinal de que não estou errada ao responder. Suas mãos enluvadas estão apoiadas na pá, seu rosto bronzeado e barbudo brilha com uma leve camada de suor.

Ele é tão lambível.

Bom demais para eu abandonar, isso é certo.

– Não, meu bem. Acho que não. Não de vez, pelo menos. Acho que sentiria saudade demais de você. Tudo bem por você?

Seu rosto redondo relaxa, o cabelo caindo em sua testa enquanto ele balança a cabeça.

– Tudo. Eu também sentiria sua falta. E acho que meu pai ficaria sozinho demais sem você.

Com um sorrisinho doce, ele se vira e entra correndo, como se não tivesse acabado de deixar Cade e eu com olhos marejados.

– Você falou com ele?

Cade esfrega a mão enluvada no olho.

– Não. Achei que deveria falar com você primeiro. – Ele funga.

– Você está bem? Eu exagerei?

– De jeito nenhum. – Cade pigarreia. – É que entrou um cisco no meu olho.

Ele volta a esfregar o rosto.

– Uhum, uhum. No meu também – digo, exagerando numa piscadela lacrimejante.

– Como foi o brunch?

Cade volta a cavar, flexionando os braços enquanto trabalha. Nunca imaginei que um homem cavando um lugar para fazer uma calçada pudesse ser afrodisíaco, mas aqui estou, admirando a forma como seus ombros se retesam contra a camiseta e os tendões salientes de seus antebraços à luz do sol.

– Bom.

– Você realmente vai ficar? – pergunta ele, sem olhar para mim.

Em vez disso, Cade joga uma pá cheia de terra para trás e continua trabalhando.

– Você realmente vai continuar trabalhando enquanto temos essa conversa?

– Vou – responde ele, áspero.

– Ontem você estava todo *Eu Cade. Você mulher. Fique aqui. Vou te comer todo dia* – digo em uma triste tentativa de fazer uma imitação do Tarzan.

Mas ele não acha graça.

– Bem, hoje estou mais preocupado com a possibilidade de que você esteja pensando melhor e acabe percebendo que seu lugar é na cidade, fazendo aquelas coisas chiques que costuma fazer.

– Gerenciar um bar enquanto sirvo cerveja? Meu estilo de vida glamoroso realmente é incomparável.

– Olha... – Cade enfia a pá no chão como se quisesse feri-lo antes de finalmente olhar para mim. – Se isso aqui não for suficiente para você, prefiro que vá agora. Eu não estava brincando sobre o que disse ontem. E parece muita coisa. Eu... – Ele desvia o olhar, passando as costas do braço na testa. – Não quero mais levar a vida com medo. Mas também não quero ser feito de bobo outra vez.

Aquela sensação dolorosa de aperto volta ao meu peito. A pedra pesada em minhas entranhas. Este homem merece muito mais do que recebeu.

– Cade, olhe para mim.

Ele tensiona o maxilar, mas prefere olhar para o chão que cavou.

Então é para lá que eu vou, me sentando no chão bem na frente dele.

– Que merda você está fazendo, mulher? – resmunga ele enquanto levanto o queixo em sua direção.

– Tentando chamar sua atenção.

Estico as pernas à frente e me apoio com as mãos atrás, sentindo a terra fria e úmida embaixo delas. Tem cheiro de terra, pederneira e agulhas de pinheiro.

Tem cheiro de lar.

– Você está chamando minha atenção desde...

Reviro os olhos e aceno para ele.

– Eu sei, eu sei. Desde que deixei minha calcinha cair a seus pés.

– Não. Desde que ouvi você rir pela primeira vez.

Isso me cala.

– Na cafeteria. Eu estava atrás de você e não conseguia parar de pensar em como sua risada era incrível. Tão leve e calorosa. Me fez querer rir também.

Deslizo a língua pelos lábios enquanto o observo.

– Porra... Estou com medo, Willa. Estou com medo de que você seja jovem demais. Que você não tenha vivido o suficiente. Que você seja areia demais pro meu caminhãozinho. Estou com medo de não ser o suficiente e que você vá embora. E eu fique aqui, arrasado. E o Luke também, dessa vez.

Ele passa a mão livre no boné, rearrumando-o na cabeça enquanto desvia o olhar novamente.

– Eu também estou com medo – confesso. – Mas não a ponto de não tentar.

Ele me fita. Intensamente. É bem enervante. E então ele responde:

– É, eu também não.

Sorrio para ele e vejo a sombra de um sorriso em seus lábios antes que Cade recomece a trabalhar.

– Vou ligar para o meu irmão e pedir as contas. Vai ser divertido.

– Se você precisar voltar um pouco para a cidade, tudo bem. Não tem problema se quiser fazer as coisas devagar.

– E o quê? Fingir que já não moramos juntos há quase dois meses? É para eu ir morar na casa principal com o Harvey?

Ele nem recua.

– Assim de repente a gente pode namorar direito. Talvez um pouco de distância seja bom para você ter certeza das coisas. Ou a gente pode ficar se visitando.

Reviro os olhos e cruzo os pés.

– Cale a boca, Cade. Pare de ser tão maduro.

– Alguém precisa ser – resmunga ele, jogando outra pá cheia de terra por cima do ombro e parecendo muito sexy ao fazer isso.

– Ei, sabe do que esse quintal precisa? – indago enquanto levo o indicador aos lábios, examinando teatralmente a propriedade com muita atenção.

– Do quê?

– Que alguém cate essas laranjas e dê uma boa chupada.

Cade dá uma risada rouca e balança a cabeça.

– Deus me ajude... Onde eu fui me meter?

Passamos o resto do dia assim. Ele cavando. Eu tirando sarro da sua cara. E Luke por fim apareceu e tocou para nós uma música que ele inventou.

Pela primeira vez, me sinto resolvida. Como se tudo na minha vida estivesse onde deveria estar.

30

Cade

Willa: Por que você me deixou um post-it dizendo "sem calcinha hoje"?

Willa: Isso só estraga a surpresa.

Cade: É porque quero acesso fácil.

Willa: Cade Eaton. É um evento de família.

Cade: Isso nunca te impediu de nada.

Willa: Foi um único episódio.

Cade: Não, não foi. Um precedente foi criado.

Willa: Em breve o Luke vai conseguir ler esses recados.

Cade: Você mudou de assunto porque sabe que tenho razão?

Abro um sorriso quando Jasper monta em um cavalo.

– Obrigado por ter vindo.

Ele me dá uma piscadela.

– Você sabe que eu não perderia por nada. Adoro ficar só observando de fora, para não violar meu contrato.

Eu balanço a cabeça.

– E a gente adora ter o incomparável Jasper Gervais por aqui, nos agraciando com sua presença enquanto trabalhamos com o gado.

Ele faz uma expressão séria... e, de alguma forma, sarcástica. Ninguém fica mais desconfortável com a fama do que Jasper.

– Relaxa. Você sabe que esse é um dos meus eventos favoritos do ano. É realmente bom ter você por aqui.

– *Você* acabou de *me* dizer para relaxar? – Seu tom de voz é claramente surpreso.

Então um coro de risadas estridentes irrompe perto da cerca atrás de mim. Todo mundo está aqui. Willa, Summer, Rhett e outros amigos da cidade.

Eu me viro e tenho dois vislumbres idênticos de cabelos loiros se aproximando do cercado e noto meu pai com uma expressão de quem acabou de ver o Elvis Presley voltar dos mortos.

– Violet! Você vai me matar do coração, garota!

Meu pai abraça nossa irmã caçula, que é tão pequena que quase desaparece em seus braços.

– Surpresa, pai!

Ele a abraça com força.

– Ah, como é bom ver você. – Ele se vira para nossa prima. – Você também, Sloane. Quem diria que as pirralhas do celeiro cresceriam e se tornariam jovens tão bonitas?

Meu Deus, ele é um babão. Sloane aparece de vez em quando, desde que virou primeira bailarina ou algo do tipo, mas Violet em si também é uma sensação – uma jóquei de cavalos de corrida mundialmente famosa, que mora na costa com uma família inteira para cuidar... Ela não costuma vir para cá com tanta frequência.

Não posso deixar de sorrir de novo. Parece que tenho feito muito isso nos últimos tempos. Vou até elas, com Jasper me seguindo.

– Maninha – digo.

– Mano. – Ela sorri para mim. – Quase não te reconheci com esse sorriso no rosto.

Desço do cavalo e franzo o cenho dramaticamente antes de a envolver num abraço.

– Onde está o Cole?

– Ah, o seu queridinho? – brinca ela, porque sim, eu gosto do cara. Ela se casou com um bom homem. – Ele está cuidando dos humaninhos para que eu possa cuidar das vacas.

– Ah, é?

Eu me afasto e a olho com ar cético.

– Ah, pode apostar. – Violet bate palmas e esfrega as mãos como se estivesse pronta para o desafio. – Aposto que ainda consigo laçar melhor do que você.

Balanço a cabeça antes de me virar para Sloane, ao lado de Violet, mas cuja atenção está toda em Jasper, como é desde que éramos crianças.

E ele continua desligado, como é desde que éramos crianças.

Ele diz que os dois são "bons amigos". E talvez sejam mesmo, talvez eu esteja vendo coisa onde não existe.

Só sei que, antigamente, todos olhavam para Jasper como se ele pudesse desmoronar a qualquer momento, mas Sloane o encarava como se ele fosse algo maravilhoso.

– É bom ver você, Sloane. Quanto tempo. Muito ocupada com a dança?

Deve ser uma pergunta idiota, mas não sei mais o que dizer. Não sou um grande conhecedor de balé. Ela sorri e, antes que possa falar, Violet pega a mão esquerda dela e a levanta.

– Ela está ocupada planejando o casamento!

– Casamento? Eita, porra, Sloane. E você não contou nada. – Eu me aproximo para abraçá-la. – Parabéns. Quando é o grande dia?

– Novembro, eu acho – responde ela, baixinho, os olhos se voltando para Jasper, ainda em sua montaria.

– Novembro agora? – pergunta ele ao meu lado.

– É.

Ela coloca uma mecha de cabelo atrás da orelha, agora mantendo os olhos focados em mim.

– Quem é o cara? Ainda não conheci ele.

Cruzo os braços, sentindo Amora me cutucar por trás.

– Credo, gente. – Violet gesticula diante das nossas caras. – Vamos parar de gracinha. E vocês ainda se perguntam por que eu me mudei daqui para poder namorar. Sloane já tem vinte e tantos anos. Não precisa de ninguém bancando o guarda-costas.

Jasper e eu bufamos em uníssono. Violet empina o nariz e nos ignora.

– Vou jantar com o casal quando a Sloane me levar ao aeroporto na segunda-feira, então *eu* vou julgar o cara.

É a vez de Sloane dar risada, sorrindo e balançando de leve a cabeça.

– Você quis dizer que é você quem vai *conhecer* o cara, né? Porque você não fica com essas gracinhas. Certo?

Rhett se intromete.

– Uuh. Levou bronca. Parece que você não é tão diferente de nós, afinal, dona espertinha.

– Ah, para. – Violet nos dispensa com um gesto e um sorriso. – Só exibe aí para todo mundo essa pedra enorme e pare de implicar comigo. Isso está fazendo o Cade sorrir, o que é muito esquisito.

Os lábios de Sloane se erguem, mas suas bochechas tremem. Eu não estaria sorrindo desse jeito se fosse me casar com Willa em poucos meses. Ela estende a mão timidamente e, de fato, a pedra é enorme. Sua família não aceitaria menos.

Um coro de *parabéns* ressoa ao nosso redor. Todo mundo faz *uuhs* e *ahhs* diante do anel, e Jasper desce do cavalo, oferecendo um sorriso fraco para as garotas. Ele bagunça o cabelo de Violet antes de parabenizar Sloane.

Ela se aproxima e Jasper a envolve em um abraço de urso, segurando-a pela nuca enquanto Sloane pressiona o rosto em seu peito.

Isso me lembra de passar os dedos pelos cabelos de Willa e imediatamente a procuro no grupo. Eu a encontro com facilidade, parada ali, sorrindo, em seus jeans justos e segurando a mão do nosso garoto.

E, caramba, é tão lindo de ver.

– Vi, venha conhecer a Willa.

Eu não especifico o papel dela. Não a chamo de babá, porque não seria verdade. E não a chamo de minha amiga, porque isso com certeza também não é verdade.

– Ah! É! Willa. – Violet se vira e um sorriso genuíno surge em seu rosto quando seus olhos pousam em Willa e Luke. – Ouvi falar muito de você – comenta ela enquanto caminha em direção a eles.

– E eu, de você.

Willa retribui o sorriso, e eu sei que essas duas vão se dar muito bem.

Não deixo de ver a piscadela que Violet me dá por cima do ombro de Willa enquanto elas se abraçam.

Harvey e sua maldita boca grande. Já contou para meio mundo sobre Willa e eu desde aquele dia em que a carreguei no ombro. Como se contar para o maior número possível de pessoas pudesse dar uma mãozinha para acelerar as coisas.

— E aí, todos prontos? – grito, querendo começar as festividades para poder depois relaxar com uma cerveja gelada.

Provavelmente mandar minha garota se deitar e fazer um lanchinho de madrugada, descobrir se ela seguiu minhas instruções.

Provavelmente não. E eu amo que ela seja assim.

Merda, eu *a* amo, ponto final.

Você deveria dizer a ela. As palavras de Summer me voltam à mente com frequência. Eu deveria dizer, mas estou apavorado, então deixo o assunto de lado e entro em ação. É um problema para outro dia.

Dentro de uma hora, todos estão em suas selas e começamos a trabalhar. Vacinar. Marcar. Falar merda.

E quem diria, não é mesmo? Minha maninha ainda laça melhor do que eu.

Sinto o estalo quando sou jogado contra o painel de metal.

— Merda!

— Cade?

Jasper salta da montaria ao mesmo tempo que Rhett, e os dois correm em minha direção.

— Merda, merda!

Seguro a mão contra o peito, sentindo uma dor lancinante. Os dois estão escalando a cerca para me alcançar.

— Jasper, não se atreva a entrar aqui, seu maluco filho da puta. Se você se machucar, o país inteiro vai me odiar.

É ano olímpico. Não posso machucar o goleiro número um do país.

— Tarde demais, idiota – murmura ele antes de entrar, enquanto Rhett ajusta os portões para manter as vacas longe de mim.

Seguro a mão de um jeito protetor, esperando que a dor passe se eu só respirar pelo nariz por um minuto.

Já estou no ramo há tempo suficiente para saber que não é bem assim.

— Quebrou? – grita Rhett enquanto Jasper me lança um olhar furioso que diz que preciso mostrar a mão para ele.

— Você é jogador de hóquei, não médico.

— Sou inteligente o suficiente para conseguir avaliar.

Jasper me lança seu melhor olhar de irritação, que, honestamente, é muito bom. Estendo a mão direita com um suspiro irritado, o mindinho e o anelar já totalmente inchados.

– Ah, com certeza está quebrado – anuncia Rhett.

– E você é um montador de touros aposentado. O que você acha que sabe?

Ele dá de ombros.

– Bem, eu sei identificar ossos quebrados. E os seus estão.

– Também acho – acrescenta Jasper, dobrando a aba do boné na testa.

– Parece uma piada idiota. Um jogador de hóquei e um montador de touros entram num consultório médico...

– Cade. Você precisa fazer um raio X.

Eu me apoio contra a cerca de metal atrás de mim e solto um grunhido.

– Era o último lote. Eu só queria uma cerveja e um tempo na banheira de hidromassagem.

– Sem problemas, mano. – Rhett me dá um tapinha no ombro com tanta força que meus dedos doem. – Vou pegar uma cerveja para você tomar no caminho. Além disso, a Summer me disse para nunca mais entrar naquela banheira. Que merda você anda fazendo lá dentro?

– Vai se foder, Rhett. Eu uso pastilhas de cloro e testo a água regularmente.

– A água já engravidou? – dispara ele por cima do ombro enquanto se afasta correndo.

– Babaca – murmuro, segurando minha mão com cuidado e sentindo os braços tremerem.

– Como eu posso ajudar? – pergunta Jasper com gentileza.

– Vai chamar a Willa.

Porque ela é a única pessoa que eu quero nesse momento.

Ele me encara de um jeito compreensivo e assente. Em poucos minutos está de volta com ela.

Willa parece pálida, olhos semicerrados, mas não faz drama. Ela não é desse tipo, e acho que a amo ainda mais por isso.

– Nos esbarramos de novo, Eaton. Você foi bancar o fodão e quebrou alguns dedos?

Ela está usando humor para neutralizar sua ansiedade, mas eu deixo.

Seu sarcasmo é uma boa distração nesse momento. Rhett está de volta e me entrega uma cerveja já aberta.

– Não. Ele foi bancar o fodão e soltou sozinho a perna daquele bezerro.

Eu levanto a cerveja na direção de Willa.

– Um brinde, gatinha. Você vai brincar de enfermeira hoje.

– Ah, é? – Ela se aproxima, passando a mão pelo meu ombro e descendo pelo meu braço para segurar minha mão. Ao avaliar como os dedos escurecem rapidamente, Willa acrescenta: – Acho que teve um ano que me vesti de enfermeira para o Halloween.

Jesus. De que essa mulher ainda *não* se vestiu para o Halloween?

Eu solto um grunhido e fecho os olhos enquanto meus irmãos dão boas risadas ao meu redor. A última coisa de que preciso é um pau duro para combinar com meus dedos quebrados.

– Ok, campeão. Vamos para o hospital. – Willa passa o braço ao redor das minhas costas. – Eu assumo a partir daqui, rapazes. As meninas estão com o Luke. Acho que ele está amando ter duas loiras dando atenção para ele.

– Cheio de questões maternas... – brinca Rhett, recebendo um coro de resmungos.

É a cara dele dizer algo inapropriado nesse momento.

– Sacana engraçadinho – murmuro enquanto distraidamente dou um beijo na cabeça de Willa.

Tudo fica estranhamente silencioso por um momento, porque percebo que acabei de beijar minha babá na frente desses dois palhaços sem nem pensar duas vezes.

Willa pigarreia para quebrar o silêncio.

– Vamos terminar de cuidar das vacas e depois encontrar vocês no hospital – diz Jasper.

Rhett bufa.

– Ele só quebrou uns dedos, cara. Acho que vai sobreviver.

Dou uma risada, porque tudo isso é uma droga e Rhett é muito idiota.

– Obrigado, pessoal.

Então partimos, caminhando silenciosamente de volta ao celeiro onde estacionei. Quando encontro os olhos de Willa, eles estão arregalados e preocupados. Sussurro:

– Não se preocupe, gatinha. Vou ficar bem.

Ela funga e endireita os ombros.

– Eu sei – responde ela, sempre exibindo essa fachada durona.

– Ficou preocupada? – pergunto enquanto me acomodo no banco do passageiro da minha caminhonete.

– Claro – responde Willa, a voz calma enquanto se senta no banco do motorista. – Eu não sei se você vai conseguir meter tão bem em mim com os dedos da mão esquerda...

Eu dou uma risada e sorrio durante todo o percurso até o hospital, porque só há uma pessoa no mundo que poderia me fazer rir tão genuinamente em um momento como esse.

Enquanto dirigimos em um silêncio confortável, percebo, com toda a certeza, que Willa é essa pessoa.

A pessoa para mim.

O hospital em Chestnut Springs é pequeno. É complicado conseguir funcionários. Os tempos de espera são brutais.

Eu não deveria ficar surpreso por ter que esperar várias horas. Primeiro, na sala de espera da emergência. Depois, pelos raios X. Por último, mais um pouco em uma sala reservada.

Willa segura minha mão boa o tempo todo, acariciando o dorso com o polegar, e de alguma forma isso entorpece a dor em meus dedos.

Ela fica de olhos arregalados quando uma médica entra na sala de espera com o rosto voltado para a prancheta nas mãos.

– Winter? – chama ela.

A médica levanta a cabeça, os olhos gélidos se arregalando apenas momentaneamente.

– Winter? A irmã da Summer? – pergunto, porque já ouvi histórias sobre essa mulher.

A irmã com quem Summer *não fala.* É um grande drama familiar. Rhett me contou toda a confusão um tempo atrás, enquanto tomávamos cerveja, e me pareceu algo saído de um dramalhão.

Esse povo rico da cidade...

– É. – A médica contrai os lábios e seus saltos estalam contra o chão quando ela fecha a porta. – Em pessoa. Eu mesma. Tenho certeza de que você só ouviu coisas boas a meu respeito – diz ela secamente antes de acrescentar: – Mas prometo que seus dedos estão em ótimas mãos, Sr. Eaton.

Eita. Outra mulher precisando de uns elogios sinceros. Observo seus movimentos tensos, a forma como seus lábios se contraem ao olhar para Willa. Ela se parece com Summer, mas, ao mesmo tempo, é muito diferente.

Winter e Summer, inverno e verão... A pessoa que escolheu esses nomes merecia um chute no saco.

– Como vai, Winter? O que está fazendo aqui? – pergunta Willa, sua voz suave e cautelosa enquanto a mulher baixinha veste um par de luvas de látex.

Winter ignora as perguntas, como se nem as registrasse.

– Vamos ver esses dedos, Sr. Eaton.

Winter estende a mão para mim e eu apoio meus dedos nela, estremecendo com o gesto. Seu toque é tão suave que mal o sinto.

– Os dois dedos estão quebrados. As fraturas foram bem limpas, mas, pelo que posso ver nas radiografias, há algumas lascas de ossos soltas aí. Poderíamos fazer um reparo cirúrgico...

– Eu não...

Ela me interrompe com um olhar incisivo.

– Ainda estou falando.

Meu Deus, essa mulher é meio assustadora. Fecho a boca e arregalo os olhos para dizer que ela pode continuar.

– Como eu estava dizendo, poderíamos operar e arrumar as coisas imediatamente, mas minha tendência é evitar a cirurgia, quando possível. Portanto, a opção é imobilizar os dedos e deixar que se curem. Esperar que essas lascas se dissolvam por conta própria e ver como você se sente. Se ficarem causando problemas, podemos operar no futuro. É uma aposta. Curar mais rápido agora, na esperança de não precisar de cirurgia mais tarde, ou ter problemas no futuro e voltar a ser internado. Você decide.

Ela é muito direta, muito prosaica. Algumas pessoas talvez não gostem desse jeitão, mas eu meio que fui com a cara dela. Winter fala comigo como se eu fosse capaz de tomar a decisão, sem ficar me empurrando o tratamento goela abaixo.

Sua voz é mais gentil do que eu esperava, com base nas histórias que ouvi, e seus olhos são menos cruéis. Estão mais para... tristes. Rodeados de olheiras.

– Existem opções de fisioterapia e alternativas de tratamento que podem ajudar na reabilitação de uma lesão como essa – prossegue ela, rabiscando na ficha à sua frente.

– Alternativas de tratamento? – pergunto, franzindo o cenho.

Com um estalo, ela tira as luvas para escrever algo em seu prontuário.

– Eu recomendaria acupuntura, para começar – responde Winter, sem sequer olhar para mim.

– Certo. – Olho para Willa, que ainda está fitando a irmã de sua melhor amiga quase como se estivesse vendo um fantasma. – Vamos pelo caminho mais conservador.

– Ótimo. – Ela sorri, mas é forçado. – Vou chamar alguém aqui para fazer o curativo, então você pode ir. Tenho certeza de que está cansado de esperar.

Ela se levanta e sai porta afora, profissional e indiferente.

Mas Willa vai correndo atrás dela.

31

Willa

Summer: Cade está bem?
Willa: Está. Alguns dedos quebrados. Vai precisar de seis a oito semanas pra sarar, então ele vai estar mais rabugento ainda no futuro próximo.
Summer: Podia ser pior. Luke está dormindo. Tudo ok aqui.
Willa: Sum, Winter respondeu alguma mensagem?
Summer: Não, mas eu continuo enviando mesmo assim. Eu sei que ela lê. Por quê?
Willa: Porque foi ela quem nos atendeu no hospital.
Summer: Como ela está?
Willa: Parece triste.

– Winter – chamo em um sussurro alto enquanto a sigo pelo corredor bege com uma faixa verde aleatória no meio da parede.

Por que hospitais fazem isso? Não ficam mais bonitos assim.

– Winter, espera.

Summer vem tentando contatá-la há um ano, mas é sempre ignorada. Não vou sair do hospital sem falar com ela.

Winter dobra em um corredor, mas para em uma pequena alcova que abriga algumas máquinas de venda automática.

– O que foi? – retruca ela de um jeito afetado, o nariz empinado enquanto olha para as próprias unhas.

Conheço Winter desde que éramos adolescentes. Quando Summer estava no hospital, passamos algum tempo juntas. Winter não é tão má quanto todo mundo pensa. Ela passou por coisas terríveis.

Coisas que o dinheiro e a educação não podem apagar. O que falta a Winter é amor.

Eu a encaro, respirando mais pesado do que deveria, considerando a distância que percorri.

– Só quero te dar um abraço.

Os longos cílios dela se movem lentamente, e Winter é obrigada a levantar o queixo para me olhar, porque a sensação que dá é que as duas irmãs pararam de crescer aos doze anos.

– Um abraço?

Agora percebo como ela parece sofrida. Muito magra. Muito cansada.

– É, garota. – Abro os braços. – Mexe essa bunda magrela e vem aqui.

Ela desvia o olhar por um momento, como se o saco de salgadinhos na máquina de venda automática fosse interessantíssimo. Então relaxa os ombros, sem me olhar nos olhos ao se aproximar dos meus braços.

Ela suspira quando me abraça, e eu também. É incrível como os adultos responsáveis por nós conseguem estragar as coisas. Foi o que aconteceu com Summer e Winter... e eu presenciei tudo de perto.

Eu também estava no hospital, sentada ao lado da cama de Summer, quando Winter saía escondida de casa para passar tempo com ela. Mas só se Summer estivesse dormindo. É um segredo que Winter e eu guardamos há anos.

Todo mundo acha que Winter é indiferente, mas eu sei que não é verdade. Ela ama a irmã caçula, embora sua mãe a tenha feito pensar que isso é errado. Embora ela não saiba como demonstrar.

O pai delas, Kip Hamilton, não é perfeito, mas também não é tão horrível quanto a mãe de Winter.

Penso em Luke e em como a vida dele poderia ter sido diferente se Cade e Talia tivessem ficado juntos e infelizes.

Ele poderia ter passado pelo mesmo que essas duas.

– Como anda a vida? – sussurro, e ela não me solta.

Na verdade, seus dedos apertam minha jaqueta jeans como se eu fosse sua única tábua de salvação em um navio que está afundando.

– Está tudo bem. – Sua voz falha e eu a sinto soluçar enquanto suspira. – Merda. Não é verdade. Está tudo uma droga. E eu perdi o bebê.

Minha barriga contrai e quase sinto náuseas. Há um ano, quando as coisas entre ela e Summer foram pelos ares, Winter estava grávida.

Ela ainda está me abraçando enquanto fala:

– Por um lado, estou arrasada, porque tentei por muito tempo. Por outro, estou aliviada, porque não preciso ficar amarrada àquele homem pelo resto da minha vida. Sou uma pessoa horrível...

Ele dá uma risada um tanto chorosa, e meus olhos se arregalam. Winter nunca foi emotiva. Sempre foi fria e reservada – especialmente depois de adulta. Mal reconheço a mulher agarrada a mim.

– Você não é horrível – digo com sinceridade. Ninguém merece viver em um mundo onde sua única família é um marido infiel e uma mãe manipuladora. – Você merece coisa melhor, Winter.

Ela solta um muxoxo, como se não tivesse tanta certeza.

– Vocês ainda estão juntos? – pergunto, referindo-me ao homem lixo com quem ela se casou.

– Mais ou menos – responde Winter, tensa.

– Ele não te merece.

Ela me aperta com mais força. Meu Deus, essa mulher precisava muito de um abraço.

– Eu sei – responde ela baixinho. – Estou feliz que a Summer possa contar com você. Deus sabe que nós, a família, não fizemos nenhum bem a ela.

Chocada com o que ela acabou de dizer, me afasto e olho para a mulher diante de mim. Ela é sempre fria e distante, indecifrável.

– O que você está fazendo em Chestnut Springs?

Ela funga e esfrega o nariz antes de me soltar.

– Peguei um plantão por aqui. Parecia uma boa maneira de passar alguns dias longe dele.

Dele. O marido idiota. O marido que ela precisa deixar, que já deveria ter deixado há um ano.

Eu me pergunto se a proximidade com a irmã influenciou na escolha deste hospital.

– Summer adoraria conversar com você. Caramba, ela adoraria te ver. Essa porta está sempre aberta, você sabe, não é?

Ela revira os olhos e eu praticamente a vejo reerguendo a guarda.

– Sei. As constantes mensagens que ela me manda deixaram isso bem claro.

– E aí? Aceita. Ela te ama, acredite você ou não.

Winter bufa, voltando a olhar para as unhas.

– Tem algo agarrado aí nas suas unhas? – pergunto, porque ela está sendo rude. – Meus olhos ficam aqui em cima, Winter.

– E como é que eu faço uma coisa dessas? É só aparecer de volta na vida da minha irmã, depois de tudo que aconteceu entre nós? Depois da forma como tratei a Summer? Ela deve me odiar.

– É exatamente isso que você deve fazer, Winter. Porque ela não te odeia.

– Eu... não sei como consertar as coisas. Estou com vergonha – confessa ela baixinho.

– Deixa disso. Todo mundo precisa de um novo começo de vez em quando. Vem passar um tempo com a gente um dia desses. Talvez você até se divirta.

Ela ri ao ouvir minha sugestão.

– Passar um tempo com vocês? Para quê? Você e Summer são tão grudadas que aposto que menstruam ao mesmo tempo. Sincronizadas. Lembro de vocês duas se entupindo de besteira e reclamando das cólicas todo mês.

Eu rio, mas paro quando começo a processar suas palavras. Eu sempre fico de péssimo humor antes de menstruar. Estou há alguns dias tomando as pílulas de placebo deste mês, mas nada aconteceu.

Um dia desses, Summer reclamou de estar com cólica e eu apenas ri como uma idiota inebriada de sexo.

O sangue foge do meu rosto, parece descer todo para os meus pés e deixá-los pesados enquanto perguntas se reviram em minha mente, perguntas em que eu nem me permiti pensar.

– Você está bem? – A voz de Winter soa preocupada.

– Eu... – Eu levo as mãos ao rosto. Como não prestei atenção? – Porra. Que dia é hoje?

Os olhos de Winter me examinam e então brilham quando ela compreende.

– Merda – diz ela, recuando um pouco. – Você deixou aquele caubói te engravidar, Willa Grant?

Já está escuro quando pegamos a estrada de novo, o que me convém, porque Cade não consegue ver meu rosto tão bem na calada da noite.

Ele está cansado. Eu estou cansada.

E estou em choque.

Winter providenciou um teste de gravidez enquanto engessavam os dedos de Cade. Deu positivo para um minúsculo Eaton, e eu permaneci ali na sala de espera fitando o nada.

Winter ficou comigo por algum tempo. Não foi muito reconfortante, mas foi bom ter alguém por perto mesmo assim. Ela ficou calada e retraída assim que o resultado deu positivo.

Foi constrangedor.

– Você está bem? – pergunta Cade, arrancando-me dos meus pensamentos.

– Eu? Sim? Ótima. Por quê?

Eu me viro um pouco e espio sua testa franzida e seu belo rosto. Não estou brava nem triste. Estou estranhamente em paz com a situação.

Mas estou preocupada com *ele*.

– Porque você está segurando o volante como se estivesse tentando estrangular ele.

– Ah – digo, com um aceno de cabeça.

– Winter te disse alguma coisa? Nós gostamos dela? Nós a odiamos? Eu deveria estar bravo por algum motivo também? Porque eu fico se você estiver. Apenas me diga como te apoiar.

Caramba, como ele é fofo. Sua voz é rude e grave, mas sei que está falando sério.

Só me preocupo que, depois de já ter levado um golpe da barriga, ele sinta o mesmo de novo. Que se sinta preso. Obrigado a cuidar de uma mulher e de um bebê que ele nunca soube se queria.

De novo.

– Não – respondo baixinho. – Winter foi ótima. Espero que ela e Summer consigam se resolver. Acho que as duas precisam.

– Eu vou ficar bem, você sabe.

Ele busca minha mão através do console central, entrelaçando seus dedos nos meus, arrancando um suspiro suave de meus lábios. Sempre me sinto melhor com as mãos dele em mim.

Mais equilibrada. Mais eu mesma. Mais confiante.

Sou mais eu mesma com Cade Eaton do que jamais fui, e agora vou ter que ficar me perguntando se ele sente o mesmo ou se vai fazer tudo só por um senso de dever. De novo. Nosso relacionamento mal começou e, por mais que eu saiba que quero uma família – com o próprio Cade –, não posso dizer que imaginei que as coisas seriam desse jeito.

– Eu sei – digo, mas não sei se acredito.

Não sei se as coisas vão continuar iguais entre nós depois que eu contar tudo para ele. Como ele poderia gostar de ver a história se repetindo?

Eu sei que preciso contar. Sinto as palavras se acumulando em minha garganta à medida que nos aproximamos do rancho. Quanto mais ele acaricia minha mão, mais nervosa fico e mais culpada me sinto por ter ficado sentada aqui sem dizer nada durante os últimos quinze minutos.

Dirigimos em silêncio, mas sinto que ele percebe que tem algo estranho, porque não estou normal e tagarela. Vejo Cade lançando olhares nervosos em minha direção, como se estivesse totalmente perdido.

Mas eu também estou perdida.

Quando paramos em casa, estaciono a caminhonete, mas não me mexo, só fico olhando pelo para-brisa dianteiro.

– Olha, Ruiva, estou tentando não ser um babaca controlador, mas quero saber o que está passando nessa sua linda cabecinha. Posso ver as engrenagens girando. Dá para ver, só pela sua postura. Pela tensão na sua mão. Normalmente, não consigo fazer você calar a boca, a não ser que eu enfie uma calcinha nela. Então esse silêncio... – Ele gesticula entre nós. – É esquisito.

Uma risada angustiada me escapa e lágrimas brotam em meus olhos. Solto a mão dele para esfregar meu rosto, para fazer o sangue voltar a circular na minha cabeça, porque sinto como se estivesse vivendo em algum mundo alternativo e onírico. Como se isso não pudesse *realmente* estar acontecendo comigo.

Parece que a melhor maneira de encarar a situação é arrancar depressa o esparadrapo. Rápido, indolor... Acabar com tudo logo, porque não consigo lidar com esses níveis de ansiedade em meu corpo.

– Estou grávida.

Essas duas palavras saem seguras e firmes. Muito mais seguras e firmes do que me sinto no momento.

Cade me olha, atônito. Abre a boca, fecha de novo, e então balança a cabeça como se isso pudesse ajudá-lo a absorver a realidade.

– Surpresa? – acrescento meio sem jeito. – Desculpe – acrescento, mais sem jeito ainda.

Minha cabeça está girando e acho que seria bom ter um momento a sós para me orientar, para processar, porque dizer isso em voz alta fez tudo parecer muito mais real.

– Acabei de descobrir, lá no hospital, e estava tentando juntar coragem para te contar. Desculpe.

– Por que você está se desculpando?

– Não fiz de propósito.

Cade apenas me encara.

– Eu juro que estou tomando anticoncepcional, mas acho que vomitar a pílula dois dias seguidos não ajudou.

Ele passa a mão pelo queixo com barba por fazer enquanto respira fundo. Ai, meu Deus, ele fica quieto, e minha ansiedade cresce exponencialmente, dobrando de tamanho.

Feito células.

Merda. O que há de errado com a minha cabeça?

– Você é tão nova.

Não são as palavras que eu queria ouvir no momento.

– Meu Deus. Você age como se eu fosse uma adolescente sem noção! Eu tenho 25 anos! Para de me tratar como se eu fosse uma criança. Essa desculpa é um insulto. – Solto um suspiro agitado. – Acho que preciso de uma noite sozinha para processar tudo isso.

Ele faz uma careta e não diz nada, então continuo falando:

– É. É. É disso que eu preciso. E você também.

Estou começando a surtar. Olho para baixo e vasculho minha bolsa enorme à procura dos analgésicos dele, me sentindo prestes a surtar de um jeito inédito. Minha mão envolve algo longo e fino e eu pego... uma cenoura?

Meus olhos lacrimejam e o pânico aumenta. Jogo a cenoura no banco de trás.

– Aquilo era uma cenoura? – É a primeira pergunta que Cade me faz desde que contei que estou esperando um filho dele.

Um ótimo sinal, com certeza.

Finalmente encontro o frasco de analgésicos que Winter deixou no consultório antes de se despedir com delicadeza.

– Aqui está.

– Por que tem uma cenoura na sua bolsa?

Caramba. Eu realmente derreti o cérebro dele. Quem pode culpá-lo?

– Vou passar a noite lá na sede.

Ele me encara.

– Vai porra nenhuma.

Eu salto da caminhonete, dou alguns passos até meu jipe e subo no banco do motorista. Estou lidando bem com a situação? Provavelmente não. Mas estou surtada, e tudo que Cade faz é me olhar de cara feia e me perguntar sobre a cenoura.

Cade agarra a porta do meu jipe antes que eu possa fechá-la e me encara.

– Desculpa – digo. – Estou bastante ciente de que não estou lidando bem com a coisa toda.

– Precisamos conversar – responde ele com simplicidade, e soa tão solene que o pavor toma conta do meu estômago.

– Eu preciso de uma noite sozinha. Para organizar os pensamentos. Você também precisa.

Espero que ele discuta, e uma pequena parte de mim quer que ele me jogue por cima do ombro, como fez naquele dia em que Luke e eu nos escondemos dele. Cade deu um tapa na minha bunda e eu ri, mas dessa vez ele assente, tenso, e meu estômago embrulha.

Ele fecha a porta e bate de leve no capô enquanto eu giro as chaves na ignição, toda tensa. Respiro fundo antes de dar partida. Eu me afasto, trêmula, chorosa e me sentindo péssima por deixá-lo ali depois de lançar aquela bomba.

Vejo sua silhueta parada na entrada da garagem enquanto faço a curva.

E meu último pensamento antes de perdê-lo de vista é que ele merece coisa melhor do que passar por tudo isso de novo. Porque ele é tão honrado que vai ficar comigo e com esse bebê.

Mesmo que não seja o que ele realmente quer.

32

Cade

Cade: Willa está indo para sua casa. Você pode me avisar quando ela tiver chegado, por favor? Ela vai precisar do quarto de hóspedes.
Harvey: O que você fez com ela?
Cade: Por que essa é a primeira coisa que passa pela sua cabeça?
Harvey: Porque você tem um talento especial para fazer burrada.
Cade: Fazer burrada?
Harvey: Vai se danar. Você sabe exatamente o que eu quis dizer.
Cade: Quebrei os dedos. Obrigado pela preocupação.
Harvey: Minha única preocupação é com seus possíveis danos cerebrais por ter deixado essa garota sair de casa. Ela já chegou em segurança.
Cade: Meu cérebro vai bem.
Harvey: Difícil de acreditar.

Não preciso de uma noite sozinho para organizar os pensamentos, mas, pela cara de Willa, vi que ela precisava. Já vi esse olhar antes: um cervo apanhado pelos faróis de um automóvel.

Willa se orgulha de só deixar rolar, mas agora ela atingiu as corredeiras e está surtando. Muita coisa mudou em pouquíssimo tempo. Eu me lembro bem dessa sensação, mas agora é diferente.

Prefiro que ela surte comigo, mas também sei que não devo sufocar alguém tão independente quanto Willa, e por isso a deixei ir embora.

Mas então entro na caminhonete e a sigo até a sede, sem querer ficar sozinho em casa quando ela e Luke estão sob o mesmo teto.

Aonde eles vão, eu vou. Parece a coisa certa.

Paro e desligo o motor, os olhos fixos na janela do quarto de hóspedes. Quando a luz se apaga, eu desço do carro e entro na casa. Provavelmente deveria estar pensando em um novo bebê – e vou pensar –, mas no momento só consigo me importar com Willa. Acalmá-la. Abraçá-la.

Ficar com ela.

Quando entro na sala mal iluminada, avisto meu pai em sua poltrona reclinável de couro com um copo de bourbon na mão.

E ele me lança um sorriso torto feito um idiota.

– Qual é a graça?

– Você tomou a decisão certa pela primeira vez na vida.

Olho para ele, furioso.

– Pela primeira vez? Que droga isso significa?

– Pega uma bebida, senta aqui e pare de agir como um idiota comigo, garoto. Isso não me assusta nem um pouco.

Com um suspiro pesado, vou até a cozinha e me sirvo de três dedos de bourbon antes de voltar para a sala e me jogar no sofá.

– Você tomou a decisão certa ao vir atrás dela. Se começarem a brigar desse jeito tão cedo, vão ter problemas.

– A gente não brigou. Ela só precisava de um pouco de espaço.

– Eu entendo quem precisa de espaço longe de você.

Eu respondo com uma careta.

– O que você fez? – pergunta ele, para piorar.

– Nada. – Eu hesito, inclinando a cabeça. – Bem, quer dizer, não foi nada. Aconteceu uma coisa, e eu podia ter reagido melhor. Fiquei paralisado.

Os olhos de falcão do meu pai se semicerram enquanto ele me observa.

– Tem a ver com a Talia?

Faço um gesto com a mão e bufo.

– Não.

Talia veio, arrumou confusão e foi embora. Desmiolada como sempre.

– Bem, me conte. Talvez seu pai possa ajudar.

Eu recosto a cabeça no sofá e uma risada irônica me escapa.

– Ela está grávida.

Sinto o olhar do meu pai, vejo-o tomar um gole, pensativo, pelo canto do olho.

– Eu te deixei passar tempo demais vendo os touros se divertindo com as novilhas quando você era criança? – Solto um resmungo, e ele continua: – Você tem algo contra usar camisinha?

– Pai.

– Algum fetiche reprodutivo que eu não conheço?

Eu jogo um braço sobre os olhos.

– Nunca mais fale comigo. O fato de você conhecer esse termo já é informação demais.

– Por que você está sentado aqui comigo?

– Porque eu fiquei encarando a Willa, sem saber como reagir e sem dizer nada quando ela me contou. Fiquei só repassando todas as coisas que queria dizer a ela, mas não disse nenhuma delas. Não quero que ela se sinta presa a mim, ou a tudo isso aqui.

Giro o dedo, apontando para o rancho.

– Você perguntou se ela se sente assim?

– Não. Só fiquei perguntando por que ela anda com uma cenoura na bolsa, como um completo idiota.

– Olha, não quero ouvir sobre as esquisitices de que vocês, crianças, gostam.

– Puta merda. Por favor, me mate antes de dizer mais alguma coisa que me dê vontade de limpar os ouvidos com ácido.

Meu pai continua, implacável, mas noto o humor em sua voz. Ele está se divertindo com meu sofrimento.

– Vocês precisam conversar. Eu sei que a Talia te deixou abalado, mas não deixe ela estragar essa relação também. Se você quer aquela garota e aquele bebê, precisa dizer isso a ela. Se não quiser, então você precisa...

A raiva me percorre, quente e aguda, com a ideia de eu não a querer.

– Eu quero – retruco com dureza. – Eu quero. Eu quero tudo.

– Então desfaz essa cara de coitado, seu idiota rabugento. Eu vou para a cama. Vocês, crianças, acabam comigo.

Ele bate o copo na mesa e ele vai para a cama sem dizer mais nada. E eu? Pego minha bebida e caminho silenciosamente pela casa. Até a porta de Willa.

Desabo no chão e me encosto na parede. Pretendo esperar até que ela tenha tido sua noite sozinha para poder jogá-la por cima do ombro e carregá-la de volta para nossa casa.

Ela pode precisar de tempo para pensar sobre tudo isso.

Mas eu sei perfeitamente que não preciso.

Acordo quando minhas costas tombam no chão aos pés de Willa.

– O que é que você está fazendo?

Apoio as mãos para me sentar, balanço a cabeça para clarear as ideias e afastar a leve dor que o excesso de bourbon deixou. Esfregando os olhos, fito o rosto da mulher com quem sei que vou passar o resto da minha vida.

Eu me apoio no batente da porta e a encaro por um minuto. Absorvendo-a.

Ela é perfeita.

– Você está bêbado? – Os olhos de Willa pousam no copo vazio ao meu lado. – Por que está me encarando?

Ela cruza os braços e inclina o quadril.

– Não estou bêbado.

Não mais.

– Você dormiu aqui?

– Dormi.

– Por quê?

– Porque não gostei da ideia de deixar você sozinha.

– Aff. – Ela fecha os olhos e inclina a cabeça para trás. – Isso é muito romântico.

– Eu não precisava de tempo nenhum para organizar meus pensamentos.

Ela volta a baixar a cabeça.

– É? Foi por isso que ficou sentado naquele carro com os olhos esbugalhados, perguntando sobre a minha cenoura?

Não consigo conter um riso.

– Eu quero saber sobre a cenoura. Mas fiquei com os olhos esbugalhados porque estava tentando avaliar você e ver como deveria reagir. Me desculpa por ter ficado em silêncio. Tem muitas coisas que eu deveria ter dito.

Ela solta o ar pesadamente e depois desliza pelo lado oposto do batente da porta para me encarar.

– Você já engravidou uma mulher sem querer antes. Uma mulher que virou a sua vida de cabeça para baixo por ter fingido que estava tomando anticoncepcional. Então eu entendo o seu surto ao ouvir que a babá que te falou que tomava anticoncepcional está grávida.

Franzo a testa.

– Willa...

– Eu juro que não menti. Juro que estou tomando a pílula. Winter disse que, quando eu fiquei doente, provavelmente não segurei as doses, e isso pode ter ferrado tudo. E nem pensei nisso e, mesmo que eu tenha pensado em ter um milhão de bebês com você um dia, realmente não fiz de propósito, embora na verdade não esteja tão triste por ter acontecido, o que parece horrível, porque, tipo, eu não quero prender você, então, tipo...

– Willa!

Ela arregala os olhos dramaticamente enquanto se inclina um pouco para trás. Estendo a mão e coloco seus pés descalços em meu colo com a mão boa.

– Seus pulmões não vão dar conta se você continuar falando uma frase atrás da outra sem tomar fôlego, gatinha. E não existe mais ninguém com quem eu prefira ficar preso.

Ela me encara, e eu esfrego os polegares ao longo dos arcos de seus pés, subindo pelos tornozelos.

– Eu não raspei as pernas.

Dou risada.

– Eu não ligo. Você não entende? Estou apaixonado por você, Willa. Pernas cabeludas, cenouras aleatórias na bolsa, grávida, não grávida. Eu quero *você*.

Lágrimas brotam em seus olhos e sua voz soa rouca quando ela diz:

– Mas isso já aconteceu com você antes, e não quero repetir aquela situação de merda. Não quero que você fique comigo por obrigação. Nós nem contamos às pessoas que estamos juntos. Ainda não resolvemos nada. Você nunca me disse que me ama. Mas agora estou grávida, e tudo isso vai acontecer? Parece... forçado.

– Willa. – Ouço a pontada de pânico no tom que estou usando. – Não é nada forçado. Já estávamos nesse caminho. A gente não estava em um relacionamento infeliz e vai tentar fazer funcionar algo que não estava funcionando. Nós já estávamos felizes.

– É. Estávamos. Mas esse é o seu jeito. Você assume a responsabilidade antes mesmo de processar o que isso significa, porque seu primeiro instinto é cuidar de todos antes de cuidar de si mesmo.

Eu só consigo fitá-la. Essa conversa não está tomando o rumo que eu esperava.

– Willa, pare...

– Não. – Ela ergue a mão. – Você já me mandou calar a boca e ouvir várias vezes, e agora é a sua vez de me escutar, Cade.

Ela afasta os pés e se levanta.

– Não quero ser mais uma obrigação na sua vida. Outro fardo. Outra razão pela qual você deixa de fazer tudo que sempre quis. E talvez eu não seja. Talvez este seja um acaso feliz. Mas, se machucar e logo depois receber uma notícia chocante e importantíssima, depois ficar bêbado no chão... – Ela aponta para o copo vazio ao meu lado. – Esse não é o jeito de tomar decisões numa situação dessas.

Seu suspiro é pesado e uma única lágrima escorre por sua bochecha. Eu levanto a mão, sentindo o impulso de secá-la.

– Vou voltar para minha casa na cidade...

Abro a boca para argumentar, mas Willa semicerra os olhos e faz um movimento de fechar um zíper, que termina juntando os dois dedos.

– Por alguns dias – continua ela. – Quero ver meu médico e confirmar as coisas. E quero que você passe algum tempo pensando. Quero saber que este não é um relacionamento forçado, baseado em uma falha do anticoncepcional e em um problema estomacal idiota. Então não vá atrás de mim. Você tem escolhas, se sinta livre para fazer qualquer uma. Quero que você considere suas opções, porque ninguém nunca lhe deu nenhuma, Cade. E você merece escolher.

Sinto todo o meu corpo afundando a cada palavra que ela diz. Eu sei o que é certo, com todo o meu coração. Mas as coisas que Willa está dizendo sobre mim e a minha vida... são verdadeiras. E passei tantos anos trabalhando para consertar tudo ao meu redor que não parei para lamentar o fato de nunca ter realmente considerado minhas opções.

Ela se agacha diante de mim, segurando meu rosto.

– Mais do que tudo no mundo, quero que você seja feliz. Você merece ser feliz.

Willa dá um beijo suave na minha testa, então passa por cima de mim, se abaixando para pegar o copo descartado antes de ir embora.

Cada parte de mim quer ir atrás dela, mas às vezes amar alguém significa dar o espaço que a pessoa deseja. O espaço de que precisa. Por um tempo, pelo menos.

Por isso, fico sentado no chão. Pensando nas minhas opções. Pensando em como Willa é a única opção que eu quero.

E pensando que respeitarei os desejos dela até não aguentar mais.

Então vou jogá-la por cima do ombro e levá-la para casa.

33

Willa

Summer: Cara. Cadê você? E por que o Cade está
atacado, cuidando do jardim com os dedos
quebrados?
Willa: Estou na minha casa na cidade. Ele está bem?
Summer: Não sei. Só vejo suor e grunhidos. Parece até que
a pá acabou de ofender ele.
Willa: Você pode ficar de olho nele? Estou preocupada.
Summer: Nem fodendo. Mas o Rhett fica. Estou indo para sua
casa com uma garrafa de champanhe.
Willa: Não vai rolar beber champanhe.
Summer: Deixa de ser chata.
Willa: Desculpa, mas vou ser uma chata por
aproximadamente nove meses.
Summer: Cacete. Estou a caminho. Vou levar coisa pra
gente fazer cookies.

– Quando é a consulta? – balbucia Summer com a boca cheia de cookies
frescos.

– Amanhã.

Não consigo nem comer os biscoitos que fiz. Estou enjoada e não tem
nada a ver com a gravidez.

– Você está nervosa?

A expressão de Summer é nitidamente de preocupação.

– Com o quê? O exame de sangue só vai confirmar o que eu já sei com certeza.

Ela assente.

– Eu reparei que o lixo do seu banheiro está cheio das suas certezas. Quantos testes você comprou?

– Vinte.

– Parece razoável. – Ela assente, dando outra mordida.

– Eu queria garantir.

– Como você conseguiu fazer tanto xixi?

Eu rio. É a cara da minha melhor amiga se concentrar em algum detalhe fútil.

– Bebi muita água. Acho que estou hidratada por pelo menos uma semana. Lembra quando eu bebi Jägermeister demais e passei supermal?

É a vez dela de rir.

– Lembro. Você vomitou no táxi e o taxista perguntou se você tinha bebido Jägermeister, porque o carro todo ficou com o cheiro.

Estremeço.

– Nunca mais tomei outro gole daquilo. Mas, enfim, é isso que estou sentindo em relação a água.

– Está enjoada?

– Um pouco – admito. – Mas não acho que seja hormonal.

– É por causa do Cade?

– É. E do Luke. Estou preocupada com os dois. Eu *sinto falta* deles e só faz um dia que fui embora. Eu não deveria ser tão dependente do Cade. Deveria ser capaz de passar um dia longe sem ficar doente de saudade. Eu nem consigo dormir.

Solto um resmungo de frustração. Summer sorri de leve, estendendo a mão para colocar uma mecha de cabelo atrás da minha orelha.

– Wils, bem-vinda ao mundo dos apaixonados.

Fecho os olhos com força e recosto a cabeça no sofá.

– Odeio esse sentimento. Por que as pessoas gostam de estar apaixonadas? É obsessivo, dramático e apegado. Superestimado, se quer saber.

– Eu sei que você está fazendo piada, porque essa sempre é sua reação quando está nervosa.

– Meu Deus. Você e Cade estão conspirando contra mim ou algo do tipo?

Por que ficam dizendo esse tipo de coisa sobre mim? Me deixem em paz com minhas manias, está bem?

– Não faz mal ficar triste, Willa. Não faz mal se sentir atordoada. Com certeza não faz mal precisar de alguns dias sozinha para digerir. Mas você também pode acabar pensando demais, ficar revirando a situação até que pareça algo diferente do que é.

Levo as mãos ao rosto, sentindo as lágrimas escorrerem.

– E o que é? Eu nem sei.

Summer esfrega minhas costas, porque ela é uma espécie de anjo enviado ao planeta Terra. Uma pessoa melhor do que a grande maioria de nós.

– Eu não sei o que é, mas, do meu ponto de vista, são dois adultos inteligentes e amorosos tentando lidar com uma coisa complicada da melhor maneira que conseguem.

Um soluço estremece meu corpo.

– São duas pessoas que estavam um pouco perdidas até se encontrarem e começarem a caminhar juntas.

Baixo a cabeça, chorando abertamente agora. Acho que Summer está *querendo* me fazer chorar.

– São duas pessoas mais felizes na companhia uma da outra do que sozinhas. – Agora também posso ouvir as lágrimas em sua voz. – Melhores juntas do que separadas.

Eu me viro para abraçá-la, me perguntando se posso culpar meus hormônios pela maneira incontrolável como estou chorando.

– Só não faz ele esperar muito tempo, Wils – sussurra Summer em meu ouvido. – Sem você, ele está de *coração partido*.

A maneira como ela enfatiza o coração partido acaba comigo. Molho o ombro da blusa dela com minhas lágrimas, porque a verdade é que pensei que precisava de espaço...

Mas, sem ele, meu coração também está partido.

34

Cade

Summer: Oi! Passando para perguntar se você quer vir jantar com a gente.
Harvey: Olá, filho. Pensei em passar o dia com o Luke hoje e te liberar.
Rhett: Minha esposa perguntou se você quer vir jantar. Você não respondeu. Não seja rude com ela ou vou aí acabar com a sua raça.
Jasper: Quer ingressos para o jogo de hoje à noite? Adoraria ver você e o Luke.
Violet: Me disseram para te mandar uma mensagem e ver se você responde. Você está velho demais para fazer manha, Cade. Pare com isso.

Tudo que eu queria ao ir até a sede eram os sacos de cimento do galpão. Só preciso me distrair com algum trabalho braçal. Sozinho. Longe de olhares de piedade e da minha família invasiva.

Mas aqui estou, vendo Luke gritar "olá" para a boca do poço. A cena deveria me fazer sorrir, mas está difícil sorrir hoje.

Sorrir sem Willa por perto parece impossível.

– Pai. Você acha que pode ter alguém lá embaixo?

Certo, pergunta bizarra.

– Não, filho. Só um monte de moedas.

Ele inclina a cabeça com curiosidade.

– Moedas?

Suspiro pesadamente, deixando cair os sacos enquanto caminho em direção ao poço.

– É. Minha mãe e eu costumávamos jogar moedas lá embaixo e fazer pedidos.

Olho para dentro do buraco negro, me sentindo, de certa forma, parecido com ele. Vazio. Cheio de eco.

– A vovó?

Luke sabe muita coisa sobre sua avó Isabelle, embora nunca a tenha conhecido.

– É. Ela deu o nome ao rancho por causa desse poço. Quando compraram o terreno, o vovô disse que ela podia dar o nome que quisesse.

– O que você pedia?

Ele espia novamente o poço, e eu coloco a mão em seu ombro. Observá-lo inclinado na beirada me causa uma ansiedade enorme.

Esfrego a barba com a mão livre, tentando lembrar. Não consigo. Essa parte da minha vida parece ter acontecido há muito tempo. Como se fosse uma vida passada.

– Provavelmente doces.

Luke assente em aprovação.

– Esperto. Seus desejos se realizavam?

Meus lábios se curvam num sorriso. Ele nunca deixa de melhorar meu ânimo. Conhecendo minha mãe, tenho certeza de que muitos dos nossos desejos se tornaram realidade.

– Geralmente, sim.

– Você tem uma moeda? Eu quero fazer um pedido.

Sinto um peso no estômago, e o ar deixa meus pulmões. Um pedido tão simples, mas que parece intensamente significativo. Estou fazendo com meu filho o que minha mãe fazia comigo.

Pego a carteira sem dizer nada, abrindo o zíper do pequeno porta-moedas.

– Faz diferença qual moeda?

– Não, filhote.

Coloco uma moeda prateada em sua mão, mas paro quando estou prestes a guardar a carteira de couro. Balançando um pouco a cabeça, pego mais uma moeda.

Uma para mim.

– Tudo bem – digo, engolindo o nó na garganta. – Vou contar até três. Feche os olhos.

Os olhos de Luke se fecham e uma expressão resoluta aparece em seu rosto. Ele está se concentrando mesmo. Levando isso muito a sério.

Eu bagunço seu cabelo de leve – me lembrando de fios sedosos e acobreados – e então fecho os olhos.

– Um, dois, três...

O som de nossas moedas caindo na água lá embaixo se mistura ao som dos sinos de vento na varanda dos fundos.

De olhos fechados, peço por Willa.

Por uma vida com ela.

Por uma família com ela.

Cabelos grisalhos e mais risadas com ela.

Quando abro os olhos, Luke está me encarando com uma expressão pensativa.

– O que você pediu? – pergunto a ele, precisando de algo alegre.

Achando que fosse alguma bobeira. Uma frivolidade.

Em vez disso, ele me dá um soco no estômago.

Luke dá um meio sorriso e olha de volta para o poço escuro.

– Eu pedi pra Willa voltar.

Meus olhos ardem quando o puxo para mim, e sinto seus bracinhos agarrando minha cintura. E minha voz falha quando digo:

– Eu também, filho. Eu também.

35

Willa

Willa: Como está o Cade?
Summer: Virou um ermitão. Voltou a odiar todo mundo.
Por favor, vem dar um jeito nele.
Willa: Estou indo.

Com o exame de sangue positivo em mãos, entro no jipe e começo a dirigir de volta para o Rancho Poço dos Desejos.

À medida que as ruas da cidade se transformam em autoestradas, que se transformam em estradas rurais, me deixo pensar na forma como as coisas mudaram desde a última vez que peguei esse caminho. Como vim para cá por capricho, com o vento nos cabelos e nenhuma responsabilidade no radar.

É. As coisas mudaram. Drasticamente.

Mas, por mais estranho que pareça, estou em paz.

Derramei muitas lágrimas nos últimos dias, e eu não sou de chorar. Fiz planos para mim mesma, e não sou de fazer planos. Tenho uma nova perspectiva. Tive o espaço de que precisava para processar tudo.

Percebi que sou melhor com Cade do que sem ele. E acho que ele é melhor comigo também. Pretendo contar isso a ele e depois vê-lo revirar os olhos.

Vai ser tão romântico.

À medida que a viagem avança, me perco em pensamentos e minha ansiedade aumenta. E as dúvidas surgem. Ouço as músicas dos anos 1980 mais animadas que encontro e roo as unhas nervosamente, esperando que ele queira tudo isso tanto quanto eu. Esperando que eu não tenha feito Cade se sentir encurralado.

Quando chego à longa estrada de acesso, paro o jipe, respiro fundo algumas vezes, me remexo no banco do motorista e começo de novo o discurso motivacional de quando estou bêbada. Só que estou completamente sóbria e minhas preocupações são muito maiores do que estar com a cara suada ou tropeçar diante de um cara gostoso no bar.

Sou uma adulta inteligente e capaz. Tenho família e amigos que me amam. Essa é apenas mais uma oportunidade de começar um novo capítulo na minha vida. Eu sou um desastre.

Balançando a cabeça, passo a marcha e termino o caminho até a casinha vermelha de Cade.

A casinha vermelha com uma calçada recém-revestida na frente.

A casinha vermelha com um menino doce de cabelos escuros dedilhando seu violão no degrau da varanda.

A casinha vermelha com um homem que faz meu coração disparar e minhas bochechas corarem só por me olhar com um ar carrancudo, como está fazendo agora.

E eu tenho que me perguntar se essa expressão é mesmo uma careta. Porque é tão cheia de amor, tão cheia de saudade, que meu peito se contrai e eu corro para estacionar, morrendo de vontade de sair desse carro e respirar o mesmo ar que eles.

Meus meninos.

– Willa!

Luke larga o violão rapidamente no degrau e corre pelo gramado em minha direção.

– Que bom que você voltou!

– Eu também acho, meu bem. Eu também acho – digo enquanto passo os braços em volta dele.

Mas meus olhos se fixam em seu pai, que está parado com sua calça jeans apertada, as mãos casualmente apoiadas nos quadris. E o maldito boné com a aba virada para trás.

Deveria ser ilegal um garoto do interior ser tão bonito quanto Cade Eaton.

Mas ele é *meu*.

– Oi – sussurro, incapaz de desviar o olhar.

– Oi, Ruiva – responde ele, sem se mover.

Seu filho está agarrado a mim como uma pequena craca.

– Como você está? – pergunto.

Ele trava o maxilar enquanto me encara e me deixa nervosa. Ao fazer o que achei que seria melhor para Cade, talvez eu tenha dado um tiro no pé. Mas então ele diz:

– Melhor agora que você está aqui.

E aí eu sei que não dei um tiro no pé.

Faço carinho nas costas de Luke e digo:

– Luke, você pode entrar por alguns minutos? Preciso ter uma conversa particular com seu pai. E vou saber se você estiver escutando.

O sorriso tímido que ele abre me faz sorrir. Seus olhos azuis luminosos, o rosto bronzeado de um verão passado ao ar livre... Eu nunca me apaixonei por ninguém tão rápido ou tão intensamente quanto por Lucas Eaton.

– Tá bom, mas primeiro quero mostrar a calçada que a gente fez.

Ele entrelaça os dedinhos nos meus e me leva da estrada de cascalho até a passarela recém-construída. Acho até que o concreto ainda está molhado.

Quando nos aproximamos, minhas suspeitas são confirmadas. Posso sentir aquele cheiro industrial permeando o ar ao redor, mas são os enfeites na passarela que me fazem hesitar.

Há pedras brilhantes cravadas no concreto, dispostas em formato de coração, percorrendo toda a extensão da passarela.

– Estava muito sem graça, aí a gente decorou! Igual àquela vez que a gente desenhou com giz na entrada da sede! – exclama Luke.

Eu olho de relance para Cade.

– Ficou parecendo enfeitada para a porcaria do Dia dos Namorados?

Seus lábios se contraem, e ele apenas assente.

– E aqui em cima... – Luke me arrasta em direção à casa – ... a gente escreveu nossas iniciais dentro dos corações.

– Ai, eu amei! – exclamo, dando-lhe um abraço lateral apertado.

Ele assente, feliz, mordendo o lábio e parecendo muito orgulhoso.

– E esse aqui é o seu.

Ele aponta para um coração bem ao lado de outro com as iniciais C.E., mas no qual está escrito W.E.

– Minhas iniciais são W.G., meu bem.

Eu lhe dou outro abraço e ele ri. Todo inocente.

– Eu sei. Mas o papai que fez esse. Eu avisei pra ele.

Eu viro a cabeça para Cade, que ainda não se moveu, mas está me encarando como se eu fosse desaparecer se ele piscar.

– Mas ele disse que suas iniciais vão mudar logo.

Um soluço que poderia se passar por uma risada sai dos meus lábios enquanto pisco furiosamente, tentando não desmoronar bem aqui na frente deles.

– Eu adorei, Luke. A calçada toda é simplesmente linda.

Eu o abraço novamente, inspirando pelo nariz e tentando me recompor.

– Que bom. Estou tão feliz que você voltou! Se você não voltasse hoje, o papai disse que iria até a cidade te buscar.

Eu quase rio. Isso é a cara de Cade.

Depois de um último abraço, Luke sobe as escadas até a porta da frente, mas, assim como fez antes, ele se detém e olha para Cade e para mim com um sorriso satisfeito e diz:

– Viu, pai? Eu disse para você não ficar triste. Eu disse que ela ia voltar. Nossos desejos se realizaram! Ela ama demais a gente pra ir embora.

A porta de tela bate e ele some.

E eu estou chorando, as mãos cobrindo meu rosto. Estou atordoada. Aliviada. E, ok, talvez cheia de hormônios.

– Ei, ei. – Em segundos, Cade se aproxima, me toma em seus braços fortes e me segura firmemente contra o peito. – Gatinha, não chore. Não precisa chorar. Acho que, se você chorar, eu choro também. E eu não sou chorão.

– Eu também não sou chorona! – Soluço, me aconchegando em sua camisa e inspirando profundamente seu cheiro de pinho, do qual senti tanta falta nos últimos dias. – Mas juro que não parei de chorar desde que saí daqui.

Ele nos balança suavemente, como numa dança suave e silenciosa. A única música é o chilrear dos pássaros e a brisa suave no feno lá nos fundos. Ele não fala. Apenas me abraça até que minha respiração se acalme e o estresse desapareça dos meus membros.

Por fim, Cade levanta meu queixo para me obrigar a encará-lo. Seus traços másculos, esculpidos, são uma visão bem-vinda.

– Está prestando atenção agora, Ruiva? Porque passei *dias* pensando muito na vida e tenho algumas coisas para te dizer.

Faço que sim com a cabeça e comprimo os lábios em uma promessa silenciosa de ouvi-lo e não apenas falar.

Com um suspiro profundo, ele começa:

– Obrigado. Obrigado por ser a primeira pessoa na minha vida a me botar em primeiro lugar, a me dar opções. Não sei bem se mereço esse presente, mas sei que jamais vou me esquecer dele.

Seus polegares acariciam meu rosto e ele segura minha cabeça entre as mãos. Com reverência. Com tanto amor.

– Você tem razão quando diz que fiz isso uma vez por obrigação. Mas tenho 38 anos e levei muito tempo para voltar a confiar em alguém. Tive muito tempo para pensar onde foi que errei. Você não é uma decisão que tomei num impulso. E me prender a alguém que eu não amo por um senso distorcido de dever não é um erro que planejo cometer duas vezes.

Uma lágrima me escapa, e ele a seca, acariciando meu cabelo como sempre faz.

– Estou feliz que você não esteja triste pelo bebê, porque eu também não estou. Mas quero deixar claro que *você* tem opções. Todas as opções do mundo. E vou ficar do seu lado não importa o que escolher. Quero voltar para casa e encontrar o som de risadas, suas e do Luke. Quero ouvir você tocando violão enquanto eu preparo o jantar. E quero deixar post-its com bilhetes por muito tempo. Não quero que *você* se sinta presa a *mim*.

Mais lágrimas descem pelo rosto, e ele seca cada uma delas. Sempre firme e confiável.

– Eu realmente adoro as mensagens nos post-its – sussurro.

– Então vou continuar a escrever.

– Mas ainda acho que cozinho melhor – provoco, e sei que estou tentando cortar a tensão com humor.

É o meu jeito, e provavelmente nunca vou parar de fazer isso. Cade resmunga, mas é num tom brincalhão.

– Vamos ter que concordar em discordar em algumas coisas, porque não vou te deixar ir embora.

– Luke concorda comigo – argumento, passando as mãos pelo peito dele.

– Acho bonitinho quando vocês dois se unem contra mim. Tenho que garantir que o bebê vai ficar no meu time. Educar desde novinho.

Com um suspiro profundo, aliviado, eu me aconchego em seu peito e sinto seus braços à minha volta. E é minha vez de falar:

– Não me sinto nada presa a você. Há semanas que sofro com a ideia de partir. De deixar você. Luke. Este lugar. Nunca me senti tão enraizada... tão em casa. Também nunca imaginei que minha vida fosse se desenrolar desse jeito.

Ele faz carinho em minhas costas.

– Nem eu, Ruiva. A vida é assim mesmo. Mas, sabe, não sei se eu gostaria que fosse diferente.

– Você não está triste?

– Nem um pouquinho – responde ele com firmeza. E dá para ver que ele fala sério. – Passei meses vendo você e o Luke e pensando, maravilhado, que você seria uma mãe incrível um dia. Uma mãe como eu gostaria que o Luke pudesse ter... – Ele se interrompe antes de acrescentar: – Você está triste?

– Nem um pouquinho – repito em um sussurro.

Cade beija o topo da minha cabeça antes de apertar meu rosto contra seu peito. Bem onde consigo ouvir as batidas fortes de seu coração.

– Meu pai sabe que você está grávida.

– Tudo bem.

– Ele me perguntou se eu tenho um fetiche reprodutivo.

Cubro o rosto com as mãos e o riso faz meu corpo tremer.

– Ele não disse isso.

– Disse.

– Meu Deus – murmuro, mas num tom meio fraco, meio choroso.

– Esqueça Deus. Agora me conte da cenoura. Faz dias que venho pensando nela.

– A mulher que você conhece há dois meses diz que engravidou sem querer e o que fica na sua cabeça é a cenoura na bolsa dela?

Ele ri e puxa meu cabelo de leve, inclinando meu rosto para o dele.

– É. – Cade dá de ombros. – Você parece se encaixar bem na minha vida. Na vida do Luke. A gente só... faz sentido, de alguma forma. E a outra pessoinha também vai fazer. Nada me parece errado. A única coisa que não faz sentido é aquela maldita cenoura.

Eu rio de novo, porque tudo que ele acabou de dizer é tão *Cade*. Ele não é de grandes gestos. É prático e simplesmente abriu o coração para mim. Parece que o mínimo que posso fazer é explicar a cenoura.

– Foi um petisco que sobrou de quando eu e o Luke fomos alimentar os cavalos... eu acho.

– Você *acha*?

No flagra.

– É, não me lembro muito bem de ter colocado a cenoura lá dentro, para ser sincera. Pode ser do tempo em que eu ainda morava na cidade...

– Mas isso foi há meses.

Ele parece devidamente horrorizado. Eu me pergunto se está mudando de ideia sobre ficar com uma garota que guarda cenouras velhas na bolsa.

– É – respondo sem graça, mordiscando o lábio.

– Calcinhas e cenouras. – Ele balança a cabeça e deixa suas mãos percorrerem minhas costas enquanto minha respiração ainda está se acalmando. – Mal posso esperar para ver qual vai ser a próxima.

Ficamos em silêncio por vários minutos, apenas abraçados na frente da casa, ao lado do coração que ele fez para mim, com minhas futuras iniciais escritas no centro. Como se ele tivesse certeza de mim... De nós.

Como se fôssemos melhores juntos e ele soubesse disso.

– Eu te amo, Cade – murmuro junto a seu peito.

– Eu também te amo, Ruiva.

Então ele me abraça com mais força e espero que nunca mais me solte.

36

Cade

Cade: O que você está fazendo? Trancinhas no cabelo?

Rhett: Não, pintando as unhas.

Cade: Vamos nos atrasar.

Rhett: Cara. Seu evento é só amanhã. Relaxa.

Rhett: Fala sério, você está mesmo na frente da minha casa buzinando?

Cade: Tô. É falta de educação deixar as pessoas esperando.

Rhett: Leva tempo para ficar perfeito.

Cade: Nada em você é perfeito.

Rhett: Não. Mas o dedo que eu tô te mostrando é.

– Queria que vocês se adiantassem e tivessem logo esse bebê. Estou tão animada.

Summer dá pulinhos no assento traseiro da caminhonete. Quase dá para ver a empolgação emanando dela pelo espelho retrovisor.

– Summer, calma. Estou grávida de três meses – responde Willa atrás de mim.

– Ela não para de falar do assunto – diz Rhett.

Ele ri enquanto seus dedos tamborilam na porta do passageiro, logo acima de onde apoiou com cuidado o cartaz que criou para o meu evento amanhã e que diz, em letras brilhantes: *Até que manda bem. Para um idoso.*

Idiota do caralho.

– Aff. Mas vai ser o bebê mais fofo. Estou tão pronta para ser a tia legal.

A agitação em torno do novo bebê não desapareceu desde que demos a notícia. Todo mundo está nas nuvens.

Ninguém mais do que Luke, porém.

Quando nos sentamos e contamos a ele, ele chorou lágrimas de felicidade. E eu também. Sinto emoção só de pensar em como minha vida mudou novamente tão depressa. De um modo tão inesperado.

Já está virando rotina para mim.

– Cara. – Willa dá um soco no ombro do meu irmão. – Vê se entende o recado. Pare de enrolar e dê uma chance para os nossos filhos crescerem como melhores amigos.

Rhett fica sério e balança a cabeça solenemente... mas vejo sua boca contraída daquele jeito merdeiro. A mesma expressão que o entregava quando ele era criança.

– Não sei o que te dizer, Willa. A gente está tentando, e tentando, e tentando, e nada acontece. É cansativo, sabe? Será que é por causa dos métodos contraceptivos que a gente usa?

– Vai se foder, cara.

É minha vez de dar um tapa no peito do meu irmão mais novo.

– Não, amor – diz Summer. – É porque você não tem nenhum fetiche reprodutivo.

Ela nem consegue pronunciar as palavras sem gargalhar.

– Eu nunca vou superar essa – resmungo, cerrando os dentes para não sorrir.

O que ouço de volta é um coro de "nunca" de cada pessoa em minha caminhonete. Mas também sinto a mão de Willa deslizar pelo meu ombro e apertar de leve. Estendo a mão e seguro a dela, sabendo que, piadas à parte, estamos ambos entusiasmados.

Estamos surpresos e um pouco despreparados, mas felizes. Muito felizes. Nunca foi tão bom só deixar a vida nos levar. Por mais brega que pareça, nunca me senti tão em paz.

Passei anos me sentindo rejeitado. Sentindo raiva. Sentindo que todos ao meu redor tinham tudo a seu favor, e eu estava preso em uma rotina de responsabilidade.

E então o furacão Willa chegou na cidade e virou tudo de cabeça para baixo da melhor maneira possível.

Aperto sua mão e a levo aos lábios, dando um beijo nos nós dos dedos da mulher que escolhi – da vida que escolhi.

– Nossa, quem é você e o que você fez com o meu irmão? – pergunta Rhett, parecendo um pouco chocado.

É a vez de Summer dar um tapa na cabeça dele.

– Pare de implicar com eles. É bonitinho.

– Por que é que todo mundo está batendo em mim?

Eu rio enquanto Summer responde:

– Porque você merece.

E com isso entramos na área da competição e somos engolidos pelo caos do Campeonato Canadense de Rodeio.

Competir aqui é um sonho há muito esquecido. Há muito tempo guardado como uma oportunidade perdida, algo para o qual eu estava velho demais... ocupado demais.

Até que Willa se sentou naquela banheira de hidromassagem e me desafiou a tentar. E, no fim, nossas participações foram boas o suficiente para nos qualificarmos para as finais.

O que significa que não vou deixar o fato de meus dedos ainda não estarem completamente curados me impedir.

Estou montado em Amora, que está se comportando muito bem. Sua personalidade espinhosa não permite que ela fique assustada. Cada vez que outro cavalo passa, ela abaixa as orelhas, o que me faz sorrir. Ela não é uma égua calorosa e carinhosa, mas é boa no que faz.

Somos parecidos nesse aspecto.

Meu pai está com Luke nas arquibancadas, e o resto do grupo está ao meu lado na área de preparação.

– Está nervoso? – Willa aperta minha perna e olha para mim.

Sinto um bolo na garganta ao ver como ela está radiante. O cabelo todo cacheado, as botas novas a deixando ainda mais gostosa... e vão ficar lindas ao redor da minha cintura mais tarde. A barriga dela ainda não cresceu muito, mas seu jeans está bem apertado na bunda, e eu vivo sendo flagrado olhando.

– Que nada – respondo, passando a mão pelo cabelo dela.

– Eu adoro quando você me faz carinho como se eu fosse um pet. – Ela suspira e fecha os olhos, rindo baixinho.

– Vocês são muito esquisitos – brinca Rhett ao nosso lado, o braço sobre os ombros de Summer, um sorriso arrogante no rosto. – Eu diria para você não se preocupar com as marias-breteiras, Willa, mas aparentemente Cade gosta tanto de fazer demonstrações públicas de afeto que é quase um anúncio geral de que ele não está disponível.

Willa olha para o meu irmão, inabalada.

– Do que você está falando, Rhett? Eu *sou* uma maria-breteira!

Ela faz um coração com os dedos e os aproxima do meu rosto, olhando para mim através deles.

– Cade? Lance? Josh? – O comissário chama os nomes da equipe e, com uma rápida piscadela para minha garota, vou embora com eles.

Os passos fáceis de Amora se transformam em um galope, uma pequena corrida vistosa quando entramos no ringue.

E essa arena não é um terreninho qualquer de rodeio do interior. É uma arena de verdade, com arquibancadas lotadas e uma multidão barulhenta que veio para assistir ao espetáculo.

Essa arena é um sonho que nunca pensei que se tornaria realidade.

Olho para trás, procurando aquele brilho avermelhado. E lá está ela, sorrindo, segurando o alambrado metálico com uma mão, a outra sobre a barriga, olhando para mim como se eu fosse maravilhoso... e, por ela, vou tentar mesmo ser.

Por tudo que ela me deu em tão pouco tempo...

Um amor que Luke nunca teve.

Um motivo para que eu sorrisse de novo.

Alguém com quem conversar depois de tantos anos de silêncio.

Um amor que *eu* nunca tive. Um amor que não tenho certeza se mereço, mas passarei o resto da minha vida tentando preservar. Mas isso é assunto para mais tarde.

Por enquanto, volto os olhos para o curral e ouço atentamente quando recebemos o número. E então começo a trabalhar, porque vou dar um jeito de realizar esse sonho de uma vida inteira.

A multidão barulhenta desaparece quando a campainha toca, e a única coisa que existe é o que vejo por entre as orelhas de Amora.

Ela se desvia. Ela corre. Ela vira. Ela se abaixa.

O couro das rédeas está quente em meus dedos, e sinto como se estivesse apenas a acompanhando. Ela nunca teve um desempenho tão bom na vida. É como se soubesse que o momento é esse. O grande show. Nossa única chance.

Parecemos levar apenas alguns segundos para separar as vacas, e fico olhando em volta como se devesse haver mais. Como se tivéssemos deixado passar alguma coisa. Parece que tudo está se movendo em câmera lenta, mas, a julgar pela maneira como Lance está de pé nos estribos, gritando como um louco, eu diria que conseguimos e que fomos bem.

Quando os jurados publicam nossas pontuações, confirmam meu palpite e eu fico incrédulo, sorrindo como um idiota e procurando Willa.

Ela subiu no alambrado e está olhando para mim com as mãos em concha ao redor da boca, gritando como uma maluca. Minha maluca.

Ela está vibrando *por mim*.

Summer está assobiando mais alto do que qualquer um na arena, e Rhett sorri e sacode aquele maldito cartaz no ar.

Mas não consigo tirar os olhos de Willa. Vou direto até ela, no meio de uma arena lotada, seguro sua nuca e a beijo.

Eu a beijo intensamente. Eu a beijo para dizer coisas para as quais não consigo encontrar palavras.

– Eu te amo, Cade Eaton, e estou muito orgulhosa de você – sussurra ela em meu ouvido enquanto seus dedos percorrem minha nuca.

– Eu também te amo, gatinha – respondo pouco antes de ela tirar o chapéu de caubói preto da minha cabeça e colocá-lo na própria.

Afastando-se de mim, ela me dá um sorrisinho brincalhão.

Levanto uma sobrancelha.

– Você conhece a regra, Ruiva?

– Você bota o chapéu, você monta o caubói – responde ela, dando uma piscadela para mim, toda linda com esse acessório.

Eu deveria ter colocado esse chapéu nela há muito tempo. Eu deveria ter colocado no primeiro dia em que a vi naquela cafeteria.

Sorrindo e balançando a cabeça, me viro para ir comemorar com minha equipe por um momento, porque esse placar é quase imbatível.

Mas não vou muito longe antes de ouvir um assobio e a frase:

– Está gostoso, hein, papai!

Em seguida, uma risadinha leve e cativante. A risada que ouvi meses atrás e pela qual fiquei instantaneamente obcecado. Assim como me sinto pela mulher me encarando por baixo da aba do chapéu quando olho para trás.

E nesse momento percebo que talvez eu seja mesmo um sujeito sem coração, afinal, porque ele foi roubado pela linda garota de cabelo vermelho sorrindo para mim.

EPÍLOGO

Willa

Cade: Hoje vou trabalhar lá na ponta do campo a oeste.

Willa: Ok. Sem problemas.

Cade: Você acha que ainda deveria estar dando aula tão perto da data do parto?

Willa: Até onde eu sei, ensinar pessoas a tocar violão não induz o trabalho de parto.

Cade: Não banque a espertinha.

Willa: Estou grávida. Não incapacitada.

Cade: Não tem graça.

Willa: O seu fetiche reprodutivo também não. Mas olha no que deu.

Cade: Me ligue se algo acontecer.

Willa: Você está ignorando minha piada?

Cade: Não quero perder o nascimento.

Willa: Acho que depois das aulas, vou catar as laranjas do quintal e...

Cade: Você é maluca. Mas eu te amo.

Willa: Também te amo.

– Qual é o mais gostoso? – pergunto a Luke, do outro lado da ilha da cozinha, enquanto faço uma careta.

Há dias estou tendo essas malditas contrações falsas de Braxton-Hicks e tenho feito cookies para me distrair. O bebê me chuta sem parar e me sinto como uma baleia encalhada. Quero que a pessoa que disse que a gravidez é linda tenha uma morte violenta.

Nos últimos dias, minha animação acabou e minha vontade é emitir uma ordem de despejo para esse bebê.

Luke é quem está me mantendo sã. Luke é quem me faz sorrir. No minuto em que ele saltou do ônibus escolar, nos arrastamos até em casa e eu servi dois pratos de cookies.

No momento, ele está com um de macadâmia e chocolate branco em uma das mãos e um de confete e manteiga de amendoim na outra, e dá mordidas alternadas, como se fosse um verdadeiro *connoisseur* de cookies.

Na verdade, depois desses últimos dias, talvez ele seja mesmo um conhecedor. Temos escovado bastante os dentes para compensar a ingestão de açúcar.

Luke fecha os olhos e levanta um dedo dramaticamente. Não posso deixar de rir.

– O de confete – anuncia.

– É. Acho que você tem razão.

Eu solto um grunhido ao me sentar no banco ao lado dele e dou uma mordida em um cookie.

– Ei, Willa – diz ele, virando-se em minha direção.

– Ei, Luke. – Dou uma piscadela para ele.

– Posso te perguntar uma coisa?

– Claro.

Seus grandes olhos azuis assumem uma expressão insegura e ele contrai os lábios.

– Como o bebê vai te chamar?

– Bem, bebês não falam, Luke, então acho que ele vai ficar só balbuciando um monte de bobagens aleatórias.

Ele me lança um olhar irônico e revira os olhos, igualzinho ao pai.

– Eu quis dizer quando o bebê souber falar. Ele vai te chamar de mãe?

Meus olhos percorrem seu rosto enquanto mastigo. Faz menos de um ano que o conheço e ainda me surpreendo com o quanto ele mudou.

– Imagino que sim.

Um suspiro faz seus ombrinhos subirem e descerem enquanto ele olha para seu cookie.

– Você acha... – Ele me olha de novo, de relance. – Acha que tudo bem se eu te chamasse de mãe também?

Estou muito cheia de hormônios para ter essa conversa agora e pisco furiosamente para o garotinho que está me olhando com os olhos mais arregalados e doces do mundo.

– Meu amor, você pode me chamar do que quiser. Eu sei que não sou sua mãe, mas amo você como se fosse. Sabia que eu me apaixonei por você antes de me apaixonar pelo seu pai?

Os olhos dele brilham.

– É mesmo?

Faço que sim, puxando-o para perto ao passar um braço por seus ombros.

– É mesmo.

Seus braços envolvem minha cintura, ou o que resta dela. Sinto que sou apenas peitos e barriga no momento.

– Eu também te amo, Willa. Mesmo achando que você fez xixi nas calças.

Abaixo a cabeça para ver o que ele está olhando.

– Tudo bem. Está na hora de ligar para o seu pai.

Summer: Está chegando? Liguei para os pais da Willa. Eles já estão comprando as passagens de avião.
Cade: Chego em cinco minutos. Tudo certo?
Harvey: Ah, que bom. Estamos todos aqui esperando. Está tudo ótimo.
Cade: Todos? Não. Vai todo mundo embora.
Jasper: Estou a caminho.
Cade: Por que estamos falando do nascimento do meu filho no grupo da família?
Summer: Porque estamos animados!
Violet: Muito animados! Mandem fotos!
Rhett: Mas depois. Não durante. Não preciso conhecer a Willa tão bem assim.
Summer: Rhett Eaton. Espero que não esteja mandando mensagens enquanto dirige com o futuro papai no seu carro.

Cade: Ele está.
Rhett: Sinal vermelho, princesa. E por que você só está preocupada com o Cade e não comigo?
Summer: HOJE O ASSUNTO NÃO É VOCÊ.
Harvey: Vocês, crianças, me dão dor de cabeça.
Cade: Rhett me dá dor de cabeça. Especificamente.
Summer: Eu só quero saber que nome vocês vão escolher. E se é menino ou menina. E com quem se parece. MEU DEUS, ESTOU TÃO ANIMADA PARA SER A TIA LEGAL.
Cade: Acabei de chegar. Agora se mandem todos vocês.

Cade irrompe pela porta do quarto do hospital parecendo pronto para uma briga. Quase rio da expressão feroz em seu rosto quando ele corre para o meu lado. Com o trauma da morte de sua mãe, sei que essa situação é estressante para ele.

Conversamos muito sobre ela. Isabelle Emma Eaton. A mulher com lindos olhos azuis com quem ele fazia pedidos no poço quando era criança.

– Ruiva – diz ele, ofegante, me abraçando e cheirando a pinheiros e suor, a mais máscula das combinações.

Ele veio direto dos campos. Harvey me trouxe para o hospital e Rhett montou em um quadriciclo para ir atrás de Cade. Eu estava fingindo calma, mas ter ele a meu lado me tranquiliza.

– Como você está? Eu vim o mais rápido que pude.

Sua mão grande acaricia minha nuca e eu fecho os olhos. Adoro quando ele faz isso.

– Melhor agora – digo enquanto ele beija minha testa.

– Todo mundo está na sala de espera. Eu disse para irem embora.

Eu rio, mas uma contração me atinge com força. Agarro a mão de Cade e faço o meu melhor para respirar, mas em vez disso solto um ruído bizarro.

Ele continua acariciando meu cabelo e me deixando apertar sua mão com força suficiente para quebrá-la. Nós andamos. Eu quico em uma bola. Tomo um banho de banheira. E, quando olho para Cade, digo:

– Sinto muito se isso está tirando a magia da coisa.

– Está tudo bem, já vi muitas vacas parindo – responde ele.

Minha risada histérica se transforma em uma contração, mais longa e mais forte do que qualquer outra, e quando finalmente termina e ele está me ajudando a ir para a cama, eu digo:

– Não acredito que você me comparou a uma vaca.

– Não fiz nada disso – rebate ele, rindo.

E, por mais que eu queira dar um soco na cara dele por causa da piada, também quero abraçá-lo.

Esse homem, que há poucos meses parecia tão frio e infeliz, virou meu mundo de cabeça para baixo e me fez valorizar a vida de forma diferente. De uma forma mais simples, mais silenciosa. Uma maneira que combina comigo, e não com todos ao meu redor.

Mais do que isso, porém, ele me deu uma sensação de satisfação que nunca experimentei. Um sentimento de orgulho e pertencimento que nunca tinha vivenciado até que ele abriu meus olhos e me mostrou.

Com Cade Eaton, a vida tem sido uma surpresa após a outra, desde o primeiro dia. Nada aconteceu na ordem "certa", mas isso nunca foi um problema para ele ou para mim.

Porque talvez essa seja a ordem perfeita para *nós*.

Eu mergulho em um mar de sussurros gentis, apertos fortes e uma dor alucinante. Há vários momentos em que me arrependo seriamente de ter recusado a epidural.

Mas, com Cade aqui, estou focada. Ele me mantém sã. E, quando chega a hora de fazer força, ele sussurra em meu ouvido o quanto me ama.

E eu não apenas sei disso, eu *sinto*.

Nossa garotinha, Emma Eaton, chega ao mundo saudável. Chutando e gritando, cercada por tanto amor que as lágrimas escorrem livremente por nossos rostos. Ela também vem ao mundo com um pai bobão, completamente louco por ela.

Tantas coisas que eu nunca soube que queria estão aqui nessa sala. As enfermeiras colocam seu corpinho em meu colo e eu a olho, maravilhada.

Olhos claros. Cabelo escuro. Somos *nós*.

– Ela é perfeita – sussurro.

– Minhas duas meninas são – responde Cade enquanto se acomoda na cama ao meu lado e nos abraça.

Nós a encaramos por não sei quanto tempo. Em transe. Felizes. E quando Luke se junta a nós... estamos completos.

CENA BÔNUS

Harvey

Eu a vejo do outro lado da sala. Não é difícil localizá-la. Os lábios cor-de-
-rosa e o cabelo volumoso combinam perfeitamente com o que vi no aplicativo de namoro.

Eu não deveria ter dado like. Não deveria ter feito nada. Na verdade,
fiquei com muito medo de abrir o aplicativo de novo depois desse acidente.
Não que eu vá admitir isso para meus meninos.

Não, estou aqui para mostrar a eles. Mostrar a eles que... Sei lá, que merda. Quando você diz a alguém que vai fazer uma coisa, tem que cumprir.

Eu disse a Summer que estava um pouco solitário – e estou –, mas, ao
olhar para BiscoitinhoDoce do outro lado do restaurante, fico me perguntando se estou solitário o suficiente. Será que está tão insuportável assim?
O suficiente para passar por isso?

Decido que não importa. Um cavalheiro cumpre sua palavra. Um cavalheiro deveria ter chegado antes dela, e não ter ficado tentando reunir coragem se olhando no espelho retrovisor de sua caminhonete. Um cavalheiro
não dá bolo numa mulher em um restaurante só porque olhar para ela o
deixa nervoso. E ela me deixa nervoso. Não sei se é o rosto, o cabelo, se é o
sutiã visível através da camisa de renda que ela usa ou se é apenas porque
ela é uma mulher.

Tudo que sei é que estou nervoso. Limpo as mãos suadas na calça e atravesso o salão do restaurante moderninho, onde cada pessoa parece ter mais
ou menos a mesma idade dos meus filhos.

– Hã, oi. BiscoitinhoDoce? – Uau, já me sinto um idiota por dizer isso em
voz alta. – Eu sou o Harvey.

Estendo a mão para apertar a dela, sentindo o peso de seu olhar crítico me percorrendo de cima a baixo. Não sei dizer sua idade, mas ela não está na casa dos sessenta, como eu. Na verdade, ela não é nada parecida comigo. É toda arrumada, sexy e cheia de curvas, e... nada parecida com Isabelle.

– Pensei que você fosse um caubói – diz ela, lábios contraídos.

Eu me remexo e pigarreio com o punho na frente da boca, olhando para minha roupa. Vesti calças sociais, sapatos sociais e uma bela camisa de colarinho. Ela... Bem, parece que está vestida para uma noite divertida na cama. E digo isso da maneira mais respeitosa possível. BiscoitinhoDoce está claramente atrás de alguma coisa, e eu não sei se sou o cara para proporcionar isso a ela.

– Bem, eu...

Olho ao redor, me perguntando se poderia fugir desse encontro e passar o tempo catando laranjas do quintal de novo. Eu chuparia a cidade inteira se isso me garantisse fugir daqui. Esse momento cara a cara demonstrou que estou extremamente enferrujado no que diz respeito às mulheres.

– Eu costumava ser – digo enquanto me sento. – Um rancheiro, eu diria. Mas o meu filho administra o rancho agora. Meus joelhos já não me deixam fazer as mesmas coisas de antes.

Meu Deus, estou corando? Sinto calor, então tomo um gole da água na minha frente antes de acrescentar:

– Provavelmente devo botar uma prótese em algum momento, mas não quero fazer a reabilitação. Parece doloroso, e fazer isso sozinho parece... – Paro, imaginando se isso tudo pega mal. – Não que eu esteja marcando encontros para tentar encontrar alguém que esteja ao meu lado quando eu operar o joelho. Quer dizer, seria bom ter algum apoio, mas, bem, você entendeu.

BiscoitoDoce não diz nada. Em vez disso, mexe seu coquetel elegante com as unhas de pontas brancas. Unhas que não resistiriam a um dia de trabalho no rancho.

Ela não parece muito impressionada. Acho que é por isso que continuo falando, nervoso.

– Posso contratar uma enfermeira, na verdade. Ou talvez, se eu encontrar alguém que queira ficar por perto, ela possa bancar a enfermeira.

Ai, meu Deus.

BiscoitoDoce estremece visivelmente. E acho que isso passa o recado.

– Ok, então você não é um caubói grosseirão de verdade?

Passo a mão pela camisa, olhando novamente para minha roupa, que escolhi com muito cuidado, com a ajuda de Summer, é claro. Meu cabelo está penteado para trás. Até fiz a barba.

– Acho que sou tanto um caubói grosseirão quanto você é um biscoitinho doce – brinco, rindo baixinho.

Mas parece que sou o único que acha graça.

BiscoitoDoce não gosta das minhas piadas nem da minha roupa. Isso fica perfeitamente claro em poucos minutos. Talvez ela estivesse esperando o caubói da propaganda do Marlboro e só tenha conseguido um cara arrumadinho, não sei. Mas decido relaxar, sacudir a poeira e, se BiscoitoDoce não conseguir lidar comigo, tudo bem. Estou velho demais e acomodado demais para mudar por alguém – nem sei se alguém realmente deveria mudar por outra pessoa, para ser sincero.

– Então, qual é o seu nome verdadeiro? – pergunto enquanto pego o menu para ver o que pedir e poder ir embora o mais rápido possível.

– Você pode me chamar de Biscoito – diz ela com amargura, sem parecer muito satisfeita.

Eu a encaro por cima do cardápio e me pergunto como seus lábios parecem tão cheios. Chamá-la de Biscoito? Dou uma risada.

– Boa piada.

Balanço a cabeça, ainda rindo enquanto me imagino chamando uma completa desconhecida de "Biscoito". Imagina como seria estranho dizer: "Outra bebida, Biscoito? Não se preocupe, doce, eu pago a conta. Boa noite, Biscoito."

Uma risada nasalada me escapa enquanto repasso as frases na cabeça.

– Não estou brincando – diz ela com afetação enquanto pega o cardápio, focada demais nas palavras à sua frente para ver a expressão de confusão e choque em meu rosto. – Gosto de ser chamada de Biscoito.

Fico atônito. Se Isabelle estiver assistindo a isso de algum lugar, deve estar rolando de rir de mim.

Rindo da minha cara.

– Tudo bem, Biscoito – respondo, lutando para manter a cara séria. Eu só quero oferecer um jantar para essa mulher e me mandar daqui. E é o que expresso da maneira mais estranha possível. – Vou te deixar bem recheada e te levar pra caminha.

E então minha luta termina: começo a rir.

Nosso encontro não dura muito depois disso.

– *O que* foi que você disse a ela? – pergunta Beau, meu filho do meio, parecendo genuinamente chocado.

A risada que escapa dele é totalmente maníaca.

– Harvey. Seu cachorrão – diz Jasper, que ri e toma outro gole da cerveja gelada em sua mão.

Foi isso que encontrei ao voltar para casa. Esses dois meninos, grudados feito unha e carne, como sempre estiveram desde a adolescência. Eu me lembro dos dois bebendo cerveja, achando que eu não sabia que eles tinham roubado, desafiando um ao outro a fazer alguma merda, como soltar as galinhas dos Jansen. Essa era a pegadinha preferida deles quando crianças.

Mas essa noite cheguei e ouvi uma conversa tensa sobre futuras missões. Jasper pode ser o único que ainda pergunta a Beau a respeito. Eu? Já me resignei a saber que o serviço militar é mais do que um trabalho para ele.

O serviço militar é sua vida. Não nós, não esse rancho. Claro, ele aparece, mas isso é só por nossa causa. Não pela vontade dele.

Balançando a cabeça, tomo um gole demorado.

– Saiu sem querer.

– Meu Deus, mal posso esperar para contar ao Cade sobre isso.

Beau está sorrindo tanto que parece que seu rosto vai se abrir.

– Contar o quê? – pergunta Cade, saindo da casa de fazenda bem iluminada.

– Pergunte ao papai como foi o encontro dele com BiscoitoDoce.

Beau dá gargalhadas enquanto Jasper cobre a boca para abafar a própria risada.

Mesmo meu filho mais sisudo não consegue conter a forma como seus lábios se contraem. Então ele ergue a cerveja num brinde silencioso e se junta a nós na varanda dos fundos.

– Por que vocês acham que estou aqui, seus idiotas?

Eu resmungo. Esses malditos garotos. Eu costumava achar que queriam tentar acabar comigo, mas agora sei que são eles minha razão para seguir em frente. Tê-los por perto, essa transição de pai para quase amigo nesse momento da vida deles... eu não trocaria isso por nada no mundo.

– E aí? – Cade desaba no banco que corre a longa varanda, os joelhos bem abertos e o braço apoiado na amurada atrás. – Conta tudo, pai.

– Ele disse a ela... – Beau começa a rir, nem consegue pronunciar as palavras.

Mas o humor seco de Jasper não sofre da mesma histeria.

– Ele disse que iria deixar ela bem recheada e levar pra caminha.

Cerveja espirra do nariz de Beau enquanto ele ofega em meio às risadas. Jasper balança a cabeça e a mão quando gotas de cerveja respingam em sua pele.

– Cara, se controla.

– Não acredito nisso. – Cade parece quase paralisado.

– Bem, não falei com a intenção que esses palhaços estão fazendo parecer. Estava estranho, e pareceu melhor do que dizer "coma a merda do seu jantar e me deixe em paz", como você faria.

– Não. – Cade me encara, parecendo mais experiente do que deveria para um homem de sua idade. – Não foi nada melhor.

Eu bufo e desvio o olhar, ouvindo o coro de risadas incrédulas deles.

– Foi um desastre, está bem? Eu estava nervoso. E ela simplesmente... não era o que eu procurava.

– Nada de biscoitinhos para o Harvey! – diz Beau antes de colocar a cabeça entre as mãos, rindo novamente.

Cade chuta sua canela.

– Se controla. Você é um supersoldado treinado e não um palhaço.

– Ai! Eu sou as duas coisas – retruca Beau, chutando-o de volta.

Cade não se abala. Apenas revira os olhos. Jasper se senta, observando, parecendo achar graça, mas ainda levemente distante. Do modo como sempre foi.

– O que você está procurando, Harv? – pergunta Jasper, ignorando os outros dois e as implicâncias fraternas.

Seus olhos estão concentrados nos meus, parecendo subitamente pensativos. Ele sempre demonstrou ter sensibilidade. Adoro isso nele.

– Não sei. Uma companheira, eu acho. Tenho certeza de que ela só queria transar com um caubói. O que, sabe, eu respeito. Mas eu quero... mais.

Todos os três me fitam de olhos arregalados, como se não soubessem muito bem o que pensar de mim e desse novo objetivo. Parece até que ficaram assustados por eu ter mencionado que alguém pode querer transar comigo.

– Eu amava a mãe de vocês. – Passo os dedos pelo meu rosto áspero da barba, pensativo. – Ainda amo, mas já faz muito tempo. Estou sozinho há muito tempo. E nunca quis desonrar o que tivemos. Mas vocês estão todos... – gesticulo para eles – ... se assentando e tocando as próprias vidas. Eu não estou cuidando do rancho. Não quero ser um fardo. Quero algo meu. Alguém para mim. Acho que estou pronto para essa nova etapa da minha vida, sabem?

Acho que cortei pela raiz todas as risadas de segundos atrás. Dou um gole na minha cerveja e pigarreio.

– Desculpa, estraguei o clima.

– Não, Harv. Não estragou clima nenhum – assegura Jasper. – Na verdade, eu adoraria te ver feliz com alguém.

– É, pai. Eu também – diz Beau, seu tom muito sincero.

Meu olhar se fixa em Cade, meu mais velho. Aquele que se lembra de Isabelle de forma mais nítida. Ele está me encarando. Sério. Para ser sincero, na maioria das vezes não consigo interpretá-lo. O silêncio preenche o espaço entre todos nós enquanto esperamos que Cade diga algo.

– Não acho que a mamãe iria querer que você ficasse sozinho por tanto tempo, pai. E nenhum de nós vai questionar o quanto você a amava por causa disso.

Cade não costuma me chamar de pai – na maioria das vezes recebo um "Harvey" –, então acho que isso explica o aperto no meu peito.

– Obrigado, filho – digo com a voz embargada.

Pisco para disfarçar a emoção.

– Muito bem! – Beau bate no joelho. – Trabalho de equipe. Temos que preparar o papai para entrar em campo se ele quiser encontrar a mulher perfeita.

– Beau. – Cade inclina a cabeça para trás e olha para o céu noturno, parecendo muito exasperado.

– O que foi? Primeiro ele precisa conhecer todas as mulheres perfeitas para o momento. E eu entendo muito desse assunto.

– É o único assunto do qual você entende. – Jasper aponta para ele, sorrindo.

Beau revira os olhos.

– Diz o cara que nunca teve um relacionamento longo.

– Eu teria ficado em casa se quisesse ver briguinha de criança. Luke supera todos vocês.

Eu rio deles, de suas brincadeiras, de sua familiaridade. Também quero isso para mim.

– Não – digo enquanto me levanto. Pronto para encerrar a noite. – Ninguém sai por aí procurando a mulher perfeita. Ela geralmente aparece quando menos se espera. E te vira de ponta-cabeça.

AGRADECIMENTOS

Acho que escrever um livro sobre um menininho da mesma idade que o meu filho vai sempre ser uma coisa especial no meu coração. As inúmeras notas no meu celular sobre coisas hilárias que ele disse ao longo dos últimos meses certamente serão guardadas por anos a fio.

E, sim, ele realmente pulou para me dar um susto e gritou: "Esquilos!" E, não, eu não faço ideia do que estava passando pela cabeça dele. Mas foi tão impagável que mereceu entrar em um livro.

Aos meus leitores, obrigada. Vocês todos mudaram minha vida. Nada disso seria possível sem VOCÊS. Então, obrigada por gastarem seu precioso tempo livre lendo minhas histórias. Por amá-las, por compartilhá-las, por inundarem minha caixa de entrada com suas mensagens carinhosas. Eu amo todos vocês.

Ao meu marido: estou escrevendo isso exatamente três dias antes de partirmos para nossa "lua de mel". Dissemos que finalmente faríamos uma lua de mel quando chegássemos aos dez anos de casados, e aqui estamos, a caminho da Espanha. O tempo realmente voa quando a gente se diverte. Obrigada por me fazer rir todos os dias – mesmo quando me irrita.

Ao meu filho: esquilos, meu bebê. Você me faz morrer de rir. Passar tempo com você é uma bênção. Eu te amo daqui até Vênus e de volta.

Aos meus pais, que me disseram que eu poderia ser o que quisesse quando crescesse. Aposto que não imaginavam que eu estaria escrevendo livros picantes para viver, né?

À minha assistente, Krista, obrigada por ouvir minhas intermináveis mensagens de voz. Obrigada por me dar amor nos dias ruins. E obrigada por me manter organizada. Este lançamento realmente é "nosso" lançamento.

A Lena: quando você vai deixar seu marido para ficar comigo?

A Catherine: não sei como vou retribuir tudo que você fez por mim. O apoio. Os conselhos. O amor. Você sempre será a primeira (e muito animada) ligação que farei quando chegar ao primeiro lugar, e eu amo que as coisas sejam assim.

A Kandi: não acho que teria terminado este livro a tempo se não fosse por seu incentivo e suas sessões de escrita matinais. As Spicy Sprint Sluts me animam demais e mal posso esperar para escrever mais livros com vocês. #bombasdegratidão

A Melanie: você continua a me inspirar com sua generosidade. Obrigada pela sua orientação e ajuda desde o início. Eu sei que não estaria onde estou hoje sem a sua sabedoria.

A Sarah e a Jenn da Social Butterfly: vocês são demais. Obrigada pela orientação e atenção. Sou muito grata por ter mulheres como vocês do meu lado.

A minhas leitoras beta, Júlia, Amy e Krista: obrigada por me ajudarem a tornar este livro o melhor possível. Suas observações me fazem rir e seus feedbacks me tornam uma escritora melhor. Estaria perdida sem vocês.

A minha editora, Paula: eu não confio em suas cenouras, mas confio em sua expertise. Obviamente, você me inspira. E também é insubstituível. Sua contribuição e o tempo extra gasto me ajudando nunca passam despercebidos.

A minha designer de capa, Casey/Echo: por que você é tão talentosa? Sério, é meio que uma loucura. Nunca mais vou te largar.

Finalmente, aos meus leitores e à minha equipe de divulgação: OBRIGADA. Muitos de vocês estão comigo desde o início dessa jornada louca. Mas muitos outros são novos. Apoiar uma autora dessa maneira pode não parecer muito para você, mas é *muito importante* para mim. Cada postagem, cada TikTok, cada resenha literalmente muda minha vida. Não sei se conseguirei compensar sua generosidade, mas farei o meu melhor para retribuir como puder.

Leia a seguir um trecho do próximo livro da série

CHESTNUT SPRINGS • 3

Sem Controle

*Ele é tudo que eu sempre quis...
e que nunca pensei que pudesse ter.*

PRÓLOGO

Sloane

Em algum momento do passado...

Abro a porta do carro antes mesmo de meus pais colocarem o Bentley em ponto morto. Eles mal saíram do veículo e meus pés já estão na estrada de cascalho. Suspiro enquanto meus braços envolvem minha prima Violet. Quase caímos no chão com a força do nosso abraço.

Ela tem cheiro de grama fresca, cavalos e da doce liberdade do verão.

– Estava morrendo de saudade! – exclamo com uma voz esganiçada enquanto Violet se afasta e sorri maliciosamente para mim.

– Eu também.

Vejo mamãe nos olhando, feliz e triste ao mesmo tempo. Eu pareço com minha mãe e Violet parece com a dela. Só que a mãe de Violet morreu – e minha mãe perdeu a irmã. Fico pensando que ela gosta de me trazer para cá porque, no rancho, se sente mais próxima da irmã.

Isso também facilita as temporadas dos meus pais em seus lugares favoritos na Europa. Papai mencionou que "ver como a outra metade vive" seria bom para mim. Não entendi muito bem o que isso quer dizer, mas vi minha mãe contrair os lábios quando ele falou.

Enfim, não tenho por que reclamar, já que um mês inteiro no Rancho Poço dos Desejos com a família Eaton é garantia de que vou me divertir com meus primos. As regras são frouxas. Não tem hora de ir para a cama. E eu ainda passo quatro semanas inteiras por ano correndo solta e aproveitando o verão.

– Robert, Cordelia. – Tio Harvey estende a mão para cumprimentar meu pai e dá um forte abraço em minha mãe, o que a deixa piscando um pouco rápido demais enquanto olha para os campos planos e as montanhas escarpadas ao fundo. – Que bom ver vocês.

Eles começam a falar sobre coisas chatas de adultos, mas eu não escuto, porque nesse momento meus outros primos surgem da sede do rancho. Cade, Beau e Rhett descem correndo as escadas da frente, brincando, trocando empurrões, como se fizessem parte de uma matilha.

De repente, surge mais um garoto atrás deles. Alguém que eu não conheço. Alguém que chama minha atenção no mesmo instante. Com membros longos e magros, cabelo cor de mel e os olhos mais azuis que eu já vi.

Os olhos mais *tristes* que eu já vi.

Quando ele me olha, há apenas curiosidade em seu rosto. Viro a cabeça depressa, sentindo minhas bochechas ficarem vermelhas e quentes.

Minha mãe, ao meu lado, dá um tapinha na minha cabeça.

– Sloane, você precisa se lembrar do protetor solar. Já ficou toda vermelha. Passa tanto tempo naquele estúdio de dança que sua pele não está acostumada ao sol.

Sua preocupação só me faz corar mais ainda. Tenho quase 11 anos e ela está me tratando que nem um bebê na frente de todo mundo.

Reviro os olhos com petulância e murmuro:

– Eu sei. Tá bom.

Depois pego a mão de Violet e saio correndo.

Entramos na casa e subimos para o quarto de hóspedes, em busca de um pouco de privacidade enquanto todo mundo conversa lá fora.

Violet se joga no colchão e exige:

– Conta tudo.

Dou uma risadinha e coloco meu cabelo atrás das orelhas, atraída pela janela que dá para a estrada de acesso.

– Tudo o quê?

– A escola. A cidade. O que você quer fazer neste verão. Tudo, ué. Estou tão feliz que tem uma garota aqui. Este lugar fede a meninos *o tempo todo*.

Pela janela, vejo o garoto misterioso apertando as mãos dos meus pais. Reparo no desgosto estampado no rosto do meu pai. A piedade no rosto da minha mãe.

– Quem é esse garoto? – pergunto, incapaz de desviar o olhar.

– Ah. – Violet abaixa um pouco o tom de voz. – É o Jasper. Ele agora faz parte da família.

Eu me viro para ela com a sobrancelha erguida e as mãos na cintura, tentando não parecer interessada *demais*, mas sem saber realmente como disfarçar.

– Como assim?

Violet se senta na cama, cruza as pernas e dá de ombros.

– Ele precisava de uma família, então nós o acolhemos. Não sei de todos os detalhes. Houve um acidente. Beau o trouxe para cá um dia, no último outono. Gosto de achar que ele é mais um irmão fedorento. Você pode pensar nele como um novo primo.

Inclino a cabeça enquanto meu coração enfrenta uma batalha contra meu cérebro.

O primeiro quer que eu olhe pela janela de novo, porque Jasper é *muito* bonitinho e olhar para ele faz meu coração dar um salto estranho no peito.

Já meu cérebro sabe que é uma estupidez, porque, se ele é amigo do Beau, deve ter no mínimo uns 15 anos.

Mas não consigo me conter.

Olho mesmo assim.

O que ainda não sei é que passarei anos lutando contra o desejo de olhar para Jasper Gervais.

1

Jasper

Hoje...

O noivo de Sloane Winthrop é um babaca de carteirinha.

Conheço bem o tipo. Ninguém entra para a NHL, a liga de hóquei profissional, sem encontrar um monte deles.

E esse cara cumpre todos os quesitos.

Como se o nome Sterling Woodcock não fosse besta o suficiente, ele agora está se gabando da viagem de caça que fez com o pai, quando gastaram centenas de milhares de dólares para matar leões nascidos e criados em cativeiro, como se isso de alguma forma compensasse o pau pequeno dos dois.

Do Rolex no pulso às unhas bem cuidadas, ele exala riqueza. Acho que faz sentido que Sloane acabe com um sujeito assim. Afinal, os Winthrops estão entre as famílias mais poderosas do país, quase monopolizam a indústria de telecomunicações.

Enquanto Sterling divaga, eu olho para Sloane do outro lado da mesa. Seus olhos azul-celeste estão baixos, e é óbvio que ela está brincando com o guardanapo no colo. Parece que preferiria estar em qualquer lugar, menos aqui, nesta churrascaria empetecada e mal iluminada.

Assim como eu.

Ouvir o futuro marido dela, obviamente alguém com síndrome do pau pequeno, se gabando – para uma mesa cheia de familiares e de amigos que eu não conheço – de algo que é, com toda a sinceridade, constrangedor – e triste – não é minha forma preferida de passar minha noite de folga.

Mas estou aqui por Sloane, e é isso que repito para mim mesmo.

Porque vê-la assim, toda abatida a poucos dias do próprio casamento, me faz sentir que ela precisa da companhia de alguém que realmente a conheça. Os outros Eatons não puderam vir à cidade esta noite, mas eu prometi que estaria aqui.

E por Sloane eu cumpro todas as promessas, por mais que elas doam.

Eu esperava que ela estivesse sorrindo. Radiante. Esperava ficar feliz por ela – mas não estou.

– Você caça, Jasper? – pergunta Sterling, todo cheio de pompa e pretensão.

Sinto o colarinho da minha camisa xadrez me estrangular, mesmo com os botões de cima abertos. Pigarreio e endireito os ombros.

– Caço, sim.

Sterling pega o copo de cristal à frente dele e se recosta para me avaliar com um sorriso presunçoso em seu rosto perfeitamente barbeado.

– Animais de grande porte? Você iria gostar de fazer uma viagem como essa.

Pessoas que não me conhecem assentem e murmuram em concordância.

– Eu não sei se... – começa Sloane, mas o noivo atropela sua tentativa de acrescentar algo à conversa.

– Todo mundo viu o valor do seu último contrato. Nada mau para um goleiro. Então, desde que você tenha sido responsável com o dinheiro, pode perfeitamente bancar uma viagem dessas.

Como eu disse: um babaca.

Mordo a parte interna da bochecha, tentado a dizer que fui horrivelmente irresponsável com meu dinheiro e que não poupei um dólar sequer. Só que, por mais simples que tenha sido minha criação, sei muito bem que finanças não são um assunto adequado para o jantar.

– Não, cara. Eu só caço o que posso comer, e não sei bem como cozinhar um leão.

Algumas pessoas soltam risadas ao redor da mesa, inclusive Sloane. Não me passa despercebido o momento rápido em que Sterling semicerra os olhos, seus dentes se cerram e seu maxilar trava.

Sloane intervém rapidamente, acariciando o braço do noivo como se ele fosse um cachorro que precisa ser acalmado. Quase dá para sentir os dedos delicados dela no meu próprio braço e me pego desejando que fosse em mim que ela estivesse tocando.

– Eu também costumava caçar com meus primos em Chestnut Springs, sabia?

Sou transportado de volta no tempo e me lembro de uma jovem Sloane acompanhando os meninos o verão inteiro. Sloane com as unhas sujas de terra, os joelhos ralados, o cabelo embaraçado, descolorido pelo sol e caindo pelas costas.

– É mais uma questão de emoção, sabe? De poder. – Sterling ignora completamente o comentário de Sloane.

Ele me olha como se eu um fosse um adversário, só que não estamos jogando hóquei nesse momento. Se estivéssemos, eu daria um golpe defensivo veloz na cara dele.

– Não ouviu o que a Sloane acabou de dizer?

Estou tentando manter a calma, mas odeio a maneira como ele a tratou durante todo o jantar. Não sei o que ela está fazendo com esse cara. É a minha melhor amiga. É falante, inteligente e engraçada. Ele não vê isso? Não a enxerga?

Sterling acena com a mão e ri.

– Pois é, estou sempre ouvindo falar do Rancho Poço dos Desejos. – Ele se vira para Sloane com um olhar condescendente e um sorriso zombeteiro. – Bom, ainda bem que você superou a fase moleca, querida. Teria desperdiçado sua vocação como bailarina.

Sua resposta idiota é agravada pela minha percepção de que ele ouviu o que ela disse e *escolheu* ignorá-la.

– Eu não consigo imaginar você manuseando uma arma, Sloane! – exclama um cara sentado à longa mesa, com o nariz bem vermelho de tanto uísque.

– Eu era boa, para falar a verdade. Mas acho que só acertei algo vivo uma vez. – Ela ri levemente e balança a cabeça, mechas de cabelo loiro-claro caindo à frente do rosto antes de ela colocá-las de volta atrás das orelhas e olhar para baixo com um leve rubor. – E depois chorei, inconsolável.

Seus lábios se comprimem, e eu fico encantado. No mesmo instante, começo a imaginar coisas que não deveria.

– Eu me lembro daquele dia. – Olho para ela do outro lado da mesa. – Você nem conseguiu comer o veado no jantar daquela noite. Tentamos te consolar... em vão. – Minha cabeça se inclina, com as vívidas lembranças do passado.

– E é exatamente por isso – Sterling aponta para Sloane sem nem sequer olhar para ela – que mulheres não pertencem ao mundo da caça. Não combina.

Os amigos bobões de Sterling gargalham ao ouvir o comentário babaca, o que o incentiva a continuar com a babaquice. Ele ergue o copo e olha para a mesa.

– Um brinde a manter as mulheres na cozinha!

Há risadas e algumas pessoas dizem "Saúde" e "Tim-tim".

Sloane passa o guardanapo branco nos lábios carnudos com um sorriso contido, mas mantém os olhos fixos no lugar vazio à sua frente. Sterling volta a se gabar com os outros convidados – ignorando a mulher sentada ao lado dele.

Ignorando a lembrança que ela tentou compartilhar com ele. Ignorando a vergonha que a fez passar.

Minha paciência para essa noite está se esgotando rapidamente. A vontade de desaparecer é avassaladora.

Sloane me encara, do outro lado da mesa, e abre um de seus sorrisos ensaiados. Eu sei que é falso porque já vi seu sorriso verdadeiro.

E esse não é um deles.

É o mesmo sorriso de quando eu disse a ela que não poderia ser seu par no baile. Ir com um jogador de hóquei da NHL de 24 anos não era apropriado, e eu fui o idiota que teve que dizer isso a ela.

Retribuo o sorriso, sentindo a frustração crescer dentro de mim porque ela está prestes a se casar com alguém que a trata como um acessório, alguém que não lhe dá ouvidos, alguém que não dá valor ao fato de ela ser complexa e não apenas a princesa bem-educada que a família modelou.

Nossos olhares permanecem fixos um no outro e suas bochechas começam a corar. Ela dá de ombros, e meu olhar desce até sua clavícula. De repente, me vejo passando a língua ali. Fazendo-a se contorcer.

Meus olhos voltam depressa para o rosto dela. Como se eu tivesse sido flagrado. Como se de alguma forma ela pudesse ouvir o que está na minha cabeça. Porque nós dois sabemos que não posso olhá-la assim. Ela faz parte da família. E pior: oficialmente ela está com outro homem.

Sterling percebe nossa troca de olhares e volta a atenção para mim novamente. Isso me deixa arrepiado.

– Sloane me disse que vocês são amigos há muito tempo. Desculpe minha confusão, mas me parece improvável que um jogador de hóquei abrutalhado seja amigo de uma primeira bailarina. Claro, eu ainda não tinha te conhecido desde que eu e ela ficamos juntos. Tem algum motivo para esse afastamento?

Ele coloca um braço sobre o ombro dela em um gesto possessivo, e eu tento não fixar minha atenção nisso.

– Para ser sincero, também não tinha ouvido muita coisa sobre você – respondo num tom bem-humorado o suficiente para que ninguém perceba a provocação, pelo menos as pessoas que não chegaram a ver o olhar furioso que trocamos. Eu me recosto, cruzando os braços. – Mas, enfim, acho que não sou tão tosco assim quando arranjo pomadas e analgésicos para minha amiga quando os pés dela estão tão machucados que ela mal consegue andar.

– Eu falei dele para você. – A voz de Sloane é apaziguadora. – Ele me ajudou na mudança para meu novo apartamento. Às vezes a gente toma um café. Coisas simples assim.

– Ela sabe que, se precisar de algo, pode contar comigo – acrescento sem pensar.

Sloane me lança um olhar, provavelmente se perguntando por que estou agindo como um idiota territorialista. Eu também estou me perguntando a mesma coisa, para ser sincero.

– Ainda bem que agora você pode contar comigo para tudo isso. – Sterling está se dirigindo a Sloane, mas olha para mim.

Então ele coloca abruptamente a mão sobre as mãos dela, que estão apoiadas na mesa. As mesmas que ainda remexem ansiosamente o guardanapo. Mas a maneira como ele a toca não é tranquilizadora nem solidária. É uma repreensão por estar inquieta.

Isso faz a fúria correr pelas minhas veias. Preciso sair daqui antes que faça alguma coisa da qual me arrependerei.

– Bem, preciso ir – anuncio de repente, empurrando a cadeira para trás, desesperado para respirar ar fresco e sair desse ambiente de paredes escuras e cortinas de veludo que parecem me sufocar.

– Melhor ter uma boa noite de sono, Gervais. Precisa se preparar direito para a nova temporada com o Grizzlies. Depois da última, sua situação deve estar meio delicada.

Puxo os punhos da minha camisa e me obrigo a ignorar a provocação.

– Obrigado pelo convite, Sterling. O jantar estava delicioso.

– Foi a Sloane quem te convidou. – É a resposta petulante dele, esclarecendo que ele não gosta de mim nem da minha presença.

Eu o encaro em silêncio e ergo um canto da boca. Como se não pudesse acreditar em como ele consegue ser tão babaca. Sinto que as pessoas perceberam a tensão e agora estão acompanhando nossa interação.

– Pois é, é para isso que servem os amigos.

– Mas espera aí, você é primo dela, certo? – O cara bêbado vira o copo por descuido e derrama uísque na mão enquanto aponta para mim.

Não sei por que eu e Sloane sempre insistimos tanto em nos declarar amigos e não primos. Se alguém tentasse me convencer de que Beau, Rhett ou Cade não são meus irmãos, eu ignoraria solenemente. Esses caras *são* meus irmãos.

Mas Sloane? Ela é minha amiga.

– Na verdade, ele é meu amigo, não meu primo. – Sloane joga o guardanapo em cima da mesa coberta de linho branco com mais força do que o necessário.

As pessoas reunidas para o casamento dela a encaram.

O casamento, *neste fim de semana*.

Meu estômago se revira.

– Você vai estar na despedida de solteiro amanhã, Gervais? – prossegue o bêbado. Ele soluça e sorri estupidamente, me lembrando o rato bêbado na festa de desaniversário do Chapeleiro Maluco em *Alice no País das Maravilhas*. – Vou adorar dizer que estive numa festa com o astro do hóquei Jasper Gervais.

Não me surpreende que a única razão para um cara como esse querer minha presença seja para se gabar depois.

– Não posso. Tenho um jogo. – Meu sorriso é tenso, mas meu alívio é imenso ao me levantar da cadeira.

– Eu te acompanho até a saída. – Sloane se adianta, claramente ignorando o olhar cortante que Sterling lança em sua direção, ou talvez apenas fingindo não perceber.

De qualquer forma, gesticulo para que Sloane vá na frente, enquanto atravessamos silenciosamente o restaurante.

Coloco minha mão na base das costas dela para conduzi-la, mas ela se retesa. Tiro a mão ao sentir a pele nua e quente incendiando meus dedos. Olho para o chão e enfio a mão formigante no bolso, onde ela deve ficar.

Porque definitivamente essa mão não tem nada o que fazer nas costas nuas de uma mulher comprometida.

Mesmo que ela seja apenas minha amiga.

A figura esbelta de Sloane atravessa graciosamente o salão, cada movimento imbuído de uma elegância inerente – algo obtido com anos de treinamento. Anos de prática. Só quando nos aproximamos da porta do restaurante é que volto a erguer o olhar.

Ela sorri com educação para o maître e depois acelera o passo, como se pudesse ver a liberdade atrás da porta pesada e estivesse desesperada para encontrá-la. Relaxa os ombros e seu corpo inteiro também relaxa, quase em alívio, quando ela toca a madeira escura da porta.

Eu a observo por um momento antes de me aproximar por trás, o calor de seu corpo alcançando o meu. Então estendo um braço acima de sua cabeça e empurro a porta, conduzindo-nos para a noite fresca de novembro.

Enfio as mãos nos bolsos das calças para não agarrar seus ombros e sacudi-la, exigindo saber por que raios ela vai se casar com um cara que a trata daquela forma. Porque realmente não é da minha conta.

Suas costas nuas e tonificadas estão à minha frente enquanto ela encara a movimentada rua da cidade, os faróis dos carros desenhando borrões brancos e vermelhos à frente dela, e sua respiração forma nuvens acima de seu ombro como se ela estivesse tentando recuperar o fôlego.

– Você está bem?

Ela faz que sim furiosamente, antes de se virar com aquele sorriso estranho de esposa perfeita no rosto delicado.

– Não parece. – Meus dedos envolvem as chaves no bolso e as balançam ansiosamente.

– Nossa, valeu, Jas.

– Quer dizer, você está linda – corrijo depressa, fazendo uma careta quando noto que ela arregalou os olhos. – Como sempre. Você só não parece... feliz?

Ela pisca lentamente, os cantos da boca formando uma leve careta.

– Melhor ainda. Linda e infeliz.

Meu Deus. Estou mesmo metendo os pés pelas mãos. Passo a mão pelo cabelo.

– Você está feliz? Ele te faz feliz?

Ela abre a boca, pega de surpresa pela pergunta, e sei que estou passando dos limites, pisando na bola ou seja lá o que for. Mas é uma pergunta legítima, e duvido que alguém a tenha feito.

Eu preciso ouvi-la dizer.

As bochechas pálidas coram e seus olhos se semicerram enquanto ela se aproxima de mim, o maxilar tenso.

– Você está me perguntando isso *agora*?

Solto um suspiro e mordo o lábio inferior, os olhos totalmente fixos nos dela, azul-clarinhos, tão grandes e pálidos, faiscando de indignação.

– Estou. Alguém mais te perguntou?

Ela desvia o olhar, suas mãos no rosto antes de passar pelos cabelos loiros na altura da clavícula.

– Ninguém me perguntou.

Aperto com força as chaves de casa na minha mão, quase me machucando.

– Como você conheceu o Sterling?

– Meu pai nos apresentou.

Os olhos dela se fixam no céu escuro. Não há estrelas, ao contrário do rancho, onde dá para ver cada pontinho de luz. Tudo na cidade parece poluído em comparação a Chestnut Springs. Nesse momento, decido voltar para minha casa no campo em vez de passar mais uma noite respirando o mesmo ar que Sterling Woodcock.

– De onde eles se conhecem?

Seus olhos encontram os meus.

– O pai de Sterling é um novo parceiro de negócios do meu pai. Ele está focado em estabelecer novos relacionamentos agora voltou para a cidade.

– E há quanto tempo você conhece esse cara mesmo?

Ela lambe os lábios.

– Nos conhecemos em junho.

– Cinco meses atrás?

Arqueio as sobrancelhas e recuo. Se eles parecessem loucamente apaixonados, eu poderia acreditar, mas...

– Não me julgue, Jasper! – Seus olhos brilham, e ela se aproxima de novo.

Posso ser bem mais alto, mas ela não se sente nem um pouco intimidada. Está furiosa comigo. Mas acho que é porque ela confia em mim o suficiente para dar vazão à raiva, e por mim tudo bem. Estou feliz por desempenhar esse papel para ela.

Sua voz estremece quando ela acrescenta:

– Você não faz ideia das pressões que tenho enfrentado.

Sem pensar duas vezes, eu a puxo para meu peito e passo os braços ao redor de seus ombros estreitos. Ela está muito tensa e agitada. Juro que quase posso senti-la estremecer.

– Não estou te julgando, Solzinho.

Aparentemente, esse não é o momento para apelidos de infância.

– Não me chame assim.

Sua voz falha enquanto ela pressiona a testa contra meu peito, como sempre fez, e eu deslizo a mão pelo cabelo dela, segurando sua nuca.

Como sempre fiz.

Eu me pergunto distraidamente o que Sterling diria se visse essa cena. Há uma parte mesquinha de mim que *quer* que isso aconteça.

– Estou só curioso para saber como as coisas aconteceram tão rápido. Estou curioso porque ainda não tinha conhecido ele até agora. – Minha voz está baixa, grave, quase abafada pelo barulho dos carros passando por nós.

– Bem, o balé ocupa todo o meu tempo. E você não me procurou muito nos últimos tempos também.

Sinto uma pontada de culpa. Nosso time teve uma temporada ruim, e prometi a mim mesmo que treinaria mais do que nunca na pré-temporada.

– Estava morando em Chestnut Springs e treinando por lá. – Não é mentira. A noiva do meu irmão abriu uma academia incrível lá, e eu não vi razão para passar o verão na cidade. – E depois começaram os treinos, e acabei entrando na correria.

Também é verdade.

A mentira é dizer que eu estava ocupado demais para arranjar tempo para ela. Eu podia ter arranjado tempo. Mas não fiz isso. Porque sabia que o pai dela estava de volta à cidade, e eu o evito a todo custo. E o anúncio do noivado me deixou arrasado de uma maneira totalmente inesperada.

– Eu deveria ter te contado com calma, e não feito as coisas do jeito que fiz – murmura ela.

Tento afastar a lembrança do momento em que Violet me deu a notícia do noivado de Sloane, no rancho, há alguns meses. De como me senti congelar por dentro. De como meu coração foi parar no estômago, me deixando atordoado e sem fôlego.

Passo a mão na cabeça de Sloane e aperto seus ombros, ainda tentando evitar aquele pedaço quente de pele nua em suas costas, e respondo:

– Eu deveria ter te procurado. Andei... ocupado. Não achei que sua vida... que tudo mudaria tão rápido.

E é verdade.

O corpo dela relaxa em meus braços, os seios macios pressionando minhas costelas enquanto ela crava os dedos nas minhas costas. Dura apenas um instante, e então ela se afasta. Mas durou o suficiente para ser mais do que um simples abraço. Estava ultrapassando o limite.

Mas ainda quero puxá-la para mim.

– Bem, aconteceu. – Ela olha para baixo e ajeita a manga do vestido verde-claro, sedoso e brilhante na luz sombria. – Meu pai e eu concordamos que era melhor seguir em frente com o casamento no outono em vez de prolongar o noivado.

Esse comentário me faz ranger os dentes, porque a simples menção de Robert Winthrop me deixa tenso. E sua participação na decisão do casamento de Sloane aciona todos os alarmes.

– Por quê?

Franzo a testa. Eu não deveria estar agindo assim. Melhor eu ir embora. Melhor deixá-la ser feliz.

Eu não deveria estar tão incomodado. Se ela realmente parecesse feliz, eu não estaria me sentindo assim.

Ou talvez estivesse.

Ela faz um sinal com a mão e olha para trás, para o restaurante, expondo seu pescoço elegante durante o movimento.

– Múltiplos fatores – diz, com um dar de ombros derrotado.

É como se ela soubesse que seu tempo comigo está se esgotando. Tenho a impressão de que Sterling não será o tipo de marido que vai aceitar nossa amizade.

– Fatores? Tipo, você mal consegue esperar para ser a Sra. Woodcock? Porque, em condições normais, ninguém iria querer um sobrenome desses. Ou é porque o seu pai tá te pressionando?

Os olhos azuis dela se arregalam, porque Sloane não enxerga o pai como a serpente que ele é. Nunca enxergou. Está ocupada demais sendo a filha perfeita – e agora a noiva perfeita. Alguém bem-comportada, que não sai por aí com uma espingarda, caçando.

– E se ele estiver? Tenho 28 anos. Minha vida na dança está terminando. Preciso me estabelecer, elaborar um plano de vida. Ele está cuidando de mim.

Eu solto uma risada agitada e balanço a cabeça.

– Cadê a garota indomável que eu conheci? A garota que dançava na chuva e subia no telhado para me fazer companhia nas noites difíceis?

Eles transformaram aquela garota numa peça de um jogo. E eu odeio isso. Nós nunca brigamos, mas de repente meu impulso de lutar por ela consome meu bom senso.

– Seu pai é um idiota. Ele só se importa consigo mesmo. Com os negócios dele. Com a *imagem* dele. Não com a sua felicidade. Você merece mais do que isso.

Eu seria melhor para você. É isso o que eu realmente quero dizer. É isso o que eu percebi sentado aqui esta noite.

Que estou pensando em coisas que não deveria.

Desejando coisas que não posso ter.

Porque cheguei tarde demais.

Ela recua como se eu a tivesse agredido, comprimindo os lábios com raiva, enquanto fica vermelha.

– Não, Jasper. O idiota é o *seu pai*. O meu me ama. Você só não sabe como é isso.

Sloane dá meia-volta e abre a porta do restaurante com um nível de agressividade que não combina com ela.

Mas prefiro essa agressividade à apatia. Isso demonstra que a garota indomável ainda está ali em algum lugar.

Ela disparou palavras que *deveriam* doer. Mas a dor que eu sinto é por ela. Porque meu pai biológico é mesmo um idiota. Já o homem que realmente me criou, Harvey Eaton, esse é o melhor dos melhores. Ele me ensinou o que é amor, e eu sei muito bem reconhecê-lo.

Além disso, eu me lembro da forma como Sloane olha para um homem quando realmente o quer. E ela não olha para o noivo do mesmo jeito que costumava olhar para mim.

Fico mais satisfeito com isso do que deveria.

CONHEÇA OS LIVROS DE ELSIE SILVER

Chestnut Springs

Sem defeitos
Sem coração

Para saber mais sobre os títulos e autores da Editora Arqueiro,
visite o nosso site e siga as nossas redes sociais.
Além de informações sobre os próximos lançamentos,
você terá acesso a conteúdos exclusivos
e poderá participar de promoções e sorteios.

editoraarqueiro.com.br